U0934022

因为是你

[澳] 莉安·莫利亚提 著

王思宁 译

Truly

Madly

Guilty

浙江文艺出版社
Zhejiang Literature & Art Publishing House

音乐是音符之间的沉默。

——阿希尔 - 克劳德 · 德彪西

目录

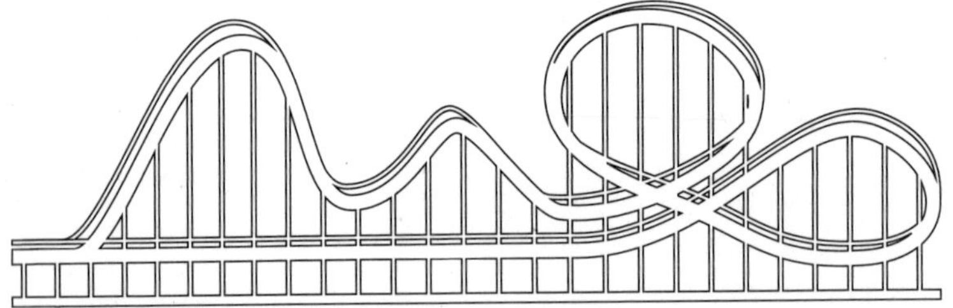

第一部：并不寻常的事件

头顶亮着一盏灯。他能看到一条长长的走廊，一条美得惊人的红色长地毯一路延伸进黑暗中。然后是一段弧形木把手的楼梯。

楼梯底部倒着一件奇怪的大物，当然了，他已经知道这肯定是哈利的尸体。这正是他担心会发生的事，可他还是盯着看了几秒钟，思考事件始末，好像这画面是那种视觉错乱的图片似的。

1

“这是一个缘起于烧烤派对的故事。”克莱曼婷说。麦克风放大了她的音量，同时也让她的声音变得平滑，她听起来多了一些权威感，仿佛被修图软件修过的照片。“一个寻常社区的寻常后院里，再寻常不过的烧烤派对。”

当然了，这后院其实并不寻常，艾瑞卡心想。她跷起二郎腿，把一只脚钩在脚踝后，抽了下鼻子。没有人会说韦德家的后院“寻常”。

艾瑞卡坐在观众席最后一排的中间，这是一间会议厅，与装潢别致的社区图书馆相连。图书馆坐落在郊区，开车从城里来要四十五分钟——而不是出租车公司所说的三十分钟，亏他们还是专业的呢。

观众席稀稀拉拉大概坐了二十人，即使厅里其实有两倍的折叠椅。大多数听众都是老年人，脸上挂着活泼而充满期待的表情。这些都是见多识广、充满智慧的长者，他们在这个阴雨连连的（又下了，这雨到底会不会停啊）早晨来参加“社区事务会议”，来听新的、有趣的信息。“我今天听了一个特别有意思的女人讲话。”他们会告诉自己的儿孙们。

艾瑞卡来之前，在图书馆的网站上查了查，读了关于克莱曼婷讲话的描述。描述简短，但包含的信息却不少：听一位来自悉尼的母亲、著名大提琴家克莱曼婷·哈特分享她的故事:“寻常的一天”。

克莱曼婷真的算是“著名”的大提琴家吗?这似乎有些夸张了。

今天的活动收取五澳元费用,包括两位演讲者的讲话,一份自制早茶,还有抽奖的机会。在克莱曼婷之后发言的那位演讲者要谈的是委员会提出的饱受争议的社区泳池修缮计划。艾瑞卡听到茶杯和茶垫轻碰的声音,在摆早茶了。她手里拿着抽奖的号码,把手搭在大腿上。她懒得把它放在包里,因为一会儿抽奖的时候还得再取出来。蓝,E 24。看起来不像是个能抽中的号码。

坐在艾瑞卡正前方的女人有一头灰色鬈发,她的头微微一歪,摆出一副同情、专注的样子,像是准备好同意克莱曼婷说的每一个字。她上衣的标签露出来了。12码。Target超市的。艾瑞卡伸手帮她塞了回去。

女人转过头来。

“标签。”艾瑞卡轻声说。

女人微笑表示感谢,艾瑞卡看到她脖子的背面泛起了粉红。她旁边坐着一个年轻一些的男子,可能是她儿子吧,看起来四十多岁的样子,肤色健康的脖子根上文着一段条形码,像把自己当成超市里的商品似的。他文这个是为了搞笑吗?讽刺吗?纪念什么吗?艾瑞卡想告诉他,实话实说,这很傻。

“那是一个寻常的周日下午。”克莱曼婷说。

她不停地重复“寻常”这个词,引人注目。克莱曼婷应该是觉得,她的演讲需要让郊区的寻常居民能找到“同感”。艾瑞卡想象着克莱曼婷坐在她的小餐桌旁,又或许是山姆那张保持原貌的老古董桌前,在她那“在水一角”的新怀旧风双层公寓里,写着面向社区听众的演讲稿,边写边咬着笔头,将一头浓密的黑发搭在一边肩上,用她那种感性、略带自我满足的动作抚摸着头发，像长发公主似的，同时暗自想道：寻常。

是啊，克莱曼婷，你怎么能让寻常人理解你呢？

“那是早冬的一天。天气凛冽而阴沉。”克莱曼婷说。

搞什么？艾瑞卡忍不住在椅子上扭动了几下。实际上，那天天气很好。天气“棒极了”。这是韦德的原话。

或者是“非常棒”。总之是类似的话。

“寒意惹人生疼。”克莱曼婷说着，甚至还打了个寒战，有些戏剧表演的意思。这确实没有必要，因为房间里很暖和，暖和到艾瑞卡斜对角坐的男子好像都打起盹了。他的双腿向前伸展，双手舒服地搭在肚子上，头向后倾，仿佛在靠着隐形枕头小憩。也许他是死了。

烧烤那天或许算得上凉爽，却绝对不阴沉。艾瑞卡知道，证人的回忆是出了名的不可靠，人们都认为他们回忆时是按下了脑中记录仪的“回放”按钮，可实际上，他们的记忆是自己所创造的。他们“搭建了自己的故事视角”。所以，克莱曼婷会记得烧烤那天是又冷又阴沉的。但克莱曼婷记错了。艾瑞卡记得（她记得，她绝对不是自己在创造回忆）那天早晨，韦德弯下腰，凑到她的车窗前，说：“今天天气棒极了！”

艾瑞卡非常确定，他就是这么说的。

或者，也可能是“非常棒”。

不过她能肯定，绝对是一个积极的形容词。这点她是确定的。

（艾瑞卡当初真该说“没错，韦德，天气确实是非常棒/棒极了”，然后踩下油门，事实要是那样就好了。）

“我记得我专门给女儿们穿上了厚实的衣服。”克莱曼婷说。

给孩子们穿衣服的恐怕是山姆吧，艾瑞卡心想。

克莱曼婷清了清嗓子，双手抓着演讲台的边缘。麦克风的位置对她来说有些高了，她好像是在踮着脚尖往上面凑。她的脖子拉长了，让她最近瘦下来的脸显得更瘦了。

艾瑞卡考虑要不要默默地挪到边上，然后悄悄上去帮她调整一下麦克风。要不了多长时间的。她想象着克莱曼婷冲她露出感激的微笑。“谢天谢地，多亏你去帮我弄了。”她会在她们事后去喝咖啡时说，“你真是拯救了这一天。”

只是，克莱曼婷今天其实不希望艾瑞卡来。艾瑞卡提出陪她来演讲时，捕捉到了她脸上一闪而过的惊恐表情，虽然克莱曼婷很快就调整过来，说好啊，很好，你真好，结束后她们可以在附近的美食广场喝咖啡。

“派对的邀请是临时的，”克莱曼婷说，“烧烤派对。我们跟办派对的那家人并不熟。他们算是朋友的朋友吧。”她低头看看演讲台，像是忘词了。她走上演讲台时，手里拿了一摞手掌大小的手写卡片。那种小卡片有些令人心碎，克莱曼婷像是还记得她们上学时演讲课上学到的小技巧。她肯定是用剪刀剪出的小纸片。用的不是她祖母的有珍珠把儿的剪刀。那把失踪了。

克莱曼婷在台上（暂且这么说吧），却没拿大提琴，有些奇怪。她看起来很普通，穿着蓝色牛仔裤和“不错的”印花上衣。郊区妈妈的打扮。克莱曼婷的腿有些短，不适合穿牛仔裤，配上她今天穿的平底芭蕾鞋，显得更短了。好吧，这不过是事实嘛。她走上演讲台时，看起来几乎有些——作为朋友，她这么说克莱曼婷可能显得有些不忠——落伍。她表演时会把头发扎起来，穿高跟鞋，一身黑：宽宽的飘逸长裙，好容纳她膝间的大提琴。克莱曼婷坐下来，温柔而热情地低头看着她的大提琴，仿佛在拥抱它，一缕长发刚好搭在琴弦上方，她的手臂以一种怪异的几何角度弯曲，永远如此感性，如此超然，与艾瑞卡如此不同。即使有了这么多年的经验，艾瑞卡每次看克莱曼婷表演时，都还会感受到一种怅然若失的感觉，像是她在渴望某种遥不可及的东西。她总以为那种感觉代表的情绪比嫉妒要更复杂、更有意思，因为她对演奏乐器没有兴趣，可也许事实并非如此。也许那根本就是嫉妒。

看着克莱曼婷在这个小房间里做这耽误时间、毫无意义的小演讲，窗外是繁忙的购物中心停车场，而不是在她平时表演时的肃然无声、天花板高高隆起的音乐厅里，这种体验给艾瑞卡带来一种难以启齿的满足感，仿佛在一本烂杂志里看到一个电影明星的素颜照片：原来你也不是那么特别嘛。

“那天有六个大人。”克莱曼婷说。她清清嗓子，脚前后踮了几下。“六个大人，三个孩子。”

“还有一条汪汪狗呢，”艾瑞卡心想，“汪汪汪。”

“如我所说，我们跟主人并不熟，但我们玩得挺开心，大家都挺高兴的。”

“你是玩得挺开心的，”艾瑞卡心想，“挺开心的。”

她还记得克莱曼婷银铃般清澈的笑声与韦德深沉的笑一起起起伏伏。她看到人脸在晦暗的阴影中若隐若现，他们的眼睛就像黑色池塘，他们的牙齿偶尔闪现。

那天下午，他们在那不同寻常的花园里，很晚才打开室外的灯。

“我记得我们当时在听音乐。”克莱曼婷说。她低头看看面前的演讲台，然后又抬起头来，像是在远处地平线上看到了什么东西。她眼神空洞。她现在看起来可不像是个郊区的妈妈了。“是法国作曲家加布里埃尔·福雷的《梦后》。”自然了，她的发音是标准的法语发音，

“那是一曲美丽的音乐。夹杂着别样的哀愁。”

她停了下来。她是感觉到了观众席轻轻的骚动、观众们的不适感了吗？“别样的哀愁”可不适合说给这群观众听：太过了，太艺术了。克莱曼婷，亲爱的，我们太寻常了，听不懂你说的什么趣味高雅的法国作曲家。反正他们那晚也不光听了这个，还听了“枪花乐队”的《十一月的雨》呢。那首就没有这么高雅了。

《十一月的雨》这首歌不是还跟蒂芙妮的坦白有关吗？是在那之前还是之后呢？蒂芙妮到底是在哪个时间点讲出她的秘密的？不是在那之后，这一夜才变得模糊，渐渐从她手中溜走的吗？

“我们在喝酒，”克莱曼婷说，“不过没人喝醉了。也许算得上微醺。”

她的目光与艾瑞卡相遇，像是一直知道她坐在哪里，只是从头到尾都在躲避她，直到现在才刻意决定在人群中寻找她。艾瑞卡也盯着她看，试着微笑，像朋友一样。她是克莱曼婷最好的朋友，她孩子们的教母，可现在她的脸像是瘫痪了，她好像中风了。

“总之，时间已经临近傍晚，我们正要开始吃甜点，所有人都在笑。”克莱曼婷说。她的眼神从艾瑞卡身上移开了，去看坐在前排的某个人，这让艾瑞卡觉得被轻视，甚至这样的行为可以说是残忍。“至于在笑什么，我不记得了。”

艾瑞卡头晕乎乎的，幽闭恐惧症犯了。房间变得格外拥挤，到了无法忍受的地步。

她突然觉得有一种想要冲出去的迫切需要。“好了，”她说，“又来了。”这需要她作出斗争还是逃走的选择。她的交感神经系统被激活。她脑部的化学反应出现了变化。就是这样。如此自然。童年阴影。她读了许多文献。她知道自己身上在发生什么，可知道了也并不能改变什么。她的身体直接背叛了她。她的心跳开始加速。她的双手开始颤抖。她能闻到童年的味道，在她的鼻孔里如此浓郁、真实：湿重、发霉、羞耻。

“不要跟恐慌对抗。直面它。任它掌握方向，随着它飘。”她的心理医生这样告诉她。

她的心理医生非常出色，让她花的每一分钱都物有所值，可是，看在上帝的分上啊，没有空间，怎么能飘呢？不论向上、向下，到处都没有空间，你根本没法走一步，总会觉得脚下有种软绵绵的感觉，像是踩到了腐朽的东西。

她站起来，拉了拉粘在她腿背后的裙子。那个脖子上文着条形码的男子扭头在看她。他眼中同情的关切让她小小惊了一下，跟看到一只猿猴眼中惊人的智慧感觉差不多。

“抱歉，”艾瑞卡低声说，“我必须——”她指指自己的手表，侧身从他身边挤过去，尽量不让自己的外套碰到他的后脑勺。

她走到房间最后面时，克莱曼婷说：“我记得有一瞬间，我的朋友尖叫着喊我的名字。声音非常大。我永远都忘不掉那声音。”

艾瑞卡手放在门上，停顿片刻，背对着房间。克莱曼婷肯定是凑到了麦克风前，因为她的声音传遍了整个房间：“她喊道，克莱曼婷！”

克莱曼婷一向非常会模仿，作为一个音乐家，她听得出人们声音中精确的语调。艾瑞卡从刚刚那一个词——“克莱曼婷！”中听到了鲜活的恐惧、惊恐的焦急。

她知道她就是那晚喊克莱曼婷名字的朋友，可她不记得这事。这段记忆本该存在的空间里，只有纯净的空白，她记不得这样一个时刻，肯定是个问题啊，这是不正常的，是有问题的，一个异常突出、令人担忧的问题。恐慌的波浪达到了最顶端，几乎要让她站不稳了。她扳下门把手，跌跌撞撞走进了倾盆大雨中。

2

“去开会了吗？”艾瑞卡回城里的路上，出租车司机问道。他咧嘴笑着，一脸疼爱地看着后视镜里的她，仿佛如今女人上班是件可爱的事——她们穿着整齐的正装，几乎像是像样的商人了呢。

“是啊。”艾瑞卡说。她狠狠甩了甩自己的雨伞，把水甩在出租车地上。“您仔细看路吧。”

“好的，长官！”出租车司机用两根手指在额头上敲了一下，假装敬礼。

“在下雨呢。”艾瑞卡反击道。她在说像子弹一般滴滴答答落在挡风玻璃上的雨。“路滑。”

“刚把一只傻大鹅送去机场。”出租车司机说。他停了下来，转换车道，一只肉乎乎的手搭在方向盘上，另一只手臂随意地搭在车座靠背上，让艾瑞卡脑海中印下一只真正的鹅坐在出租车后座上的画面。

“他非要说这雨都是因为气候变化。我说，哥们儿，哥们儿啊，我说，这跟气候变化可没关系。这是拉尼娜现象！你知道拉尼娜不？厄尔尼诺和拉尼娜现象？自然现象！几千年来一直都在发生。”

“好吧。”艾瑞卡说。她希望奥利弗跟她在一起。他肯定会替她接下这番谈话的。为什么出租车司机都如此坚持要教育他们的乘客？

“是啊。拉尼娜。”司机再次说，语调还带着些墨西哥味儿。他显然很喜欢说拉尼娜。“对了，我们破纪录了对吧？自1932年以来悉尼持续时间最久的阴雨天。欢呼吧！”

“是啊。”艾瑞卡说，“欢呼一个。”

应该是从1931年以来，她记数字可是从不会记错的，但没必要纠正他。

“我想你会发现，其实是1931年。”她说。她就是忍不住。这是她的性格缺陷。她清楚这一点。

“没错，就是，就是1931。”司机说，仿佛他一开始说的就是这个，“在那之前是1893年的连续二十四天。连续二十四天阴雨天啊！希望这次不要把那个纪录也打破吧？你觉得会吗？”

“希望别打破吧。”艾瑞卡说。她用一根手指划过额头。那是汗还是雨水？

刚才她站在图书馆外，在雨中等待出租车时已经冷静下来了。她的呼吸再次均匀起来，但是她的胃仍然在翻滚咆哮，她感觉特别累，筋疲力尽，像是跑了马拉松。

她掏出手机，给克莱曼婷发短信：抱歉，有事得走，工作上的问题，你很出色，待会儿再联系。

她把“很出色”换成了“很棒”。很出色太夸张了。而且也不准确。她按下了“发送”。

在工作日抽出宝贵时间来听克莱曼婷演讲真是错误的决定。她只是去表示支持的，还因为她想把自己对那天发生的事的感受理清楚，整齐地收起来。她那天的记忆就好像一条老胶片，有人剪掉了其中一些片段。甚至不是整个整个的片段。而是片段中的瞬间。瞬间的时光。她只是想把这些瞬间找回来，同时又不想告诉任何人“我不太记得全部过程了。”

一幅画面浮现在她的脑海中，她自己的面庞映在卫生间的镜子里，她的双手狠狠颤抖，她在试图用大拇指的指甲盖把那枚黄色小药片弄成两半。她怀疑她记忆中缺失的片段与这枚药片有关。但那是处方药。她又不是在去烤肉派对之前磕了摇头丸。

她记得那天他们去隔壁赴烤肉派对时，她感觉很奇怪，有些疏离感，但她还是不明白记忆里为何会出现空白。喝太多酒了吗？没错，就是因为酒喝太多了。“面对事实吧，艾瑞卡。你是受到了酒精的影响。你‘醉了’。”艾瑞卡无法相信这个词能用来描述她，但事实似乎就是这样。她人生中第一次，无可辩驳地喝醉了。所以，那些记忆空白是酒精造成的晕眩吗？就像奥利弗他爸妈。“他们忘记了自己几十年的人生里发生了什么。”奥利弗有一次当着父母的面那么说，他们两人都高兴地大笑，还举杯，即使奥利弗并没有微笑。

“那你是干什么营生的，如果不介意我问的话？”司机问道。

“我是个会计。”艾瑞卡说。

“真的吗？”司机的语气太过好奇了，“真是巧啊，我刚刚还想呢——”

艾瑞卡的电话响了，她吓了一跳，她每次听到自己的电话响，都会这样。（“只是电话而已，艾瑞卡。”奥利弗总这样跟她说，“电话就该响啊。”）她能看到来电人是她母亲——此刻她在这世上最不想交谈的人，但是司机换了姿势，眼睛没有看路，反而在看她，简直要舔着嘴唇，等待她给他什么免税建议。出租车司机对所有事都有点了解。他想给她讲他听一常客说的什么奇妙的规则漏洞。艾瑞卡不是那种会计。“漏洞”不是她欣赏的词。也许她母亲是两个坏选择中比较好的那个吧。

“嗨，妈。”

“喂，嗨！我还以为你不会接呢！”她母亲的声音听起来紧张而轻蔑，这可不是什么好兆头。

“我都准备好在语音信箱里留言了呢！”西尔维娅指责道。

“抱歉我接了电话。”艾瑞卡说。她确实抱歉。

“你当然不用抱歉，我只是需要重新理下思绪。这样吧，你就直接听我说，假装我是留了言，就像我准备的那样。”

“说吧。”艾瑞卡说。她看着窗外雨中的街道，一个女人跟雨伞在斗争，雨伞不停地往外翻。艾瑞卡看着，女人突然奇迹般的没了脾气，把雨伞丢进了一个垃圾箱，大步朝前走，在雨中前进。干的不错，艾瑞卡心想，她被这小闹剧搞得好兴奋。丢掉就好了。丢掉那该死的玩意儿。

她母亲的声音突然大了起来，听起来像是挪动了电话的位置。“我本来打算这样开始的：艾瑞卡，亲爱的，我本来要说，艾瑞卡，亲爱的，我知道你现在不能说话，因为你在上班，真是可惜，这样好的天气被困在办公室里，不过天气不是真的好，我必须承认，天气其实很糟糕，这天气真是太可怕了，但是通常这个季节天气都很棒，我一醒来，就要瞥一眼外面，看看蓝天，心想，老天啊，太可惜了，可怜的艾瑞卡啊，这样好的天气被困在办公室里，我总会这么想，但这就是你在这一行里成功的代价啊！你要是做公园管理员，或是其他什么室外的工作该多好啊。我本来没想说公园管理员的，是刚刚一时兴起说的，对了，我还真知道我为啥说这个呢，因为赛丽的儿子刚毕业，他要做公园管理员。赛丽跟我讲的时候，我自己心想，你知道的，真是份不错的差事，多好的想法啊，这样就不会像你一样，被困在小小的办公室格子间里了。”

“我没有被困在小格子里。”艾瑞卡叹着气说。她的办公室有港口景观，每周一早晨，她的秘书都会买鲜花。她爱她的办公室。她爱她的工作。

“那是赛丽的主意，你知道的。是她想到让她儿子做公园管理员的。这想法很聪明。她不是传统的人，赛丽，她有新奇的思路。”

“赛丽是谁？”艾瑞卡说。

“赛丽！我的新理发师啊！”她母亲不耐烦地说，仿佛赛丽已经与她相识多年了，而不是才认识几个月。仿佛赛丽会是她一辈子的好朋友。哈。赛丽会跟她母亲生命里其他美好的陌生人一样，踏上同样的路。

“你的留言里还要说什么？”艾瑞卡说。

“让我想想……然后，我要说，随意点，像是我刚想起来：噢，听着，亲爱的，对了！”

艾瑞卡大笑起来。她母亲总能把她迷住，即使在最糟糕的时刻。艾瑞卡正以为她要受够了，不行了，结束了，她无法继续忍受了，但她母亲总能用魅力让她重新爱上她。

她母亲也笑了起来，但是笑声狂热、尖细。“我要说：听着，亲爱的，我在想你跟奥利弗周日可不可以来我这儿吃午餐呢？”

“不。”艾瑞卡说，“不。”

她深吸一口气，像是在用吸管吸气。她的嘴唇在颤动。“不，谢谢邀请。我们十五号就该去你那儿了。到那时候再去，妈妈。不安排其他时间了。这是说好的。”

“可是，亲爱的，我觉得你会为我自豪的，因为——”

“不，”艾瑞卡说，“我在别处跟你见面吧。我们这周日可以去吃午饭。去家好餐厅。或者你能到我们这儿来。奥利弗和我没什么事。我们可以去任何地方，但就是不能去你家。”她停顿了一下，接着又说了一遍，这一次声音更大，更加清晰，仿佛在跟英语不是很好的人说话，“我们不去你家。”

沉默。

“十五号之前不去。”艾瑞卡说，“日程本写着呢。咱俩的日程本上都写着。还有，别忘了我们周四要去克莱曼婷父母家吃晚餐！所以不是还能盼着这个吗？”没错，这晚餐可是会欢笑连连呢。

“我有个新食谱想试试。我买了本不含麸质的食谱，我给你讲了吗？”

是她那上扬的语调让她烦了。那精心打算的残酷欢快感，听起来像是她还觉得艾瑞卡可能会跟她一起玩她们已经玩了多年的游戏，两人都假装是普通母亲、普通女儿，进行一场普通谈话，可实际上，她知道艾瑞卡已经不玩这种游戏了，她们两人都同意结束游戏时，她母亲大哭着道歉，说着她们都清楚她不会兑现的承诺，而现在她又想假装她一开始根本就没有承诺。

“妈。老天爷啊。”

“怎么？”母亲在装无辜，用那种让人愤怒的稚气语调。

“你在外祖母的坟头承诺过，不会再买食谱了！你都不做饭！你也没有对麸质过敏！”为什么她的声音气得发颤？她根本就不认为这些夸张的承诺会得到兑现啊！

“我可没这么承诺过！”母亲说，她不再用那种幼稚的语调了，竟然还有胆用怒气来回应艾瑞卡的怒气。“实际上，我最近被严重的胀气折磨得不行。我有麸质不耐受症，非常感谢。抱歉我担心我自己的健康。”

别计较。从情绪的雷区里脱身出来。所以她才需要投资成千上万澳元来做心理诊疗，就是为了对付这样的情况。

“那好吧，妈，跟你说话很愉快。”艾瑞卡迅速回答，都不给她妈回应的机会，像个电话推销员似的，“可是我在上班，我得挂了。有空再聊。”她没等母亲回答，就挂了电话，把手机扔在自己腿上。

出租车司机的肩膀仍然直挺挺的，直得过分。他的背紧贴着珠子车座套，手在方向盘底移动，掌握方向，他在假装他没有偷听。什么样的女儿会拒绝去自己母亲家里啊？什么样的女儿听到母亲买一本新食谱说话就那么凶？

她狠狠眨了眨眼。

她的手机又响了，她猛地一个激灵，手机差点从她腿上掉下去。应该是母亲又打来了，要喊出些被女儿虐待的话。但不是她打来的。是奥利弗。“嗨。”她说，她听到他的声音差点欣慰得哭出来，“刚刚挂掉妈的电话，谈话很有趣呢。她想让咱们周日去她那儿吃午餐。”

“我们不是下个月才该去吗？”奥利弗说。

“是啊，”艾瑞卡说，“她过分了。”

“你还好吗？”

“嗯。”她的手指尖划过眼底，“好。”

“你确定？”

“是啊。谢谢。”

“把她从你的脑海中踢出去，”奥利弗说，“嘿，你不是去那个哪儿，听克莱曼婷的图书馆演讲了吗？”

艾瑞卡仰起头，靠着座椅，闭上双眼。该死。当然了。

他是因为这个才打电话的。克莱曼婷。他们的计划是，她会在演讲结束后跟克莱曼婷聊，边喝咖啡边聊。奥利弗对艾瑞卡参加克莱曼婷演讲的动机可没太大兴趣。他不理解她为何要如此执着地填满她记忆里的空白。他觉得这事没意义，几乎有些傻。“相信我，你已经记起了你需要记得的一切了。”他说。（他绷紧了嘴唇，说出“相信我”的时候眼神凌厉。只显露出一丝丝他永远无法掩藏的痛，他大概会拒绝承认这份痛的存在。)“喝多了出现记忆空白是很正常的。”可对她来说并不正常。但奥利弗觉得这是个完美的机会，可以找克莱曼婷谈，终于能把她捉住了。

她应该让他也去语音信箱留言。

“我去了，”她说，“但是我中途离开了。我不太舒服。”

“那你没有跟克莱曼婷谈成？”奥利弗说。她能听到他在努力掩饰自己的恼火。

“今天没谈成。”她说，“别担心。我只是在找合适的时间。反正美食广场也不是什么合适的地点。”

“我只是在看我的日程本。烤肉派对已经过去两个月了。我觉得现在提不会太过唐突冒犯什么的，问个问题而已。就跟她提一下。也不一定要面对面谈。”

“我知道。抱歉。”

“你没必要抱歉。”奥利弗说，“这很困难。不是你的错。”

“我们去烤肉派对一开始就是我的错。”她说。奥利弗没有反驳她这一点。他不会说不精确的话。他们两人一向拥有这个共同点：对精确的热爱。

出租车司机猛地踩了刹车。“白痴司机！白痴大傻鹅！”艾瑞卡把手掌平摊在前面的座椅靠背上，撑着自己。奥利弗说：“这与话题无关。”

“对我来说有关。”她说。她的手机滴地响了一声，让她知道又有一通电话打进来了。这肯定是她母亲了。她几分钟后才再次打回来，这说明她选择了眼泪，而不是暴躁。眼泪花的时间要久一些。

“我不知道你想让我说什么，艾瑞卡。”奥利弗担心地说。他以为还真有什么正确答案呢。一个藏在书背面的答案。他以为有一套秘密情感规则，而她肯定知道，因为她是女人，而她刻意不告诉他。“你能不能……能不能跟克莱曼婷谈谈？”他说。

“我会跟克莱曼婷谈的。”艾瑞卡说，“今晚见。”

她把手机调到了静音，放进她脚边的包里。出租车司机打开了收音机。他现在肯定不想问她什么会计建议了，也许是觉得从她的私生活来看，她的职业建议并不可信。

艾瑞卡想到克莱曼婷，这时候她应该正要结束她那图书馆小演讲了吧，估计还能获得观众礼貌的鼓掌。不会有人给她喊“好样的！”，不会全体起立鼓掌，不会有人在后台给她送鲜花。

可怜的克莱曼婷啊，她觉得自己必须这样屈尊呢。

奥利弗说的对：去烤肉派对的决定与此无关。那只是沉没成本。她把头靠在座位上，闭上眼睛，记起一辆银色车被飞舞的秋日落叶所包围着，向她开来。

3

烤肉派对当天

艾瑞卡开车驶进自己家所在的死胡同，迎接她的是一幅奇怪甚至有些美的画面：那辆过去六个月里一直停在里查德森一家房前的银色宝马终于有人开了，开车的人并没有弄掉挡风玻璃和顶棚上积攒下的红红黄黄的落叶，这人开着车（车速在居民区算是太快了），带起了一阵落叶的小旋风，像是车后跟着一个小龙卷风。

叶子散开后，艾瑞卡看到了她的隔壁邻居韦德。他站在车道最里面，看着车开走，一缕阳光受到他太阳镜的反射，像相机的闪光灯一般耀眼。

艾瑞卡在他身边踩下刹车，同时打开了副驾驶位置的窗户。

“早上好！”她喊道，“终于有人挪走了那辆车嘛！”

“是啊，他们应该是贩毒活动结束了，你说是不是？”韦德俯身贴近车，把太阳镜推到头顶，他有着一头浓密的灰发。“或者只是黑帮，你知道吧？”

“哈哈！”艾瑞卡笑得一点也不让人信服，因为韦德确实有点像个成功的黑帮老大。

“今天天气好得出奇啊，你知道吧。看看啊！我说得对吧？！”韦德朝天空做了个满意的姿势，仿佛这天是他自己买的，花了大价钱，然后拿到了物有所值的产品。

“天气确实很美。”艾瑞卡说，“你这是去散步？”

韦德听到这话，表现出些许嫌恶。

“散步？我？我可不。”他示意两根指头间夹着的那根点燃的香烟，还有另一只手里拿着的卷起来的周日报纸（还裹着塑料包装呢）。“我就是下来拿报纸的，你知道的。”

艾瑞卡得提醒自己，别去数韦德说了几遍“你知道”。记录一个人的口头禅几乎算得上强迫症了。（韦德目前的纪录是：两分钟的谩骂里说了十一次，骂的内容是附近比萨店取消了熏培根片比萨。韦德无法相信，他就是不相信，你知道吧。他一激动，“你知道”就说得又密集又迅速。）

艾瑞卡很清楚，自己的一些行为可能算得上强迫症。“我建议别太在乎标签，艾瑞卡。”她的心理医生说，脸上挂着便秘似的微笑，每次艾瑞卡“自我诊断”，她都要这样笑。（艾瑞卡开始心理诊疗的时候，就订阅了《今日心理》，只是为了自学一些知识，了解这个领域，可是心理学的世界太令人着迷了，她最近开始一本一本读剑桥大学心理学与行为学硕士一年级的必读清单里的书了。只是为了爱好，她告诉她的心理医生。医生没觉得这是威胁，却也没觉得这是什么好事。）

“一个玩车的蠢小子一边在大街上飙车，一边从车里把报纸扔出来，跟在叙利亚扔手榴弹似的，你知道的。”韦德用卷起的报纸比画了一个扔手榴弹的动作。“那你出来干吗？去超市购物了吗？”

他看看艾瑞卡身边副驾驶座上的几个塑料袋，吸了一大口烟，从嘴角吐出烟圈来。

“不算是超市购物啦，只是随便买了几样我需要的东西。”

“随便几样东西。”韦德重复道，像是从没听过这话一样试探着。也许他的确没听过。他看看艾瑞卡，用他那种近乎失望的探究眼神，仿佛他本对她有更高的期许。

“是啊。下午茶用的。克莱曼婷和山姆过会儿会来喝下午茶，带着他们家两个小姑娘。我的朋友，克莱曼婷和山姆，记得吗？你在我家见过他们。”她当然清楚，韦德记得他们。她提起克莱曼婷，是为了让自己显得有趣些。她能跟韦德提的也只有这个了：克莱曼婷。

韦德的表情立马明亮了起来。

“你那个大提琴家朋友！”韦德高兴地说。他说“大提琴家”这个词时，简直在咂嘴。“还有她丈夫。那个音痴！真是浪费，不是吗？”

“呃，他是喜欢说他是音痴。”艾瑞卡说，“我觉得实际上他——”

“厉害的家伙！他是，叫什么来着，一家F-M-C-G公司的市场经理，这简写意思是什么迅速移动的……别告诉我，别告诉我……迅速移动的消费者产品（fast-moving consumer goods）。也不知道这啥意思。不过我厉害吧？记性好吧？我的头脑就像钢铁陷阱，我总这么跟我妻子说。”

“实际上，他已经换工作了，现在在一家能量饮料公司工作。”

“什么？能量饮料？可以给你能量的饮料？反正呢，山姆和克莱曼婷，是不错的人，超棒的人，你知道的！你们应该来我们家，一起烤肉，你知道的！是啊，我们一起烤肉吧！享受一下这好天气嘛，你知道的！我一定要请你们来。你们一定要来！”

“噢，”艾瑞卡说，“谢谢你的好意。”她应该说不。她完全可以说不的。她可不是不会拒绝他人的那种人；实际上，她还很为自己的拒绝能力自豪，奥利弗不会希望她改变今天的计划的。这很重要。今天很关键。今天可能会改变他们的人生。

“我要拿根棍子烤全猪！斯洛文尼亚传统方式。好吧，算不上真的斯洛文尼亚式，是我的方式，不过你肯定没尝过这样的。你的朋友。克莱曼婷。我记得她。她喜欢美食，你知道的。跟我一样。”他拍拍自己的肚子。

“哦。”艾瑞卡说。她又看了看副驾驶座上的塑料袋。从商店回来的路上，她一直不停地看她买的东西，担心自己做错了什么。她应该多买点的。她这是怎么了？她为什么没买够一顿大餐的分量？

而且她买的饼干上有芝麻，芝麻好像有什么重大意义。克莱曼婷是特别爱芝麻还是特别讨厌芝麻来着？

“你看怎么样？”韦德说，“蒂芙妮肯定会想见你们 。”

“是吗？”艾瑞卡说。大多数妻子都不喜欢没有提前计划好的烤肉派对，但韦德的妻子对社交的热情似乎可以跟他比肩。艾瑞卡想起她第一次把自己最好的朋友介绍给开朗的隔壁邻居，那是她和奥利弗去年在家办圣诞节派对时，他们两人都在经历“假装我们是那种请人来做客，自己就开心的人”的那股狂热。她和奥利弗都讨厌这样的场合。请人来家里做客对艾瑞卡来说几乎总是一件焦心的事，因为她没有经验，还因为她心里一直相信，来客都是可怕的、惹人厌恶的。

“他们家有两个女儿，对吧？”韦德接着说，“我们家达科塔肯定想跟她们玩。”

“是啊。不过要记得，她们比达科塔小很多呢。”

“那更好了！达科塔喜欢跟小女孩玩，你知道的，假装自己是姐姐，你知道的。她会给她们编辫子，涂指甲油，你知道的，她们都能玩得开心！”

艾瑞卡双手在方向盘上摸了摸。她看看自己家。门前道路边的两道矮灌木刚刚修剪过，其完美的对称让人惊叹。遮光帘都是拉开的。窗子都干净明亮。

没什么好藏着掖着的。从路上可以看到他们那红色的维罗纳式台灯。仅此而已。只能看到台灯。一盏精致的台灯。开车回家时在路上看到那盏台灯，就能给艾瑞卡带来一种自豪与平静。奥利弗此刻在家用吸尘器打扫。艾瑞卡昨天才刚做过，所以这是过度清洁了。吸尘器用得太多。真令人尴尬。

艾瑞卡最开始离家时，普通人多久用一次吸尘器也是困扰她的众多问题之一，她对家庭生活有许多程序上的疑问。是克莱曼婷的母亲给出了明确的答案：一周一次，艾瑞卡，比如周日下午。你可以选一个适合你的时间，规律点，养成习惯。艾瑞卡像宗教信仰一般遵循帕姆关于生活的规则，而克莱曼婷则刻意忽略它们。“山姆和我经常忘记还有吸尘器这东西。”她有一次跟艾瑞卡说，“不过每次做完，我们都觉得好些，我们就会说：咱们以后要多用吸尘器！就跟我们突然想起来性爱差不多。”

艾瑞卡很震惊，吸尘器和性爱两件事都让她震惊。她知道她和奥利弗在公共场合比其他夫妇要正式一些，他们不会挑逗对方（他们喜欢公私分明，免得误会）；但是天啊，他们可永远不会忘掉做爱。

用吸尘器打扫过的房子如同芝麻一样，对今天的会议结果不会造成任何改变。

“棍子烤猪？”艾瑞卡跟韦德说。她一歪头，微微卖弄风情，克莱曼婷在这样的场合就会这么做的。她有时候会借用克莱曼婷的行为习惯，不过只有克莱曼婷不在场的时候才会，免得被她认出来。“你是说你家有整头猪躺在那儿，就等着烤？”

韦德咧嘴笑了，对她满意了，眨眨眼，指指自己的烟。烟雾飘进了车里，将另一个世界带进了车里。“这个不用你担心，艾瑞卡。”他重点强调了她名字里的第二个音节。艾瑞卡。这让她的名字听起来有些异域感。“我们会把一切都安排好的，你知道的。你的大提琴家朋友什么时候来？两点？三点？”

“三点。”艾瑞卡答道。她已经后悔刚刚卖弄风情的姿势了。哦，上帝啊。她做了什么？

她看看韦德背后，看到了哈利，那个独自住在韦德家另一边的老头，他站在自家前院里，山茶花丛旁边，手里拿着一把园丁剪刀。他们的目光相遇，她举起一只手打招呼，可他突然间躲开了她的目光，走到花园另一边，她的视线之外。

“我们的好伙伴哈利又在潜伏了？”韦德说，他甚至没回头。

“是啊。”艾瑞卡说，“他现在走了。”

“那就三点钟？”韦德说。他用指关节坚决地敲了敲她的车。“我们那时候见？”

“好吧。”艾瑞卡弱弱地说。

她看着奥利弗打开他们家的前门，拿着一袋垃圾走到前门台上。他肯定会生她的气的。“完美。太棒了！”韦德直起身来，看到奥利弗，奥利弗冲他微笑招手。

“哥们儿！”韦德大喊道，“我们一会儿见！在我家烤肉！”

奥利弗的微笑消失了。

4

克莱曼婷开车离开图书馆停车场时有些恐慌，一只手搭在方向盘上，另一只则在摆弄除雾器，因为她的挡风玻璃突然间被雾气蒙得严严实实，有些部分看起来一片漆黑。她已经比计划迟了二十分钟。

她演讲完毕后，得到的还是通常那种犹犹豫豫的小声鼓掌，好像人们不是很确定是不是该鼓掌，她往门边走时（明明离门那么近，可是又那么远），穿过一小群一小群站得密密实实、正大口吞咽免费的家制早茶食物的人时，总是有人来搭话。一个女人想拥抱她，拍她的脸颊。一个男人——她之后注意到他脖子后面有个条形码文身——好奇地想知道她对泳池装修方案的看法，她说她不住在附近，没有资格评论，他好像不相信。一个瘦小的白发女人想让她尝一块包在纸巾里的胡萝卜蛋糕。

她吃了胡萝卜蛋糕。蛋糕很不错。所以，至少这点挺值。

挡风玻璃渐渐清晰，像个小礼物一样。她向左转，离开了停车场，因为她不知道该往哪儿去的时候，一般都直接向左转。

“开始说话啊。”她对GPS说，“你就这一个任务。赶紧做啊。”

她需要GPS赶快引导她回家，这样她才能去拿她的大提琴，然后赶到朋友安斯利的家，她要在那儿给安斯利和她的丈夫胡表演。还有两周就要试音了。“那你还是想竞争这份工作？”她妈上周问道，惊讶的语气中带着些许责备，但克莱曼婷最近走到哪儿都能听到责备，所以也可能是她自己臆想出来的。

“是啊，我还是要试音。”她冷淡地说，她母亲也没再说什么。

她慢慢开，等待GPS的指示，可是GPS沉默着，似乎还在思考。

“你到底告不告诉我往哪儿走？”她问它。

显然，它不打算说。她遇到了红绿灯，向左拐了。她不能一直向左拐啊，那样的话她就会绕圈子了。不是吗？她回到家，肯定要跟山姆讲这个，而他会大笑，逗她，表示同情，然后提出帮她买个新的GPS。

“我恨你。”克莱曼婷对仍然沉默的GPS说，“我恨你，讨厌你。”

GPS忽略了她，克莱曼婷透过玻璃上的雨水看了看窗外，寻找路标。她感到下一秒就要开始头疼了，眉头皱得太紧了。

她不该在这儿，在这雨中一路穿越城市，到悉尼的另一端去，不该在这灰色的陌生郊外。她应该在家里，练习。那才是她该做的事。

不论她去哪儿，做什么，心里总有一部分在想象着另一种不同的平行人生，与她实际上过的人生并存，在那个人生中，艾瑞卡打电话给她，说“韦德邀请我们去烤肉派对”时，克莱曼婷答道：“不了，谢谢。”很简单的四个字。韦德不会在乎的。他都不怎么认识他们。

昨晚在交响乐演奏现场的不是韦德。那只是她自己的潜意识在耍残忍的小把戏，把那个格格不入的大脑袋安插在了人海之中。

至少她今天看到艾瑞卡在观众席里，是有所准备的，即使克莱曼婷一开始看到她，心还是咯噔一下。她僵直地坐在后排，仿佛在参加一个葬礼，她看到克莱曼婷目光扫过去时，露出了一丝笑容。她为什么要过来？这太奇怪了。她是觉得这跟看克莱曼婷演奏一样吗？就算她真的是这样想的，以艾瑞卡的性格，她也不会在工作日抽出时间来，专程驱车到偏远的悉尼北部，听克莱曼婷分享一个她已经熟悉的故事。接着，她还在中途起身离场了！她发短信说工作上出了问题，但这不大可能。有什么会计方面的问题紧急到连二十分钟都不能等呢？

她走也是一份宽慰。那张严肃的小脸像磁铁一样，不断吸引她的注意力，这样演讲让她有些慌张。她脑海中还冒出了一个毫无意义、让她分心的想法——艾瑞卡的发型与克莱曼婷母亲的一模一样。那是一款严肃的及肩对称发型，齐齐的刘海恰及眉梢。艾瑞卡很崇拜克莱曼婷的母亲。这可能是有意为之，也可能是无心的模仿，但绝不可能是巧合。

她看到了指向城市的路标，迅速转换车道，这时GPS才醒来，用圆润的英式口音女声指示她“前方右转”。“是啊，我自己也弄明白了，不过还是感谢。”她说。

雨又下了起来，她打开了雨刮器。

一边的雨刮器上有块橡胶松动了，每擦三下，都会发出一声刺耳的响声，像是恐怖电影里门缓缓打开的那种声音。

吱——啦。二。三。吱——啦。二。三。这让她想到了僵尸以缓慢的动作跳着华尔兹。

她今天会给艾瑞卡打电话的。或是明天早晨。她欠艾瑞卡一个回答。时间已经过去够久了。回答只能有一个，当然了，但克莱曼婷一直在等待合适的时机。

现在不要想那个。只想着试音就好了。她需要在脑中划分区域，脸书上的文章都这么建议。按理说，男性更擅长在脑中划分区域；他们不论做什么，都会集中全部精力，可是实际上，山姆一向能“多任务”处理问题。他能一边从洗碗机里取干净的餐具，一边做意大利调味饭，还能同时跟孩子们玩“有益于她们头脑”的游戏。克莱曼婷是爱走神的那个，她有时去拿大提琴，然后就忘记了她在烤箱里烤着东西。有一次（太吓人了）她甚至忘记了去接参加生日派对的霍莉，山姆可永远不会做出这种事。“你们妈妈总是迷迷糊糊地走来走去。”山姆总跟孩子们这么说，但他的语气很宠溺，或者说，她觉得是宠溺的。也许宠溺是她想象出来的。她现在已经不清楚大家究竟对她有什么看法了——无论是母亲、丈夫或者朋友。一切似乎都是有可能的。

她又想到了母亲的话：“那你还是想竞争这份工作？”她还从没有为哪次试音花这么久练习过，即使在孩子们出生之前。她之前总爱自我陶醉地抱怨：我是个工作的母亲，要带两个年幼的孩子！我好苦啊！我一天的时间根本不够用！其实只要少睡一会儿，一天中就能多好几个小时的时间。现在她每天半夜才睡觉，不像从前，十点就睡了，早上也五点就起床，而不是睡到七点。

少睡觉给她带来一种并不反感、略微宁静的感觉。她觉得自己脱离于生活的方方面面。她再没有时间去感受了。她从前浪费了多少时间在感觉上啊，还有衡量自己感觉的时间，好像自己的感觉真是什么国家大事似的。克莱曼婷为即将到来的试音焦虑不堪！克莱曼婷不知道自己够不够好！好吧，老天爷啊，挡住媒体，我们来调查一下试音的焦虑，我们去跟音乐家朋友们坦诚谈谈，我们去寻求源源不断的安慰。

停下。没完没了的自我嘲讽——嘲讽曾经的自己，其实也没什么用处。你的时间应该花在解决技术性问题上。她在脑海中搜寻一个能让她分心的技术问题——例如，贝多芬开场的琶音指法。她在此问题上徘徊不定。复杂的选择能带来更好的音乐效果，可是这样有风险，她可能会在压力之下犯错。

前面是堵车了吗？她可不能迟到啊。她的朋友们为了帮她，牺牲了自己的时间。他们完全得不到任何好处。这是出于纯粹的无私。她看看停滞不前的车流，又一次，回到了蒂芙妮的车里，被一片红灯组成的海洋所困住，安全带像是束带一样，绷紧在她的颈部。

车流还在动。没关系的。她听到自己舒了口气，即使她并没有意识到她在屏住呼吸。

她今晚出去吃饭的时候，会问山姆，他是不是也会像她一样，思绪被卡在毫无意义的循环里，不断想象“如果”。也许这能引出话题呢。一次“治愈的谈话”。这是她母亲会用的词。他们今晚要出去，“约会之夜”。这也是她母亲学会的一个时髦词。“你们两个小家伙需要的是约会之夜！”她和山姆都讨厌“约会之夜”这个词，但他们还是要去，去克莱曼婷母亲推荐的一家饭店。

她母亲会帮忙照看孩子们，甚至还替他们预订了座位。

“原谅是强者的品质。我觉得这话是甘地说的。”她妈这样给她讲。她母亲的冰箱门上贴满了写在小纸片上的励志名言，用磁力冰箱贴固定。冰箱贴上面也印着名言。

也许今晚会好的。也许今晚可能会有趣呢。她想积极些。他们俩至少要有一个人积极些吧。她的车靠近了水沟，一大波水花溅起来，扫了车身。她骂了一句，骂得太过凶狠了。

感觉自从烤肉派对那天起，雨就一直没停过，即使她知道事实并非如此。她想到烤肉派对前的生活时，总感觉生活中充满了金色的阳光，蓝色的天空，温柔的微风。好像从没下过雨。

“前方左转。”GPS说。

“什么？这里？”克莱曼婷说，“你确定？还是说下一个路口转？我觉得你是在说下一个。”

她继续向前开了。

“请找机会掉头。”GPS的语气里带着一丝叹息。

“抱歉。”克莱曼婷低声下气地说。

5

烤肉派对当天

阳光泄进厨房里，克莱曼婷穿着睡衣跑过来，踩在光点上，她的丈夫山姆用军士长的语气喊道：“跑啊，士兵，跑！”

她两岁的女儿露比也穿着睡衣，金色头发乱糟糟的，像个鸟窝，她在克莱曼婷身边跑，一蹦一跳，边跑边咯咯笑，像个小木偶。她一只肉乎乎的小手里抓着一块湿漉漉的羊角面包，另一只手里拿着一个木把儿的金属打蛋器，即使没有人觉得“打蛋器”只是一件厨具；打蛋器每晚要被露比喂饱，洗盆浴，然后被温柔地送上床，躺在他/她（打蛋器的性别是流动的）那铺满纸巾的鞋盒里。

“我为什么在跑？”克莱曼婷喘着气说，“我不喜欢跑啊！”

这天早晨，山姆眼中流露着近乎狂热的神色，宣布道，他已经做好了一套万全的计划，能帮助她“搞定这次试音，宝贝”。他昨晚很晚才睡，完善他的计划。

首先，她需要原地跑步五分钟，速度能有多快就多快。

“别问问题，按指令行事！”山姆说，“膝盖要抬高！得跑到呼吸加速。”

克莱曼婷试着抬高膝盖。

他肯定是在谷歌搜索了交响乐团试音的小窍门，而第一点就是这俗套的“锻炼！”。

要保证你的身体状况保持在巅峰状态。

这就是跟不做音乐的人结婚的问题。音乐人会知道，帮她准备试音应该是早晨带孩子们出去，让她有时间在下午去艾瑞卡家之前练习。这也不是什么世界难题啊，士兵。

“还有两分钟！”山姆打量着她。他没刮胡子，穿着T恤和平角裤。“实际上，你可能再来一分钟就够了，你不是很健美。”

“我要停下了。”克莱曼婷说着，放慢速度，开始慢跑。

“不行！你不能停。这是要刺激你的试音神经，让你的心跳加速。心跳速度一提高，你就可以开始演奏片段了。”

“什么？不，我可不要现在演奏。”她得慢慢准备片段演奏，准备得无懈可击才行，“我想再喝一杯咖啡。”

“跑，士兵，跑！”山姆喊道。

“噢，上帝啊。”她接着跑。锻炼锻炼，也不会有什么坏处，好吧，实际上她现在已经开始痛了。

他们五（“又四分之三”，这点很重要）岁的女儿霍莉嗒嗒嗒地跑进了客厅，穿着睡裤和一条毛边《冰雪奇缘》连衣裙，脚踩克莱曼婷的高跟鞋。她摆了个模特姿势，单手叉腰，仿佛站在红毯上，等待仰慕。

“哇哦。看看霍莉。”山姆乖乖说，“赶快把那鞋脱了，别伤着自己。”

“你们两个为什么都在……‘跑’？”霍莉对她妈妈和妹妹说。她双手分别伸出两根手指，在空气中勾了勾，划出隐形的引号。这是她新养成的成熟习惯，只不过她认为她可以随便挑任何词汇，用倒置的逗号把它们圈起来。圈起来的词越多越好。她皱皱眉头。“别这样。”

“是你爸让我跑的。”克莱曼婷喘着气答道。

露比突然间受够了跑步，一屁股坐在地上。她小心地把手里的羊角面包放在地上，等着待会儿再吃，然后开始吮吸自己的大拇指，像个犯了烟瘾的烟鬼。

“爸爸，别让妈妈跑了。”霍莉要求，“她呼吸都不对劲了！”

“我呼吸确实不对劲了。”克莱曼婷同意。

“很好。”山姆说，“我们需要她喘不上气来。姑娘们！跟我来！我们有重要工作要做。霍莉，我告诉过你了，赶快把鞋脱了，别伤着自己！”

他把露比从地上拉起来，一只手臂夹着她，像抱橄榄球似的。他就这样跑着穿过走廊，她高兴得尖叫。霍莉跟在他们身后跑，无视了他说的鞋的话。

“接着跑，我们不喊你来就别停！”山姆从客厅喊道。

克莱曼婷跟霍莉一样叛逆，她放慢了速度，开始拖着脚走。

“我们准备好了！”山姆喊道。

她走进客厅，喘着粗气，力不从心地笑着。她在门廊处停了下来。家具都被推到了角落里，只有房间正中央摆着一把椅子，椅子前是乐谱架。她的大提琴靠在椅子上，尾销紧紧插在硬木地板上，这里会留一个小洞的。（他们决定这些小洞是“个性”，而不是“破坏”。）一张双人大床的床单从天花板上垂下来，将房间隔开。霍莉、露比，还有山姆都坐在床单后面。她能听到露比在咯咯笑。

原来山姆是为这个激动啊。他把房间布置得像试音现场。白色床单代替黑幕布，试音评审组就坐在那后面，像个隐形的射击队，评判你，给你宣判，他们没有面孔，沉默无语（只是偶尔会发出吓人的沙沙声、咳嗽声，还有那大声而无聊、高人一等的声音，可以在她演奏时随时打断她，说“可以了，谢谢”）。

她发现自己一看到那把孤零零的椅子，五脏六腑就会自动做出反应，这让她惊讶，甚至还有些尴尬。她经历过的所有试音场景都涌回脑海中：一连串的记忆倾泻而下。有一次，只有一间热身房间，那间房热得惊人，缺乏空气，还很吵闹，屋子里挤满了才华横溢的音乐家，一切像旋转木马一样转着圈，一个法国大提琴家伸出一只疲倦的手，救回了从克莱曼婷手中滑出来的大提琴。（她可是最容易晕倒的。）

还有一次，她首轮试音时演奏得无比出色，只是在协奏曲部分有一个音走得离谱，甚至不是在高难度的部分；这个错误她从没在演奏会中犯过，之后也再没犯过。她当时伤心极了，在高乐雅咖啡店里哭了整整三个小时，隔壁桌的女士给她递纸巾，她当时的男朋友（那个长湿疹的双簧管演奏者）一遍又一遍地说："他们会原谅你那一个错音的！"他说的对，他们原谅了她的一个错音。那天下午，她进了第二轮试音，可她哭得太累了，拉琴的手臂虚弱得像意大利面条，没进最终轮。

"山姆。"她开口说。他做这一切很贴心，非常、非常贴心，她为此爱他，可这帮不到她。

"嗨，妈妈！"露比的声音从床单后清晰地传来。

"嗨，露比！"克莱曼婷说。

"嘘，"山姆说，"不许说话。"

"妈妈怎么还不'拉'？"霍莉说。即使看不到她人，也知道她在伸出两根指头打勾勾。

"我不知道。"山姆说，"这位竞争者不表演，我们就不给她工作，对吧？"

克莱曼婷叹了口气。她得陪他们玩这个游戏。她在那把椅子上坐下来。她尝到了香蕉的味道。她每次试音前，都要在开车来的路上吃一根香蕉，理论上，香蕉有天然阻滞剂，能帮她调节神经。现在她只能在试音前吃香蕉了，因为香蕉会让她自动想到试音。

也许这一次，她可以再试试真正的阻滞剂，不过她那次试的时候，很不喜欢嘴里填满棉球的感觉，她的大脑也有种被强力风吹干净的感觉，像是有什么东西在她的大脑中央爆炸了。

“妈妈已经有工作了啊，”霍莉说，“她已经是个大提琴家了。”

“这是她梦想中的工作。”山姆说。

“算是吧。”克莱曼婷说。

“什么？”山姆说，“那是谁？我们没听到竞争者说话，对吧？她不说话，她只演奏。”

“那是妈妈！”露比说，“嗨，妈妈！”

“嗨，露比！”克莱曼婷回喊道，边说边用松香擦了擦琴弓。

“梦想中的工作”也许是夸张了（她要是要梦想，倒不如直接梦想做闻名世界的独奏者），可她真的非常、非常想要这份工作：悉尼皇家交响乐团的首席大提琴手。这是一份长期工作，有同事，有假期，有时间表。自由音乐家的工作有弹性也有趣，但太零散了，都是些微不足道的小差事，婚礼、企业聚会、授课、临时替补，有什么工作就做什么。现在孩子们安定了，上学、上托儿所了，她想让自己的事业回到正轨。

她已经认识了这个交响乐团中弦乐部分的所有乐手了，因为她经常作为临时乐手跟他们表演。（“所以你拿到这份工作不应该有任何问题，对吧？因为你已经在做这份工作了！”母亲昨晚这样说，她的欢快来自对克莱曼婷世界激烈竞争的无知。克莱曼婷的两个哥哥都在海外工作，都是工程师。自从大学时起，他们的职业生涯就以符合逻辑的线性方式向前延伸。他们从不会号啕大哭，说“我觉得我今天做不了工程师”！）

她在交响乐团最好的朋友，安斯利和胡，是一对夫妇，一个是大提琴手，另一个则是低音琴手，他们会坐在黑色幕布之后，他们在决定她命运的团队之中，这对她来说是一剂强心剂。理性思考的话，克莱曼婷知道自己是有机会的。让她无法将完美的生活变成现实的，只是她对试音的恐惧。她对恐惧的恐惧。

“万全的准备就是解决办法。”山姆昨晚告诉她，仿佛这是什么开天辟地的重大建议，“要想象。你得想你赢得试音的场景。”

她心想，交响乐团的试音不是“赢”的，这好像有些不忠诚，准备试音也跟准备新款去屑香波营销计划的PPT不是一回事，山姆的上一份工作就是做这个的。也许是一回事吧。她说不准。她无法想象在办公室里工作的人们都在干什么，一整天一整天地坐着，对着电脑。山姆现在就精力充沛，他每天去上班时看起来都很欢快，因为他刚在一家更大、“更有活力”的公司当上市场总监，这家公司是做能量饮料的。他的新办公室里有不少二十几岁的年轻人。有时候她能听出他说话被他们那拉长音调、抑扬顿挫的说话方式感染了。他还处于蜜月期。昨天，他提到了什么“高瞻远瞩的企业文化”，他还不是以讽刺的语气说的。他一周前才去了那儿。她要给他一周的宽限期，然后就要开始拿这件事逗他了。

“我能去玩iPad吗？”霍莉的声音从床单后面传来。

“嘘，你妈妈在试音呢。”山姆说。

“那我能吃点东西吗？”霍莉说，接着她又愤怒地喊道，“露比！”

“露比，别舔你姐姐了。”山姆叹息着说。

克莱曼婷抬起头，试着不去想床单是如何挂在天花板上的。他不会是往他们的纹饰天花板上按了图钉吧？不会的。他是他们两人中明智的那个。她拿起琴弓，架好大提琴。

片段的乐谱在她的乐谱架上。她昨天过这些音乐的时候，没有发现什么真正让她惊讶的地方。勃拉姆斯的曲子不会有问题。贝多芬的还好，只要她能把开场拉好就行。《唐璜》，当然了，是她的宿敌，但她也只需要多花点时间来练。她看到有马勒时，很是高兴——《第七交响曲》第五乐章。也许她现在可以给山姆演奏马勒，让他高兴高兴，让他觉得他的计划有用。

她调音时，听到她脑海中玛丽安的德国口音在给她提试音建议："第一印象很重要！即使你只是在调音！你必须调得快，调得安静，且冷静。"她感到一股突如其来的悲痛，怀念她曾经的音乐老师，即使她已去世十年了。

她记得很久以前，她觉得自己调音的时间太久了，久到不正常，会因此而恐慌起来，她觉得她能感受到幕布另一边，评审们的不耐烦在发酵。那回在珀斯，她不得不背着调好音的大提琴，在灼人的炎热天气中，穿过四方形大院，走进音乐厅里。

所有试音都染着一种噩梦般的色彩，但是那一次所造成的创伤尤其突出。监管员要求她上台之前脱掉鞋子，免得高跟鞋踩在舞台上的声音暴露了她的性别。他还建议她最好不要咳嗽，不要清嗓子，那样也会暴露性别。他好像对这事有些偏执。可当她走到舞台上，她穿着丝袜的脚滑了一下子（黑色丝袜！四十多度的高温啊！），不禁让她尖叫了起来，这绝对暴露性别了。等她终于调好大提琴，整个人已经凌乱不堪了。她满脑子想的都是自己在发抖，在出汗，在打战，还有她为机票和住宿花了多少钱，就为了一次没选上的试音。

我的天，她恨死试音了。她要是拿下这份工作，就再也、再也不想试音了。

"露比！回来！别碰那个！"

床单突然从天花板上掉了下来，暴露了坐在沙发上的山姆，霍莉坐在他腿上，露比则坐在地上，她为自己刚刚做的事愧疚，却又有些激动，床单落在了她的周围。

“是打蛋器弄的。”露比说。

“不是打蛋器弄的！”霍莉说，“是你弄的，露比！”

“好了，好了，”山姆说，“放松。”他无奈地冲克莱曼婷耸了耸肩，“我还想着，我们可以每周日早晨吃完早饭都来一次假装试音。我觉得挺好玩的，也许还会……有用呢，不过这可能是有点糟，抱歉。”

霍莉从山姆腿上跳下来，抓起床单，盖在了自己头上。露比跟她一起钻到了床单下面，她们俩在说悄悄话。

“不糟。”克莱曼婷说。她想起她的前男友迪恩，那个双簧管乐手，他现在跟纽约爱乐交响乐团表演。她记得她练习给他听，他会喊“下一个！”，指指门，意思是她的演奏太差劲了，然后她就会哭起来。“靠，你的自我怀疑也太没意思了。”迪恩这时会打哈欠。靠，你就是个虚伪的混蛋，迪恩，你自己的演奏甚至都不怎么样，兄弟。

“我带孩子们出去一上午，你来练习吧。”山姆说。

“谢谢你。”克莱曼婷说。

“你没必要谢我。”山姆说，“你不需要感激。说实在的。赶快把脸上那感激的表情抹掉。”

她摆出一副夸张的空白表情，山姆笑了起来，但她确实感激，这是个问题，因为她清楚，感激是某种盘旋复杂的情绪迷宫的第一步，最终将会引她走向反感，不合逻辑，但却真真实实的反感，也许山姆察觉到了这点，所以他才会第一时间叫停她的感激。他经历过这些。他知道接下来的十周里，她的试音将怎样影响他们的生活，她会缓缓疯掉，因为紧张，因为需要从已经非常紧张的生活中挤出宝贵的时间来练习。不论可怜的山姆给了她多久的时间，都永远不会够，因为她真正需要的，是他和孩子们暂时消失。她需要进入另一个平行空间，在那里她单身，无子。只需要从现在到试音前。她需要去间山间小木屋（声音效果要好），生活中只有音乐，呼吸的也是音乐，别无他物。去散步。去冥想。好好吃饭。做如今年轻音乐家们做的那种积极想象练习。她有着严重的怀疑，怀疑她要是真的这么做了，可能都不会太想念山姆和孩子们，或者说，就算她想念他们，这种想念也是可以忍受的。

“我知道我准备试音的时候做人很糟糕。”克莱曼婷说。

“你说什么呢？你准备试音的时候很可爱。”山姆说。

她假装捶他的肚子。“闭嘴啦。”

他抓住她的手腕，把她拉起来，给她一个大大的熊抱。“我们能做到的。”他说。她吸着他的气息。他又用孩子们的无泪宝宝香波了。他的胸毛软软的、蓬蓬的，像小鸡的毛。“我们会做到的。”

她爱他说“我们”。他一向这样。即使是他在家里翻修一些东西时，这事她根本没有出一点力，只是注意不挡道，他看着他的劳动成果，擦擦他那沾满灰尘和汗水的脸，说：“我们就快做好了。”

对他来说，无私是自然而然的。她还得装一装。

“你是个好人，塞缪尔。”克莱曼婷说。这是他们很多年前看电视剧时听到的台词，它已经成了她说“谢谢你，我爱你”的暗语了。

“我是个好人。”山姆同意道，放开了她，“一个好人。可能还是个超好的人呢。”他看着小霍莉和露比在床单下面移动，弄出各种形状来。“你看到霍莉和露比了没？”他大声说，“我记得她们刚刚就在这儿，可她们好像消失了。”

“我不知道。她们去哪儿了呢？”克莱曼婷说。

“我们在这儿呢！”露比激动地喊。

“嘘！”霍莉很把这种游戏当回事。

“嘿，艾瑞卡家的下午茶是几点来着？”山姆说，“也许我们该取消了。”他的表情饱含希望，“这样你就能练习一整天了。”

“我们不能取消。”克莱曼婷说，“艾瑞卡和奥利弗想……她怎么说的来着？她想讨论一些事。”

山姆咧了咧嘴。“这听起来可不妙。他们没用‘投资机会’这个词吧？记不记得劳伦和大卫请我们去吃晚餐，结果只是为了让我们加入他们的那什么环境友好型毛巾项目？”

“艾瑞卡和奥利弗要是真给我们投资机会，我们就得抓住啊。”克莱曼婷说，“肯定要的。”

“说得对。”山姆说着，皱起了眉，“我猜他们是想让我们加入他们的‘乐趣跑’。”他说“乐趣跑”这个词时，跟霍莉一样，用手指比画了隐形引号。“为有意义的慈善组织募捐。那样我们就会觉得有义务参与。”

“我们要参与的话，会拖他们后腿的。”克莱曼婷说。

“是啊，我们会的，或者说，是你会。我天生的体育天赋能帮我扛过去。”山姆又皱皱眉，若有所思地挠挠脸颊。“啊，天啊，他们要是要拉我们去露营可怎么办？他们会说对孩子们有好处。得让她们去室外活动。”

艾瑞卡和奥利弗决定不要孩子，但即使他们自己没有兴趣养孩子，却对霍莉和露比有着源源不断的兴趣。仿佛这对他们来说有好处，仿佛这是什么有计划的方法，帮他们做更加丰满、自我实现的人：我们有规律地锻炼，我们去剧院看表演，我们读该读的小说，不光读布克奖决选名单的书，还要读所有入选布克奖长名单的，我们看好的展览，我们对国际政治、社会问题，还有我们朋友的孩子们有真正的兴趣。

这不公平。也许还不公平到可怕。他们对孩子们的兴趣不是装出来的，克莱曼婷知道，他们的生活如此紧凑、有序，并不是为了跟谁竞争。

“也许他们想给孩子们弄个信托基金吧。”山姆说。他回想了一刻，又耸耸肩，“我无所谓的。我可男人了。”

“他们没富到那种程度。”克莱曼婷笑道。

“你觉得他俩会不会哪一个有什么严重的罕见基因疾病？”山姆说，“想象一下，那样的话我会有多难过。”他呲了呲牙，“上次见他们的时候，奥利弗看起来有点太瘦了。”

“他们跑马拉松，当然瘦了。我肯定他没什么问题的。”克莱曼婷心不在焉地答道，即使她确实觉得今天有些不对劲，但是这可能只是因为试音的事，即使还很远，却已经开始污染所有事了，给接下来的十周时间蒙上一层永恒的基调，让一切都染上轻微的恐惧感。没什么好怕的。只是晴朗美丽的一天，去喝下午茶而已。

6

一个穿着淋湿的闪亮黑雨衣的孩子站在渡轮的边缘，一条手臂上缠了一根又粗又重的绳子。山姆坐在渡轮窗边的位置，透过窗子看他。那孩子眯着眼，在倾盆大雨中看着码头从灰色迷雾之中显露出来。他那稚嫩年轻的脸满是雨珠。渡轮随着水流摇摇摆摆前进。咸咸的冷风灌进了山姆的鼻孔。那男孩举起绳子一端的绳结，举得高高的，像是骑马的牧羊人，甩起套索。他扔出了绳子，一下子就套住了系船柱。然后，他从渡轮上跳到了码头上，使劲拉绳子，仿佛是在把渡轮往岸边拉。

那孩子看起来顶多十五岁，却能轻而易举地做好渡轮靠岸的工作。他给船长传达了某种信号，然后向穿着雨衣、打着雨伞的乘客们喊了一句“环形码头！”，接着，他放下了渡轮的梯子，梯子落在地上，发出一声钝钝的金属巨响。乘客们快步走到渡轮另一头，缩头躬身，在雨中前行，男孩则挺胸昂头地屹立不动，勇敢无畏。

看嘛，这就是份像样的、踏实的工作。停靠渡轮。赶着坐办公室的人们上下渡轮。他不过是个孩子，可他那样站在雨中，看起来像个男人。看到他，山姆觉得自己穿着沾湿的毛料裤子、细条纹衬衫，乖乖地坐在那里，简直就是孱弱。那孩子可能想到办公室里的工作就讨厌吧。他会说：“我才不要，我会感觉自己像一只被捕到的老鼠。”

一只为了拿到奶酪，去推动拉杆的老鼠。就像从前的那种实验。昨天，山姆坐在桌前，像老鼠一样，用小指去敲键盘上的字母P，然后拇指按下空格键，一遍又一遍，每打一个P，就按一个空格，直到他的屏幕被P P P P P P P P填满。他就这样打了大概二十分钟。也许是半小时吧。他说不准。这是他昨天上班最重大的劳动成果。满屏幕的字母P。

他看着一群乘客涌上渡轮，甩着雨伞，脸上满是恼怒、不耐烦的表情，可这一天还没开始呢。那孩子估计没意识到白领在办公室里可能一天什么也不做，真的什么也不做，还能拿到工资。山姆想到自己工作的成果少得多么可怜，就冷汗直冒。他今天一定要做些什么。不能再这样下去了。他要是不想法子集中精力，就要丢掉工作了。他还在试用期呢。他们这时候要炒他鱿鱼，都不需要做多少文件，也没有压力。目前他还混得过去，全是靠他的团队。四个精通技术、精通一切的二十几岁的年轻人，直接向他汇报。他们都比他聪明。他没有在管理他们，他们在自己管理自己，但这样的情况不能继续了。

山姆做的要是蓝领工作，几周前就会丢掉饭碗。他想起自己的父亲。硬汉斯坦是不会出门做一份管道工作，然后只是坐在那儿，看着空气的。不是么？他可不能什么也不想地用扳手敲管道二十分钟。山姆要是管道工，那他会别无选择，必须集中注意力，那样他的思想也就不会缓缓崩塌了——或者用别的词来形容他身上发生的事也行。他爸那边不是有个亲戚，一个老姨什么的，（低声说）“精神崩溃”了吗？也许他也快了。他的神经都在分解、崩溃，像布满气孔的砂岩一样，碎成了灰尘。

渡轮开走了，回到港口去，送所有人去工作，山姆看着同行的乘客，突然意识到，这里从来不是他的归属。他不是那种适合企业的人。他的工作总是做得尚可，作为付账单的办法，这份工作还算不太无聊，但是有时候，比如说他站在满屋子人面前，做PPT展示时，他会有那么一瞬间，觉得这一切不过是逢场作戏，一次精心的表演，好像他只是假装“商人”——他母亲总是梦想他是商人。不是医生，不是律师，而是商人。乔伊并不了解一个商人一天到晚究竟是干吗，只知道他打领带，不需要穿工装，指甲缝是干净的，她只知道山姆在学校成绩好——他的成绩确实好——他的奖励就是商人光鲜亮丽的生活。他当初可以坚持跟他父亲和兄长做一样的工作——他母亲并不是控制狂，只是热心而已——但年少的他傻乎乎地、昏昏沉沉地同意了，甚至没有真正考虑过自己究竟想要什么，什么能带给他满足感，而现在他被困在错误的人生中，成了一个表现中等的中层经理，假装对能量饮料的营销充满了激情。

那又怎样？忍着吧。这艘渡轮上，有几个人对自己的工作真的有热情？爱自己的工作又不是天赋的人权。人们总跟克莱曼婷说：“你做自己爱的工作，真是太幸运了。”她对这份特权的感激根本不够。有时候，她会这样回答：“是啊，可是我还是害怕，担心我是不是不够好。”她对自己音乐水准的神经质让他困惑而不安，演奏不就好了吗？现在他才终于理解了她说“我觉得我今天就是无法演奏”时的感受。他再次看了看写满字母P的电脑屏幕，感到恐慌阵阵来袭。他不能丢掉他的工作，他们还有贷款要还。你有家庭。你要保护你的家庭。做个男人。振作起来。你什么都有，却把这一切赌上，为了什么呢？别到头来什么都没有。他望着窗外，渡轮向下倾，冲进一团被白沫包围的灰绿色水中，他听到自己发出了奇怪的声音：小女孩一样，被吓坏的那种高音调喊声。他咳嗽一声，好让人们以为他只是在清嗓子。

他想起烤肉派对那天早晨。这种感觉就像记起另一个人的回忆，一个朋友，或是他看过的电影中扮演父亲角色的某个人。那肯定是别人吧，不可能是他，在自己充满阳光的房子里走来走去，充满自信，那么确定自己在这世界里所处的位置。那天早晨究竟发生了什么？早餐吃的是羊角面包。他本想为克莱曼婷布置一场假装试音。没做成。之后发生了什么呢？他计划带孩子们出去，好让克莱曼婷练习。可他们找不到露比那只鞋底发光的鞋子。他们最后究竟有没有找到那只该死的鞋？

那天早晨若是有人问他对自己的生活有何感受，他会说，他很幸福。他对新工作非常满意。实际上，当时他还为新工作兴奋来着。他非常得意在谈工作条件时要求了弹性工作时间，这样他就能继续做有所贡献的父亲，他的父亲可从没做到过这点，他还美滋滋地接受为此获得的所有赞美，夸他是个真正带孩子的父亲；相反，克莱曼婷从未因为带孩子多而受到过赞扬，对此他会同情，却又享受地大笑。

他对自己在企业世界中的角色是有一些怀疑，可他从未质疑过自己作为父亲的角色。克莱曼婷总是说，山姆跟他父亲打电话时她能听出来，因为他的声音会降低一个音调。他知道，他更可能是在讲他在家里完成了什么超男人的DIY项目，而不是在工作上得到了什么晋升，但他不在乎克莱曼婷说山姆给霍莉做的芭蕾盘发有多好（比她强）时，或是他带露比去换衣服、洗澡时，他父亲脸上露出的茫然表情。山姆对自己作为丈夫和父亲的角色一直有着百分百的安全感。他觉得他的父亲根本不知道自己错过了怎样的美好。

要是有人在烤肉派对那天早晨，问他的梦想是什么，他会说他没有太多祈求，要是贷款能低一些，房子能整洁一些，再来一个宝宝，最好是个儿子，那就好了，不过再来一个女儿他也完全不介意的，可以的话还可以再来条大船，还有，多点性生活。他会在说起性生活的时候大笑。至少是微笑。遗憾的微笑。

也许，微笑会介于遗憾与辛酸之间。

他此刻就在辛酸地微笑，走道对面坐着的一个女人与他目光相遇，立刻避开了他的眼神。山姆停止微笑，看着他搭在膝盖上的双手攥成拳头。他逼自己松开拳。表现得正常些。

他拿起一份别人丢在他旁边座位上的报纸。是昨天的报纸。头条标题是“够了！”，标题下面是一张很有艺术感的照片，视角通过雨点打湿的窗子，反映出悉尼阴雨连连的天际线。山姆试着读这篇文章。沃勒甘巴水坝很快就要开闸泄水了。整个州都会被淹。句子开始变得跳跃，这些日子，他看什么句子都这样。也许他该去检查检查眼睛。他现在已经不能连续阅读了，很快就会感到紧张、焦虑。他会突然间恐惧地抬头看，仿佛错过了什么重要的事，仿佛他刚刚打盹了。

他一抬头，又与对面坐着的那个女人四目相对。

我的老天，我真的没想看你。我不是想勾搭你。我爱我的妻子。

他还爱他的妻子吗？

他看到蒂芙妮的面容浮现在发光的金色背景前。加油，肌肉仔。

那种爱抚般的微笑。他转头面朝渡轮的窗子，像是为了不看眼前的蒂芙妮，而不是在心里避开她，他看着窗外低沉严肃的灰色天空映衬下的海湾和悉尼港的水湾。一切都被蒙上了末日般的色彩。

他可以对克莱曼婷说很多话。他想说的各种指责，只是，它们一冲出他的口，他就立即想要收回，因为他配得上更难听的指责。可这些指责还是停留在那儿，并没有在他的嘴边，却堵在他的嗓子眼里，像一团消化不掉的食物，所以，有时候他会觉得自己难以吞咽。

今天，她又去做那种毫无意义的社区演讲了。去遥远的郊外某处图书馆。这种天气，肯定没人去听吧。她为什么要做这种事？她推辞了不少演出，反而去做这无偿的演讲。这对山姆来说完全无法理解。她怎么能选择重新回顾那一天呢？而山姆却每日都在尽全力把那些令人羞愧的记忆闪回排出他的脑海。

“您好？”

山姆吓了一跳。他的右胳膊狠劲甩了出去，像是在接什么从空中掉落的东西。他喊了一句：“哪里？”

一个穿着米色雨衣的女人站在走道里盯着他看，眼睛瞪得像小鹿斑比，她的双手交叉在胸前，做着保护动作。“抱歉。我不是有意吓你的。”

山姆感到一股纯粹、彻底的愤怒。他想象着扑倒她，掐住她的脖子，像抓布娃娃一样摇晃她。“我只是想问，这是不是您的？您看完了吗？”她冲报纸点点头。

“对不起。”山姆哑着嗓子说，“我只是想问题出神了。”他把报纸递给她。报纸在他手中抖动着。“不是我的。给你吧。”

“谢谢。刚才的事真是抱歉。”女人又说了一遍。

“没事，没关系。”

她退开了。她以为他是疯了。他确实是疯了。每一天，他的疯都在变得愈发严重。

山姆等待心跳慢下来。

他再次转头面对窗子。他看到海外乘客站点，想起来他跟克莱曼婷今晚要去那儿的一家饭店吃饭。一家定价虚高的高级餐厅。他不想去。他没什么好跟她说的。

他脑海中闪过一个念头，他们应该分手。不对，不叫分手，叫分居。这是婚姻啊，哥们儿，你们不能像男女朋友一样分手，你们只能分居。真是狗屁话。他跟克莱曼婷才不会分居。他们好得很。可是，这个词却有种奇异的吸引力——分居。感觉像是个解决办法。他要是能把自己分离出来，隔离开，去除掉，那他就能宽慰了。就像截肢手术。

他突然间站起身来。渡轮在晃，他抓着座位靠背，这样才能站稳，他走到外面，站在无人的甲板上。带雨的冰冷空气打在他脸上，像个生气的女人，那个穿着雨衣的孩子看着他，一脸不感兴趣的表情，然后他移开了目光，仿佛山姆只是这无聊的灰色风景中普通的一个物件似的。

山姆紧紧抓着渡轮周围湿滑的护栏。他不想在这里，他也不想回家。他不想去任何地方，只想回到过去，回到那荒唐的后院里，在那昏暗的暮色时刻，彩色的小灯在他的视线边缘闪闪烁烁，蒂芙妮——一个对他来说没有任何意义、任何意义的女人——在跟他一起大笑，而他没有看她那兔子杰西卡一般凹凸有致的身材，他没有在看，但他清楚她的身材有多好，他心里知道。“加油，肌肉仔。”她说。

就是那里。他就需要在这个地方按下“暂停”键。

他只是需要那之后的五分钟而已。他只是需要重来一次的机会。他要是有这样一次机会，就会做他心中那个男人该做的事。

7

烤肉派对当天

“咱们就忘掉这件事算了。”克莱曼婷说。

已经快一点钟了，他们应该三点到艾瑞卡家喝下午茶的，山姆和孩子们承诺了要出去，给她时间练习，可他们现在还没出门。他们的承诺不可能被兑现了。

“不，”山姆说，“我才不会被一只小小的鞋打败。”

露比的一双崭新、昂贵的发光跑鞋有一只失踪了，而因为她最近长得快，现在只有这一双鞋合适。

“那首诗怎么说的来着？”克莱曼婷说，“寻钉子，丢了鞋；寻鞋子，丢了马……然后是什么什么的，反正最后丢了王国。”

“什么？”山姆咕哝道。他平贴在地上，在沙发底下找鞋。

“寻鞋子，丢了我的试音。”克莱曼婷低声说着，拉起了那节沙发上的垫子，垫子下面有面包渣、硬币、铅笔、发卡，还有一件运动文胸，可就是没有鞋子。

“什么？”山姆又问了一遍。他伸长胳膊。“我觉得我看到它了！”他拉出了一只沾满灰尘的袜子。

“那是只袜子。”霍莉说。

山姆打了个喷嚏。“是啊，我知道这是袜子。”他跪坐在地上，揉揉自己的肩。“我们简直把一半的时间都花在了找东西上。我们需要制定个好点的归纳系统。要有秩序。肯定有这方面的手机应用程序吧。‘你的东西在哪里？’程序。”

“鞋子！你在哪儿？鞋子！”露比喊道。她穿着一只鞋，一瘸一拐地走着，时而跺一下脚，让鞋子发光。

“鞋是没有耳朵的，露比。”霍莉轻蔑地说。

“艾瑞卡说我们需要在门口放个鞋架。”克莱曼婷把沙发垫重新放在那一堆杂物上方，说，“她说我们应该训练孩子们，让她们一进门就把鞋子放在鞋架上。”

“她说的对，”山姆说，“那女人说的话总没错。”

艾瑞卡自己不想要孩子，却有一大堆教养孩子的经验，还觉得有义务分享。你不能问：“你怎么知道？”因为她总能说出她话的来源。“我在《今日心理学》里读到的一篇文章。”她会这样回答。

“她听起来像是那种损友。”克莱曼婷的朋友安斯利曾说过，“你应该跟她断掉联系。”

“她不是损友。”克莱曼婷说，“你就没有让你心烦的朋友吗？”她以为所有人都有感觉像义务和负担的朋友呢。她母亲有时接电话，脸上会有一种特别的表情，一种忍辱负重般的表情，这就意味着打电话的是她的朋友路易斯。

“有，但不会像这个家这样让你烦。”安斯利说。

克莱曼婷永远、永远不会跟艾瑞卡绝交。她可是霍莉的教母啊。她们的友谊可以断绝的时刻——前提还是这样一个时刻曾经存在——早已成为过去了。你不能这样对待一个人 。这种损事有词汇来形容吗？艾瑞卡肯定会绝望死的。

总之，过去几年来，艾瑞卡遇到了严肃得可爱的奥利弗，他们步入了婚姻殿堂，她们两人的友谊就变得越来越容易了。即使克莱曼婷听到安斯利说“损友”这个词时被刺痛了，可这个词确实是克莱曼婷与艾瑞卡在一起时经常感受到的感觉：她总得努力抑制、掩饰她强烈的痛苦，她对自己失望，因为艾瑞卡并不邪恶，也不残忍，更不傻，她只是烦人，而克莱曼婷对这烦人的反应总是过激，这让她尴尬，疑虑而自责。艾瑞卡爱克莱曼婷。艾瑞卡愿意为她做任何事。那么，为何她总是能让克莱曼婷如此恼怒呢？感觉像是克莱曼婷对她过敏似的。这些年来，她已经学会了尽力减少她们在一起的时间。比如今天，艾瑞卡建议一起吃午餐，克莱曼婷自动答道："约下午茶好了。"时间更短。也就没那么容易疯掉了。

"拜托，我能吃块饼干吗，爸爸？"霍莉说。

"不能。"山姆说，"帮忙找你妹妹的鞋。"

"孩子们，记得今天去喝下午茶时，要跟艾瑞卡和奥利弗说'拜托'和'谢谢'，好吗？"克莱曼婷一边跟孩子们说，一边掀开窗帘找鞋子，"声音要洪亮清晰。"

霍莉愤怒了。"我知道说拜托和谢谢！我刚刚才跟爸爸说了的。"

"我知道。"克莱曼婷说，"就是你的话让我想起来这回事的。我刚刚心想，'多有礼貌啊！'"

霍莉和露比确实不常忘记礼貌用词，要是忘记的话，估计就是跟艾瑞卡说话时，艾瑞卡习惯犀利地提醒孩子们要注意礼貌，克莱曼婷觉得她指责别人的方式倒是有些不礼貌。"我听到谢谢你了吗？"艾瑞卡递过去一杯水，就会立即说道，她还要用一只手捂住耳朵，霍莉会回答："不，你没听到。"这样的回答会显得她早熟，即使她实际上只是就事论事，她就是这样的性格。

霍莉脱掉鞋子，爬上沙发，穿着袜子的两只脚丫分别踩在沙发的两个扶手上，像个跳伞的人一样，双腿分得很开，然后她向前一倾，脸朝下趴在沙发垫上。

"别这样，霍莉。"山姆说，"我早就跟你说了。你这样会伤到自己的。"

“妈妈允许我这样做。”霍莉噘嘴说。

“好吧，那她不应该。”山姆说。他给克莱曼婷使了个眼色，“你这样可能折断脖子的。你可能会伤得很重、很重。”

“把鞋子穿上，霍莉。”克莱曼婷说，“免得你的鞋也丢了。”

有时候，她真纳闷山姆是如何想的，他没在一边唠叨危险问题的时候，她不也没把孩子们害死吗？山姆上班的时候，她向来是允许霍莉脸朝下，一头栽在沙发上的。大多数时候，孩子们都记得爸爸在家和不在家时有哪些规则是不同的，只是这些不同的规则从没有人说出来。这只是他们之间默许的，保持和平的方式。她怀疑妈妈不在家的时候，也会有不一样的规则，比如要不要吃蔬菜、清理牙齿之类的问题。

霍莉从沙发上下来，瘫坐在地。“我无聊。我为什么不能吃饼干？我快饿死了。”

“拜托别抱怨了。”克莱曼婷说。

“但是我好饿啊。”霍莉说。露比则走进了走廊里，边走边喊：“鞋子！你在哪儿，我亲爱的鞋子？”

“我真的需要饼干。就一块。”霍莉说。

“安静！”克莱曼婷和山姆同时吼道。

“你们两个都好凶！”霍莉转身离开了房间，脚趾撞在了沙发腿上，山姆刚刚把沙发移开找鞋来着。她气得尖叫起来。

“哦，亲爱的。”克莱曼婷本能地弯下腰去拥抱她，忘记了霍莉需要片刻时间来消化她对宇宙的愤怒，冷静之后才能接受安慰。霍莉头往后一仰，狠狠撞在克莱曼婷的下巴上。

“啊！”克莱曼婷抓住自己的下巴，“霍莉！”

“我的老天。”山姆说。他跺着脚走出了房间。

现在霍莉想要抱抱了。她钻进克莱曼婷的怀里，克莱曼婷拥抱着她，即使她想要使劲摇晃她，因为她的下巴还疼得很。她呢喃着同情的安慰，抱着霍莉前后晃一晃，同时又渴望地盯着她的大提琴看，它在她的假装试音椅旁安静地坐着，仍然充满自尊。没有人会警告你，有了孩子之后，你就会变成得渺小、原始、粗糙，你的才华、教育、成就都化为虚无。

克莱曼婷记得，艾瑞卡十六岁的时候，就漫不经心地提起，她永远也不想要孩子，而克莱曼婷听了有种奇怪的感受，像是被浇灭了气焰；她很久以后才想明白自己当初为何听了难受（克莱曼婷这一辈子，总是被艾瑞卡激怒，原因各种各样，复杂得很），她最终意识到，那是因为她希望自己先说那句话。克莱曼婷才是疯狂、有创意、波希米亚风格的那一个。艾瑞卡是保守的。她总是循规蹈矩。她是别人饮酒后的安全驾驶司机。艾瑞卡的梦想是拿到商业管理学士学位，还要修会计与金融的双学位。艾瑞卡的梦想是买房子，拥有股票投资组合，还有一份在六大会计事务所的工作，迅速晋升为合伙人。克莱曼婷的梦想是学习音乐，演奏美妙的音乐，体验美妙的热情，这些都达成之后，也许有一天会安顿下来，跟一个好男人生孩子，这难道不是所有人都想要的吗？宝宝们多可爱啊。克莱曼婷从没想过，你可以选择不生孩子，她觉得这是自己想象力的失败。

但是艾瑞卡就是如此。她拒绝被类型化。她们十七岁的时候，艾瑞卡感染了一段时间的哥特风。艾瑞卡啊，居然会哥特。她把头发染成黑色，涂黑色指甲油，黑色口红，戴有铆钉的手环，穿高水台的靴子。“怎么？”克莱曼婷第一次看到她的新形象时，艾瑞卡不耐烦地反问道。艾瑞卡的摇滚明星风格让她们两人有机会进超酷的俱乐部，她站在墙边皱着眉头，喝着矿泉水，摆出一副她心里在想暗黑哥特想法的样子，可实际上她可能只是在想作业的事；而克莱曼婷则在喝酒喝到醉、跳舞，跟坏男孩接吻，然后回家路上哭个不停，因为生活不就是这样吗?

而现在，艾瑞卡总穿让人注意不到，更记不住的衣服：普通、得体、舒适。她得到了梦想中大会计公司的工作（现在成了四大，而不是六大了），也有了整洁——可能还没有贷款——的三室大房子，离她们两人长大的地方不远。当然了，克莱曼婷并不后悔生孩子的决定。她对两个孩子的爱都超越了理智，这是理所当然的，只是有时候，她会遗憾，她们的到来时机不是很好。等他们的房贷还得差不多，等到她在事业上有所建树再生孩子，是更理智的选择。

山姆还想再生一个孩子，太可笑了，难以置信。他每次提起来，她就转换话题。再要一个孩子就相当于在“蛇爬梯子”游戏中，从蛇身上滑下来。他肯定不是认真的吧。她还在希望，他会醒悟过来。

山姆重新出现在门廊里，给霍莉递来一袋饼干。霍莉立马从克莱曼婷的膝盖上跳了起来，魔法般地痊愈了，同时，克莱曼婷放在某个书架上的手机响了起来。

“是艾瑞卡。”克莱曼婷边对山姆说，边接起了电话。

“也许她是打电话取消计划。”山姆满怀希冀地说。

“她从不取消计划。”克莱曼婷说。她把手机举到了耳边，“嗨，艾瑞卡。”

“我是艾瑞卡。”艾瑞卡用那种似乎不满意的语气，仿佛克莱曼婷已经做了什么让她失望的事。

“我知道。”克莱曼婷说，“这项新奇技术很厉害呢，叫——”

“是啊，真好笑。”艾瑞卡打断了她，“听着。今天的事。我从商店回来的路上遇到了韦德。你记得韦德吧，隔壁的那个?”

“当然记得了。我怎么能忘记了隔壁的韦德呢。”克莱曼婷说，“大块头电工。跟托尼·瑟普拉诺似的。我们的可爱邻居韦德。”艾瑞卡有时候能激发克莱曼婷爱打趣的一面。“他妻子是火辣得要命的蒂芙妮。”她故意拖长了蒂芙妮名字的发音，“山姆爱死隔壁的蒂芙妮了。”

她回头看看山姆，想观察他是否记得这个名字。山姆用双手比画了一下蒂芙妮那格外迷人、令人难忘的身材，克莱曼婷冲他竖了竖拇指。他们只见过艾瑞卡的隔壁邻居们一次，是去年圣诞节在艾瑞卡家举办的尴尬酒会上。他们可能比克莱曼婷和山姆大十岁，给人的感觉却更年轻。在山姆和克莱曼婷看来，是他们俩拯救了那场聚会。

“好吧，反正呢，”艾瑞卡说，“我跟韦德说了你们今天要来，他就邀请咱们一起去他家参加烤肉派对。他们有个女儿，达科塔，十岁左右，他似乎觉得她会想跟孩子们玩。”

“听起来很棒。”克莱曼婷说，她能感觉到自己的心情提振了起来，甚至开始飞翔了。她走到窗边，望着湛蓝的天空。这一天突然有了节日的气氛。烤肉派对。今晚不用做晚餐了。她带上了安斯利给她的那瓶香槟。她明天会抽时间练习的。她很喜欢自己性格的这一点：她的情绪可能只因为一阵微风、一种香味、一段优美的和弦，从忧郁瞬间转成狂喜。这意味着，她永远都不会因为心情不好而愈发忧伤。“天啊，你真是个奇怪的女孩，跟磕了药似的。”她哥哥布莱恩曾这样说过她。这句评论她一直记得。这让她很自豪：是啊，我好疯狂。不过，这可能反倒是她并不疯狂的证据。真的发疯的人忙着发疯，根本没时间思考这个问题。

“韦德差不多是逼着我答应了烤肉派对的事。”艾瑞卡忙着辩解，这很奇怪，因为克莱曼婷眼里，艾瑞卡可从没被人逼着做过任何事。

“我们不介意。”克莱曼婷说，“我们挺喜欢他们的。会很有趣的。”她微笑着，看着霍莉在房间里转圈舞蹈，把手里的一块饼干举得高高的，像个奖杯似的。霍莉继承了克莱曼婷容易波动的情绪，这没什么，只是她们俩的情绪波动不协调的时候比较难办。露比更像山姆，务实而耐心。昨天，克莱曼婷走进她们的卧室，看到露比坐在霍莉旁边，在轻轻拍霍莉的肩膀，而霍莉则趴倒在地，悲伤得不得了，因为她画了一只熊猫，但画得不像熊猫。“再试试嘛！”露比说，她脸上那不知所措的表情像极了山姆，这个表情在说：为什么要把自己的生活搞得如此艰难？

“好吧，嗯，不错。有趣，是啊。”艾瑞卡说。

她听起来有些失望，像是她并没有准备过有趣的一天。“只是——奥利弗有些生我的气，怪我不该接受韦德的邀请，因为，呃，我之前提过的，我们想讨论，呃，一个提议，他觉得这下我们就没机会谈了。我想，也许烤肉派对结束后你们可以到我家来喝咖啡。要是还有时间的话。”

“当然了，”克莱曼婷说，“或者开始之前也行，你决定。我都可以的。搞得好神秘啊，艾瑞卡。能给我点暗示吗？”

“哦，呃，不，不能。”这下她的语气几乎带着些恼怒了。

“那好吧。”克莱曼婷安抚道，“我们就在烤肉派对结束后谈你这件神神秘秘的大事吧。”

“或者之前。”艾瑞卡说，“你刚刚说……”

“或者之前。”克莱曼婷同意。就在这时，露比走进了房间，一手拿着一只小小的粉红塑料靴，一脸满意的表情。“哦，聪明的孩子，露比，你可以穿塑料靴！真是个好主意。”

“不好意思？”艾瑞卡说，艾瑞卡从来受不了克莱曼婷跟她通电话的时候跟孩子们说话。她似乎觉得这是非常不礼貌的行为。

“没什么。当然了。那就烤肉派对前谈吧。”

“那就一会儿见了。”艾瑞卡急匆匆地说，说完就挂掉了电话，还是她那种让人恼火的唐突方式，仿佛克莱曼婷是她卑微的实习生。

无所谓了。在这晴朗的冬日，跟艾瑞卡迷人的邻居们一起烤肉，是件有趣的事。还有比这更好的活动吗？

8

雨势稍弱了一些，不过当然了，没有完全停下来，它可能是永远停不下来了，所以蒂芙妮抓紧这个机会，拿起一把雨伞，拖着家里的垃圾桶，走上了自家的车道，垃圾桶里昨晚的葡萄酒瓶、啤酒瓶叮叮当当地相互碰撞。

她在想达科塔，还有她那天早晨送她去上学时，达科塔冲她露出的那个微笑：冷漠、礼貌的微笑，像是蒂芙妮不是她妈妈，而是其他人的妈妈。

达科塔有心事。这事很微妙。可能并不是大事，却也可能确实是重要的事。她也并没有表现糟糕。一点也没有。但她最近有些疏远得吓人。仿佛她被装在了某种隐形的玻璃泡泡里。

举个例子，今天早上早饭时，达科塔挺直腰杆坐在桌前，安静地嚼吐司，眼神空洞，无法解读。“好的，谢谢。”“不了，谢谢。”她为何这么礼貌？这也太吓人了吧！感觉像是他们家住了一个格外礼貌的外国交换生。进食障碍？可她还在吃东西啊，即使吃东西没了热情。

蒂芙妮怎么也想不通，不论她多么努力尝试，不论她问怎样的问题，都不行。

“我没事。”达科塔总是用那种机械的语气回答。

“她没事，别烦孩子了！”韦德说。这让蒂芙妮想尖叫。达科塔绝对不是没事。她是个十岁的孩子。十岁的孩子不可能冲自己母亲礼貌地微笑。

蒂芙妮决心砸碎达科塔周围那该死的玻璃泡泡。就算那只是她想象出来的。

她都快走到大路上了，突然看到奥利弗也拖着垃圾桶出来了，不过他的垃圾桶没有像她家的那样叮当响。

“早上好，奥利弗！”她喊道，“你还好吗？这雨真是太糟糕了！”

糟糕。自打烤肉派对后，她每次看到隔壁邻居，腹部的肌肉都会紧张得痉挛，像是在做普拉提卷腹动作。

她是向来喜欢奥利弗的。他直爽而礼貌；有些书呆子气，黑色头发，还戴着眼镜，像个成人版哈利·波特。他的头很小，她忍不住注意到这点。他那小豆豆一样的头是没什么办法改变了，但蒂芙妮告诉艾瑞卡，要给奥利弗买几副那种复古的黑框眼镜，这样就能一步把她丈夫变成可爱的嬉皮士。（韦德的脑袋大得很。他都买不到能戴上的棒球帽。虽说他也不会戴棒球帽。）

“你怎么样啊，蒂芙妮？”奥利弗回应道。他以轻巧的动作把他的垃圾桶拉到位，丝毫没有噪声，而蒂芙妮则哼唧着使劲，费劲地把她的垃圾桶拖过路石。“需要帮忙吗？”

“不，不，我可以的。你人太好了！韦德可从来没说过要帮我！啊嗯。今天的锻炼任务就完成了！”（并没有完成。她一会儿还要去健身房。）“你这时候在家干吗？病假吗？”

她走到合适聊天的距离，注意到奥利弗偷瞄了一眼她的乳沟，他的眼神很是惊恐。他随即紧张地把视线锁定在她的额头上，仿佛这是一项测试。是啊，兄弟，我是个测试，但你每次都过关了。

“确实是。我有点小感冒。”奥利弗用拳头捂捂嘴，咳嗽了一下。

“艾瑞卡怎么样？”蒂芙妮问道，“我最近没怎么见到她。”

“她很好。”奥利弗简短回答，仿佛这是针对他的问题。

老天啊，自从烤肉派对之后，跟艾瑞卡和奥利弗的每次谈话都很紧张、艰难，像是在刚分手时就跟前男友对话。而且分手是她的错。分手是因为她出轨了。

“还有，呃，我们也没怎么见到你，自从——”她说到一半停了下来，“克莱曼婷和山姆怎么样？”

奥利弗再次咳嗽。“他们还好。”他说。他的眼神飘过了蒂芙妮的肩膀，冲着远处皱眉头。

“那——”

“你有没有觉得，哈利好像很久没有出来倒垃圾了？”奥利弗突然打岔道。蒂芙妮转头，看到哈利家房子前路上空荡的空间。或者说，口水先生的房子，达科塔这么叫他，因为他一看到他觉得恶心的事物，就往地上吐口水，达科塔就是其中之一。有时候他看到蒂芙妮漂亮的女儿，就直接吐口水，仿佛她的存在不知怎地惹恼了他。

“他不是每周都倒垃圾的。”蒂芙妮说，“我觉得他也没多少垃圾要扔。”

“是啊，我知道的。”奥利弗，“可是我觉得我都好几周没见他了。我是不是该去敲敲他的门？”

蒂芙妮转身看着奥利弗。“他恐怕只会冲你骂脏话吧。”

“可能会的。”奥利弗有些遗憾地同意道。他真的是个好人。“只是，我觉得我也好久没受他侮辱性说教的洗礼了。”

蒂芙妮看看哈利那破旧的联邦风两层红砖房子。那房子总让人看了抑郁：窗框上的漆在脱落，褪了色的红瓦房顶也该修了。园丁们每月会来一次，修剪草坪，修理灌木，所以房子看起来没那么荒凉，可是自从他们搬来的时候，哈利来他们家欢迎他们加入社区，同时要求他们管管他家的橡树，哈利的老房子看起来就一直悲哀而孤独。

“你上一次见他是什么时候？”蒂芙妮问道。她在自己脑海中搜寻不愉快的经历。有几次，哈利站在自家的前院里，冲达科塔吼叫，害她哭了，这让蒂芙妮发了脾气，也冲哈利吼，她的行为让她在事后觉得羞愧，因为他是个老人家，可能还有健忘症，所以她应该更尊重些，不该那么没有自控力。上一次她家有人做了什么事，惹恼哈利，是什么时候了来着?

然后她想起来了。

“你说得对。”她缓缓跟奥利弗说，眼神一刻也没离开那栋房子，“我确实有段日子没见他了。”

实际上，她能确切地回想起她最后一次见到哈利是什么时候。是烤肉派对那天早晨。那场噩梦般的烤肉派对，她一开始根本就不想办。

9

烤肉派对当天

屋子里很安静。韦德离开一个房间后，屋里总会安静片刻。这就像是乐队停止演奏之后，寂静在你耳中轰鸣的时刻。蒂芙妮能听到表的滴答响。韦德在房间里时，她可从没听到过钟的响声。

蒂芙妮坐在餐桌前，在笔记本电脑上读着邮件，边读边吃抹着维吉麦蔬菜酱的吐司。韦德去车道领报纸了，出去时还嘟囔着说，他每天都得在花园里费劲地找报纸，以后干脆取消好了。

“像全世界其他人一样读电子新闻不就好了。”蒂芙妮总这么跟他说，可平时总是热心于尝试新事物的韦德，却也极其忠诚——对一些习惯、个人做事方式、产品和人，有着不可动摇的忠诚度。

“爸爸离开房间的时候总是很安静，对吧？”蒂芙妮对达科塔说，达科塔正躺在长长的飘窗座位上，像只小猫一样，蜷曲在方形的清晨阳光中。巴尼，他们家的迷你雪纳瑞，躺在达科塔身边，它的鼻子和爪子都搭在达科塔的胳膊上，闭着眼睛，只能看到它那粗而浓密的眉毛。巴尼是只像小猫一样睡觉的狗狗。

达科塔在读书，当然了。她总在读书，消失在某个蒂芙妮无法跟随的世界里。

好吧，她可以跟随，只要她有心去拿起一本书，可阅读总让蒂芙妮烦躁不安。读过一页之后，她就会开始不耐烦地不停抖腿。她看电视也会烦躁，但至少她可以边看边叠衣服，或是付账单。蒂芙妮像达科塔那么大的时候，也从不会为了娱乐而阅读。她喜欢的是美妆和衣服。那天，蒂芙妮说要帮达科塔涂指甲油，达科塔好意而模棱两可地答道：“呃，也许下次吧，妈妈。”这是她的因果报应，她贴心、居家的母亲经常提议让蒂芙妮跟她一起烘焙，而根据家人的转述，蒂芙妮总会答道：“你会给我钱吗？”

“你总是那么在乎报酬。”她母亲说。

可时间就是金钱啊。

“很安静，是不是？”见达科塔没有回答，蒂芙妮又说了一遍。

“什么？”达科塔说。

“你是说，不好意思？”蒂芙妮说。

停顿片刻之后，达科塔又说了一遍：“什么？”她边说边翻动书页。

蒂芙妮哼了哼气。

她打开一封新邮件。是圣安娜斯塔西娅发来的，这是达科塔明年要上的高级私立学校。蒂芙妮也无法跟随女儿进入新世界。韦德来自第一段婚姻的三个女儿，达科塔同父异母的姐姐们，都上了圣安娜斯塔西娅，这在蒂芙妮看来可算不上什么好广告，但是这学校确实有着超高的声誉（这么贵的花费，也该好些吧），而韦德在达科塔上幼儿园时就想送她去那儿。蒂芙妮觉得这太荒谬了，他们住的路上就有一家很好的小型公立学校。五年级再去已经是他们所作的妥协了。

八月有一个“晨间信息交流”活动。还有两个月呢。所有学生和“两名家长”都“有义务”出席。义务。蒂芙妮被这封邮件颐指气使的语气搞得汗毛都竖起来了，赶忙关掉了邮件。她是无法融入这地方的。她强烈反感去参加这个“晨间信息交流”，甚至还有些神经紧张。她一意识到这种感觉是恐惧，就开始嫌弃自己。她愤怒地合上了笔记本，拒绝想这件事。这是周日。他们今天休息。她下周有很多事要忙。

“书好吗？”她问达科塔。

“什么？”达科塔说，“不对。应该说，不好意思？”

蒂芙妮说：“我爱你，达科塔。”

沉默许久之后，达科塔说：“什么？”

前门传来砰的一声。韦德每次回家都要狠狠摔门，仿佛是从什么伟大旅程归来，一定要隆重登场，这扇门边的墙上都留下了印记。

“你们在哪儿呢，姑娘们？”他喊道。

“你走的时候待的地方，你个花生米！”蒂芙妮回喊道。

“我可不是花生米！你为啥老这么叫我？这根本没有逻辑啊！听我说，我有消息要宣布！”他像拿指挥棒一样甩着他那卷起来的报纸，走了进来。他看起来精力充沛。“我刚刚邀请了邻居们来开烤肉派对。正好在街上碰到了艾瑞卡。”

“韦德，韦德，韦德。”蒂芙妮用一只手撑着头，说，“你为什么要这么做啊？”

艾瑞卡和奥利弗人挺好的，可他们太害羞，太严肃了。跟他们相处很累。还是有其他客人时邀请他们比较好，那样的话，你厌倦了他们的严肃，就可以暂时避开他们。

“你答应过我，我们要留一个周日放松的。”她说。她下周忙得很：周二晚有一处房产要拍卖；周三要跟当地委员会在土地与环境法庭对战；一个画家、一个瓦匠，还有一个电工（好吧，是韦德）都在等她做决定。她需要休息一下。

“你说什么呢？我们不是正要这么做吗？在美好的天气里放松！”韦德反对道，他看起来是真心不理解，“烤肉派对还不够放松吗？我准备给德拉戈打个电话。弄一只猪。哦，对了，他们的朋友也要来。记得那个大提琴家吗？克莱曼婷。克莱曼婷，还有她丈夫。他叫什么来着？”

“山姆。”蒂芙妮答道，她精神了起来。她喜欢山姆。他是那种矮而壮实的金发冲浪男孩，在韦德之前，蒂芙妮就喜欢那种类型的，而且他还幽默、平易近人。他们去年在艾瑞卡和奥利弗举办的圣诞酒会上见过他们。那可真是奇怪的一晚。韦德和蒂芙妮从没见过那样的酒会派对。所有人都四处站着，低声讲话，仿佛是在图书馆或是教堂。一个女人还在喝茶。

“食物在哪儿呢？”韦德不停地大声跟蒂芙妮嘀咕，而奥利弗和艾瑞卡似乎花了很多时间，担忧地用抹布擦已经很干净的厨台，仿佛在强调他们的客人在弄脏他们的家，而他俩处理得非常好。他们被介绍给克莱曼婷和山姆时，真是巨大的解脱。韦德喜欢古典音乐，听说克莱曼婷是大提琴家之后，很是激动，甚至有些尴尬了，不过接着蒂芙妮和山姆开始聊政治，进行了一场相当享受的辩论。（他严重左倾，但她原谅了他。）“你觉得我们可以订比萨吗？”山姆低声说，韦德大声笑起来，不过接着，他真的要掏手机订比萨，他们几个都得拦着他。克莱曼婷在自己的包里翻到了一块巧克力，偷偷摸摸地把巧克力掰开，四个人分享了，而可怜的艾瑞卡和奥利弗还在忙着擦厨台。那情景，好像他们被困在了沙漠孤岛上，只能尽力求生。

“他们家有两个小女孩。”韦德说。

“我记得他们说过家里有孩子。”蒂芙妮说，“名字还挺可爱的。”

“我不记得她们的名字了。”韦德说，“反正呢，达科塔能跟她们玩，对吧，你能跟她们玩吧，达科塔？”他一脸期待地看着达科塔。

“呃，有人在敲门。”达科塔说，说时都没有抬头，仍然在埋头看书，而巴尼眼神警觉地抬起靠在她胳膊上的头，跳到了地板上，它开始绕着圈跑，开心地叫着。巴尼几乎像韦德一样喜欢客人来访。

有人在不停地敲前门，彻底忽略了门铃。

“你没邀请他们现在就来吧？”蒂芙妮说，“安静，巴尼。韦德，你没有吧？”

韦德站在橱柜前，拿出食材。“我当然没有了。”他漫不经心地说，虽然这绝对是他做得出的事。

蒂芙妮去开门，巴尼激动地在她面前曲线前进，差点绊倒了她。她发现站在前门台上愤怒地瞪着她的，是哈利，隔壁那个老人，他像往常一样，穿着灰色旧西装裤（也许是从前工作时的工作服？），配一件领口开始发黄的白色商务衬衫。他浓密的白色眉毛跟巴尼的特别像。

“嗨，哈利。”蒂芙妮说，她尽力露出善意的微笑，心里却在想：我们今天又怎么惹到你了，我的老年朋友？“你好吗？”

“这事怎么总发生！”哈利喊道，“这让人无法接受！”他递过来一封信，是写给韦德的。“我之前就跟你们说过这事。我不想要你们的信件。我不应该帮你们送信。这跟我又没有关系。”

“是邮递员的问题，哈利。”蒂芙妮说，“他不小心投递错了信箱。这事时有发生。”

“之前已经发生过了！”哈利挑衅地说。

“是啊，我记得之前确实发生过一次。”蒂芙妮说。

“那好，你们得不能让这种事再发生了！你们是傻吗？这又不是我的责任！”

“好吧，哈利。”蒂芙妮说。

“哈利，伙计！”韦德走进了走廊里，边走边把一把紫色葡萄塞进嘴里，“你一会儿想来吃烤肉吗？我们请了艾瑞卡和奥利弗！你知道吧，七号住的那家人。”哈利冲着韦德眨眼睛。他把手伸进上衣里，挠了挠，说：“什么？不，我不想吃烤肉。”

“啊，那太遗憾了。”韦德说。他搂住蒂芙妮，说：“也许下次吧，不过哈利，你知道的，我不想听到你说我妻子‘傻’。好吗，哈利？你这样说太不礼貌了。这可不是邻居间该有的相处方式。”

哈利用他那双浑浊的棕色眼睛看着他们。

“我不想要你们的信。”他嘟囔道，“不是我的责任。你们得负起责任来。”

“我们负责任的。”韦德说，“这个可不用你担心。”

“别让这狗碰我！”巴尼饶有兴趣地嗅着他的鞋时，哈利说道。巴尼抬起它那留着小胡子的小脸，仿佛被伤了感情。

“过来，巴尼。”韦德冲狗狗弹指。

“你知道的，你需要的话，我们一直都在这儿，哈利。”蒂芙妮说。他突然间显得那么让人心碎，好像一个困惑的孩子。

“什么？”哈利看起来被吓坏了，“我怎么会需要你们？你们别让自己的信进我的邮箱就够了。”

他耷拉着肩膀走开了，边走还边摇头，嘴里嘟囔着什么。

韦德关上了门。哈利已经被遗忘了。“好吧。”他说，“我想烘焙吗？当然，我想烘焙！我要做薄酥卷饼吗？你觉得呢？薄酥卷饼好吗？好。我应该是要做薄酥卷饼了。”

10

艾瑞卡回到了干燥舒适的办公室里。从克莱曼婷演讲的图书馆回来花的打车费比去时花的还要多。她刚刚花了一百三十四澳元，还是不能报销的。她无法理解自己是如何做了这样的决定。听克莱曼婷的演讲一点也没有帮她填补上记忆的缺失。这次经历只是又一次搅起了各种不适的感觉，然后光是回来路上的出租车里，她就先后接了丈夫和母亲的电话。她已经等不及投身复杂的工作中了。工作能帮助她厘清思绪，几乎跟跨越几个山丘的卖力奔跑的效果差不多。感谢上帝，她的工作不是像克莱曼婷的那样，克莱曼婷的工作要求你随时从自己情绪的井口中汲取水分。工作应该与情绪分离。这才是工作的乐趣所在。

她听着自己语音信箱里的留言，看着雨打在她窗子厚厚的玻璃外。你置身于高层办公室的安全庇护下时，天气完全不重要。就像天气是在另一个维度里发生似的。

她正在浏览电子邮件收件箱，手机又响了，她一看，还是奥利弗。她不到半小时前刚跟他通过电话。他不需要再给她打一次电话问克莱曼婷的事吧？他打电话肯定是有原因的。

“抱歉又打扰你了，”他说得很快，“我尽量快点说。我只是在想，你最近见过哈利吗？”

“哈利？”艾瑞卡说着打开一封邮件，“哈利是谁？”

“哈利！”奥利弗不耐烦地说，“我们的隔壁邻居！”

老天啊。哈利可算不上他们的好朋友。他们顶多算得上认识那老头子，实际上，他也不是他们的隔壁邻居，他住在韦德和蒂芙妮家的另一边。

“我不知道。”艾瑞卡说，“好像没见过。怎么了？”

“我今天去倒垃圾的时候跟蒂芙妮说了几句话。”奥利弗说。

他停顿，擤了下鼻子，艾瑞卡听到蒂芙妮的名字，僵住了，手停在了鼠标上。自从烤肉派对后，她就在尽力躲着蒂芙妮和韦德。反正他们之间也从没有过什么友谊。只不过是住得近。蒂芙妮和韦德喜欢克莱曼婷和山姆远远多过艾瑞卡一家。艾瑞卡那天要是没有提起克莱曼婷，要是只说他们那天没事，韦德还会请他们去自己家烤肉吗？不大可能。

“反正，我提到了我有段日子没见到哈利了。”奥利弗说，“我们就决定一起去看看他的信箱，结果他的信箱都塞满了。所以我们就拿上他的信，去敲他的门，没人应门。我试着从窗户往里看，不知道怎么回事，我就是觉得有什么不对劲。蒂芙妮正在给韦德打电话，问他知不知道什么信息。”

“好吧。”艾瑞卡说，她对这一切没有任何兴趣，“也许他离开了。”

“我觉得哈利可不是会去度假的那种人。”奥利弗说，“你上次见他是什么时候？”

“我不知道。”艾瑞卡说。她不想再在这个问题上浪费时间了。“有段时间了。”

“我在想，我们要不要报警。”奥利弗叨叨着，“我是说，他要是没事的话，我也不想害他尴尬，浪费警力什么的，但是——”

“他应该有备用钥匙。”艾瑞卡说，“花盆下面，或是前门旁边什么的。”

“你怎么知道？”奥利弗说。

“我就是知道。”艾瑞卡说，“他就是那一代人。”

艾瑞卡的祖母总是在门口的一盆天竺葵下面放一把钥匙，而艾瑞卡的母亲绝不会冒那种风险，让人不经允许就进她的家。她的前门永远是上着双重锁的，以保护她家里放着的那些珍贵得不得了东西。

“对啊。”奥利弗说，“好主意。我试试。”

他猛地挂掉了电话，艾瑞卡放下电话，不情愿、不甘心地为老邻居的事分心。她上一次见他是什么时候了？他肯定是跟在向她投诉什么。他不喜欢别人在他房前的路上停车，他总是在投诉韦德和蒂芙妮：噪声（他们喜欢请人来家里；他不止一次报了警），狗（哈利说那狗爱挖他家院子；他向居委会提交过正式投诉），他们家房子的样子（跟该死的泰姬陵似的）。他似乎真心恨蒂芙妮和韦德，甚至连达科塔都恨，可他还容忍得下艾瑞卡，好像还挺喜欢奥利弗。

她站起身来，走到办公室的窗前。有些人，比如她的执行合伙人，在这栋楼里受不了站得离窗户太近——窗子的样子给人一种站在悬崖边上的感觉——但是艾瑞卡享受这种望着雨天车流穿行的街道，心里咯噔一下的感觉。

哈利。她能记起来的，上一次见他的时候，是烤肉派对那天早晨。那是她赶忙出去再买些饼干的时候。她在担心芝麻的事。她开车穿过街道时，在后视镜里看到哈利在冲韦德和蒂芙妮的狗喊叫。他踢着脚，相当激动，但是艾瑞卡肯定他没碰到那小狗。他只是做做样子。韦德走到他家的阳台上，应该是喊狗。她只看到这些。

艾瑞卡对哈利的坏脾气没意见。坏脾气并没有欢乐活泼那样耗费时间。哈利从不想站在那儿，聊好长时间的天。她纳闷他是不是出了什么事，会不会病了，或是他没什么事，只是可怜的奥利弗太爱操心了，结果会因为打搅哈利被大卸八块。

一道闪电点亮城市的天际线，像一朵烟花，艾瑞卡想象着街道上的人会看到怎样的她，他们要是碰巧抬起头来，望着雨落纷纷的天空，看到她黑黑的、形单影只的身影站在明亮的窗子里，会怎么想?

这画面藏着一段记忆……也许确实有，也许有……双手贴在玻璃上，一张空白的脸，只有模模糊糊的一张张大的嘴，然后记忆分叉，崩塌成了一千块小碎片。她那天是不是做了什么无可挽救的事，对她的大脑化学反应造成了灾难性的破坏?

她转身，回到桌前，打开一份Excel表，任何一份表，只要有逻辑就行，数字都能对得上，数字充满电脑屏幕，给她安慰，她拿起电话，拨了她的心理医生的电话，轻轻地——好像这不是什么大事似的——对秘书说:“明天有没有人取消预约?”但是她说完了又改变心意，央求道:“求你了。”

11

奥利弗结束了跟艾瑞卡的通话，狠狠擤了鼻子。他拿起他的雨伞。在倾盆大雨里走来走去，看邻居老人，可能对他的健康状况不是好事，可他就是一刻也等不下去了。

他对此有种不祥的感觉。他能回想到的，上一次见哈利，就是烤肉派对前一天，那时候还没有任何烤肉派对的计划，那时候艾瑞卡还没打乱计划，那时候的计划还是跟克莱曼婷、山姆、两个孩子一起喝下午茶。

那个周六下午，哈利过来聊天，给他提点线式修边机的正确抓握方式。有些人不喜欢听人主动提建议，但是奥利弗总是高兴能从他人经验中学些东西。哈利又在唠叨韦德和蒂芙妮的狗了。说它叫唤得让他夜里睡不着觉。奥利弗觉得这难以置信。巴尼是只很小的狗。哈利说他要报警，还是说要找居委会投诉来着，但是说实话，奥利弗没怎么仔细听。哈利总是在通过他能找到的任何官方通道投诉。投诉似乎是他的一项爱好。每个人退休了都得有点爱好啊。

那是两个月前了，奥利弗不记得那之后见过哈利。

他打开自家大门，可一看到蒂芙妮就跳了回去，她的雨伞斜搭在肩上，她站在阳台的遮阳棚下，举起一只手，像是正要敲门。

“抱歉。”她说，“我知道你生病了，但是我就是一直不停地想哈利的事。我真的觉得我们应该试试闯进去。或者报警。韦德也不记得这几周有见过他。”

“艾瑞卡也一样。”奥利弗说，“我正要过去呢。”他突然间慌张起来。好像突然间这成了分秒必争的紧急事件。“咱们走。”风大了起来，“我的天，这雨啊。”

他们像举防暴盾牌一样举起雨伞，躲在伞后面，匆忙穿过草坪，跑回到哈利家阳台的遮阳棚下。

蒂芙妮把湿漉漉的雨伞随便扔在地上，开始用拳头使劲敲门。“哈利！”她在轰鸣的雨声中喊道。她的声音中夹杂着恐慌。“哈利！是我们！邻居！”

奥利弗抬起一个沉沉的砂岩花盆。下面没有钥匙。还有一套破烂的绿色塑料花盆，里面装着死掉的植物和干到掉渣的土。哈利不会在这种花盆下面放了钥匙吧？可他抬起第一个塑料花盆，还真的有。一把金色小钥匙。哈利，老伙计，奥利弗心想。这可不是什么靠谱安保。

“蒂芙妮。”奥利弗拿起钥匙给她看。

“啊。”蒂芙妮说。她往后站了站，让奥利弗去门前，把钥匙插进锁眼里。

“他可能是出远门了。”她的声音在颤抖，“去探亲什么的。”但是他们两人都知道他没有出远门。

“哈利！”奥利弗边喊边打开了门。

“噢，上帝，不，不，不！”蒂芙妮立即喊了起来。奥利弗因为鼻塞，过了一会儿才闻到这气味儿，接着，那种感觉就像撞上了一堵墙。一堵气味的墙。甜，腐烂的甜。像是有人在坏掉的肉上喷了廉价香水。他的胃一阵翻滚。他回头看看蒂芙妮，他想起了烤肉派对那天，在危机时刻，人的脸就会恢复到最本真、最人类的原貌：所有的标签，像“美丽”“性感”“平凡”都变得无关紧要。

“靠。”她伤心地说。

奥利弗把门推开，向里面走了一步，跨进昏暗的光里。他从没进去过。他跟哈利的所有接触都发生在前院里。哈利的前院。还有他家的前院。

头顶亮着一盏灯。他能看到一条长长的走廊，一条美得惊人的红色长地毯一路延伸进黑暗中。然后是一段弧形木把手的楼梯。

楼梯底部倒着一件奇怪的大物，当然了，他已经知道这肯定是哈利的尸体。这正是他担心会发生的事，可他还是盯着看了几秒钟，思考事件始末，好像这画面是那种令人视觉错乱的图片似的。那个坏脾气，总是跺着脚、吐口水的哈利变成了那膨胀、发黑、沉默的可怕之物，太难以置信了。

奥利弗注意到一些小事：哈利的袜子不配套。一只是黑色的。另一只是灰色的。他的眼镜陷进了他的脸中，仿佛被一只无形的手狠狠压了下去，按进了柔软的肉中。他的白发一如既往地梳得整齐。一小群苍蝇在周围嗡嗡乱飞。

奥利弗反胃了。他双腿颤抖，向后退了一步，把门关上，蒂芙妮吐在了砂岩花盆里，雨仍然在不停地下啊下。

12

烤肉派对当天

达科塔用眼角余光瞟到什么东西动了一下。她望向窗外，看到巴尼跑着穿过草坪。家里的大门猛地敞开，砰地响了一声，然后她听到她爸爸喊了一句：“我真是受够这人了！蒂芙妮！你在哪儿呢？他太过分了！我们是有底线的，蒂芙妮，底线！这人踩了底线！”

她听到她妈妈从房子里另一处喊道：“什么？”

不好意思，达科塔心想。

“达科塔！你妈妈在哪儿呢？你在哪儿呢？”

达科塔一整个早晨都待在这儿，在窗边读书，不过她爸肯定是注意不到这样的细节的。

房子太大了，他们总也找不到彼此。“在这里找个地方都得用地图。”达科塔的阿姨每次来的时候都这么说，即使她已经来了一百万次了，根本就不需要地图。她甚至比达科塔更了解厨房里什么东西放在哪个橱柜里。

达科塔没有回应她爸爸的提问。她妈妈说她可以读完这一章，再去帮忙整理房子，准备迎接客人。（好像请客人来是她的选择似的。）她抬起头来，考虑着，因为她实际上已经偷偷开始读下一章了，但是她低头看看书页，只是看到这些文字，就足够让她再次陷进去了。她能感觉到一种身体上的愉悦感觉，仿佛她真的在坠落，坠落回《饥饿游戏》的世界里，达科塔就是凯特尼斯，她强大、有力、技巧丰富，同时还很漂亮。达科塔百分百肯定，她要是有妹妹的话，也会像凯特尼斯一样牺牲自己参加游戏，拯救可爱的小妹妹。她并不是特别想要妹妹（她的朋友艾诗琳有个小妹妹，总是在那儿，艾诗琳怎么也甩不掉她），但是达科塔要是有的话，她绝对会为妹妹牺牲自己的。

“你在哪儿呢，达科塔？”这次是她妈妈在喊。

“这儿呢。”达科塔轻声说。她又翻了一页。“我就在这儿呢。”

13

“哈利死了。”艾瑞卡下班回家一进门，刚放下她的公文包和雨伞，奥利弗就立即说。她摸摸自己的脖子。冰冷的雨滴正顺着她的脊背往下流。奥利弗坐在沙发上，被用过的纸巾组成的小湖包围着。

“真的假的？”艾瑞卡说。她一直盯着纸巾。“发生了什么？”一看到纸巾，她的心跳就加速了。童年阴影的条件反射。完全正常。深呼吸三次。她只是需要扔掉这些纸巾。

“蒂芙妮和我发现的尸体。”奥利弗说着，艾瑞卡连忙走到厨房水池下的橱柜边，找了一个塑料袋。

“在哪儿？”艾瑞卡说着拿起卫生纸，“你是说，在他家？”

她把塑料袋的提手打成了死结，心满意足，然后把它提到垃圾桶边，丢了进去。

“是的。”奥利弗说，“钥匙的事你说对了。确实藏在花盆下面。”

“所以……他死了？”艾瑞卡站在水池旁，边说边搓手。人们总问她是不是医护人员，因为她对洗手的执念。她在公共场合时，会刻意不显得太用力，可她现在在家，跟奥利弗在一起，可以随便擦啊擦，不必担心有人擅自诊断她有强迫症。

奥利弗从不用异样的眼光看她的行为。

“是啊，艾瑞卡。”奥利弗说，他听起来很恼火，“他死透了。他死了挺久了。我猜得有好几周了。”他哽咽了。

“哦。这样啊。哦，天哪。”艾瑞卡转身面对水池。奥利弗看起来很苍白。他的双手软塌塌地搭在膝盖上，他挺直背坐着，双脚贴在地上，像个愧疚不已的孩子，坐在校长办公室的门口。

她深吸一口气。她丈夫很难过。他看起来极其难过。所以他可能想要、需要“分享”。像她这样童年破碎的人，在感情方面，缺乏人际交往技巧。好吧，这不过是事实。没有人给她树立健康感情的榜样。也没有人给奥利弗树立健康感情的榜样。他们破碎的童年是两人之间的共同点。所以艾瑞卡才会经年累月在高端心理咨询上花掉了近六千澳元。破碎的家庭、精神疾患的死循环没必要一代又一代传递下去。你只需要教育自己。

艾瑞卡走过去，靠着奥利弗在沙发上坐下，用肢体语言暗示她准备好倾听了。她直视他的眼睛。她触碰了他的前臂。等他们谈完，她就会用干洗洗手液消毒。她真的不想被传染上他的严重感冒。

“他有没有……”她不知道她该问的那些问题分别有怎样的答案，“他是……是在床上吗？”她想象着一具疯狂笑着的尸体，直直坐在床上，一只腐烂的手搭在床单上。

“他在楼梯底。我一打开门，我俩就都闻到那味道了。”

奥利弗打了个寒战。“上帝啊。”艾瑞卡说。

她一向对气味敏感。奥利弗总是笑她扔垃圾的时候一扔掉，就往后一跳的样子，生怕气味在她躲开之前冒出来。

“我只看了一眼，然后我就，我就……我就把门甩上了，然后我们报了警。”

“这太糟糕了。”艾瑞卡机械地说，“对你来说。”她感到自己在抗拒。她不想听，她不想听他与她分享这份经历。她希望他停下来。她想谈谈晚餐。今天一天的经历之后，她只想冷静下来。她没吃午饭，留在办公室弥补去听克莱曼婷演讲浪费的时间，所以她快饿死了，但是你丈夫给你讲他发现了一具尸体，你不能紧接着说：“晚餐想吃意面吗？”不能。她至少得等半小时，才能提晚餐。

“警察说他们觉得他可能是跌下了楼梯。”奥利弗说，“我一直在想，我不停地想……”

他发出一些奇怪而短促的喘息声。艾瑞卡试着不让她的厌烦表现在脸上。他要打喷嚏了。每次打喷嚏都是一次大事件。她等着。没有。他不是要打喷嚏。他是在忍着不哭。

艾瑞卡退缩了。她不能跟他一起。她要是允许自己为哈利的事悲伤、内疚（她甚至不喜欢哈利），天知道会发生什么事。这就好比打开一瓶狠狠摇过的香槟。她的情绪会失控的。乱七八糟。她需要秩序。“我需要秩序。”她告诉她的心理医生。“你当然需要秩序了，”她的心理医生说，“你渴望秩序。这是完全可以理解的。”她的心理医生是她认识的最好的人。

奥利弗摘掉眼镜，擦了擦眼睛。“我一直在想，他会不会从楼梯上跌下来，动弹不了，在喊啊喊，等人来帮忙，可就是没人去？我们都过着自己的日常生活，而哈利被困在那儿慢慢而死，事实要是如此怎么办？我们就像电视里演的那种邻居，你还会想，他们怎么能没注意到？怎么会不在乎？他脾气差又怎么样了？”

“呃，你知道的，韦德和蒂芙妮就在他隔壁住着。”艾瑞卡说。她不愿去想哈利躺在地上的画面。日出日落。听到周围的声音：除草机、垃圾车，还有他最讨厌的吹叶机。

“我知道。蒂芙妮也很难过。可你知道吗？我猜我是这条街上他最喜欢的人。反正他能容得下我。我是说，我们有过友好的谈话。”

“我知道。”艾瑞卡说，“比如那次，你俩都因为理查森一家门口那辆废弃的车生气。”

“我应该注意到他最近没出来的。”奥利弗说。他从纸盒里抽了一张纸，大声擤鼻涕。“我确实想到了，好像有段日子没见他了，大概一周前我想起来这回事，可我之后就又忘了。”

“他不会是饿死的。”艾瑞卡想到，“应该是缺水死掉的。脱水。”

“艾瑞卡！”奥利弗被她的话刺痛了。他把揉成一团的纸巾扔在沙发上身边的位置，又从纸巾盒里抽了一张。

“怎么了？我只是说，他没有在那儿躺好几个星期。”她停顿一下，接着说，“他应该在脖子上挂一个那种警报的。”

“可他没有啊。”奥利弗简单答道。他又擤了把鼻涕。

“我猜他没有家人。”艾瑞卡说，“也没有朋友。”因为他就是个满心仇恨的糟老头。她才不会让奥利弗把她也拉进他正在陷入的内疚泥沼。让蒂芙妮跟他一起陷下去好了。艾瑞卡本来就伴随着永久的内疚生活。

“我觉得他是没有。”奥利弗说，“或者说他要是有，我们也从没见他们来探望。所以我们才应该照看着点他。这些人会从社会监管不到的缝隙里溜走。我是说，我们既然生活在同一个社区，有道德义务去——”

座机响了，艾瑞卡像赢了大奖一样，跳了起来：“我去接。”

她接起电话。“喂？”

“艾瑞卡，亲爱的。是帕姆。”

那有教养、好形象的声音。通情达理而又有礼貌的声音。

“帕姆，”艾瑞卡说，“嗨。”她立刻心软了下来，还感觉到就要夺眶而出的泪水。她每次跟克莱曼婷的母亲说话都会有这种感觉。那种童年时期的崇拜，那种让人晕眩的美好释然感，简直像漂泊在大海里被救起的感觉。

“我在帮克莱曼婷和山姆看孩子。”帕姆说，“他们刚刚走。他们要出去吃晚餐，海外乘客站点那家特别火的新餐厅。我给他们预订的。那是个三厨师帽饭店。可能还是五厨师帽呢。我记不清了。反正是挺多的。希望他们能享受享受吧，要是没下雨就好了，不过我还是祈祷吧。他们需要享受一下，可怜的孩子们。说实在的，我真的担心他们的婚姻。我这有些自作聪明，我知道，不过啊，你是她最好的朋友，你可能比我知道得清楚。”

“哦，我可不确定。”艾瑞卡说。实际上，艾瑞卡对克莱曼婷婚姻中的问题一无所知。帕姆肯定知道“最好朋友”的标签是她一手造就的吧，而这些年来，艾瑞卡一直紧紧拥抱这一标签，克莱曼婷则只是忍受着。

“反正呢，艾瑞卡，亲爱的，我知道等在晚餐聚会的时候就能见到你了，我很期待呢，但听着，今晚给你打电话是因为……”艾瑞卡听出了帕姆声音里的小心翼翼，咬紧了牙关。

“呃，我今天有事去了一趟‘花的力量’，路上开车经过你妈妈的房子。”帕姆说，“我没停留。”她停顿了：“也许我该停车的，但你妈妈最近几年真的不怎么喜欢我了，不是吗？”她没等艾瑞卡回答：“艾瑞卡，我知道你现在去看你妈妈都是严格按时间表来的，我也觉得这对你自己的精神健康来说是明智的选择，但我在想，也许你这个月应该去提前看她。”

艾瑞卡长长呼了一口气，像是在吹气球。她看看奥利弗。他闭着双眼，头向后仰，靠在沙发上，一只手搭在额头上。

“有多严重？”她对帕姆说。

“恐怕相当严重，亲爱的。相当严重。”

14

“你，呃，你今天在图书馆那个活动怎么样？你的，呃，叫什么来着，演讲？”山姆问道，他的声音紧绷，仿佛问题是被用力挤出他的嗓子眼的。

“挺顺利的。”克莱曼婷开口说。

“很多人吗？”山姆打断了她。他的指尖在白色桌布上敲来敲去，焦急地环顾整个饭店，像是需要找什么人、什么东西，“去了多少人？二十？三十？”

“不到二十人。”克莱曼婷说，“其中一个还是艾瑞卡。”

她等待他的反应，可他似乎没什么反应，于是她说：“我不太理解她为什么要去。”

“艾瑞卡是你的头号粉丝嘛。”山姆微笑着说。

这算是个玩笑。他开了玩笑，这让她对这一夜燃起一些希望。山姆是跟她谈过恋爱的男人中，第一个一开始就理解她与艾瑞卡的友情的。他在此事上，从来没有不耐心或是不理解，他从没说过“我就是不理解，你既然不喜欢她，不跟她见面不就得了”！他就是接受了，艾瑞卡是克莱曼婷生活的一部分，把她当作一个难缠的姐妹。

“不是这样的。”克莱曼婷说，她笑得有些太大声了，“不过她中途离开了。”

山姆什么也没说。他的视线落在她的头右边一些，像是她背后有什么有趣的事正在发生。

“今天工作怎么样？”她问道。

“还好。”山姆冷冷地说，“老样子。”

（“你的婚姻正在经受考验，亲爱的，但是风雨之后才能见彩虹！原谅和沟通是唯一的解决办法！”克莱曼婷母亲用很夸张、充满激情的语气冲克莱曼婷低语道，像是克莱曼婷要踏上什么伟大征程，她在分别前焦急地献上智慧箴言。她们一起站在门旁，等山姆，他偏偏挑了那一刻在电脑前坐下来，回复一封生死攸关的邮件，电视机上还放着糟糕的流行公主电影，发出刺耳的声音。帕姆给克莱曼婷的裙子肩带做了个小小的、不必要的调整，说：“你们两个得聊聊！好好谈谈！讲出你们的感受！”）

“所以‘高瞻远瞩的企业文化’还适合你吗？”克莱曼婷说。

从前，她说一模一样的话，可是能把他逗笑的，可现在，她都听出了自己声音里的鄙夷。两个不同的乐手演奏同样的旋律，可能听起来是完全不同的。语调非常重要。

“很适合我。”山姆看着她的眼神像是仇恨。克莱曼婷垂下目光。

有时候，她看着他，会感觉她的胸口盘踞着一条沉睡的蛇，一条在某天，会发出嘶声醒过来的蛇。它会出击，造成难以想象、无可原谅的后果。

她转换了话题。

“我得承认，我不怎么喜欢这种演讲。”她说。每次她都会很紧张，可这种紧张又与表演前或是试音前的紧张不同。她的观众总是会鼓掌，但那是一种压抑的鼓掌，她经常能感到一种不满的暗示。

她透过被雨点覆盖的大玻璃窗望向外面，映入眼帘的是如明信片般的朦胧的悉尼港美景，还能看到悉尼歌剧院的白帆，她两天前的晚上还在那儿表演过。“我挺讨厌的。”

她回头看了一眼山姆。 他脸上闪现一种强烈的恼怒表情。他几乎要愤怒得发起抖来了。“那就停下。”他说，“停下。你为什么要不停地提起来？你都着了魔了！你要担心的事已经够多了。你应该准备你的试音。你还要去试音吗？”

“我当然还要去试音了！”克莱曼婷说。为什么人们一直问她这个问题？“我每天早上都五点起床练习！”他怎么能不知道呢？她知道他最近睡不好觉。她有时候半夜醒来，还能听到他在走廊里踱步的脚步声，或是楼下传来朦胧的电视声。“你没听到我练习吗？”

“也许我听到了。”山姆不自在地说，“我想，我只是没联系——我没意识到你是在练习。”

那他以为她是在做什么？大提琴声对他来说难道只是背景噪声吗？他一点都不关心，甚至毫不好奇吗？

她成功地没在话语间表现出她正在感受的烦躁。“我今天去了安斯利家，给她和胡表演。”

“哦。”山姆说。他似乎真的很惊讶。“呃，那很好。效果怎么样？”

“还好。挺顺利的。”

事实上并不顺利。整个经历别扭、糟糕。胡和安斯利就克莱曼婷协奏曲第一乐章的表演展开了激烈的争论。

“太棒了！”她一结束，胡就喊道。“厉害。赶紧把工作给这个女孩吧。”他满怀期待地看着自己的妻子，可安斯利没有微笑。

“好吧。”她勉强地说，“你确实练习得很勤奋。技术上讲，完美无缺。只是……我不知道，听起来不像是你。要是有幕布挡着，我根本就听不出是你。”

“那又怎样？”胡说。

“太精准了。每个音符都精准到位。我会猜演奏者是音乐学院刚毕业的傲慢的二十岁小屁孩。”

“那我还要说一遍，那又怎样？她这样演奏，绝对能进下一轮。”胡说，“我绝对会让她过关的。你也会。我知道你会的。”

“也许吧，但我觉得这样过不了第二轮。好像有种近乎——不要误会我的意思啊，克莱曼婷——好像有种机械般的感觉。”

他说：“这话她怎么可能不误会？”

“我们是要坦诚啊。”安斯利说，“不是要善良。”然后她看了看克莱曼婷，突然说：“你确定你还想要这份工作吗？发生了……那种事。”

“她当然还想要了。”胡说，“你这是怎么了？”

然后他们的座机响了，克莱曼婷根本没来得及回答这个原本很直白的问题。“安斯利和胡怎么样？”山姆问道。她看得出问出这个平凡的礼貌问题，对他来说有多么艰难。这就像看他做引体向上。“我有段日子没见他们了。”

但是他在尝试，所以她也尝试。

“很好。他们很好。对了，我跟胡提起你让我在练习前原地跑步，他说他以前有个老师，就让他这么干！”山姆愣愣地看着她。你恐怕无法相信他跟几周前是同一个人，那个把床单挂在天花板上，喊“跑啊，士兵，跑！”的人。她接着尝试。“他的老师还告诉他，半夜起来练习，半睡半醒的时候练，喝几杯再练，对了——哦，好吧，总算有人来了。”

一个年轻的侍者走向他们的桌子，离开一些距离站着。“需要我介绍今天的特色菜品吗？”他挺了挺胸膛，一副展示英雄气概的样子，好像在自告奋勇去做什么艰难的任务。

“好的，但是我们其实正在想喝的事呢。我们点了两杯葡萄酒……呃，过了好一会儿了。”过了很久了。

克莱曼婷试着以一个微笑弱化她话的强势。侍者太年轻了，看起来像是饿坏了的样子。他去演《悲惨世界》里在街上游荡的流浪儿再合适不过了。

“你们的喝的还没到？”侍者看起来很惊讶，仿佛从没听说过这样的事。

克莱曼婷比画了一下他们的桌子：没酒。桌上只有他们的两台手机，角度精确地摆在他们面前，若是出现紧急状况，可以随时拿起来，因为他们现在就是这样生活的，永远准备好应对紧急状况。

“也许是被忘记了。”克莱曼婷提示到。

“也许吧。”侍者说。他恐惧地回头望望，看着餐厅吧台，一个漂亮的女侍者正在迷迷糊糊地擦酒杯。

“你可以去催催？”克莱曼婷说。上帝啊。这家奢华饭店为什么要雇用孩子们？还是饿坏的孩子们？给他点吃的，让他回家吧。

“当然了，对，是两杯……”

“胡椒树西拉。”克莱曼婷说。

她能听出自己的声音有些高声调的泼妇味道。

“对。呃。我还是先介绍一下今天的特色菜品？”

“不。”克莱曼婷和山姆同时开口，只是山姆说的是：“当然了，哥们。”他微笑着抬头看侍者，说：“咱们就听听特色菜品。”

他总是要抢着当红脸白脸中的白脸。

侍者深吸一口气，像个唱诗班男孩一样双手交叠，背诵道：“今天我们的主菜是油封肉，三文鱼配香菜、柑橘，还有薄荷。”

他停了下来。他的嘴唇在动，却没有发声。克莱曼婷用手指尖点了一下自己的手机。屏幕亮了。没有来电。一切都好。

山姆调整坐姿，冲侍者点点头，表示“你可以做到”，以鼓励他，仿佛他是个亲昵的家长，坐在孩子诗歌朗诵表演的观众席。

看着她的丈夫——这个男人身上让人恼火的人性——克莱曼婷感到一阵猝不及防的爱意，就像一个完美而纯洁的音符。天鹅绒般丝滑的降E大调。但是她刚一体会到这种感觉，它就猝然消失了，留下的只有让人痒痒的恼怒感，侍者则慢吞吞地讲着高级餐厅历史上最长的特色菜单。

“意大利熏火腿和意大利红肠，不，等下，不是意大利红肠，是意大利熏火腿和，呃，意大利熏火腿和……”他向前摇晃，抿着嘴，盯着自己的鞋看。克莱曼婷与山姆对视。曾经，克莱曼婷只需要微微瞪大眼睛，就能让山姆丢掉冷静，他会因为不想伤侍者的感情，憋笑憋得面色通红，满眼泪水。

可现在，他们只是默默看了对方一眼，就移开了目光，仿佛不够端庄的行为会破坏他们如今小心翼翼遵守的生活法则，他们什么事都要检查、再检查，他们不能放松，一刻也不能放松。

侍者继续背他那折磨人的长菜单，而克莱曼婷则在脑海里演奏勃拉姆斯，以转移注意力，她拿藏在桌布下面的手臂做指板，假装在演奏。这段勃拉姆斯中，一长段音乐里包含了很多迷你乐句。这需要那种美丽的歌谣般的感觉。安斯利说得对吗？她太在意技术上的完美了吗？“你只要专注于音乐，技术问题通常就会不攻自破。”玛丽安曾这样对她说，可是克莱曼婷后来发觉，她在生活中的所有方面，都太过在意这条建议了。她需要集中精神，尊重规则，做事的过程中也要整顿，按时结清账单，规规矩矩，做个该死的成年人。

“……还有牛肉配羊奶酪冻奶糊！”侍者背诵完毕，像个唱圣诞颂歌的歌者，欢快地唱出最后一句，还有一只灰山鹑，藏在梨树里！

“听起来都很美味。”山姆说。

“你想让我重新说一遍吗？”侍者说。

“坚决不需要。”山姆说，克莱曼婷差点就笑出声来。他总是那么擅长说这种干瘪、板着脸的话。

“好吧。那么，你们先考虑考虑，我去催你们的——”侍者看看克莱曼婷。

“西拉。”克莱曼婷提醒道，“胡椒树西拉。”

“好嘞。”侍者打了个响指，背完了特色菜单，他轻松得洋洋自得。

“那么……”侍者离开后，山姆说。

“那么……”克莱曼婷也说。

“你想点什么？”山姆像看报纸一样打开面前的菜单。

“不是很确定。”克莱曼婷说着打开了自己的菜单，“看起来都很好。”

她需要开个玩笑。开侍者的玩笑。开特色菜的玩笑。开迟迟未到的酒的玩笑。开那个心无旁骛、专心擦杯子的女孩的玩笑。可用的素材这么多。有那么一刻，似乎一切都取决于这一动作。她要是能开对玩笑，就能拯救这一夜，拯救他们的婚姻。说那个女孩以禅意对付工作吗？说她在用正念擦酒杯吗？她要是能正念地给他们倒酒就好了？老天啊，她怎么成了那种在脑海里排练俏皮话的人？

饭店里有人笑了。一个男人的笑声。深邃而特别的男中音笑声。

克莱曼婷的心扑腾一下。正在看菜单的山姆猛地抬头。

千万不要是韦德啊。不要在这儿。不要在今晚。

15

那笑声又出现了。在这铺着地毯的场所显得格外大声。

克莱曼婷猛地转头，看到三个男人走进饭店。三人都跟韦德有着表面上的相似之处：大大的尖脑袋，巨型肩膀，骄傲的大肚子，还有那种欧式的走路方式，却也算不上夸张。

但他们都不是韦德。

克莱曼婷舒了一口气。那男人又笑了起来，可是他的笑声根本没有韦德笑声的那种独特音调和深邃感。

她转过头来，面对山姆。他已经合上了自己的菜单，把菜单搭在胸前。

“我还以为是韦德呢。”他说，“跟他声音一模一样。”

“可不是么，”克莱曼婷说，“我也以为是他。”

“上帝。我可不想见到他。”他拿起菜单，重新放回桌上。他把一只手搭在自己的锁骨上，“我还以为我要心脏病发作了。”

“可不是，”克莱曼婷再次说，“我也一样。”山姆向前靠了靠，手肘搭在桌上，说：“我又把回忆扯出来了。”他听起来像是快哭了：“看到他的脸我就——”

“玛格丽特河西拉！”

他们的年轻侍者像拿奖品一样拿着一瓶酒凯旋归来。

酒错了，但克莱曼婷不忍心看他气馁的表情。“就是这个！”她用“干得好！”的语气说道。

侍者单手背后，给他们倒了两杯，量倒是很慷慨。红色酒滴染红了干净整洁的白色桌布。可能还是用两只手更安全一些吧。

“准备好点餐了吗？”侍者冲他们咧嘴笑着，脸上泛起成功的红晕。

“再几分钟就好。”克莱曼婷说。

“当然了！没问题！”侍者说着退开了。

山姆举起自己的酒杯。他的手在发抖。

“我几天前的晚上，还以为在观众席里看到了韦德。”克莱曼婷说，“我真的被震惊到了，差点忘记开始演奏。还好安斯利是跟我同谱台。”

山姆灌了一大口酒。他用手背擦了擦嘴。“所以你不想见他？”他粗暴地问道。

“我当然不想见他了。见他会……”克莱曼婷想不出合适的词来。她举起自己的酒杯。她的手没有抖。她早已学会了如何在不用阻滞剂的情况下，控制拉琴的手臂，不让它颤抖，即使她的心在因为难熬的上台前恐惧而咚咚直跳。

山姆哼了一声。他又打开了菜单，但她看得出他没有在读。他在忙着收拾自己的心情，抹去脸上的表情，再次变得空白。

她无法忍受了。她想让他的外壳再次破裂。

“不过，实际上艾瑞卡前几天还提到，韦德很想见我们。”克莱曼婷说。她不想再进行一次无聊的闲谈，谈风景、谈菜单、谈天气。那样的谈话就像电梯里的音乐。

山姆抬头看她，可他的脸还是空白，双眼像紧闭的窗子。她等着。他回答之前，有一段奇怪的小停顿。感觉像是机械鼓掌。除她以外，没有人注意到山姆这些天说话的节奏不对劲。

“啊，我肯定我们以后还可能撞见他的。”他说。他的目光再次回到菜单上，“我觉得我们应该点意大利鸡肉调味饭。”

她受不了了。

“实际上，艾瑞卡用的词是‘急切’。”她说。

他的嘴抽动了一下。“好吧，他可能是急切地想见你。”

“我是说，我们肯定会再见到他们的，这是不可避免的，不是吗？”

“我不理解这个逻辑。”山姆说。

“我们去艾瑞卡和奥利弗家做客的时候？我们必须得再开车过他们门前的街啊。”

虽然山姆可能真的计划这样做。也许她自己本来也想这样。他们可以不去艾瑞卡和奥利弗家附近，在别处跟他们见面。问题在于如何编出可行的借口，巧妙地推掉艾瑞卡的邀请。他们本来也没那么喜欢艾瑞卡和奥利弗。

她记得她第一次看到艾瑞卡和奥利弗新家的时候。“我们的房子跟邻居们的比显得有些寒酸了。”艾瑞卡说着这话时，脸上挂着犹疑的难堪表情，她望着那座城堡般的大豪宅，弯弯曲曲的装饰很是紧凑。在艾瑞卡和奥利弗那栋温和的米色平房衬托下，它显得格外夸张：艾瑞卡和奥利弗的房子安全而没有个性，非常符合他们的风格。哦，可他们不能再这样嘲笑艾瑞卡和奥利弗了，不是吗？那天，他们之间的关系发生了永久性的变化。权力的平衡已经不同以往了。克莱曼婷和山姆不可以再摆出高人一等的“我们好随和，他们太呆板”的姿态了。

山姆小心翼翼地把他的菜单放在桌子的边缘。他调整了手机的位置。

“咱们谈谈开心的事吧。”他说着，露出在社交场合给陌生人看的那种微笑。

“我是说，这也不是他们的错。”她说。她的声音里挤满了不合时宜的情绪。她看到他被这话伤到了，缩了一下子。他红了脸。

“咱们说点别的吧，”山姆重复道，“你要点什么？”

“我其实不太饿。”克莱曼婷说。

“很好。”山姆说，“我也不饿。”他摆出一副正经的样子：“那我们直接走吧？”

克莱曼婷把自己的菜单放在他的上面，对齐边角。“好吧。”

她举起自己的酒杯。“约会之夜就这么算了。”

“约会之夜就这么算了。”山姆态度轻蔑地同意道。

克莱曼婷看着他晃晃自己酒杯里的酒。他恨她吗？他真的恨她吗？

她扭过头去，看他们那昂贵的雨景。她的目光随着起伏的水雾，挪动到天际线。这里听不到雨声。摩天大楼上的光芒绽放、闪烁。很浪漫。她要是能讲出合适的玩笑就好了。那个该死的男人要是没笑得那么像韦德就好了。

“你有没有想过……”她认真地说，还是没有看山姆，而是在看一艘正在行进的帆船，形单影只，强风愤怒地拉扯着船上的帆。谁会在这种天气里下海？“我们那天要是没去的话。要是哪个孩子病了，或者我有工作，或者你有工作，管他呢，要是我们没有去烤肉派对的话……你有没有这样想过？”

她还是盯着帆船上那个疯子看。

太久的沉默。

她希望他说：我当然想过。我每天都在想。

“但是我们确实去了。”山姆说。他的声音沉重而冰冷。他不会考虑任何其他可能性，只能想他们所过的这一种人生，“我们确实去了，不是吗？”

16

烤肉派对当天

艾瑞卡看了看时间。克莱曼婷和山姆十分钟前就该到了，但这对他们来说也正常，他们似乎觉得晚于约定时间半小时到是可以接受的。

这些年来，奥利弗已经学会了接受他们的迟到，不再建议艾瑞卡打电话问他们是不是出了意外。此刻，他正在走廊里踱步，时而发出一种让人受不了的尖锐声音，用上齿咬住下唇，吸一下。

艾瑞卡去了卫生间，把门锁上，两次检查是否锁上了，然后才从卫生间储物柜里拿出一板药片。她倒也不是刻意藏着这些，不让奥利弗看。东西就在卫生间储物柜里，他要想看，就能看到，奥利弗也会同情她需要服用抗焦虑药物的情况。只是，他对自己服用的所有东西都很神经质：酒精、药片、快过期的食物。（关于保质期，艾瑞卡也同样在意。克莱曼婷说，山姆只把保质期当成建议来看。）

她的心理医生给她开这些药，是让她在知道自己的焦虑症状（心率加速、双手颤抖、无法承受的恐慌感觉，还有即将面临的危险，等等）要失控的日子里服用的。“先试验试验。从很低的剂量开始。”心理医生说，“你可能会发现，四分之一片药就够了。”

她从泡罩药板上取了一片药，试着用大拇指甲盖把它分成两半。药片中间有一条深深的横线，就应该从这里分成两半，可这设计有问题。根本就没法掰开。她的抗焦虑药在给她增添焦虑。这真是个不好笑的笑话。

艾瑞卡的计划是，只有在去她母亲家里的时候才服用药物。今天跟克莱曼婷的谈话确实让她紧张，这是自然的，但是那只是普通人在这种情况下会感受到的焦虑。

不过，那是在她结束与韦德的谈话，走进家门，发现她丈夫一脸难以置信的怀疑表情，一个鸡毛掸子以怪异的方式挂在他身侧之前。（克莱曼婷不敢相信他们还有鸡毛掸子。“你们的鸡毛掸子在哪儿呢？”艾瑞卡去克莱曼婷家的时候这样问过一次，惹得克莱曼婷捧腹大笑，艾瑞卡感到了那种熟悉的羞辱感觉。鸡毛掸子很搞笑。她怎么知道这种事？怎么能知道呢？鸡毛掸子不是很有用吗？）

“你怎么会这样做？”奥利弗说，“你怎么能在今天答应去邻居家参加烤肉派对？我们都已经计划好了！我们已经计划了好几周了！”他生气的时候不会吼叫。他甚至不会提高嗓门。他只是用礼貌的、不相信的语气说话，跟他给宽带运营商打电话，投诉“不可接受”的事时用的语气一样。

他藏在镜片后的眼睛亮晶晶的，有些红血丝。他生气时，她不是很喜欢他，但也许所有人都在伴侣生气时不喜欢对方，所以这是正常的。

“艾瑞卡，你得忘掉这个想法，根本没有客观的‘正常’衡量度。”她的心理医生总这么告诉她，“你说的这个‘正常’人根本就不存在！”

“你在刻意在破坏这件事吗？”奥利弗说，他突然紧绷了起来，跟遇到了账单错误时的反应一样，仿佛他刚发现网络运营商多收了他一倍的钱。

“当然不是了！”她说，这话把她气坏了。奥利弗想说服她，让她直接去隔壁告诉韦德，他们今天还是不能去烤肉了。他说他自己去跟韦德讲算了。他都要走出门了，她才拉着他的手臂拦住他，有那么几秒钟，他们对峙着，他都把她拖着在厨房里走了一段，想接着往前走。这样毫无结果，有损尊严，太不是他们的风格了。克莱曼婷和山姆有时候会当众这样玩笑打闹，艾瑞卡和奥利弗总会为此尴尬到僵硬。他们从不做那样的事，他们因而很自豪。所以奥利弗停了下来。他举起双手，投降。

“好吧。”他说，“别管这事了。我们改天再跟克莱曼婷和山姆谈。我们就去烤肉，玩得尽兴。”

“不行。我们还是要说。这样还更好一些。”艾瑞卡跟他说，“我们就提出问题。问题问出来就行。我们说，你不需要现在就给出答案。然后我们说，好吧，咱们去参加烤肉派对。这样我们就控制了谈话该何时结束。不然我们就只能尴尬地接着谈话。”

现在他们随时都会到。一切都准备好了。给孩子们的手工桌。一碟饼干和蘸料。

但艾瑞卡的心却像赛车一样在她胸膛里驰骋，她的双手止不住地颤抖。

她骂了那片该死的小药片。都怪它掰不开。

门铃响了。这声音像是肚子上挨了迅速而狠的一脚。她肺部的空气都跑了出去。药片从她笨拙的手指间掉下去了。

“门铃恐惧。”她的心理医生这样叫它，几乎是带着满意说的，因为艾瑞卡的症状符合这一病症的所有条件，“这很常见。你当然惧怕门铃声了，因为你的整个童年都恐惧被发现。”

艾瑞卡跪下来，卫生间的瓷砖贴着她的膝盖，冰凉而坚硬。地板是干净的。黄色小药片落在一块瓷砖中央。她用指尖把它拈起来，看着它。门铃又响了。她把整个药片放在舌尖上，吞了下去。

一切都取决于她接下来要进行的这场谈话。看在上帝的分上，她当然会紧张了。她能感觉到自己在缓缓呼吸，小口小口迅速吸空气，于是她把一只手搭在肚子上，深吸一口气，像她的心理医生教她的那样（用丹田吸，不要用肺），然后她走出卫生间，穿过走廊，这时克莱曼婷、山姆、霍莉，还有露比一起涌进了前门，一串噪声、动作、不同的香味一起进来，感觉像是有十个人，而不是四个人。

“我买了一瓶香槟，我们去隔壁的时候可以带去。”克莱曼婷在艾瑞卡吻她问好的时候举起酒瓶。“我没给你带礼物。是不是不礼貌？哦，等等，我给你带了我上次答应你的那本书，奥利弗。”她在自己的大号条纹包里翻找着书，“不过我不小心把热可可洒在上面了，抱歉，但洒上去的部分还是能读的。你还好吗，艾瑞卡？你看起来有点苍白。”

“我没事。”艾瑞卡僵硬地说，“嗨，孩子们。”孩子们穿着芭蕾舞裙、紧身裤，还有兜帽衫。她们背上还有带闪粉的翅膀，是用一种复杂的，像枪套一样的东西固定的。两个女孩头发都乱乱的，脸也该洗了。（有时间戴仙子翅膀，却没时间在卫生间里迅速梳洗一下！）看到她们，艾瑞卡就有跟看克莱曼婷表演时一样的心情。

“霍莉，跟艾瑞卡说嗨。别嘟囔。”克莱曼婷说。这还让人以为艾瑞卡是哪个上了年纪的老阿姨，对礼貌要求很高。“直视她的眼睛，说你好。你给艾瑞卡一个抱抱好吗，露比？哦，你也是，霍莉。很好。”

艾瑞卡弯下腰，两个小女孩都用手臂环住她的脖子。她们身上有花生酱和巧克力的味道。

露比嘬着大拇指，期待地举起打蛋器。

“你好，打蛋器。”艾瑞卡说，“你今天怎么样啊？”

露比含着大拇指微笑。虽然艾瑞卡对打蛋器总是保持礼貌态度，可她真的觉得，克莱曼婷和山姆不该鼓励孩子这样给一件东西赋予人格，也不该鼓励露比这么依赖它。要是换作艾瑞卡，肯定很久以前就把这种苗头扼杀掉了。她觉得她的心理医生在这件事上与她看法一致，不过她的态度一直模棱两可，这很烦人。

艾瑞卡看到霍莉背着那个亮蓝色亮片小手包，那是两年前的圣诞节她送的。霍莉打开礼物，看到这个包时脸上的表情让艾瑞卡自己心中也升起了一种强烈的情绪，这种情绪她总是因为太过强劲，而选择忽略掉。

霍莉用这个包，只是为了拖着她越来越多的石头到处跑。艾瑞卡有些担心霍莉收藏石头的习惯，因为她这个习惯已经快到了偏执的程度，显然，可能引起各种问题，但是她的心理医生相当坚决地表示，霍莉收藏石头的习惯不需要担心，这很正常，告诉克莱曼婷注意这件事可能不是好主意，但是艾瑞卡还是告诉克莱曼婷要注意这件事了，而克莱曼婷也承诺了她会的，她脸上挂着她有时会露出的那种高人一等的亲切表情，仿佛艾瑞卡有痴呆症似的。

奥利弗在霍莉身边蹲下。“我前几天找到了这个，”他说着举起一块扁平的椭圆形蓝色石头，“里面还有亮晶晶的小点。”他用指尖指着说：“我觉得你会喜欢。”

艾瑞卡屏住呼吸。第一，奥利弗为什么要鼓励霍莉收藏更多石头？她跟他讲过她的担忧啊。第二，更重要的是，霍莉会用那种孩子们惯用的伤人的、坦诚的方式拒绝他吗？克莱曼婷跟艾瑞卡说过，霍莉喜欢自己找石头（大部分似乎只是平凡的、脏兮兮的花园石头），而且克莱曼婷可爱的父亲试图将霍莉的兴趣转变成一次学习的机会，送给她一块小宝石，连着一张标注地理来源的卡片时，霍莉显然毫无兴趣。

霍莉接过石头，眯着眼仔细看。

“这是块好石头。”她宣布，一边打开包，把石头放了进去。

艾瑞卡舒了口气。

奥利弗站起来，拉一拉自己的裤腿，欢欣鼓舞。

“你该说什么？”克莱曼婷说。霍莉跟她一同张口，说：“谢谢你，奥利弗。”然后她抬起头来，瞪了她妈妈一眼，说：“我本来就要说谢谢的。”

克莱曼婷真的需要给霍莉一个说话的机会，不要直接插话提醒。

艾瑞卡拍拍手。“我给你们两个准备好手工桌了。”她说。

“听起来很有意思，不是吗，孩子们？！”克莱曼婷用一种很假的欢乐语调说，好像艾瑞卡是提议孩子们做什么不合适且无聊的事，比如钩织。

“昨晚的比赛看了吗？”山姆对奥利弗说。

“当然看了。”奥利弗答道，语气仿佛一个努力复习了很久，终于要坐下来参加考试的人。他昨晚确实看了“比赛”，就是为了今天回答山姆的这个问题，好像假装对体育感兴趣能影响到今天事情的结局似的。

山姆看起来很开心。通常，在跟奥利弗的谈话中，谈到体育就是话题终结了。“上半场那个擒摔你觉得怎么样？”

“行了！我们不想聊橄榄球！”克莱曼婷打断了他，“别折磨我们了。我们今天要聊的神秘事件到底是什么？”

艾瑞卡看到奥利弗表现出恐慌的样子。他们还在门厅里站着呢。谈话不应该这样开始的。

“我们要等到所有人都安安静静坐到各自该坐的位置上，不然一个字也不会说。”艾瑞卡说。也许药真的起效了。她的心率很平稳。

“哦，她可真是个强势女（德语）。”克莱曼婷说。

“什么意思？”霍莉说。

“德语里飞扬跋扈的女人的意思。”艾瑞卡说，“我倒是惊讶，你妈妈还记得这么长的德语词。我们要请她拼写一下吗？”

她们十三岁的时候，艾瑞卡和克莱曼婷在学校学了德语，就爱上了用德语骂脏话。她们喜欢德语音节中那种狠劲儿。有时候她们还会同时彼此推搡，足够让对方差一点，但不完全失去平衡。这是她们的少数共同爱好之一。“就因为她分数比我高。”克莱曼婷翻了个白眼。

“哦，只高了大概二十分呢。”艾瑞卡说，“傻瓜（德语）。”

（她的分数比克莱曼婷高整整二十二分。）

克莱曼婷大笑起来，看起来是高兴的笑，艾瑞卡放松了。她必须要提醒自己时刻保持这种状态，冷静而漫不经心，不能紧张，或者她可以紧张，但必须是以一种有趣、讨人喜欢的方式，不能惹人厌烦。

几分钟后，他们把所有人都安排好了：孩子们快乐地在纸板上玩粉色闪粉胶棒。看到手工桌这么受欢迎，艾瑞卡心里油然而生一种得到认证的自豪感。手工桌当然受欢迎了。小女孩们都喜欢做手工。克莱曼婷的母亲在她们小时候也给她准备过这样的手工桌。艾瑞卡很爱那张手工桌：整齐的小罐的金色星星贴纸，小碗的胶水。克莱曼婷肯定跟艾瑞卡一样喜欢那张桌子吧，那她为什么不给自己的孩子们弄一张？艾瑞卡知道她甚至不该提这个建议，她对孩子们的兴趣经常被误解为批评。

“我喜欢这些芝麻饼干。”克莱曼婷说着，他们在客厅里面对面坐下。她坐着往前挪了挪，去拿饼干，艾瑞卡瞥到一眼她的乳沟。白色文胸。艾瑞卡在她三十岁生日送给她的翡翠吊坠项链挂在她的脖子上。咖啡桌离沙发太远了，于是克莱曼婷优雅地跪下，像个艺伎似的。

她在白色T恤外面穿了一件绿松石色开衫，配一条蓬蓬的半身裙，上面印着大朵白色雏菊，背景是黄色的，她的裙摆在她周围的地板上散开来。她是艾瑞卡米白色客厅里的一抹亮丽的色彩。

“我记得你要么是爱芝麻要么讨厌芝麻。”艾瑞卡说。

克莱曼婷又笑了。“我就是太爱吃饼干了。”

“她可是个饼干狂人。”山姆说着，克莱曼婷也没请求同意，就给他切了一块奶酪，抹在一块饼干上，递给了他。

“爸爸玩笑。”克莱曼婷说着翻了个白眼，重新坐回沙发上。

“你是做美甲了吗，哥们儿？”奥利弗对山姆说，艾瑞卡心想，他在说什么？他是想表现得亲热一些，表示“我是跟你一样坦荡的澳大利亚男人”，但是失败得很彻底吗？

可是山姆举起一只手来，他的指甲还真是涂了珊瑚粉色的指甲油。

“是啊，霍莉的大作。”他说，“这优待我还是花钱换来的呢。”

“她弄得还不错，”克莱曼婷说，“我们只需要记得明天在他上班之前给他卸掉，免得有人怀疑他的男子气概。”

“没人会怀疑我的男子气概！”

山姆捶捶自己胸口，奥利弗笑了，笑得也许有些过于热心了，但是一切都好。他笑的声调完美。

“好吧。”奥利弗说。他清清嗓子。艾瑞卡看到他的膝盖在抖。他把一只手搭在膝盖上，以止住颤抖。

“所以，我们应该讲讲事情的背景……”艾瑞卡开口说。

“这事肯定很严肃吧。”克莱曼婷扬起一边的眉毛，“还有背景。”

“我们过去两年一直想要孩子，可是都没成功。”艾瑞卡说。把话说出来。就可以继续话题了。

克莱曼婷把刚刚要咬的饼干从嘴里拿了出来，举在面前。“你们什么？”

“我们已经试过十一次试管婴儿了。”奥利弗说。

“什么？”克莱曼婷说。

“很抱歉听到这种事。”山姆安静地说。

“可是你们从没……”克莱曼婷一脸错愕，“我以为你们是不想要孩子。你们也一直说不想要孩子。”

“我们非常想要孩子。”奥利弗说。他昂起头来。

“那是我年轻的时候，”艾瑞卡解释道，“我已经改主意了。”

“可是我一直以为奥利弗也这么想。”克莱曼婷说。她带着指控的眼神看着奥利弗，仿佛在期待他退缩，承认她说的对，说：“哦，抱歉，你说的当然没错，我们根本不想要孩子。我们刚刚想什么呢？”

“我一直想要孩子，”奥利弗说，“一直如此。”他的声音变得沙哑。他清了清嗓子。

“可是，十一次试管婴儿？”克莱曼婷对艾瑞卡说，“而你从来没告诉过我？你经历了这么多，却一句话都没提？你过去两年都瞒着这件事？你为什么不告诉我呢？”

“我们只是决定，此事只有我们知道就好了。”艾瑞卡不确定地说。克莱曼婷听起来很受伤。几乎是愤怒了。艾瑞卡感觉谈话发生了变化。

等等……这有什么不对吗？她从没想过她有伤害克莱曼婷的能力，可她又一次发现自己错了。克莱曼婷是她最亲近的朋友，你应该跟朋友分享的：分享你的问题、你的秘密。当然应该了。上帝啊，所有人都知道这点。女人更是出了名地爱分享，什么都分享。

问题在于，奥利弗很坚持这件事他们不能告诉任何人，公平讲，艾瑞卡也没反对。她没有分享的欲望。她不想告诉任何人。她的幻想是，有了好消息再打电话给克莱曼婷。可好消息一直没有到来。

再说了，毕竟她在保守秘密方面可是经验充足。

“抱歉。”她说。

“不，不！”克莱曼婷说。她还是没有吃饼干。她的脸泛起了粉红。“我很抱歉。天啊，这不是我的事。当然了，你要是不想谈的话，我理解。我尊重你们的隐私。我只是希望，我能知道，安慰你。可能我有时在抱怨孩子们，你心里就会想，看在上帝的分儿上，闭嘴吧，克莱曼婷，你不知道自己有多幸运吗？”她听起来快哭出来了。

确实有这样的时刻。

“我当然没有那样想过。”艾瑞卡说。

“反正我们现在知道了，”山姆说着握住克莱曼婷的手，“所以，很明显，你们要是需要任何……”

他看起来有些不安。也许他以为他们是需要钱。

沉默持续了一会儿。

“所以，今天我们想跟你们谈谈的原因是……”奥利弗开始说。

他看看艾瑞卡。这是她开口的信号。可这不对。她一直藏着这件事。她要是能做个正常的朋友，整件事从一开始就告诉克莱曼婷，在他们开始尝试试管婴儿的时候，那这次谈话就会有合理而坚实的基础了。过去两年里的每一次失望、每一次失败，都会赢得一份同情的存款。他们就可以用到这些同情存款了。可现在，艾瑞卡坐在一个困惑、受伤的朋友对面，银行里没有任何余额可取。

自我厌恶像恶心一般在艾瑞卡胃里翻滚。她从来都做不到。不论她有多么努力，她总是会做错那么一些。

“我的医生说，现在唯一的解决办法就是找个卵子捐赠人，”她说，“因为我的卵子质量不好。实际上，完全没用。”她试着让这次谈话轻松一些，像在走廊里的谈话一样，可她能从大家的脸上看出，这并没有起效。

克莱曼婷点点头。艾瑞卡看出她根本不知道接下来会谈到什么。

一段记忆浮现在她脑海中，漂亮的金发女孩戴安娜·狄克松在学校操场上大步朝克莱曼婷走来，看到艾瑞卡，做了个鬼脸，那种你看到蟑螂时会做出的鬼脸。“你是在跟她玩吗？”戴安娜说，艾瑞卡永远也忘不掉克莱曼婷脸上一闪而过的羞辱表情，也忘不掉她昂起头来，告诉戴安娜：“她是我的朋友。”

“所以，我们在想……”奥利弗先提了出来。他在等艾瑞卡。很显然，问这个问题是她的责任。克莱曼婷是她的朋友。

但是艾瑞卡没有说话。她突然口干，感觉虚空。也许是因为那片药。这可能只是副作用。她本想读小册子上列出的副作用的。她将目光锁定在克莱曼婷裙摆上的雏菊上，开始数花朵。

奥利弗又开口了，像是一个接过他人台词，拯救整部戏的演员。他的声音里有一丝丝的歇斯底里。“克莱曼婷，”他说，“我们在请求……我们今天想跟你们谈话的原因，呃，我们在想，你是否愿意考虑做我们的卵子捐献者。”

低头看雏菊的艾瑞卡抬起头来，看着克莱曼婷的脸，看到了像闪光灯一样，瞬间即逝的厌恶表情。它刚一出现就迅速消失了，她几乎可以选择相信，那是她自己的想象，但那不是她的想象，因为读人的表情是她的一项技巧。是她童年一直读她母亲的表情学来的，不停地监视、分析，希望及时改变自己的行为，只是她的技巧很少能帮她做对事，她的技巧只是意味着，她总能知道她做的不对。

克莱曼婷接下来说什么、做什么都不重要，艾瑞卡已经知道了她真正的感受。

克莱曼婷的表情很冷静，没有波澜。那是她就要开始表演前集中精神的表情，仿佛她在把自己传送到另一个世界，一个超于时空的意识平台，艾瑞卡永远也无法到达。她把几缕头发别到了耳后。正是她演奏时落向大提琴的那缕鬈发，奇妙的是，它从未碰到过琴弦。

“哦，”她平稳地说，“我明白了。”

17

烤肉派对当天

“所以，我们要求你帮的这个大忙，绝不会现在就要你们回答。”奥利弗说。他向前靠，手肘靠在膝盖上，双手紧握。他心里想到一个贷款经纪人，刚刚长篇大论地解释完复杂的借款程序。

他严肃地看着克莱曼婷，示意她看他面前咖啡桌上放着的一个奶油色文件夹。

“我们给你们准备了一些文献。”他说“文献”这个词的时候，在两个字之间心满意足地咂咂嘴。这是奥利弗和艾瑞卡都觉得有舒缓效果的那种词。比如参考资料。比如程序。“这里面解释了一切相关事宜。常见问题。诊所把这个给我们，让我们转交，但是你要是不想现在就拿，也没关系，我们不想一下给你太多信息，在这个阶段，我们只是，你知道的，把话说出来，我想应该这样描述吧。”

他靠在沙发上，看了一眼艾瑞卡，奇怪的是，艾瑞卡专挑了这一刻，在咖啡桌旁跪下，从整块（奶酪本身就很小，克莱曼婷都不知道有这样小的整块奶酪卖）布里干酪上切奶酪。

奥利弗的目光从他妻子身上挪开了，又回到克莱曼婷身上。“我们今天只是说：你们可以考虑这件事吗？但是，如我所说，我们不需要马上得到任何回应，顺便，要是你们将来觉得可以考虑，这个决定还是有三个月的冷静期的。你们可以随时退出。随时。不论我们进行到哪一步了。好吧，也不是随时。艾瑞卡要是已经怀上了就不行了，很明显嘛！”他紧张地笑了笑，调整了眼镜，然后皱起眉头。“实际上，应该是卵子受精前都可以退出，那以后，它在法律上就是我们的所有物了，呃……”他的声音越来越小，“抱歉。在早期阶段，这些信息太多了。是我紧张了。我们都有些紧张！”

克莱曼婷的心为他揪了一下。奥利弗通常都回避冒险的聊天话题——跟政治、性有关的，或是太过情绪化的——但他这回却单枪匹马进行这最最尴尬的话题，因为他那么想做父亲。对一个男人来说，还有什么比渴望孩子更迷人的时刻吗？

山姆清了清嗓子。他把一只手搭在克莱曼婷膝盖上。“所以，哥们儿，我还在厘清思路。是要用你的……”

“是要用我的精子。”奥利弗说。他红了脸。“我知道这听起来有些……”

“不，不，”山姆说，“当然不了。我有个好朋友做过试管婴儿，所以我基本明白，呃，你知道的，来龙去脉。”

来龙去脉。

她待会儿还会提起这个用词，来挑逗他的。克莱曼婷知道山姆说的是他的朋友保罗，而实际上，山姆对“过程”毫无了解，只知道他对结果非常满意：保罗和艾玛有了一个宝贝儿子。山姆喜欢宝宝（克莱曼婷还从未见过比他更爱宝宝的男人，山姆总是第一个排队去抱刚出生的宝宝，大些的宝宝他会直接从他们父母怀里接过来）但是他不想听保罗和艾玛讲“取卵”和“胚泡移植”之类的东西。

艾瑞卡用两只手指捏着一块饼干举起来，说：“再来点奶酪吗，山姆？”

所有人都盯着她看。

“不了，谢谢，艾瑞卡。”山姆说，“我不用了。”

很显然，该克莱曼婷说点什么了，但是她胸前那种闷闷的感觉似乎让她说不出话来。她希望女儿们会有一个这时喊她，可是，如她所料，她们在需要来打搅的时候，总是安安静静，乖得很。

她们似乎很喜欢艾瑞卡的手工桌。艾瑞卡会是个很棒的母亲，一个布置手工桌，纠正孩子礼仪，包里永远装着干洗洗手液的母亲。奥利弗也会是个好父亲。克莱曼婷可以想象他和一个好学的可爱男孩一起，做一些传统的复杂活儿，比如做飞机模型。

“但是必须是做他们自己孩子的父母，”克莱曼婷绝望地想。“他们能做自己孩子的好父母。而不是我的孩子。”

“那不会是你的孩子啊，克莱曼婷。”可明明就会是啊。技术上讲，霍莉会这么说，技术上讲，那会是她的孩子。她的DNA。

人们还为陌生人做这种事呢，她告诉自己。她们捐卵只是因为善良，因为她们是好人。捐给她们从未见过的人。这可是她的朋友啊。她“最好的朋友”。那么为什么她脑海中浮现了大声的“不！”。

“好吧，”她最终说，“这确实是挺沉重的，得想想。”这远远不够。

“那是绝对的。”奥利弗说。他再次看看艾瑞卡，可她还是没能帮到这个可怜的男人。她摆出了一排饼干，在每一块上放一小丝奶酪。她觉得谁会去吃这些？奥利弗眨了一下眼，抱歉地冲克莱曼婷微笑：“如果你觉得不合适，请不要认为这是我们的最后一个选择了。我们还会有其他方法的。只是，你是我们第一个想到的人，你是艾瑞卡最亲近的朋友，你的年龄也合适，而且你们也不打算再要孩子了——”

“不打算再要孩子了？”山姆说。他拉着克莱曼婷的那只手紧了紧。“我们并没有不打算再要孩子。”

“哦。”奥利弗说，“抱歉。天哪。我还以为，这……艾瑞卡确实是以为——”

“你说过你宁愿把眼睛挖出来，也不愿意再生一个孩子。”艾瑞卡对克莱曼婷说，她的语气是那种好斗的语气，她每次可以用事实来驳倒他人论点的时候，就用这种语气，“我问过你。是去年九月的时候。我们吃早茶的时候。我说，‘你们还打算再生孩子吗？’你说，‘我宁愿把眼睛挖——’”

“我开玩笑呢。”克莱曼婷打断了她，“我当然是在开玩笑啦。”

她并不是开玩笑。哦，上帝啊，这真的成了她现在唯一的出路了吗？她必须再生一个孩子，才能从这件事脱身？

“好吧，就算你们想再要孩子，也还是能捐献卵子的。”奥利弗说。他的额头上出现了三条深深的波浪形皱纹，像卡通人物皱眉头的样子。“诊所确实更倾向于不打算再生孩子的捐献者，这个，啊，这个都写在文献里。”

“你说过你宁愿把自己眼睛挖出来，也不愿意再生一个孩子？”山姆对克莱曼婷说，“你真的说过这话？”

“我在开玩笑呢！”克莱曼婷重复道，“我可能是那天被孩子们折腾坏了。”

当然，她本来就知道，这是个问题。她还天真地幻想他会，呃，忘记这件事。每次孩子们表现不好，或者房子感觉太小，不够他们四人住，各种东西不停失踪的时候，或是担心经济情况的时候，她都在心底偷偷希望，山姆对再生一个孩子的期望会温柔地、合理地消逝掉。

她不应该告诉艾瑞卡她不想再生孩子的。这话太轻率了。小心筑造的轻率是她与艾瑞卡交往的常态。她应该告诉艾瑞卡，山姆在这个问题上与她想法不同，因为他们交谈时，这个话题被提到的风险确实是有的，比如今天就被提起了。

她很少跟艾瑞卡分享这种信息。她刻意藏着这些。跟其他朋友，她根本不会犹豫，直接在聊天时说出她脑海里的想法，因为她知道他们很可能会忘记她说过什么。没有人像艾瑞卡这样——包括她母亲和她丈夫——听她的话听得如此饥渴，仿佛她的每句话都很重要，都值得记下来，以便未来引用。

小时候，艾瑞卡每次来她家玩，都会先对克莱曼婷的房间做一次奇怪的检查。她会打开每一个抽屉，安静地看里面的东西。她甚至还要趴在地上，看克莱曼婷的床下，克莱曼婷则在一旁站着，安静地生气，可是她母亲要求她要友好、礼貌。每个人都是不一样的，克莱曼婷。

艾瑞卡成年之后显然学会了一些社交礼仪，不会再在她家橱柜里翻了，但是她们每次谈话时，克莱曼婷还是能感觉到她那种贪婪的眼神。仿佛艾瑞卡想趴在克莱曼婷床下看的欲望依然存在，克莱曼婷沉默着愤怒的抵抗也还在。

但是，最讽刺的是，艾瑞卡似乎有着什么原则，不分享任何重要的事。她过去两年都瞒着这个大秘密，而克莱曼婷听到此事的第一反应就是感觉受伤：哦，对啊，让克莱曼婷在她们的友情中占据高地，优雅地给予馈赠是没问题的：当然了，艾瑞卡，你当然可以做我第一个孩子的教母了！

好吧，那好吧，既然她们的友谊只不过是幻觉，根本没有实质，双方都是如此，那现在艾瑞卡又在向她提出应该向最亲密的朋友提出的请求。她低头看看手里的饼干，不知道该如何处置它。房间里完全安静，只能听到霍莉和露比在隔壁房间咿呀说话的声音，她们像小天使一样在做手工，像是在故意跟克莱曼婷作对。看啊，看我们多乖啊。给爸爸再生一个宝宝吧。帮你的朋友要一个宝宝吧。要善良，克莱曼婷，要善良。你为什么这么不善良？

一股疯狂的，复杂如交响乐的情绪在她胸中升起。她想像露比一样大发脾气，趴倒在地板上，在地毯上撞额头，以此释放怒气。露比总是确认过地板上有地毯，才开始撞头。

山姆的手离开她的腿，稍稍从她身边挪开了一些。他把一块三角形的饼干碎块儿掉在了艾瑞卡家一尘不染的白色皮沙发上。奥利弗卸掉了眼镜，他有重重的黑眼圈，看起来有些肿，像是某种小动物从冬眠中苏醒过来。他用T恤的一角擦了擦镜片。艾瑞卡一动不动，挺直腰坐着，像是在参加葬礼，她的目光越过克莱曼婷的头，看着她身后的什么东西。

“是达科塔。”她说。

“达科塔？”克莱曼婷问道。

“达科塔，”艾瑞卡说，“是隔壁那个小女孩。韦德肯定是等得着急了。他派她来催我们去烤肉了。”

门铃响了。艾瑞卡猛地跳了起来。山姆也猛跳了起来，仿佛在政府机关里等了好久，终于听到他的名字被喊到了。“咱们去烤肉吧。”

18

山姆和克莱曼婷从饭店回来，走进门，甩甩各自的雨伞，结束“约会之夜”，回到家，这时距离他们出门才不过两小时，克莱曼婷的母亲被吓坏了。

“出什么事了？”她关掉了电视，把手搭在喉咙上，仿佛在准备接受什么可怕的消息，“你们怎么这么快就回来了？”

“我们很抱歉，帕姆。”山姆说，“饭店的服务有些慢，最后我们就……我们决定我们没心情在饭店吃晚餐。”

“但是那家饭店评价很出众啊！”帕姆说。饭店是她推荐的。她满怀期待地看着他们，像是希望她能说服他们，转身回城里去，再试一次。

克莱曼婷看到她母亲已经把一篮子洗干净的衣物叠好，在沙发上摆成整齐的小堆，正用一杯茶和放在小蝶上的一块泡茶姜饼干犒劳自己，也许是边看《杀机四伏》，边享受。克莱曼婷感到一阵悔意。这似乎已经成了她的默认情绪：后悔。变化的只是后悔的程度。

“我很抱歉，妈妈。”她说，“我知道你……”我知道你觉得一顿浪漫的晚餐能拯救我们的婚姻。她看了一眼山姆，他回应她的眼神却消极得像公交车上的陌生人：“我想，我们两个都有点累了。”

帕姆的肩膀耷拉了下来。“噢，亲爱的，”她说，“我很抱歉我逼你们了。也许是太早了。我只是觉得你们出去一下会很好。”她调整了自己，这个过程都看得出：“我给你们俩泡点茶吧？我刚给自己弄了一杯呢。水还是热的。”

“不用给我弄了。”山姆说。“我可能会直接——”他环顾房间，寻找灵感，“我可能会……开车出去。”

“开车去哪儿？”克莱曼婷问道。她才不会帮他。她不会假装在滂沱大雨中“开车出去”，只为了逃过跟你岳母和妻子喝茶是件正常的事。

但是，当然了，她母亲在任何事上都会轻易放过山姆。“你当然可以开车出去了。”她说，“有时候人就是想开车嘛。这有助于思考。现在你们俩都该对自己好一些。”

山姆冲帕姆露出感激的微笑，他忽略了克莱曼婷，离开了家，走出去之后还大声关上了大门。

“你把家里收拾得真干净！”她们两人都端着茶和姜饼干坐下时，帕姆说。她露出一副充满疑问，几乎有些不适的表情。“我能干的家务就只有叠这一点衣服了。感觉像你找了个管家什么的！”

“我们只是在尝试更整洁一些。”克莱曼婷说。她和山姆自烤肉派对之后，就成了家务疯子，像是被某种不可见的存在监视着一样：“不过我们还是会弄丢东西。”

“那我觉得，这样挺好，但也没必要把自己累死。你们俩看起来都累坏了，说实话。”她的目光越过茶杯，看着克莱曼婷，“这么说，今晚不成功了？”

“对不起，我们叫你来看孩子，结果是白忙活一场。”克莱曼婷说。

“噗！”帕姆挥了挥手，“我的荣幸。你知道的。我跟你爸分开过一夜也是好事。空间对婚姻有好处。你必须拥有自己的兴趣。”她皱皱眉：“只要你别太狂热就行，当然了。”

帕姆的父亲，克莱曼婷的外祖父，是个老师，空闲时间全部用来写一部“伟大的澳大利亚小说”。他写了十五年，五十多岁时因为肺炎并发症去世。克莱曼婷的外祖母显然因为他浪费了太多时间来写“那本该死的蠢书”而生气、悲痛、愤愤不平，一气之下把他的书稿扔进了垃圾桶，根本没读一个字。“她怎么能不读呢？如果那真的是伟大的澳大利亚小说怎么办？”克莱曼婷经常这样说，但是帕姆说克莱曼婷没有抓住重点。重点是，那本书毁了他们的婚姻！帕姆的父亲爱那本书超过了他爱她的母亲。因此，帕姆对审视自己婚姻的质量非常热心，甚至有些狂热。她读一些这样题目的书，《七个七秒秘诀，为你的婚姻充电》。克莱曼婷随和、简单的父亲好脾气地容忍每周的“婚姻静修”。帕姆建议的所有事他都接受，至少表面上跟着做，这似乎有用，因为他们对彼此的喜爱是无法辩驳的。

帕姆对其他人婚姻质量跟对她自己的一样警觉，不过她有自知之明，知道人们不总是喜欢她的这种关切。

“我猜你是没考虑过找个婚姻咨询师？”她跟克莱曼婷说，“谈一谈，梳理清楚。”

“哦，啊，没有，我没考虑过。”克莱曼婷说，“没什么好说的，不是吗？”

“我怀疑有很多可说的啊。”帕姆说。她用坚固的白牙咬了一口饼干，“好吧。你今天过得怎么样？有没有，呃，表演？”

即使这么多年过去，她说“表演”一词时还是小心翼翼的，就好像她用法语发音说“羊角面包”一词时那样，带着一种歉意的、自我嘲讽的表情，来弥补她的矫饰。

“我去演讲了。”克莱曼婷说。

若是说她提起演讲时，山姆的脸恼怒得痉挛，那她母亲的脸就是高兴得痉挛。“当然了！我忘记你今天有这个预约了。怎么样啊？我太为你的勇敢自豪了，克莱曼婷，真的。这次怎么样？”

“艾瑞卡去看了。”克莱曼婷说，“有点奇怪。”

“一点也不奇怪！她可能只是想去支持你。”

“我以前都从没留意过，艾瑞卡的发型跟你一模一样。”克莱曼婷说。

“我想这跟我们去同一个理发师那儿有关系吧。”帕姆说，“也许亲爱的老蒂只剪这一种发型呢。”

“我也不知道你们俩是去同一个理发师那儿理发的。”克莱曼婷说，“这是怎么回事？”

“我也不知道。”帕姆连忙说。她在自己跟艾瑞卡究竟有多经常在一起的问题总是遮遮掩掩，仿佛这会让克莱曼婷嫉妒或是感觉被剥夺了权利似的。她现在已经过了那个年纪，不过有时候她还是能感觉到童年时不安全感记忆的残留。她是我母亲，谢谢你了。

“说起艾瑞卡，”帕姆说，“今晚你们出去的时候我还给她打电话了呢，就是给她讲了一下西尔维娅的情况，这个……怎么说，只能说她年纪大了，情况却没有好转……反正呢，艾瑞卡告诉我一件不太开心的事。”帕姆回想道：“虽然她自己似乎没有太难过。”她漫不经心地用手掌侧面把咖啡桌上的饼干渣拢成一小堆。“奥利弗发现了一具尸体，可怜的孩子！”

“什么意思？什么叫他发现了一具尸体？”不知为何，克莱曼婷突然感到一阵怒气，生她可怜母亲的气。这也太奇怪了。“他就是碰到了一具尸体吗？他出去跑步，被尸体绊倒了？”

帕姆用坚定的眼神看着她。“是的，克莱曼婷。奥利弗发现了一具尸体。是他们的一个邻居。”

克莱曼婷愣住了。她一开始想到的就是韦德。韦德那样大块头的男子好像更可能心脏病突发死亡。她不想再见到韦德，可她也不希望他死啊。

“他们家隔壁的隔壁那个老头子。”帕姆说。

克莱曼婷感到紧绷的一切都舒缓了。“哈利。”她说。

“没错。你认识他？”帕姆问道。

“不算认识。”克莱曼婷说，“我只从远处看到过他。你在街上停车，停得离他家太近的话，他就不乐意。有一次，艾瑞卡家的车道停了一辆送货卡车，我们就得在靠近他家车道的街上停车了。他突然从他家的牡丹丛后面冒出来，喊脏话。山姆跟他说，街道不在他的产业范围内，山姆当然是很礼貌地说的，可你知道那个讨厌的人怎么反应的吗？他朝我们啐了口唾沫。霍莉和露比可激动了。那个故事我们讲了好多天。吐唾沫的男人。”

“他可能是寂寞吧。”帕姆说，“不幸福。可怜的老头子。”她歪歪脑袋，听雨声：“还真有点长久的意思，这雨，对吧？像是要久留了。”

“它是让一切都变得恼人艰难了。”克莱曼婷说。

“你知道的，我很高兴艾瑞卡还去看那个可爱的心理医生！”帕姆说，她一提起这件突然间变得美妙的事，眼睛都发光了。她爱一切跟心理健康有关的东西。“这意味着她具备了她所需要的一切技巧，可以面对她母亲了。”

“她可能没跟心理医生谈囤积症吧。”克莱曼婷说，“她谈的可能是她的不育问题什么的。”

“不育？”帕姆猛地放下了她的茶杯，“你在说什么呢？”

所以艾瑞卡也没向帕姆说过，都已经这么久了。这意味着什么？

“可她跟奥利弗不是不想要孩子吗？艾瑞卡一向爱说她不想要孩子啊！”

“她想让我给她捐卵。”克莱曼婷不带情绪地说。她一直拖着，没有告诉她母亲艾瑞卡的请求，她不希望帕姆直率的想法影响她本就非常复杂的情绪，可现在她突然感觉到一种孩童般的对母亲的渴望，希望她完全理解做艾瑞卡的朋友需要不断付出的代价。你看你要求我做的什么事，妈妈，即使这么多年过去了，你看我有多善良啊，妈妈，我还是这么善良呢。

可是，她在骗谁呢？捐卵是那种纯粹的慈善举动，这种机会对她母亲来说可是千载难逢的。克莱曼婷曾跟她父亲说，她要是遭遇了车祸，他得确认一下她真的死了，再让她母亲热心地捐赠克莱曼婷的器官。

“捐卵？”帕姆说。她轻轻摇了下头，让这信息沉淀下来，“但你是怎么想的？她什么时候问你的？”

“烤肉派对那天。”克莱曼婷说，“就在我们去隔壁之前。”她想起艾瑞卡和奥利弗挺直背坐在他们家白沙发上的紧张姿势（只有没孩子的夫妇才会用白沙发）。他们两人的发型都那么整齐。奥利弗的眼镜那么干净。他们的急切似乎那么讨人喜欢。可是，听到“卵子”这个妇科词汇，她还是有一种立刻冒出来的不悦，还有那种不合逻辑的受侵犯感，仿佛艾瑞卡在提议伸手过来，擅自取走克莱曼婷的一部分——某个非常私密的部分，她永远也不可能再收回来——接着又立刻被那种熟悉的羞愧感所取代，因为真正的朋友是根本不会犹豫的。

她还以为她再也不需要感到那种难受的羞愧感了，因为艾瑞卡现在没事了，就像人们所说的“情况很好”，她已经不再索取克莱曼婷所不能给予的东西了。

“我的天哪。”帕姆说，“你怎么回答的？”

“我当时什么也没说。”克莱曼婷说，“我们之后也没再谈这件事。我想艾瑞卡是希望我近期提起来，很显然，我得提，我只是在寻找合适的时机。或者，我是在拖延。也许我是在拖延。”她能感觉到自己心里升起了什么。逐步升起的愤怒。来自童年的旋律。她看着母亲熟悉的面庞：灰色刘海遮住她突起的棕色眼睛上方那凌厉的直眉毛，还有那大而坚定的鼻子、又大又实用的耳朵，实用是说听力上，不是戴耳环方便。她母亲散发着力量和确定性。她从不会为一只蜘蛛、找不到停车位，或是道德困境而犹豫片刻。

“那个小女孩需要朋友。”她第一次在学校操场看到艾瑞卡时，这么对克莱曼婷说。那个有问题的孩子。那个看起来不太高兴的孩子，她坐在操场的跑道上，就坐在枯叶和蚂蚁之间。那孩子一头油乎乎的金发贴在头上，肤色惨白，胳膊上还有各种结疤的伤。（克莱曼婷很多年后才知道，那是跳蚤咬伤。）克莱曼婷当时看着那个小女孩，回头看着她母亲，感觉到一个大大的字卡在了她嗓子眼里：不。

但是你没法跟帕姆说不，尤其是当她用那种语气时。

于是克莱曼婷走过去，在操场上，跟艾瑞卡面对面坐下，说：“你在干吗呢？”她瞟了一眼她母亲，等她点头表示赞许，因为克莱曼婷在表现善意，而善意是最重要的，只是克莱曼婷没觉得自己善良。她在假装。她不想跟这个看起来脏脏的小女孩扯上任何关系。她的自私是她必须用尽全力藏起来的黑暗秘密，因为克莱曼婷条件优渥，有特权。

帕姆在“特权”这个词汇的使用上，非常超前。克莱曼婷早在这个词流行起来前，就学会了因为自己作为白人中产阶级的特权而感到歉意。她母亲是个社工，帕姆跟她那些总是精疲力竭、厌烦，讲着讽刺笑话的同事们不同，她对自己职业的热情从未消退。她做着兼职工作，同时抚养三个孩子，她很爱毫无保留地分享真实的世界里在发生些什么。克莱曼婷一家并不是特别富有，但是帕姆目睹过那些事之后，特权的衡量标准当然要做调整。生活就是买彩票，而克莱曼婷从很小时就知道，她是中奖者。

“你打算怎么回答艾瑞卡？”帕姆说。

“我还有什么选择吗？”克莱曼婷说。

“你当然有选择了，克莱曼婷。那可是你生物学上的孩子啊。这是件大事。你不——”

“妈妈。”克莱曼婷说，“你想想啊。”终于，她成了坚决的那一个。她母亲没有参加那天的烤肉派对。她母亲没有看到那些可怕的画面，然后永远烙进脑海中。

她看着她母亲考虑，然后得出了同样的结论。

“我明白你的意思了。”她不安地说。

“我要答应了。”克莱曼婷赶在她母亲开口之前快速说道，“我要答应。我必须答应。”

19

“你还好吗？你不是还在为我们的朋友哈利的事伤心吧？”韦德说，他和蒂芙妮并排躺在黑暗的卧室里，雨声依旧是无止无休的背景音乐。

他们的红色天鹅绒“全遮光”窗帘让蒂芙妮除了黑暗外什么也看不到。通常，这种黑暗感觉很奢华，像是酒店房间，但是今晚，它只带来一种窒息的感觉，像死亡。这些天，她脑海中的死亡太多了。

即使她看不到躺在他们超大双人床上的韦德，她也知道他在平躺着，他的双手在脑后交叉，像个日光浴享受者。他一整晚都这个姿势睡，根本不换姿势。这么多年过去了，蒂芙妮还是会被这点逗笑。这是一种随意、自信、贵族的睡觉方式。你可以来了，睡眠。太符合韦德的风格了。

“他不是我的朋友，对吧？”蒂芙妮说，“问题就在这儿。他是我们的邻居，但不是我们的朋友。”

“他不想做我们的朋友，你知道的。”韦德提醒她。

确实，哈利要是对跟他们做朋友有一丁点的兴趣，他可能就能跟他们做朋友了。韦德愿意跟他在日常生活中遇到的任何人做朋友，咖啡师、律师、服务站工作人员、大提琴家。

大提琴家绝对要算上。

哈利要是另一种老头子，他们可能还会经常请他来家里，他们就能早些注意到他的消失了。

能早到救他的命吗？今天，警察告诉奥利弗和蒂芙妮，哈利很可能是摔下了楼梯，或是中风、心脏病发作什么的，也或许是因为中风、心脏病发作而摔下了楼梯。验尸官会验尸。这似乎是走形式。警察在走程序，一条一条解决需要做的事。

“他可能当场就死亡了。”警察告诉蒂芙妮，但是他怎么能知道呢？他又没有医疗专业知识。他这样说只是为了让她好受些。

反正，咱们实际一些吧，即使他们跟哈利是朋友，他们也不会每五分钟就过去看一次。他可能还是会死的，只是不会像今天这样，死得这么彻底。他们好几周才发现他，他每一天死得都更彻底。她想到那段恶心的记忆，就干呕起来。以前从没有一种气味让她想吐过。好吧，她以前也从没闻到过死亡的味道。

奥利弗是个会计。他可能也从没闻到过死亡的味道，但是她在哈利的砂岩花盆里呕吐的时候（哈利要是活着，肯定要大发雷霆），面色苍白的奥利弗冷静地打了必要的电话，摸着她的背，从口袋里掏出折叠整齐的纸巾给她。“没用过的。”他承诺道。奥利弗是那种在危急时刻你需要的男人。一个带着纸巾和良心的人。这人简直就是个英雄啊。

“奥利弗就是个英雄。”她大声说出来了，即使她知道韦德不需要再听她夸奥利弗的英雄之举了。

“他是个好人。”韦德耐心地说。他打了个哈欠。“我们应该请他们过来。”他不自觉地说，他现在肯定躺在那儿，回想上一次请他们过来的时候。

“嘿，可不是！咱们请他们来烤肉吧！”蒂芙妮说，“很棒的主意！等等，他们的朋友不是也很棒吗？不是有个大提琴家吗？”

“这不好笑。”韦德说，他的声音哀伤得深沉，“一点也不好笑。”

“抱歉，”蒂芙妮说，“玩笑失败了。”

“来喝咖啡怎么样？”韦德哀伤地说，“我们可以请艾瑞卡和奥利弗来喝咖啡，不是吗？”

“睡觉吧。”蒂芙妮说。

“好的，老大。”韦德说，几秒钟后，她就听到他的呼吸慢了下来。他可以瞬间睡着，即使是在她清楚他很失落或是生气，或是担心什么事的夜晚。这个男人的睡眠和胃口什么都抵挡不了。

“醒来。”她低声说道，但她要是把他叫醒，他就会一直说话，而他今天早晨五点就醒了，忙水族馆那个项目。他手下的一个男孩生病了，他担心他的报价报低了。他需要好好睡觉。

她翻了个身，侧躺着，试图冷静地梳理脑海中翻滚的所有事情。

第一。今天找到哈利的尸体。算不上好经历，但是别沉迷其中了。哈利也许很高兴自己死了。他像是个活够了的人。所以，别太纠结这件事了。

第二。达科塔。所有人——韦德、达科塔的老师、蒂芙妮的姐妹们——都说达科塔没事。都是蒂芙妮自己瞎想。也许确实是。她会继续观察的。

第三。达科塔新学校明天有个“晨间信息交流”活动。厌恶的感觉（别再给我发邮件，用大写字母提醒我“有义务”出席了）可能跟潜意识中面对高冷的学校和其他家长时的自卑感有关。别想太多。你不是这事的中心。达科塔才是。

第四，可是，也许凌驾一切之上的，是她对烤肉派对上发生的事的愧疚和恐惧。这就像关于一个噩梦的记忆，你总也无法将它排出脑海。好吧，是啊，蒂芙妮，我们知道了，这些事都很恼人，我们一遍又一遍地重复，无法取得任何进展，别想了，你不能改变你过去做了和没做的事、该做和不该做的事。

问题在于，她清单上的内容都很模糊。无法定义。她记得曾经为钱担心的日子，那时候，解决方法都是可以计算出来的。

为了安慰自己，同时也分分神，她保守地计算了一下自己目前的总资产：地产。股票。自营养老基金。家庭信托基金。定期存款。活期存款账户。这总能让她冷静下来，就好比在想象无法攻入的堡垒的保护墙。她很安全。不论发生了什么。她的婚姻要是崩解（她的婚姻不会崩解的），股票或是地产市场垮掉了，韦德死了或是她死了，或是他们两人中有一个得了需要源源不断医疗费的罕见疾病，他们的家庭都还是安全的。她亲手建立起了这座堡垒，当然，有韦德的帮助，不过这主要还是她的堡垒，她为此自豪。

那就睡觉吧，在你以禁忌行为为基础建立，但仍然挺立的经济堡垒里。

她闭上双眼，但又立刻睁开了。她很累，却完全清醒。她感觉眼皮像是被撑着，跟吸了可卡因似的。原来失眠是这种感觉啊。她还一直以为自己不是会失眠的那种类型呢。

她突然间必须要去看看达科塔。她也不是这种类型。她不是那种在孩子睡觉的时候去检查她是否还在呼吸的母亲。（她有几次逮到韦德这样做。他有些面露羞愧。他可是“我好酷，好随意”，“这已经是我的第四个孩子了”先生。）

她下了床，伸直双臂，熟练地摸索到了门把手，每次她都能比预想之中更快摸到它。一走到楼梯口，就更容易看清了，因为他们总是会留一盏灯，亮度调低，以防达科塔半夜起来。她推开达科塔卧室的门，在那儿站了片刻，让眼睛适应昏暗的光。

雨声太大了，蒂芙妮听不到其他任何声音。她想听达科塔均匀的呼吸声。她踮起脚尖往前走，走过了塞得满满的书架，站在床边，低头看达科塔，想看清她身体的形状。达科塔平躺在床上，跟她父亲一样，可是她通常都侧身蜷起来睡觉。

这一刻，她注意到达科塔一对儿亮晶晶的眼睛也在盯着她看，同时听到达科塔用清晰、清醒的声音说：“怎么了，妈妈？”

蒂芙妮吓得跳了起来，喊道：“我还以为你睡着了呢。”她边说边用一只手捂住胸口：“你可是吓死我了。”

“我没睡着。”达科塔说。

“你睡不着吗？你怎么醒着这么躺着呢？怎么了？”

“没事。”达科塔说，“我只是醒着而已。”

“你在担心什么吗？挪下位置。”

达科塔挪了挪位置，蒂芙妮上了床，立刻感到一丝安慰，她甚至不知道她需要这种安慰。

“你是因为哈利的事难过吗？”蒂芙妮说。达科塔对哈利这件事的反应跟她这些天对所有事的反应一样，冷漠。

“并没有。”达科塔语气平平地说，“不是很难过。”

“哦。好吧。我们跟他也不怎么熟，他也不是……”

“很友好。”达科塔帮她说完了。

“对。他不是很友好。但是还有其他事吗？”蒂芙妮说，“你还有别的心事吗？”

“我没有什么心事。”达科塔说，“一点也没有。”她听起来非常确定，达科塔从没有说谎的天分。

“你不担明天去圣安娜斯塔西娅吧？”蒂芙妮说。

“不。”达科塔说。

“应该会很有意思的。”蒂芙妮模棱两可地说。她能感觉到睡意像药物一样拉扯着她清醒的意识。也许真的没什么。只是青春期前常态。荷尔蒙。成长。

“我在这儿躺着，等你睡着，好吗？”蒂芙妮说。

“你要想的话。”达科塔冷冰冰地说。

*

达科塔的母亲在她身边躺着，睡熟了，并没有打鼾，而是每次呼气的时候，都发出长而尖细的声音，像吹哨一样。

她妈妈长长的发丝飘到了达科塔脸上，弄得她的鼻子痒痒的。她的一条长腿也搭在了达科塔的腿上，把达科塔紧锁住，像是用腿箍绑住了她。

达科塔屏住呼吸，一点点把腿挪了出来。她拉紧被子，跪坐起来，身体贴在卧室墙上，像蜘蛛侠一样。她贴着墙挪到了床尾。这是一项隐蔽行动。她在逃离控制她的人。耶！她做到了。她踮起脚尖，穿过卧室，小心避开地毯上的地雷。

真蠢。别想那么白痴、那么小孩子气的东西了，达科塔，这世上此刻就有真实的战争在发生，有真实的难民挤在小小的船上，在大海中央漂荡，真实的人踩到地雷。你愿意踩地雷吗？她坐在自己铺了垫子的飘窗座位上，把双腿抱在胸前。她试着感激她的飘窗，可她对她的飘窗毫无感觉。实际上，她脑海中还冒出非常不礼貌、非常忘恩负义的想法：我一点也不在乎这飘窗。

直到最近，达科塔都没有完全理解，她的大脑是私密空间，只有她才能进入。昨天，她看着她的老师，在脑中大喊脏话。什么也没发生。没有人知道她这样做了。永远也没有人会知道。

其他人大概三岁就想到了这点，但是这对达科塔来说是新发现。这样想，让她感觉她似乎独自身处于一个圆形房间：圆形是因为她的头是圆形的，房间有两个小小的圆窗户，那就是她的双眼，有人想往里面看，想理解她，透过她的眼睛看，但是他们看不到里面。看不清楚。她在里面，在她的圆形房间里，独自一人。

她可以跟她母亲说“我爱我的飘窗”，语气对的话——不过于热切，免得引起怀疑，她母亲就会以为达科塔是真心的，她永远也不会知道真相。

所以既然达科塔可以做到这样，既然达科塔可以有很多令人震惊、愤怒、尖利的想法，比如，我才不在乎什么飘窗，那么成年人可能也有令人震惊、愤怒、尖利的想法，可能比她的要严重得多，因为他们可以看R级电影。

比如说，她妈妈可能会说“晚安，达科塔，我爱你，达科塔”，而她脑海中那个圆形房间里，真正的她却在说：我真不敢相信你是我的女儿，达科塔，我不敢相信我有个你这样，会做这种事的女儿。

她妈妈可能会觉得，达科塔这么让人失望，是因为她是“伴随着钱长大的”，不过有趣的是，她实际上没有任何钱，只有一些生日时父母给的钱，存在一个她不允许碰的银行账户里。

达科塔的妈妈没有“伴随着钱长大”（达科塔的爸爸也是，但是他没有经常强调这一点，他只是非常爱花钱）。

达科塔的妈妈像达科塔这么大的时候，去了一个“富孩子”的派对，爱上了她家的房子。她说，那房子就像座城堡。她如今还能以相当无聊的细节描述那栋房子里的一切。她尤其爱房子里的飘窗座位。她对飘窗座位简直有执念。它们是“奢华之致”。之后的很多、很多年里，她妈妈都梦想着有一栋两层楼的房子，有大理石浴室、凸窗、飘窗座位。 这个梦在建筑学方面还真是细致。她甚至还画了图。所以，当她和达科塔爸爸跟建筑工们讨论这栋房子的时候，他们说：麻烦建些飘窗座位。越多越好。

有趣的是，有一次达科塔跟露易丝姨妈（她妈妈的一个姐姐）谈起她们家姐妹几个成长环境“贫穷”，她姨妈大笑了起来。“我们不穷，”她说，“我们只是不富而已。我们有旅行，我们有玩具，我们生活得很美好。你妈妈只是觉得她不属于下层郊区地带。”然后她把这件事告诉了达科塔的其他姨妈，她们都拿这事来打趣她妈妈，但是她妈妈一点也不在乎，她只是笑着说：“管它呢。”像个电视剧里的美国女孩。总之呢，达科塔还是尽力去爱、去感激她的飘窗座位，但是她做得不是很好。她在感激这方面，如果满分是十分，只能得一分。

百叶窗拉着，她不想冒险拉窗帘，怕吵醒她妈妈，于是她钻到外面去，把窗帘像帐篷一样放在她身后。

外面在下雨，所以她看不到什么。哈利的房子只是一个模糊、骇人的形状。她在想，哈利的鬼魂是不是在那儿，正在生气地低声咒骂，用脚踢东西，偶尔扭头，恶心地吐唾沫：你们怎么这么久才找到我的尸体？你们是傻还是怎么的？

她不会因为他的死高兴，可她也不会因此伤心。她没有任何感觉。她脑海里，关于哈利，只有一种庞大的、空洞的感觉。

她跟她妈妈说，她没有心事的时候，说的是实话。她在试着让自己的大脑变成一张白纸。

唯一能出现在她那张纸上的，就是学校的事。

没有任何其他。不能有悲伤的想法，不能有快乐的想法，不能有可怕的想法。只有关于澳大利亚原住民文化和全球变暖还有分数的事实。

明年她要去上新学校是件好事。他们有很好的"学术记录"。所以她期待他们在她的大脑里塞满更多的事实，好让她没有机会想，没有机会记起她所做的事。从前，她会因为进入新环境而紧张，可现在这不重要了。想起她从前对交朋友的担心，就像想起很小的时候的感觉，即使烤肉派对的事就发生在第二学期末。

她父母依然爱她。这点她是肯定的。他们可能也没有什么秘密的愤怒想法。

她记得烤肉派对的第二天她爸爸站在后院里，一遍又一遍地挥动那根大铁棍，像挥棒球棒似的，他的脸红彤彤的。那场面吓人极了。接着他就进了门，冲了澡，一个字也没有说，而她爸爸本来是最爱说话的。她爸爸都不说话了，事情一定很严重。

可是，那之后，她妈妈和她爸爸都慢慢恢复了正常。他们太爱她了，不会不原谅她的。他们知道她自知所作所为有多么重大。可她没有受到惩罚。这件事就有这么严重。这可不是小孩子的事。不是那种

“你不收拾好房间，就不许看电视”的事。实际上，达科塔从没受过太多惩罚，或是看到过“颜色”。其他小孩这辈子，每天都犯一堆小错。达科塔只是把这些都攒了起来，犯了一次巨大的错误。

惩罚她的事落在了她自己头上。

她想过割破自己。她在一本青少年小说里读到过割破自己，图书管理员说那本书不适合她，她还太小，但是她还是说服妈妈给她买了。（她妈妈给她买任何她想要的书。）青少年们会做这种事。这叫作“自残”。她想，她可以试试自残，即使她真的非常、非常讨厌血。她父母忙着用电脑做事时，她会进他们的卫生间，找一块剃刀片，久久坐在浴盆边上，想鼓起勇气，把它切进皮肤，但是她做不到。她太弱了，太懦弱了。于是她握紧拳头，用尽全力打自己的大腿根。这里会留下淤青，这很好。但是后来她想到了更好的惩罚方式：比割破自己更痛。能每一天都影响到她，却又没人能注意到区别。

这让她少了几分愧疚，可同时又让她感觉被孤立。“孤立”是描述她感觉最完美的词汇。有时候她一遍又一遍地跟自己重复这个词：孤立，孤立，孤立。

有那么一刻，她想到哈利是否也感到孤立，所以他才对所有人都那么生气。她记得那天下午，她坐在飘窗里，读书，她抬起头来，看到哈利家房子的二楼有个房间亮着灯，她当时想知道哈利在那儿干什么，他一个人住，在那栋房子的那么多房间里都在干什么？

而现在，哈利死了，达科塔没有感觉，没有任何感觉。

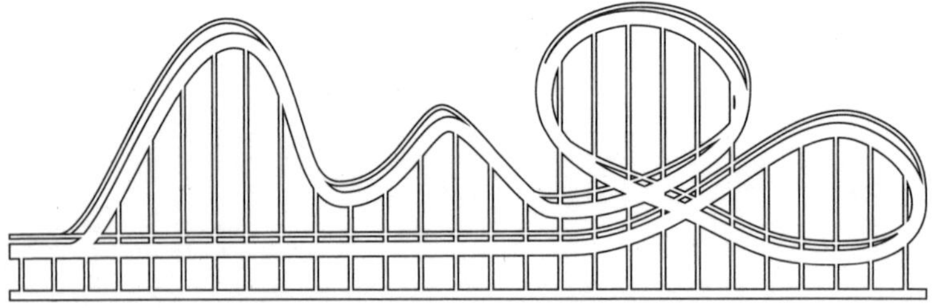

第二部：你我她的言不由衷

克莱曼婷感到一种不完全是嫉妒，但却像嫉妒的感觉，因为她看到艾瑞卡真的只在乎她的婚姻，而不是婚礼。她不是很在乎她的婚纱，或是头发，或是音乐，甚至不在乎她的客人，她只在乎奥利弗。

她现在在想，也许这些迹象一直都在。没错，她跟山姆能让彼此笑，他们有激情（至少在有孩子之前是有的），他们在一起玩得很开心，但是他们的恋情不够强大，根本无法经历第一次真正的考验。这是脆弱的婚姻。劣质的婚姻。两元店里买来的婚姻。

20

烤肉派对当天

“他们来了。”蒂芙妮在前门对厨房里的韦德喊道，她看着达科塔顺着车道走来，跟克莱曼婷那两个穿着芭蕾舞裙的小女儿手牵着手，她们在达科塔的两边边走边跳。蒂芙妮看着，更小的那个女孩仿佛慢动作地向前一倾，差点摔倒，就是学步小孩跌倒时的那种样子，达科塔试着抱起她。那孩子的身高有达科塔的一半，所以她的腿拖在地上，达科塔则因为她的体重而倾斜。

“达科塔当姐姐当得真好！”蒂芙妮说着，韦德戴着条纹围裙出现在前门，身上有强烈的蒜和柠檬的味道，因为他在腌淡水虾。

“想都不要想。”韦德说。十五年前，他向蒂芙妮求婚的时候，蒂芙妮还在欣赏自己的订婚戒指（给蒂芙妮的戒指当然是蒂芙妮的了），韦德就说：“你先别急着戴上，我们得谈一下孩子的事，好吗？”韦德已经有了三个活泼而愤怒的青春期女儿，没有想要更多孩子的欲望，但是蒂芙妮是个年轻女性，她当然想要孩子了，这是很自然的，他理解，所以韦德的让步就是，为了达成协议，他们只要一个孩子。一孩政策。跟中国一样。再多他就无法接受了。他的心脏和他的银行账户都无法承受。他说一个孩子要是不够的话，他能理解，她可以走开，戒指还是她的，他也会永远爱她。

蒂芙妮同意了。那时候，宝宝可不是她能考虑到的事，她也真的不喜欢妊娠纹。

她从没后悔过，只是有时候，比如此刻，她感到了一丝渴望。达科塔肯定会是个宠溺而负责的姐姐，就像蒂芙妮的姐姐一样。拒绝给她这个机会似乎不对，况且达科塔从没要求过任何东西，只是要多从图书馆借书。

“也许我们可以重新谈判我们的合约。”蒂芙妮说。

“别拿这个开玩笑。”韦德说，“我可没笑。你看看我的脸。”他露出一副哀痛的表情：“严肃脸。四场婚礼会让我破产的。这得把我折磨死。就跟那部电影似的，你知道的，《四个婚礼和一个葬礼》。我的葬礼。”韦德干笑着，对自己的回应很满意：“四个婚礼加上我的葬礼。你明白吗？四个女儿的婚礼和韦德的葬礼。”

“我明白了，韦德。”蒂芙妮说，她知道她这之后几个月都要听他这个笑话了，可能还会听几年呢。

她看着艾瑞卡和奥利弗，克莱曼婷和山姆，他们走在孩子们身后，一起朝房子走来。他们的队形有些奇怪，他们之间的空间太大了，看起来不像他们是互相认识的两对夫妻，而是四个独自来的客人，这天之前从未见过面，只是碰巧一起到了。

“嗨！”艾瑞卡喊道，她喊的时机有那么一点不对劲，她离得还太远了。他们家的车道非常长。

“嗨！”蒂芙妮回喊道，边说边走下台阶迎接他们。

他们靠近之后，她看到他们脸上都挂着一模一样的朦胧微笑，像是刚染上毒品或是刚接触了宗教，或者是刚刚被拉进传销组织。蒂芙妮感到一阵恐惧。这个下午会发生些什么？

韦德直接从她身边走过去，跟客人们打招呼，伸展着双臂。老天啊，韦德，他们又不是什么亲密的亲戚，刚从海外旅途归来。

巴尼也觉得客人们是它亲密的亲戚，狂喜地冲过去，闻闻每个人的鞋子，像是想打破闻所有人鞋子的速度纪录。

“欢迎，欢迎！”韦德喊道，“看看这两个漂亮的小姑娘啊！你们好！我希望你们不介意我让达科塔去喊你们。我只是害怕肉烤过了。巴尼，冷静点，你个疯狗狗。”

他吻了克莱曼婷两边的脸颊。“因为我记得你是个吃货，跟我一样，对吧？我们喜欢美食！上次我们在艾瑞卡家见面的时候，我记得我们谈了食物，你知道的。”

“你们谈了食物？”艾瑞卡怀疑地说，好像一切有争议的话题都必须先经过她准许似的，“我不记得啊。”她递给蒂芙妮一罐巧克力坚果：“我希望你们都不过敏，这些是坚果。巧克力坚果。”

“不过敏。”蒂芙妮说，“实际上，我很爱这个。”她不是在客套。这些让她有些怀旧。她的祖父从前每个圣诞节都要买这个。

“真的吗？”艾瑞卡犹疑地问，“啊，那太好了。”

她真是个奇怪的人，这姑娘，蒂芙妮的姐姐凯伦肯定会这么说。

克莱曼婷已经丢掉了朦胧的表情，她看着韦德的样子，就像他是她一切问题的答案。

“妈妈，这是露比，这是霍莉。我能带她们上楼去我房间吗？”达科塔对蒂芙妮说。她的双眼发着光，向蒂芙妮介绍两个头发打着结的精灵小女孩，她们戴着仙子翅膀，看起来像是刚刚把好几瓶闪粉倒在自己身上，撒光了。

“如果她们爸爸妈妈觉得没问题的话。”蒂芙妮说。

“达科塔很负责任的，你知道，”韦德说，“她会照顾好她们的。”

“我们当然觉得没问题了。”山姆边吻蒂芙妮的脸颊，边说道，他是个教养很好的澳洲男孩，目光扫视她的身体：向上，向下，迅速移开！

“再见到你真好，蒂芙妮。”他说着轻轻舒了一口气，像是他来这里，是种解脱。他和克莱曼婷都像是刚从葬礼上回来的样子，准备解开领结，让紧绷的肩膀放松下来，急切地想去吃去喝，提醒自己他们活着。他跪在地上，揉巴尼的耳朵，巴尼的反应可谓毫无自尊，躺倒在地上，露出肚皮来让他挠，仿佛它从没被人这样爱抚过。

“我们很感激你们的盛情款待。”奥利弗跟韦德握了手，然后尴尬地吻了蒂芙妮，仿佛他接受了什么挑战，身体任何一部分都不跟她接触。

“进来，快进来！”韦德把所有人带进了门，“咱们先喝点东西，再去院里烤肉。”

“对不起，孩子们弄得到处都是闪粉。”艾瑞卡边说边看着达科塔领小女孩上楼，巴尼跟在她们身后，它现在激动得都要疯了。

蒂芙妮看到克莱曼婷脸上闪过不悦的表情，应该是因为不乐意其他人为她孩子的行为道歉。

“哦，没关系的。”她说。

“我给她们布置了手工桌，”艾瑞卡说，“我们以为她们在做手工，可她们实际上……”

“在弄得乱七八糟的。”克莱曼婷替她说完了，但是她和艾瑞卡现在都在微笑了，像是这真的很搞笑。

蒂芙妮认为自己在看人和看事方面都挺厉害的——她的直觉通常都很准——但是此刻，这四个人真让她摸不着头脑。他们究竟是朋友还是敌人？

“我们带了香槟。”克莱曼婷举起一瓶酩悦，那种自豪感，一看就是不经常买酩悦。（而韦德在地下室里存了三箱。）

“谢谢！你们没必要带礼物的！”韦德用厚实的手接过香槟酒瓶，像是在抓加油枪，“但是重要的问题是，克莱曼婷，你有没有带你的大提琴？”

“当然了，”克莱曼婷说。她拍拍自己的手提包，“我去哪儿都带着呢。就在这儿。我新买了个高级的折叠型呢。”

韦德呆呆地盯着她的手提包看了一瞬间，然后开心地大笑起来。没有那么好笑吧，蒂芙妮心想。韦德用香槟酒瓶指着克莱曼婷，简直像是用枪对着她。“你骗到我了！你骗到我了！”

是啊，她可不是把你搞到手了，蒂芙妮边想边机智地去橱柜里找香槟酒杯，因为韦德很快就要以他一贯的欢乐方式开香槟了。

韦德对克莱曼婷感兴趣没什么的。蒂芙妮理解，她甚至有些喜欢，从克莱曼婷摸自己头发的动作来看，她也有些喜欢。不过是性而已。性很简单。蒂芙妮不理解的是房间里的其他三人，因为当韦德拔掉瓶塞，不出所料地迎来“哇哦！”反应后，克莱曼婷从蒂芙妮手上接过两个香槟酒杯，欢欣地边舞蹈边大笑，去接溢出的起沫香槟时，奥利弗、艾瑞卡还有山姆都盯着克莱曼婷看，而蒂芙妮无法判断，他们每个人脸上的表情究竟是深深的喜爱，还是深恶痛绝。

21

克莱曼婷把书倒扣在她的大腿上，正好放在被子上被台灯照亮的那个圈里。她听着雨声，看他们的双人床上黑暗而空荡的另一半。

山姆“开车转转”回来后，她母亲已经回家了（“再试吧，”她坚定地说，“我们可以再试。”）他们一句也没有谈这灾难般的“约会之夜”。他们礼貌而冰冷地对待彼此，就像不是很熟的合租室友。“冰箱里有剩下的意面。”

“好的，我可能会吃点。”

“我上床去了。”

“晚安。”

“晚安。”

山姆去书房的沙发床上睡了，那沙发床谁睡都会背痛。（“没什么的，我没事！”客人们总是在第二天早晨跟他们保证道，同时却又在偷偷揉自己的腰窝。）

现在书房似乎已经成了山姆的卧室。他们甚至不假装在一个房间睡觉了，之前他们还先上同一张床，半夜会有一个人抱着枕头偷偷溜出去。我们分房睡了。这给她带来一种惊异而恶心的感觉，她突然一下明白了事情的严重性。

她跟山姆上一次在这张床上，一同好好度过寻常的一夜，没有把被单都卷起来的梦境，没有磨牙和乱滚乱动，还是烤肉派对前的事。

现在想到他们一起上床，安安稳稳睡一晚，早晨一同起来，已经不是寻常事了，而是了不起的事。最后那了不起的寻常一夜是怎样的呢？她一点也记不起来了，只记得她知道，八周后的现在，他们跟当时的自己比已经不是同一个人了。他们那天有没有性事？可能没有吧。他们很少找到机会去做这个了。所以他们那天晚上才那样敏感。对性。

她母亲应该是希望今晚去高级饭店的晚餐能让他们回家“做爱”。他们要是没早点回家，他们要是牵着手回家，帕姆都会迅速溜走，脸上挂着眨眨眼、轻轻推的暗示微笑，然后她第二天会打电话，说些特别出格的话，比如说：“我希望你们没有累到没精力做爱，亲爱的，健康的性生活对健康的婚姻来说是至关重要的。”

这会让克莱曼婷想用手指堵住耳朵，唱“啦啦啦”，以前母亲开车送她和艾瑞卡去派对的路上给她们做起性教育，克莱曼婷就会这样。艾瑞卡却不一样，她可以说是每次一看到克莱曼婷母亲开口，就拿出笔记本来记笔记了，她会认真听这种性教育，还会问些具体的程序上的问题。“具体应该什么时候戴安全套？”

“当男孩的阴茎……”

“啦啦啦！”克莱曼婷会提高嗓门喊起来。

她母亲在性的话题上向来太过开明、欢乐，好像这是什么有益健康的事，就像水中有氧运动。她从前毫不避讳地把《性爱之欢》放在床头柜上，仿佛那就是一本不错的小说。克莱曼婷主要记得那本书的图片里有好多毛。

克莱曼婷想要的性爱是细腻而私密的。关掉灯。神秘一些。没有剃毛。她脑海里浮现出蒂芙妮的样子，她站在杂乱疯狂的背景前，然后小彩灯亮了起来：蒂芙妮的T恤在朦胧的灯光里显得白得发亮。克莱曼婷嘴里有甜甜的味道。是韦德的甜点的味道。现在，它已经成了羞辱的味道。

烤肉派对两三天后的一晚，克莱曼婷梦到她在歌剧院大厅的舞台上跟一个不是山姆的人发生性关系。霍莉和露比在观众席上跳着舞，看妈妈跟其他男人缠绵。她们就坐在最前排，摇晃着双腿，克莱曼婷则以最饥渴的方式呻吟、喘息，一开始她们只是一副集中精力的空白脸，就像在看《爱冒险的朵拉》，可之后她们哭了起来，克莱曼婷喊道“马上就来！”，好像她只是在洗漱，而不是在高潮似的，接着她的父母和山姆的父母，四个人一起跑着穿过音乐厅的走廊，满脸的恶心，克莱曼婷的母亲尖叫道：“你怎么可以这样，克莱曼婷，你怎么可以？”

这不是一个难以解析的梦。克莱曼婷的潜意识里，那件事永远跟性捆绑在了一起。恶心、肮脏的性。

那个令人作呕的梦好几天都挥之不去，像真实的记忆一样。她得不停地安慰自己：没事的，克莱曼婷。你并没有真的在孩子面前，在歌剧院上演性事。

可它还是更像一段记忆，而非一场梦。

烤肉派对之后的那一周，他们两人都做了噩梦。他们的床单总是乱七八糟，枕头上沾满了汗液。山姆的喊声会把她惊醒，仿佛有人抓住了她的衣领，把她拽着让她坐起来，她的心在胸膛中怦怦直跳。山姆坐在她身旁，困惑地说着胡话，她的第一本能反应总是纯粹的怒气，从不是同情。

山姆开始睡觉磨牙了。这是让她无法忍受的节奏，总是完美的四分之三拍。咔—二—三，咔—二—三。她就躺在那儿，在黑暗中睁着眼，数着节拍，似乎能一下子数好几小时。

显然，克莱曼婷也开始说梦话了。她有一次醒来，发现山姆在低头看她，还喊着（他说他没有喊，可他就是喊了）："闭嘴，闭嘴，闭嘴！"

他们中哪一个更受不了，就会去书房睡觉。所以后来沙发床就一直保持铺好的状态。最终，他们还是得谈话。不能永远这样下去，对吧？

现在别想这个了。船到桥头自然直。她还有其他重要的事要担心。比如说，明天她需要给艾瑞卡打电话，安排下班后跟她见面去喝点东西。然后她会告诉艾瑞卡，当然了，她会捐卵的。她乐意之至，这是她的荣幸。

不知为何，一段记忆浮现在她脑海中，那是她第一次，也是唯一一次去艾瑞卡童年的家。

那时她们做朋友大概六个月了，克莱曼婷总是（主要是在她母亲的坚持下）邀请艾瑞卡到自己家玩，可艾瑞卡从没邀请过她，克莱曼婷是个有公平意识的孩子，她快受不了了。去其他人家玩很有意思。你总能吃到在自己家不允许吃的东西。所以艾瑞卡为什么要这么别扭，神神秘秘的，还有，坦白点说，她不就是自私吗？

然后有一天，克莱曼婷的母亲开车送她们俩一起去学校组织的野餐，她们在艾瑞卡家里短暂停留，去取她落下的什么东西。帽子吗？克莱曼婷记不清楚了。她只记得她从车里跳出来去追艾瑞卡，告诉艾瑞卡记得带一件暖和的上衣，因为天气要冷了，她还记得她在房子的走廊里停了下来，晕乎乎的。房子的门不能完全打开。艾瑞卡肯定是得侧身才能进去。房子里面塞满了摞到天花板高的纸箱子，把门挡住了。

“出去！你来这儿干吗？”艾瑞卡尖叫道，突然出现在走廊里，她的脸戴上了一副恐惧而怪诞的愤怒面具，克莱曼婷吓得跳了回去，但是她从来没忘记在艾瑞卡家走廊里的那一瞥。

那感觉就像是在一栋郊区房子里发现了一个贫民窟。那些东西：旧报纸筑成的摩天大楼、缠成一团的晾衣架、冬衣外套、鞋子、一个盛着珠子项链的炸锅，还有一堆又一堆鼓鼓的、打结的塑料袋。那场景简直像是一个人的生活突然爆炸了。

而那种味道。那腐烂、发霉、变质的味道。

艾瑞卡的母亲西尔维娅是个护士，应该还是个能力很强的护士。她在敬老院做了很多年护士工作才退休。克莱曼婷觉得，生活环境那样子的人能在医疗保健行业工作，真是件神奇的事，毕竟在医疗行业，干净卫生无比重要。艾瑞卡——她从来没法敞开来谈她母亲的囤积症——

说，这也不是不常见，实际上，患有囤积症的人在医疗业工作是件很常见的事。“人家说，好像这样他们就会集中精力去照顾其他人，不需要照顾自己。”艾瑞卡说。然后她又补充道：“还有他们的孩子。”

很多年里，艾瑞卡母亲的问题似乎都是她们需要拐弯抹角、委婉地提的话题，即使是那一类电视节目开始在电视上播放，她们了解到了那个可怕的词：囤积症。艾瑞卡的母亲是个囤积症患者。真的有这样的说法。这是一种病。但是艾瑞卡大概一年前开始去看她那个“可爱的心理医生”之后，才开始大声说“囤积症”这个词，还开始讨论这背后的心理学依据，用一种新的、清晰的方式讨论，仿佛这从来都不是什么深藏的黑暗秘密。

克莱曼婷看到过艾瑞卡的家之后，怎么还能不乐意分享自己的家、自己的生活给艾瑞卡呢？她不能，可她还是不乐意。

现在的情况也是同样。她并没有变成一个好人。她还是无法想到帮朋友达成最大的心愿就感到快乐。实际上，他们最开始问她可不可以捐卵时，她还是感到那种熟悉的厌恶感，让她招架不住，不同的是，这一次她享受那种厌恶。她希望医生能把她切开来。她希望他们能取出她身体的一部分，交给艾瑞卡。给你。我们来平衡一下天平。

她关掉台灯，翻了个身，翻到了床的正中央，试图想点别的，别的任何事，只要不是那天就好。那所谓的“寻常的一天”。

22

烤肉派对当天

艾瑞卡看着克莱曼婷试图拯救那瓶冒泡外溢的酩悦，韦德站在他家巨大的厨房里，双手举着香槟，傻乎乎地咧嘴笑着，像是个摆姿势拍照的F1赛车冠军。

克莱曼婷大笑着，仿佛这一切都是有趣的嬉笑之事，仿佛那么贵的香槟被浪费掉没什么关系。她不该那么破费的。带一瓶法国香槟来参加后院烧烤派对太浪费了。她和山姆总是不根据自己的财力花钱。他们那又潮湿又小的时髦住所房贷也很高呢！艾瑞卡和奥利弗听到时都不敢相信他们贷款贷了那么多，然后他们去年还带着孩子们去意大利度假了！疯狂的财务开销啊。他们用信用卡支付了那次旅行的花费，即使实际上，开一小时车去中央海岸玩，孩子们也会一样高兴，可对山姆和克莱曼婷来说，只有托斯卡纳才足够好。

所以克莱曼婷真的需要那份全职乐团工作。她试音前总是太过紧张，突然间开始怀疑自己的能力。艾瑞卡无法想象做一份你会怀疑自己表现的工作。在艾瑞卡的世界里，你要么能胜任工作，要么就无法胜任。

也许艾瑞卡误读了克莱曼婷脸上的表情。她不是不想帮他们，不想捐卵，她只是此刻心事太多了。他们应该等到试音结束后再跟她提的。但是那还得等好几个月啊。她要是试音成功，就需要适应一份新工作。她要是没成功，她会伤心欲绝。要么是现在问，要么就永远不能问了。

也许永远不能问才是正确答案。

她吃的那片药在影响她的平衡感了吗？不，当然没有。她很好。

“来！”克莱曼婷递给艾瑞卡一个酒杯，没有直视她的眼睛。

“我也来一杯。”奥利弗说。他对他们“会议”的失望让他忍不住嘴角下垂，他看起来像个伤心的小丑。他本来对今天抱有很大的期望。“你觉得她会答应吗？”昨晚他们看电视时，他突然说道，艾瑞卡几乎能听出他声音中的渴望，她的恐惧让她爆发了：“我怎么知道？”

“好啊，我也来一杯。”山姆说。突然间，所有人似乎都快渴死了。艾瑞卡在自己家招待客人用的是气泡矿泉水，加柠檬。她喝了一大口香槟。她不是很喜欢。人们是不是都是假装喜欢香槟？

“好吧，我知道这样有点失风度，但我要喝啤酒。”蒂芙妮走到巨大的不锈钢冰箱前，胯部以特别的角度突出来。她穿着牛仔裤，褪色到几乎像是白色的，两边膝盖也都有破洞（这是可能自然发生的那种破洞，艾瑞卡几乎可以原谅她这一点），配简单的白色T恤，再加上她的金色长发，有一种电影明星喜欢的“刚从海滩回来”的感觉。只是看到蒂芙妮，艾瑞卡就想到了性，天知道蒂芙妮对男人们的影响力有多强大，可她看着自己丈夫时，却发现奥利弗在看窗外，眼神空洞，做关于宝宝的白日梦。完美的丈夫。只是需要一个完美的妻子。

“实际上，我也想来瓶啤酒。”山姆把他的香槟杯子放在厨台上，说，“既然有人喝啤酒了。”

“我烤箱里烤着斯洛文尼亚馅卷，再等五分钟就好了。”韦德说。他打开烤箱门往里看了一眼。“是一种美味的奶酪薄酥卷饼，非常好吃，斯洛文尼亚的，这是古老的家传食谱，不，假的，我从网上学来的！”他大声笑起来，“我阿姨以前做这个，我问我妈要食谱，她说，‘我怎么知道！’我妈可不会做饭。我嘛，是个好厨子。”

“他确实是个好厨师。还很谦虚呢。”蒂芙妮仰起头来，喝了一大口啤酒，她的背向后弯，胸挺了出来，看起来像是性别歧视的足球广告画面里的女孩。艾瑞卡挪不开目光。她是故意的吗？太特别了。

艾瑞卡与克莱曼婷目光相遇，克莱曼婷冲她扬扬眉，艾瑞卡试着憋笑，可艾瑞卡在她们的友情中所珍视的一切都被装进了那个秘密中，轻轻一扬眉。

“我也想要个会烹饪的丈夫。”克莱曼婷对蒂芙妮说，“你在哪儿捡到他的？”

“这可是天机，不可泄露。”蒂芙妮热情地回应道。

看到没？这就是艾瑞卡搞不懂的那种对话。这种话难道不是不礼貌吗？不是有调情意味吗？克莱曼婷和蒂芙妮表现得好像跟彼此很熟，仿佛艾瑞卡才是外人，克莱曼婷和蒂芙妮则是老朋友。“嘿，我会做饭的！”山姆弹了一下克莱曼婷的肩。

“啊。”克莱曼婷说。她接着对蒂芙妮和韦德说：“实际上，我们两人都做饭，但做得都不是很好。”

“什么？”山姆假装气愤地说，“我的招牌菜呢？”

“你的牧羊人馅饼啊。是很棒。无与伦比。你做到了一字一句照搬方便食材盒子上的指南。”克莱曼婷用双臂抱住自己的腰。

还有这个。她也不理解。刚刚在艾瑞卡家，几人之间的气氛那么紧张，他们现在怎么还能这样调皮地互相调侃？紧张是由艾瑞卡造成的，可克莱曼婷和山姆应该也是同样的紧张啊，毕竟要不要再生一个孩子是件重大的事。这种事应该说清楚，讨论明白。克莱曼婷不应该到处跟别人讲她宁愿自戳双眼也不愿意再生孩子，害别人以为这信息是可靠的，非常感谢。

这些恩爱的口角都是给韦德和蒂芙妮看的吗？她和奥利弗没有夫妻间拌嘴的习惯。奥利弗在公共场合对艾瑞卡说话时，既有爱意却也礼貌，好像她是个他敬爱的阿姨，而不是他的妻子。人们可能觉得他们的婚姻很糟糕吧。

“我来给你续个杯吧。”蒂芙妮对艾瑞卡说着，举起香槟瓶子。

“哦，天哪，喝得好快啊。”艾瑞卡看看自己的空杯，不知怎么回事。

“我是不是应该去看看孩子们？”山姆说。他抬头看看天花板，

“听起来静得可疑。”

“啊，放松啦，别担心，她们跟达科塔在一起没事的。”韦德说。

“山姆就爱担心。”克莱曼婷说。

“没错，克莱曼婷更喜欢放养式教育。”山姆说，“在商场也没必要看着她们，有保安照顾呢。”

“山姆，那只发生过一次。”克莱曼婷反驳道，“我就在JB Hi-Fi背对了霍莉一秒钟而已。”她对韦德和蒂芙妮说，不过艾瑞卡不记得有听过这个故事，“她就跑去找芭比娃娃DVD什么的了，然后她又蒙了，跑出了商店。可吓人了。”

“是啊，所以你才不能转过身去。”山姆说。

“是的，‘一辈子从没犯过一个错’先生。”克莱曼婷翻了个白眼。

“从没犯过那种错误。”山姆说。

“这没什么的。我有一次在海滩上把达科塔弄丢了。”韦德说。

艾瑞卡和奥利弗交换眼神。这几个家长是在比拼谁更不负责，更不配做父母吗？等奥利弗和艾瑞卡有了孩子，他们绝不会让孩子走出他们的视线。绝不会。他们会对每件事做风险评估。他们会给孩子全部的注意力，弥补他们从没从自己父母那里获得的爱。他们的父母做错的一切，他们都要做对。

“我一辈子都没有像那天在海滩上那么害怕过。”蒂芙妮说，“我想杀了他。我自己心想，要是达科塔出了什么事，我就要杀了他，我要亲手杀了他，我永远也不会原谅他。”

“不过，你们看，我还活着！我们找到她了。一切都好。”韦德说，“孩子走丢是常事。就是生活的一部分。”

不，不是的，艾瑞卡心想。

“啊，不是，才不是呢。”蒂芙妮说出了艾瑞卡的想法，“不是不可避免的。”

“同意。”山姆用自己的啤酒瓶跟蒂芙妮碰杯，“天啊。看看我们的伴侣多不负责任。”

“咱俩啊，咱俩是不负责任的。”韦德对克莱曼婷说，他把“不负责任”说得像是件好事。

“我们放松嘛。”克莱曼婷说。

“总之呢，只发生过一次，现在我可是像老鹰一样盯着她们。”

“你们俩呢？”韦德对艾瑞卡和奥利弗说，也许是注意到了他的邻居们在谈话中被忽略了。

“我像老鹰一样盯着艾瑞卡。”奥利弗出乎意料地说，“我从没丢过她。”

所有人大笑起来，奥利弗一脸胜利的喜悦。他通常不会说这种戏谑的回应。别毁了这个，亲爱的，艾瑞卡心想着，看着奥利弗张嘴又想说话。点到为止。别再试着以不同的方式重复刚刚的话，指望大家笑得更厉害了。

“但是，孩子呢？”韦德说，“你们俩打算生孩子吗？”

停顿片刻。气氛突然间变得紧张，像是被压缩了，人们似乎停止了呼吸。

“韦德，”蒂芙妮说，“你不能问别人这种问题。那是隐私。”

“什么？为什么不能？孩子的问题有什么隐私的？”韦德一副窘相。

“我们希望能有孩子。”奥利弗说。他的脸在向内崩塌，像被戳破的气球。可怜的奥利弗。刚刚的小小胜利才享受了那么一小会儿。

“将来吧。”艾瑞卡说。所有人似乎都在刻意不看她，就像你牙上沾着食物时，人们不想告诉你，于是就尽量不看你。她用指甲抠了抠，看自己牙上是不是有刚刚的饼干留下的芝麻。她尽力用欢快积极的语气说：“不久的将来。”

“是啊，但是你不能等太久。”韦德说。

“我的老天啊，韦德！”蒂芙妮说。楼上传来了一声刺耳的尖叫。

23

“是克莱曼婷。”

此刻雨声太大，艾瑞卡刚刚能听得出电话里的声音是克莱曼婷的。

“大声点。”她说。

“抱歉。是克莱曼婷。早上好！你今天怎么样啊？”

“哦，嗨，你怎么样？”艾瑞卡把手机换到了另一边耳朵听，用肩膀夹着手机，好边继续打电话，边取出东西，穿过房子，放进车库的车里。

“我在想，你想不想下班后去喝点东西？”克莱曼婷说，“今天。或者改天也行。”

“我今天不上班。”艾瑞卡说，“我今天休息。我得去我母亲家。”

她给办公室打了电话，告诉她的秘书，有人问的话，就说艾瑞卡请假了，因为她母亲病了，这话也算是实话。

停顿。“哦。”克莱曼婷说，她的语气变了，每次她们一谈起艾瑞卡的母亲，她的语气都会发生这样的变化。她变得犹疑、温柔，仿佛在跟得了绝症的人说话。“妈妈确实提起了，她昨晚给你打电话了。”

“是啊。”艾瑞卡说。她想到克莱曼婷和她母亲惬意地在谈话里提到可怜的艾瑞卡，就感到一阵怒气升起，她小时候她们肯定就是这样谈论她的。

她对克莱曼婷说："晚餐怎么样？"

"很好。"克莱曼婷说，这意味着晚餐肯定不好，不然的话，她肯定会狂热地不停说某某菜品美妙的味道。

那就别给我讲了，克莱曼婷。我不在乎你的婚姻是不是在崩溃，你的完美生活最近也不是那么完美了嘛。你也来看看我们其他人的生活是怎样的。

"所以你要去你母亲那儿，"克莱曼婷说，"去，呃，帮她清理。"

"尽力而为吧。"艾瑞卡拿起一瓶三升的消毒剂，又放了下来。讲电话时拿这个太不方便了。于是她拿起两把拖布，从连着车库的门走了出去，路上关掉了灯。他们的车库一尘不染。像是专为他们那辆蓝色霍顿"政治家"设置的展示间。

"奥利弗也请假了吗？"克莱曼婷知道奥利弗总是会跟她一起去。艾瑞卡记得，她第一次跟克莱曼婷讲，奥利弗帮她收拾她母亲的房子，他有多么好，多么能干，一句怨言都没有的时候，克莱曼婷脸上的表情非常柔软，像是快要哭出来了，不知为何，那种柔软的、快要落泪的表情，却让艾瑞卡生气了，因为她本就知道她有奥利弗帮忙是多么幸运，她已经很感恩，很珍惜了，可克莱曼婷的反应让她觉得羞辱，仿佛艾瑞卡配不上奥利弗，仿佛他做的远远超过了一个丈夫该做的。

"奥利弗休假在家，但是他病了。"艾瑞卡说。她打开车的后备箱，把拖把塞进去。

"哦。好吧，你想让我今天跟你一起去吗？"克莱曼说，"我可以去的。我今天早晨有个婚礼表演，然后就没别的事了，一直到孩子们放学。"

艾瑞卡闭上双眼。她能听出克莱曼婷声音中的希望与恐惧。她记得克莱曼婷小的时候，记得她看到艾瑞卡居住环境的那天：亲爱的小克莱曼婷，瓷白色的肌肤，清澈的蓝眼睛，干净、美好的生活，站在艾瑞卡家的前门口，圆眼睛睁得更圆了。"你被咬了。"艾瑞卡直白地说，"这里有跳蚤。"克莱曼婷瓷白色的肌肤第一次被虫子咬到了。她看起来美味多汁。

"我会用驱虫水的！"克莱曼婷热情地说。听起来几乎像是她真的想去了。

"不。"艾瑞卡说，"不。我可以的。谢谢你。你应该练习，准备试音。"

"是啊。"克莱曼婷的话听起来像是放松的叹息，"你说得对。"

"什么人会在周三办婚礼啊？"艾瑞卡说，主要是为了转换话题，但也是因为，她有些不想听她猜到克莱曼婷接下来会说的话，"来宾们都得请假去参加吗？"

"想省钱的人。"克莱曼婷模糊回应道，"而且是室外的，当然了，他们没有做雨天准备。反正呢，听着，我不想在电话里说这事，但是……"

来了。提议。这不过是时间问题。艾瑞卡走了回去，盯着那一大瓶消毒剂看。

"我知道，烤肉派对上的事之后，你可能一直没想再提这事。"克莱曼婷说，"我很抱歉，这么久才给你答复。"

她的语气听起来正式得不合时宜。

"但是我不想你以为这只是因为……"她的声音颤动了，"很显然，山姆和我，我们那天头脑不太清晰……"

"克莱曼婷，"艾瑞卡说，"你没必要——"

“我想做。”克莱曼婷说。

“我是说，捐卵。我想帮你们生个宝宝。我想帮你们。我准备好了，你知道的，准备好做这件事了。”她难为情地清清嗓子，好像“做这件事”这几个词是外语，而她才刚刚开始学，“我对这件事感觉不错。”

艾瑞卡什么也没说。她把那瓶消毒剂抱在腰间，像是抱着一个超重的学步小孩。她摇摇晃晃地再次走出车库。

“我想告诉你，我的决定跟那天发生的事没有关系，”克莱曼婷说，“我本来就打算答应的。”艾瑞卡费劲地打开车的副驾驶门，哼了一声，把消毒剂扔到了车座上。

“哦，克莱曼婷。”她说，她意识到自己的语气突然变得诚实，像是在此之前，她一直在假装。这才是她真正的声音。它在车库里回荡。这是她在半夜跟奥利弗说话的声音，他们会互相讲他们羞辱的童年最羞辱的秘密。“我们都知道，这话是假话。”

24

烤肉派对当天

“听着像霍莉。”山姆说。他放下啤酒瓶。“我去看。”

“哦，天啊，”蒂芙妮说，“我去给你带路。”

“妈妈！”霍莉在楼上尖叫着，“妈妈，妈妈，妈妈！”

“看来我也得去。”克莱曼婷说，她明显舒了口气。

艾瑞卡也想去，去确认霍莉没事，但是她的父母都在，那样显然不合适，而且这正是那种会让克莱曼婷恼火得叹气的“过界”举动。现在，房间里只剩下艾瑞卡、奥利弗和韦德了，很明显，这样的社交组合行不通，即使韦德还是一如既往地热情，还在尝试。

奥利弗闷闷不乐地盯着他的香槟酒杯，韦德则去打开烤箱门，看他烤的点心，看完又关上了。

艾瑞卡左顾右盼，寻找灵感。厨台中央放着一个大玻璃碗，里面装着大小不一，五颜六色的碎玻璃。

“真漂亮。”她说着把碗拉过来看里面的东西。

“是蒂芙妮的。”韦德说，“她管这个叫海玻璃。我管它叫垃圾。”他拿起一块长卵石形状的深绿色玻璃。“看看这个！我跟她说，宝贝，这就是喜力啤酒瓶子碎了！不知哪个酒鬼扔在了沙滩上，然后你就把他丢的垃圾捡回家来了！她总是说海水打磨过的什么什么的。”

“我觉得这是个好装饰品啊。”艾瑞卡说，不过她同意他的话。确实是一大碗垃圾。

“她是个囤积癖，我妻子。”韦德接着说，“要不是我，她就成了你在电视上看到的那种人了，你知道的，那种囤东西囤到人都走不出门的。”

“蒂芙妮不是囤积癖。”艾瑞卡说。

奥利弗清清嗓子。小小警告。

“她是，她真的是！”韦德说，“你应该看看她的衣橱。她的鞋子。那女人简直是伊梅尔达·马科斯。”

“可她没有囤积症。”艾瑞卡说。她没有朝奥利弗的方向看。“我母亲才是真的得了囤积症。”

奥利弗伸出手来，手掌向下，伸到艾瑞卡面前，仿佛是在阻止侍者给他续杯，只不过他不是不想要续杯，而是在告诉她，别再多说了。在奥利弗的世界里，你什么事都不能跟任何人说。家庭是私密的。这是他们的共同点，只不过艾瑞卡现在已经不想再羞愧下去了。

“真的吗？”韦德很感兴趣的样子，“就像电视上演的那样？”

电视节目。艾瑞卡记得她第一次打开电视，看到她母亲的走廊，那种恶心被放大，放在电视上，所有人都看得到，她当时双手捂住胸口，像是被打了一枪。那就像是一场噩梦，敌人录下了她肮脏的秘密，把录像播出来给人看。她的理性思维下一秒钟就想清楚了。那当然不是她母亲的走廊，是世界另一头某个威尔士老头的，可即使这样，艾瑞卡还是逃离不了那种被曝光的感觉，那种被当众羞辱的感觉，她关掉了电视，怒气冲冲地按下遥控器，像是在扇谁的耳光。她看那种节目从没有看完过，她无法承受那种假惺惺、佯装同情的语调。

“是的，真的，”艾瑞卡说，“像电视上演的一样。”

“哇哦。”韦德说。

“她对静态物品有种病态的依赖。”艾瑞卡听到自己说出这话。奥利弗叹了口气。

“她囤积物品，这样来将自己与世界隔离。”艾瑞卡接着说道。她停不下来。

她人生中大部分时间，都在回避分析她母亲的“习惯”，甚至强迫自己不要太多想这事，除非非常有必要。仿佛她母亲是一种不被社会所接受的怪癖。她离开家时，可以更多与这件事分离，可后来，大概一年前的一天晚上，艾瑞卡在谷歌搜索栏里输入了“囤积症”几个字，就这样，她突然对相关信息有了一种如饥似渴的求知欲。她读了相关教科书、杂志文章，还有个案研究，一开始读还会心跳加速，好像在做什么非法的事，但她了解的事实和数据还有“对静态物品的病态依赖”这样的词汇越来越多，心跳也慢了下来。她并不孤独。她并不特别。甚至还有“囤积症患者子女”这样的网站，像艾瑞卡一样的人讲述着一个又一个故事，每个人都有着同样的问题。艾瑞卡的整个童年，对她来说都曾经充满了肮脏的羞耻感，似乎是独一无二的，可现在它不过是个分类，一种类型，一个需要打钩的选项。

是那些研究让她决定去做心理诊疗。“我母亲是个囤积症患者。”她第一次去，一坐下来就跟心理医生说，尽力显得不是那么在意，假装她只是在跟自己的全科医生说“我咳嗽得厉害”。那种经历给她一种激动的感觉，就像是她曾经恐高，现在却去蹦极了。她在谈论这个问题了。她要学习方法和技巧。她要修复自己，就像修复坏了的家具。她会变好的，一如崭新。不再在去母亲家时焦虑紧张。不再一闻到某些气味、听到某些词汇、经历某些时刻时就想起她的童年，进而恐慌。她会把这件事摆平的。

意识到修复的过程并不像她一开始希望的那样迅速、系统时，那种激动的感觉淡化了一些，可她还是很积极，还是觉得现在能如此公开地讨论母亲的问题，是精神健康的表现。“这不是精神健康的表现。”奥利弗说过一次，他的烦躁很不像他，那次艾瑞卡在超市结账排队时，跟一个排队的老太太讲她为何要买这么多加厚垃圾袋。“这会让别人以为你精神不稳定。”奥利弗不理解艾瑞卡为何会在谈论她母亲时产生这种奇怪的、美妙的愉悦感。我不会再帮你保守秘密了，妈妈。我要向超市里这个善良的小个子老夫人揭发你，我要向所有愿意听的人揭发你。

韦德似乎很感兴趣，着迷了。

“哇哦。”他说，“那她就是什么都不会扔掉，对不？我记得我看的一个节目里演过，一个老人家，攒报纸，对吧？一摞又一摞，我就想，伙计啊，你在干吗，你又不会读这些报纸，扔进垃圾桶不就好了吗！”

“好吧。”艾瑞卡说。

“把什么扔进垃圾桶？”蒂芙妮回来了，还带着达科塔（达科塔站在她充满活力的母亲身边，显得毫无色彩，普通得很，还有霍莉，她刚刚那么大声喊叫，看起来却非常带劲儿。她有时候真是戏很足）。

“一切还好吗？”艾瑞卡说。

“哦，没事的，一切都好，”蒂芙妮说，“霍莉只是在游戏机上玩模拟网球游戏时碰到了。”

“鼻子被网球砸到了？”奥利弗问霍莉。他跟孩子说话的时候，整张脸的形状和纹理似乎都会发生变化，像是松开了咬紧的牙关。

“啊，奥利弗，这个游戏里的网球不是‘真的’。”霍莉说。她说“真的”这个词的时候，举起两只手，分别伸出两根手指，比画引号。

奥利弗拍了一下自己的脑袋。“我真傻。”

“是露比的头撞到了我的鼻子。”霍莉重复起当时的情景，厌烦地揉揉鼻子，“她的头可硬了。”

“好疼啊。”奥利弗说。

“达科塔要带霍莉去看巴尼睡觉的小房子。”蒂芙妮说。

“我生日想要一只小狗，”霍莉说，“就要巴尼这样的。”

“我们把巴尼给你吧！”韦德说，“它非常淘气。”

“真的？”霍莉说，“我能养它吗？”

“不，”达科塔说，“是我爸犯傻而已。”

“哦。”霍莉说着，凶凶地瞪了韦德一眼。

“也许她生日我可以送她一只小狗。”艾瑞卡心想。她会给小狗的项圈上系上红绸带，霍莉会拥抱她，克莱曼婷会宠溺地微笑。（她喝醉了吗？她的思绪似乎一直在朝极端的方向发展。）

“哦，亲爱的，这件事还是交给你妈妈和爸爸吧！”蒂芙妮说。

她拉起自己的T恤，挠了挠她平坦小腹的小麦色肌肤。“然后我们所有人都去后院棚屋，你觉得可以吗，韦德？天气这么好，在屋里太可惜了。你的馅卷好了吗？”

“克莱曼婷和山姆在干吗？”艾瑞卡问道。

“露比想让他们陪她一起玩模拟网球。”蒂芙妮说，“其实那个游戏不适合她这么小的孩子，可他们好像后来就忘记了露比，两人争强好胜地斗起来了。”

“露比需要换尿不湿了。”霍莉对艾瑞卡说。她用手在鼻子前扇了扇。

“那他们就得需要包了。”艾瑞卡说着，拿起克莱曼婷的尿不湿包。克莱曼婷和山姆在孩子需要换尿布的时候开始玩电脑游戏，这正是他们经常会做的事，更不用说他们还是在根本不熟的人家里做客。他们有时候表现得就像青少年。“我拿上去吧。”

“是走廊尽头的那间房。”蒂芙妮的语气突然变得尖锐起来，“别放在大理石上！”她赶在韦德把烤盘扔在厨台上之前把他推回了炉子边。

艾瑞卡背起尿不湿包，走上了铺着柔软地毯的弧形楼梯。她走到顶上时，看到一大片平台，没有放任何家具，就像一块空荡的人造草坪球场。她双臂放松。一面墙上，与她视线高度相同的位置挂着一幅油画，一张四帷柱床倒映在一只眼睛的瞳孔里（太蠢了吧！），周围挂得低低的灯靠得很近，像是倒挂的牛奶瓶。这里就像现代艺术画廊里的一个房间。她母亲用她的垃圾毁掉这样一块“空间”要花多久？

艾瑞卡沿着走廊，向着尽头传出低语声的房间走去。地毯毛茸茸的，她几乎是像宇航员一样在弹跳着走。哎呦。她有些摇晃，肩膀碰到了墙。

“她应该私下问我的。”是克莱曼婷，声音很低，但也很清晰，“不应该四个人都在的时候说。还搞什么奶酪和饼干，老天啊。就那一点点小气的奶酪。太奇怪了。很奇怪，不是吗？”

艾瑞卡愣住了。她离房间的距离近到可以看到他们的影子。她靠着走廊墙壁站，远离那个房间的门。

“她可能觉得跟我们四人都有关系吧。”山姆说。

“大概是吧。”克莱曼婷说。

“你想做吗？”山姆说。

“不想。我不想做。这是我第一直觉的反应。就是，不。我不想。听起来很糟糕，可我就是……讨厌这个想法。几乎像是……厌恶。哦，老天，我不是那个意思，我只是真的不想做。”

厌恶。

艾瑞卡闭上双眼。再多的心理诊疗，再久的热水淋浴，都无法洗刷掉她心里不洁的感觉。她还是那个肮脏、满身跳蚤咬伤的小孩。

“那你不是一定要做啊。”山姆说，“他们只是让你考虑，你没必要这么紧张。”

“但是她根本没有其他人了！只有我。一直都是只有我。她没有其他朋友。这感觉就像，她总想从我身上分到更多。”克莱曼婷提高了嗓门。

“嘘。”山姆说。

“他们听不到的。”但是克莱曼婷还是又压低了声音，艾瑞卡得努力听才能听到，“我想，我会觉得那是我的孩子。我会觉得，他们生的是我的宝宝。孩子要是长得像霍莉和露比怎么办？”

“你不该这么担心这个啊，毕竟你宁愿自戳双眼——”

“那是句玩笑话。艾瑞卡就不该说出来，我不是真的——”克莱曼婷的声音又大了起来。

“对，我知道，当然了。听着，咱们先把这个派对熬过去，回家再谈。”

“爸爸！”露比稚嫩的声音插话道，“再来一次！就现在。现在，现在，现在。”

“行了，露比，我们得回楼下去了。”克莱曼婷说。

“我们需要给她换尿布了，这才是我们需要做的。”山姆说，“尿不湿包在哪儿呢？”

“当然在楼下了，又不是拴在我手腕上的。”

“天哪，别跟我这么暴脾气，我明白。”山姆从房间里出来，愣住了，“艾瑞卡！”他说，他向后退一步的样子甚至有些好笑，他害怕得睁圆眼睛，好像她是个擅自闯入者。

25

蒂芙妮在达科塔的抽屉柜最底下的抽屉里翻找一件Alannah Hill牌的白色开衫，肩膀上散落着白色小珍珠，蒂芙妮突然觉得这件衣服特别适合去参加私立学校“晨间信息交流”活动的母亲穿。

她很肯定，几周前他们参加完韦德亲戚孩子的受洗礼之后，她把这件衣服从包里拿出来给达科塔穿了。达科塔穿上，袖口松垮垮的，可她从来不在乎自己的穿着。蒂芙妮了解达科塔，她肯定把衣服塞进某个抽屉里了。可能需要洗一下，可蒂芙妮就是一心想找到它，好像它是某个复杂得多的问题唯一的解决办法。

她开始把最下面那个抽屉里所有东西都拿出来，放在她旁边的地板上。有一本书卡在抽屉最里面。她把书放在地板上，发现这是半本书。封面不见了。书被撕成了两半。几乎每一页上都用黑色记号笔画着散发怒气的涂鸦，有些地方太过用力，都戳穿了书页。

她跪坐着，盯着书看，呼吸也加速了。书页最顶端写着书名《饥饿游戏》。这不是她姐姐凯伦跟她说达科塔还太小，不适合看的那本书吗？“你得对她读的书负责。”凯伦很霸道地说，“你知道这本书里有多少暴力内容吗？”可蒂芙妮相信，她不该管控达科塔读的书。毕竟这又不是色情片。只是一本青少年小说。蒂芙妮知道书的大概内容（她在YouTube上看了电影的预告片），况且就连童话都很暴力。还有《韩赛尔与葛雷特》呢？！达科塔一向喜欢黑暗童话。

这本书真的给达科塔留下了深刻的心理阴影，严重到她想毁掉书吗？看起来它像是被残忍地毁坏了。蒂芙妮又拿了几件衣服出来，找到了书的另一半。

达科塔很爱惜书，从来都小心对待。她的书架整齐美丽。她甚至都不折书角。她只用书签！现在她却撕毁书，然后藏起来？这太不合理了。读书是她最大的乐趣。

蒂芙妮看看天花板。不过，达科塔最近读书还像从前一样多吗？当然，她还是会为完成作业读书，她都不需要被命令，就自己勤奋地坐下完成所有作业，蒂芙妮根本就不需要监督她。可她最近有没有为了享受而阅读呢？

蒂芙妮上一次看到她在床上或是飘窗座位上读书是什么时候的事了？她记不得了。老天啊，这本书给她带来的创伤让她都读不下去书了吗？蒂芙妮的忽视也太严重了。她真是个糟糕的母亲。糟糕的邻居。糟糕的女人。

“你鞋子擦好了吗，韦德？”她喊道，“我们别迟到了！下雨堵车会很厉害的！”

蒂芙妮把所有东西，包括书，一股脑儿塞进抽屉里。显然，她现在不能跟达科塔提这事，他们正要出发去参加“晨间信息交流”活动呢。

她把这事记在心里，以后再谈。

26

烤肉派对当天

山姆说“艾瑞卡！”时，克莱曼婷连忙捂住了嘴，像是在把说出的话抓回来，可又赶紧放下手，免得成了她愧疚的证据。她的愚蠢、她的欠思考，简直到了难以置信的程度。

“哦！嗨！谢谢！”艾瑞卡走进房间，她接过尿不湿包时说，“你怎么知道我们需要这个的？霍莉还好吗？”

她不停地说，急切地想挽回刚刚的谈话。艾瑞卡听到了多少？她有听到吗？全听到了吗？哦，上帝，她可千万别听到“厌恶”那段啊。最可怕的是她的语气。那种嫌弃的语气。

她接着说，仿佛不停说话就能用一层一层新的对话掩盖她刚刚所说的。“达科塔带她去看狗窝什么的了。她生日想要只小狗当礼物。你可千万别给她买，你会买吗，开玩笑啦，我知道你不会买的。这房子是不是很棒？我猜他家的狗窝也是五星级的！”

站在艾瑞卡身后的山姆瞪大了眼睛，用手比画抹脖子的姿势。

“蒂芙妮想让我们到外面，去棚屋里。”艾瑞卡说。她跟平常一样，语气干涩冷酷。也许她什么也没听到。

“我先下去了，去看看霍莉。” 山姆说，“你照顾露比可以吗？”

“我照顾露比当然可以了。”克莱曼婷说。他留她一个人照顾孩子（不论是一个还是两个）的时候总这样问，好像他需要确认一下，她的确记得要照顾她自己的孩子。

“你打算在哪儿给她换？”艾瑞卡环顾四周。

这是富人们口中的“多媒体房间”。真皮沙发面向墙上一块大到好笑的屏幕。山姆看到的时候，差点嫉妒到疯掉。

“哦，天啊。”克莱曼婷说，“我不知道。只能是地板了。”她开始铺换尿不湿用的毯子和湿巾，“这儿什么东西看起来都很昂贵，是吧？”

“我臭臭了。”露比说。她可爱地歪歪脑袋，仿佛臭臭是什么应该被表扬的事。

“没错，你是臭了。”克莱曼婷说。

“霍莉这么大的时候不是已经会上厕所了吗？”克莱曼婷给露比换尿不湿的时候，艾瑞卡问道。“我们把训练她的时间延后了。”克莱曼婷承认道。通常，她会因为艾瑞卡提问时暗含的批评而恼火，但这一次，她急切地谦虚承认自己的错误，好像这样，她就能跟自己说的那些难听的话撇清关系了。（哦，上帝，她还抱怨了奶酪的大小。）

“这种事一旦开始做了，就会像是被困在家里了，哪儿也不能去——好吧，可以去，但是很麻烦……呃，但是我们准备齐全了，我们时刻准备着她的大姑娘内裤，对不对，露比？我们就想着，我的试音和霍莉的生日派对结束后，还有山姆父母的红宝石婚纪念日过后，我们就全心全意做这件事。”

闭嘴，闭嘴，闭嘴。她就是停不下来。

“这样啊。”艾瑞卡冷漠地说。通常，她会激动地表达反对观点。露比和霍莉还是婴儿的时候，艾瑞卡就开始读关于这个年龄的育儿文章，给克莱曼婷传授“里程碑”相关的信息。克莱曼婷一直觉得这是因为艾瑞卡对克莱曼婷的人生有着偏执，是一种近乎奇怪的兴趣，没有想到她是对生孩子有兴趣。她这样推断真是太以自我为中心了。

“抱抱！”克莱曼婷一换完，露比就要求道。她伸手去够艾瑞卡，艾瑞卡把她抱了起来。“那边！”露比身体向一边倾斜，指挥艾瑞卡去那个方向，就像在骑倔脾气的马。

“你可真是个霸道的小家伙。”艾瑞卡说着把露比抱到了书架旁，克莱曼婷看到那儿有一个陶瓷娃娃，露比想玩那个。

“哦，你是想要这个啊！我觉得我们不能让你碰那个。”艾瑞卡说，她扭动身体，好让露比伸长的手碰不到那娃娃 。

艾瑞卡的目光越过露比的头顶，与克莱曼婷对视。她看克莱曼婷的眼神有些无神，有些奇怪，可她看起来不受伤、不生气。她肯定是没听到。她不会在外面躲着偷听的。这不是艾瑞卡的风格。她肯定会拿着尿不湿包径直走进来，来给他们展示他们做父母有多不尽责，证明她的教养能力比他们强得多。

克莱曼婷看着艾瑞卡温柔地低头，把额头靠在露比的额头上，她感觉被愧疚堵到了嗓子眼，愧疚自己太不慷慨了。

可她还是不能——她不愿——做他们请求的事。

我不想做。我不想做。她弯腰把换尿不湿的毯子放回尿不湿包里，意识到她在心里谈话的对象并不是艾瑞卡，而是她母亲：我一直很善良，我一直很好，但是够了，不要连这个也逼我做。

27

“奥利弗？”艾瑞卡小声说，怕他还没醒。她站在他们的床尾，看着他。他的一只手臂在被子外面，弯曲的角度很好看，秀出他那超棒的三头肌。他身材精瘦，几乎称得上过瘦了，但他身体不错。（他们刚开始恋爱时，跟克莱曼婷、山姆还有霍莉一起去海滩，霍莉那时候还是个小婴儿，克莱曼婷在艾瑞卡耳边悄悄说："你的新男朋友身体很棒嘛，是不是？"艾瑞卡心里默默开心，却不愿承认。）

"嗯？"奥利弗翻了个身，平躺着，他睁开了眼睛。

"我准备好去我妈那儿了。"她说。

奥利弗打了个瞌睡，揉揉眼睛，从床头柜上取来他的眼镜。他望了望窗外的瓢泼大雨。"也许你应该等雨小点再走。"

"那我得等一整天了。"艾瑞卡说。她看看她的床，铺着雪白的干净床单。奥利弗每天早晨都要把被子叠放好，让他的床像医院的床一样整齐。她惊讶地发现，她特别想脱掉衣服，回到床上，跟他躺在一起，忘掉一切。她通常不喜欢睡懒觉的。

"你感觉怎么样了？"她说。

"我觉得我感觉好一些了。"奥利弗担心地说。他在床上坐起来，拍了拍自己眼角下方，检查鼻窦。"哦，不。我感觉好了！我应该去上班。"这可怜的家伙，每次请病假都要偏执地时刻监控自己的健康指标，生怕滥用了病假。"或者，我可以跟你去你母亲那儿。"他坐起来，脚落地，"我可以把今天改成事假。"

"你还需要歇一天。"艾瑞卡说，"你病了，绝对不能去我母亲那儿。"

"实际上，我确实有点晕乎乎的。"奥利弗松了口气，"对啊，我现在绝对是感觉到晕眩了。我这样可没法主持审计标准会议。不行。"

"你不能主持审计标准会议。躺下吧。我走之前给你泡点茶，弄点吐司。"

"你太好了。"他说。他生病的时候受到任何照料，都会说一些感激到可怜的话。他十岁时就已经开始自己跟医生预约了。难怪他的多疑症这么严重。艾瑞卡虽然有个护士母亲，却也没受到过太多照料，起码抽鼻子时是没被照顾到（没有用托盘盛来的热鸡汤——帕姆就是这么照料克莱曼婷的）。可是，艾瑞卡的人生中有那么几次，病得比较严重，她母亲还是照顾过她的，照顾得还极其好，好像她终于有趣了起来。

“我刚刚是听到你跟人打电话了吗？”她正要离开房间时，奥利弗说。

“克莱曼婷。”艾瑞卡说。她犹豫了。她不想告诉他她答应了。她不想看到他猛地在床上坐起来，脸上突然有了红润之色。

奥利弗没睁开眼睛。“有什么消息吗？”

“没，”艾瑞卡说，“暂时还没。”

她需要再想想。今天她跟心理医生约了那场“紧急”诊疗。也许这能帮她整理一下头脑。今天的诊疗要说的可太多了！她可能需要带份企划案去。这样做她可不会显得像A型人格。当然，艾瑞卡并不介意自己的A型人格。你为什么想要成为另一种性格呢？

她给奥利弗准备茶和吐司时，想到他们的医生第一次说该放弃艾瑞卡的卵子的时候。

“我们可以请求有偿捐赠的吧？”艾瑞卡说。她不在乎。她几乎有些放松的感觉，因为那样她就能不再担心自己的各种基因缺陷遗传给孩子了。她想象自己的孩子有着与她相像的双眼、头发，或是性格时，从没有过愉悦的感觉。谁会想要她那稀薄而毫无生气的头发呢？谁会想要她那干巴巴、膝盖突出的瘦腿呢？谁会想要一个有囤积症的孩子呢？孩子在基因学上不是她的，她一点也不介意。她几乎立刻就可以转移到下一个话题了。

真正为此伤心的，是奥利弗。这很奇怪。感人，但是也很让人困惑。她知道他爱她。这是她人生中最美妙的惊喜。可是，他真的想要一个长得像艾瑞卡，行为举止像艾瑞卡，遗传她的外形、性格特征的孩子吗？别开玩笑了。这就有点过了。

反正，他们有钱。他们可以花钱用别人的卵子。他们能解决的，终于，能一次性解决这件事了。

可显然，事情并非如此。

“呃，不行。”医生说，“在这里是违法的。”他们的医生是美国人，“你可以为捐赠人支付时间补偿和医疗费用，但不能给更多钱。在我们国家，年轻大学生确实会卖卵挣钱。不过，澳大利亚的捐卵是真正的捐献。”她忧伤地、无可奈何地看着他们。显然，这段演说词她已经重复了很多遍了，“你们需要找一个义务捐献者。的确是有愿意为陌生人捐献的女性的，但是很难找到。最容易、最不复杂的方法，也是我建议你们最先考虑的，是找一个好朋友或是亲属来帮忙。”

“哦，没关系的。反正我们也不想要陌生人的卵子。”奥利弗立即答道，艾瑞卡心想：我们不想吗？为什么不呢？“我们不想随随便便找边角料拼凑个孩子。”他说。医生听了奥利弗的话，脸变得空白而职业。毕竟，这就是她的职业啊：造孩子。“我们希望这个孩子是因爱而生的。”奥利弗的声音因为情绪太强烈而颤抖起来，艾瑞卡红了脸，她真的是红了脸，因为，他到底在说什么呢？她不介意在她的体外受精医生面前谈论排卵、经期、卵泡之类的话题，却介意谈爱。这是私密的话题。

是奥利弗提议找克莱曼婷的，在开车回家的路上，艾瑞卡立即本能地犹豫了。不。不可以。克莱曼婷不喜欢针头。克莱曼婷总是在忙着平衡家庭与事业。艾瑞卡不喜欢求克莱曼婷帮忙，她更喜欢帮克莱曼婷的忙。

可接着，她又想到了霍莉和露比，突然间，她被一种无比强烈的渴望所裹挟。突然间，她一直以来所追求的抽象想法变得真实了。露比美丽的蓝色猫眼，奥利弗的深色头发。霍莉玫瑰花蕾般的嘴唇，奥利弗的鼻子。自从他们开始尝试试管婴儿，这还是她第一次感到对孩子的渴求。对这个孩子的渴求。她跟奥利弗一样想要这个孩子。几乎可以说，比起她自己的孩子，她更想要克莱曼婷的孩子。

水开了，她回忆起走在蒂芙妮和韦德家房子里，那柔软而有弹性的走廊地毯上，被裹在那个奇怪的泡泡里，一切都不是很真实，只是她清楚地听到克莱曼婷的声音说：几乎像是……厌恶。哦，老天，我不是那个意思，我只是真的不想做。

关于那一晚，为何这一段她记得格外清楚？克莱曼婷的话要是从她的记忆里消失了多好，可她那天下午的这一段记忆却是清晰透彻，甚至比一般的记忆更加清晰，仿佛那片药和最开始那杯香槟发生了什么化学反应，一开始加强了她的记忆，然后让它变得模糊。

她记得克莱曼婷说，孩子要是长得像霍莉和露比怎么办？

即使这么多周过去了，她回想起这段记忆，还是会脸红。克莱曼婷说出了艾瑞卡秘密的、最珍贵的希冀，可她用的却是反感的语气。

她记得走进那个房间，看到克莱曼婷惊愕的脸。她显然是害怕艾瑞卡听到她的话了。

她记得她抱着露比下楼，愤怒和痛苦像冰毒一般传遍她的血液。为奥利弗愤怒，为奥利弗痛苦，他那么天真而幸福地认为他们只要提出让克莱曼婷捐卵，他的小宝宝就能“因爱而生”。爱。真是个笑话。

他们去了那夸张的后院，蒂芙妮给她一杯葡萄酒，葡萄酒非常好，她以快于以往任何一次喝酒的速度喝掉了那杯酒，艾瑞卡每次看到克莱曼婷大笑、聊天、享受愉快时光，心里都会默默尖叫，你留着你那该死的卵子吧。

那一刻，她关于那个下午的记忆就开始模糊了，渐渐松散，变成碎片，崩解。

28

烤肉派对当天

“这后院真不错。”山姆说。

“真是……壮观。”克莱曼婷说。

韦德和蒂芙妮的房子令人印象深刻，尤其是房子里的艺术品，但是这绿植繁茂的后院——有着潺潺的水流，喷泉、水罐，有着白色雕塑、点燃的香熏蜡烛、布置豪华的棚屋——又完全是另一个高度的奢华。烤肉的香气弥漫空中，克莱曼婷想开心地大声笑，就像一个走进迪士尼乐园的孩子。她被这种富丽堂皇的气派迷住了。它给人一种享受而又慷慨的感觉，尤其是在艾瑞卡那吝啬的极简主义房子对比之下。

当然，她理解艾瑞卡为何如此执着于极简主义，她也不是迟钝到不懂人情。

“是啊，后院可是韦德一手打造的。他喜欢低调的风格呢。”蒂芙妮说着，示意克莱曼婷在一个位子上坐下，同时又给她的香槟续了杯，送上一盘韦德刚烤好的馅卷。

克莱曼婷在想，蒂芙妮是不是有过服务业工作经验。她弯下腰倒酒的时候几乎是单手背后的姿势。

克莱曼婷坐在棚屋低矮的长座椅上，看到女儿们在一处露台旁边的大片方形草地上玩，露台有华丽的柱子和熟铁拱顶。她们在扔一个网球，跟小狗玩。此刻球在露比手里，她把球高高举在头顶，而小狗则满怀期待，高度集中注意力，微微发抖地坐在她面前，蓄势待发。

“你得告诉达科塔，她照看她们累了，一定要告诉我们。”克莱曼婷对蒂芙妮说，虽然她心里在希望她别太快就累了。

“她跟她们玩得很好呢，”蒂芙妮说，“你就好好放松，享受这特莱维喷泉的美景吧。”她说着点头示意最大的、最夸张的那个喷泉，那是一个整体式喷泉，造型酷似婚礼蛋糕，长翅膀的天使们举起手来，似乎正要歌唱，但他们没有唱，从他们嘴里冒出的是交叉的弧线水柱。“我姐姐们这么叫它。”

“她的姐姐们都搞错国家了，”韦德说，“我的灵感来源是凡尔赛花园，在法国，你知道的！我有书，有图片，我做了功课的。这都是我自己的设计，你知道，我画了素描图：露台、喷泉，一切！然后我找朋友来帮我建的。我认识的建筑工可多了。可她的姐姐们，唉！”他用大拇指指着蒂芙妮：“她们一看到这后院，就笑啊笑，笑不停，差点要笑得尿裤子。”他无所谓地耸耸肩：“我跟她们说，我的艺术能让你们欢乐，没关系。”

“我觉得很棒。”克莱曼婷说。

“没有泳池吗？”山姆问道，他小时候总在院子里的水池里，跟兄弟、姐妹相互泼水玩，“地方是够了。”

他环顾后院，像是在计划重新设计，克莱曼婷完全可以想象到他在想什么。有时候，他会满心向往地说起卖掉房子，搬家到传统的四分之一英亩郊区街区，那儿就能容得下泳池了，还能放一个蹦床、一个游乐小屋、鸡棚、蔬菜园。一栋大房子，好让孩子们可以过上跟他一样的童年，即使现在已经没有人能过上那样的童年了，即使山姆比她更适应城市生活，向往能够走路去饭店和酒吧，能乘着渡轮去城里。

克莱曼婷想到他那个郊区梦想中的第三个孩子，就不禁打了个战，现在，因为艾瑞卡的请求，这件事又被提到他关注的日程上。上帝，他那想象的后院里，说不定还有第四个孩子在奔跑呢。

“不要泳池！我不喜欢氯。不自然。”韦德说，仿佛这些闪亮的大理石和水泥就很自然似的。

“很棒。”克莱曼婷又说了一遍，免得山姆的话被解读为批评，“那边角落里是迷宫吗？供爱侣幽会的吗？”

她不知道自己为何会说“爱侣幽会”这样的词。真是奇怪的说法。她这辈子恐怕还是第一次张口说“幽会”这个词吧？她不会发音发错了吧？

“是的，复活节的时候还能给达科塔的表兄弟姐妹们玩找彩蛋游戏。”蒂芙妮说。

“照料那种盆栽景观肯定得花不少时间吧。”奥利弗看着塑形的灌木说。

“我有个好朋友，你知道的，他帮我们做这些。”韦德两只手比画着用大剪刀的动作，模仿给他修剪灌木的人。

临近傍晚的阳光洒进棚屋，在那奇妙而夸张的喷泉所洒出的水雾中，形成彩虹效果。克莱曼婷突然感到一阵积极情绪。艾瑞卡肯定没听到她说的话，就算听到了，克莱曼婷也会补偿的，之前的很多次都是如此，她会找一种善良、温柔的方式来解释她为何不能捐卵。匿名捐卵者对所有相关人士来说，都是更加合适的。是有匿名捐卵者的！不是吗？总有人想用捐赠的卵子生孩子啊。或者说，至少名人总有需求。

而山姆也不是真的想再生一个孩子，就像他并不想像他父亲那样成为手艺人。他有时候说，他应该用手来做点什么的。上班不顺心的日子里，他回到家会不停地说，他不是做企业人的料，可不一会儿，他就又兴致勃勃地说起他正在拍的电视广告。每个人心里都有另一种人生，一种能让他们幸福的人生。没错，山姆可以做一个管道工，娶一个一心为家的家庭主妇，她会把房子打理得干净整洁，生五个玩橄榄球的健壮儿子，但是如果事实如此，他可能又会梦想做一份有趣的办公室工作，住在港口旁又酷又时髦的郊区房子里，跟一个大提琴家生两个漂亮女儿。

她咬了一口韦德的馅卷。山姆已经吃了一半了，他笑她，"我就知道你吃这个，会享受到翻白眼的。"

"太赞了。"克莱曼婷说。

"是啊，不错，嘿，"韦德说，"告诉我，你有没有尝到一种淡淡的味道，像某种味道的影子，你知道的，某种味道的梦，可就是说不出是什么味道？"

"是鼠尾草。"克莱曼婷说。

"是鼠尾草！" 韦德喊道。

"我妻子太智慧了。"山姆说。蒂芙妮笑了，克莱曼婷看到了她丈夫脸上的满意，满意他把那个美女逗笑了。

她说："别鼓励他糟糕的多义词笑话，蒂芙妮。"

"抱歉。"蒂芙妮笑着对她说。

克莱曼婷也微笑了，目光忍不住在蒂芙妮的乳沟上停留。那简直是"魔术文胸"广告商的画面啊。她的胸是真的吗？蒂芙妮应该能做得起最好的隆胸吧。克莱曼婷的朋友艾米琳可是了解这些。艾米琳在假胸的问题上，可以说是一看一个准。这诱人的乳沟肯定跟这后院一样不自然。蒂芙妮调整了她的T恤。噢上帝，她盯的时间太久了。克莱曼婷赶快转移目光，接着看孩子们。

“这个馅卷真是太好吃了。”奥利弗说，他的语气一如既往地小心、礼貌，他说着擦掉嘴边沾的一点渣。

“是啊，太美味了。”艾瑞卡说。

克莱曼婷扭过头去。艾瑞卡说“美味”这个词的时候，有些咬字不清，但只有那么一点。实际上，要是换作其他任何人，克莱曼婷都不会说这是“咬字不清”，可艾瑞卡说话向来咬字清晰准确。每一个元音都那么精准。艾瑞卡是有些微醺吗？如果是，那可是头一遭。她总是讨厌失去控制的感觉。奥利弗也是同样。这应该也是他们相互吸引的原因之一。

“你通过测试了，”韦德说，“但我还有一道题。”

“这次我肯定能赢。”山姆说，“放马来吧。体育小常识吗？林波舞吗？这个我可厉害了。”

“他的林波舞确实出乎意料的好。”克莱曼婷说。

“哦，我也是呢。”蒂芙妮说，“或者说，我以前好。我现在不如当年那么灵活了。”

她放下酒，向后一倾，角度惊人，T恤被拉了起来，这个动作还让她胯部前倾。她牛仔裤的腰线之下是有个文身吗？克莱曼婷努力在看。蒂芙妮向前走了几步，边哼林波舞音乐，边假装低头穿过一个杆子。

她直起身，手贴着后背。“啊。老了。”

“天啊。”山姆声音略带沙哑地说，“你可能还真能跟我一决高下。”

克莱曼婷忍住窃笑：是啊，亲爱的，我觉得她肯定能跟你一决高下。

“孩子们呢？”他突然问道，仿佛突然回过神来。

“她们就在那边呢。”克莱曼婷说。她指着露台，达科塔和两个孩子们还在跟狗狗玩呢：“我看着她们呢。”

“你练瑜伽吗？”奥利弗问蒂芙妮，“你柔韧性很好。”

“柔韧性很好。”山姆同意道。克莱曼婷伸手，悄悄掐了一下他膝盖上面的地方，用劲儿掐。

“啊——呀。”山姆抓住她的手，制止了她。

“怎么了，哥们？”奥利弗问道。

“啊！这可不是林波舞比赛。”韦德说，“这是音乐比赛。是我最爱的古典音乐。听着，我跟你们说句实话。我一点也不懂古典音乐。一点也不懂。我是个电工！简单的电工！我怎么会了解古典音乐呢？我是农民出身来着。我家人——我们全都是农民！简单的农民！”

“又来简单的农民那一套了。”蒂芙妮翻了个白眼。

“但是我喜欢古典音乐。”韦德忽略了她，接着说，“我喜欢。我总是在买CD！我都不知道我买的是什么！我就从架子上随便拿着买！这年头没人买CD了，我知道，不过我就是买，我有一天买了这个，在购物中心，你知道的，回家路上我就在车里放，这首曲子放起来，我就非得停车靠边了，我必须到路边去，因为那种感觉……就像我在溺水。我在情绪中溺水。我哭了，你知道的，我哭得像个孩子。”

他指着克莱曼婷说：“我打赌，大提琴家知道我在说什么。”

“当然了。”克莱曼婷说。

“那咱们看看你能不能说出这是什么曲子，行吗？也许根本不是什么好曲子！我可啥都不知道。”

他在手机上摆弄。当然了，棚屋有内置音响系统，跟他的手机连接着。

“谁说只有大提琴家能参加这个比赛？”山姆说。克莱曼婷听得出，他在模仿韦德说话的节奏，即使他根本没意识到自己在这么做。他这样的行为很尴尬，在饭店吃饭就会沾染上服务生的口音，就成了印度或是日本口音。“市场经理不行吗？”

“那会计呢？”奥利弗有些过于欢快地复议了他的玩笑。

艾瑞卡什么也没说。她只是双臂搭在椅子扶手上，一动不动，盯着远处。艾瑞卡这样在谈话中置身事外不常见。通常，她听社交聊天都认真得要命，像是等着一会儿有人测验她。

“你们都可以进来了！”韦德说，“安静。”

他像个指挥家举起指挥棒一样举起自己的手机，然后夸张地在空中挥舞了一下。什么也没发生。

他边骂边戳屏幕。

“拿来。”蒂芙妮接过手机，按了几个键。福雷《梦醒之时》华丽的开篇乐章就传遍了棚屋，清晰完美。

克莱曼婷直起身。这么多首曲子，他偏偏选了这一首，几乎像个恶作剧。她完全理解他所说的“在情绪中溺水”是怎样的感觉。她也曾有过那种感觉，那是在她十五岁的时候，她跟百无聊赖的父母一起（他父亲不停地打盹，猛地点头）坐在悉尼歌剧院：那种被浸没的奇特感觉，仿佛被某种美妙的东西所淹没。

“大声！”韦德喊道，“得大声。”蒂芙妮调高了音量。

她身边的山姆自动调整了姿势，摆出他那副寡淡而礼貌的表情，一脸的“我在听古典音乐了，希望不要太久”。蒂芙妮又给大家续杯，她对音乐没有什么反应，艾瑞卡则继续盯着远处看，奥利弗专注地皱着眉。奥利弗可能还说得出作曲家是谁。他是那种受过良好教育的私立学校男孩，对很多事都有很多了解，可他无法感受音乐。在场的所有人里，只有克莱曼婷和韦德能感受到。

韦德与她对视，举起酒杯，悄悄敬礼，然后眨了下眼，仿佛在说：对啊，我知道。

29

韦德坐在他家前阳台的熟铁桌前擦达科塔上学的鞋，好让她去参加圣安娜斯塔西娅晨间信息交流会时看起来精干一些，桌上摆着几张报纸。他还记得当年在大女儿们上学时给她们擦鞋的情景。三双黑色的小鞋子，按大小排列。现在他的女儿们都穿着细跟高跟鞋，走路摇摇晃晃。今天他不知为何，格外怀旧，他不是很确定这是为什么，而这不确定让他生气。也许跟天气有关。他在收音机上听到过，阳光的缺乏对悉尼居民们有不利的心理影响。血清素含量降低，导致抑郁增长。一个英国人打电话给电台说："什么狗屁理论！这算什么，你们澳洲佬也太弱了吧！到英格兰来，我们让你们看看什么叫真的雨。"

韦德当时也以为自己没那么弱，不会因为一点坏天气而忧心忡忡。

门前的死胡同传来一辆车的声音，韦德抬头看到隔壁的艾瑞卡开着她的蓝色霍顿"政治家"穿过街道。

他想知道艾瑞卡最近有没有见过克莱曼婷。

他把鞋刷放在黑色鞋油盒里，打着圈。

他还没告诉过任何人他前几天去看克莱曼婷表演的事，仿佛这是个秘密，即使实际上他根本没理由保守这个秘密。是的，他去看她表演可能有些奇怪，可是，为什么要奇怪呢？这是个自由的国度。任何人都可以去看她表演。

“不是吗，巴尼？”他对狗说。巴尼坐在他的脚边，警觉地挺直背，像是在守护他，担心什么东西攻击他。“这是个自由的国家，对吧？”

巴尼冲他投来一个关切的眼神，然后突然跑掉了，好像它得出结论，没什么可为韦德做的，倒不如去看看家里其他人。

韦德小心地擦着鞋边。女性都不喜欢擦鞋。她们缺乏耐心，做事太急了。她们擦鞋擦不好的。

克莱曼婷会擦鞋吗？他希望能问问她。他想听她的答案。克莱曼婷还是他们的朋友，对吧？她为什么不给他回电话？他只想打个招呼，问问她好不好。他甚至还留了语音消息，他都不喜欢留语音消息的。他更喜欢人们看到他打来的未接电话，直接给他打回来。她肯定存了他的号码吧？这对他来说挺伤人的。他从没有遇到过不回他电话的人。就连他的前妻也给他回电话。

他把鞋举起来，仔细看看，想起了那音乐。多美妙的音乐啊。美得令人窒息。

那是一时冲动的决定。他当时在码头。他本来是去歌剧院酒吧见一个好朋友，但是朋友的老母亲病了，临时取消了约定，于是韦德闲逛着走进了歌剧院，跟一个售票处的女孩畅快地进行了一场长长的谈话。他说他想去听交响乐，结果还真可以，《查拉图斯特拉如是说》的表演还有很多空位子。韦德根本不知道这是什么意思，但是那女孩说他应该听过其中一些曲子，《2001太空漫游》里有，她说的没错，他确实听过。他希望克莱曼婷会在表演。他知道她不是交响乐团的全职乐手。她只是在需要的时候临时表演。她是个替补。他还知道她要参加全职职位的试音，她很想要这个职位，他跟艾瑞卡确认过，她现在还没试音。

所以，他知道她在表演的几率非常小，可是话说回来，他一向很幸运。他从来都是最幸运的那个人。有些人运气好，有些人就是不好，而他是运气好的那种，他向来运气好（只是，当然要除了烤肉派对那天发生的事，不过，那只是他幸运人生道路上一段小小的偏离）。但是那天晚上，他确实挺幸运，因为她就在台上，穿着黑色长裙，跟旁边的乐手聊天，冷静得像是在坐公交车，那把美丽的、闪光的乐器靠在她肩上，与一个累倒了的小孩子无异。

他找到自己的座位，跟旁边坐的男子聊起了天，他是克罗地亚人，名叫埃兹拉，他是跟妻子一起来的，两人都是“订阅会员”。（韦德现在也是订阅会员了。）韦德告诉他自己从没看过交响乐表演，但他喜欢古典音乐，而且他认识表演的大提琴手，她就坐在那儿呢，所以他要为她大声鼓掌。埃兹拉告诉他，观众们一般不会在表演间隙鼓掌，所以他可能该等其他人鼓掌再开始鼓掌，埃兹拉的妻子厄苏拉凑过来说：“你想鼓掌就可以鼓掌。”（韦德一有安排的条件，就要请埃兹拉和厄苏拉来吃晚餐。他存下了埃兹拉的电话号码。他们是好人。相当好。）

他本以为交响乐会像舞台剧或是电影，所有灯都要关掉，但是灯没关，所以他全程都能看到克莱曼婷的脸。有一刻，他觉得她直勾勾地盯着他看，但是他不确定。

她显然是整个乐团中最好的乐手。傻瓜都看得出来。他被她的手在琴颈上迅速抖动的样子迷住了，被她的琴弓与其他乐手琴弓同步舞动的样子迷住了，被她头向后微倾，露出脖子的样子迷住了。

他被整个经历迷住了。

（埃兹拉说的对，韦德以为大家会鼓掌的时候，却没有一人鼓掌。他们会咳嗽。每次交响乐团暂停演奏，都会出现一小串咳嗽和清嗓子的交响乐。这让韦德想起教堂。)

他不得不在中场休息时离席，因为蒂芙妮在等她回去，而埃兹拉和厄苏拉也说了，前半场一般都是比较好的。

他开车从城里回家的路上一直在回味音乐，仿佛是吃了迷幻药。他有太多感受积攒在胸膛，得轻轻呼吸，等待它们消退。

他想给她打电话，告诉她她是台上最棒的乐手，比其他人厉害多了，但是他又总是想起他在后院里最后看到她时她的表情，他明白她不想想起那一天。他也不想想起那一天，可他还是有那种渴望，不能说是渴望她，他不渴望克莱曼婷，不能这样说，起码不是一种与性有关的方式，只是他渴望的那种东西，似乎只有她能给他。

*

一辆警车停在了哈利家门前的车道，韦德、蒂芙妮和达科塔正出门去参加晨间信息交流会。

“也许我们该停一下。”蒂芙妮说。为自己的行为负责吧。我让我年幼的女儿读《饥饿游戏》，警官。我的邻居死了我都没注意到。我可能做了些可恶的事。

韦德踩了一脚油门。“什么？不。”雷克萨斯听话地哼鸣着向前，开进了街道。“你已经跟警察谈过话了。你把你知道的都告诉他们了。没什么好说的了。他们只是在完成报告而已，你知道的，浪费纳税人的钱。”

“我应该去给哈利送饭的，”蒂芙妮难过地说，“好邻居应该这么做的。我为什么从来没给他送过饭？”

“你觉得警察是想问你这种问题吗？‘你为什么没给他送饭，你这个粗心的邻居？’你可以说：‘哦，警官，我来告诉你为什么！因为他会把饭砸在我脸上的，你知道的！像拍奶油馅饼一样拍在我脸上！’”

“不是只有别人善良的时候你才要善良啊。”蒂芙妮说着，看着他们路过的大房子，都是舒适的双层砖房，浓浓树荫之下是修剪整齐的草坪。她是那种特权阶级的人吗？有些狂妄自满？忙得不在乎别人？

“你当然只应该在别人善良的时候善良了！”韦德看着后视镜里的达科塔，“你听到没有，达科塔？别浪费时间给差劲的人掏真心。”

蒂芙妮回过头去看看达科塔，她穿着现在所在学校的校服，显得面色苍白（他们会后会顺道送她去学校），身子贴着车门，仿佛在给其他乘客腾位置。你为什么撕掉那本书呢，达科塔？

“有一次妈妈送了一块乳蛋饼去给哈利。”达科塔没抬头看她母亲，“我记得。是蘑菇馅儿的。”

“真的？等等，我真的送了，对吧？”蒂芙妮说，这段记忆让她很激动。那是他们办的圣诞派对结束之后。“他说他讨厌蘑菇。”

韦德笑了。“你看看。”

“他不喜欢蘑菇又不是他的错！”她说，“我应该再试一次的。”

“他说得很没礼貌，不是吗？”韦德说。

乳蛋饼的事，哈利确实很没礼貌。他迅速甩了门，她往后跳了一下子，手指才没被夹住。不过，她知道他的妻子和孩子很多年前就去世了。他是个哀伤而孤独的老人家。她应该多尝试的。

“你没有感觉愧疚吗？”她问韦德，“一点也没有？”

韦德耸耸他那宽大的肩膀。他打方向盘的手指只是轻触方向盘。“我觉得他独自死去是挺悲哀的，但是你知道的，没法改变过去嘛，那人还冲我们漂亮的达科塔吐过唾沫呢！”

“他没冲我吐唾沫。”达科塔说，“他只是看到我的时候往地上吐唾沫。他看到我就想吐唾沫而已。”

“这已经让我想杀了那人了。”韦德说。他动了动搭在方向盘上的手指。

“他已经死得非常、非常彻底了。”蒂芙妮说。她想到了她跟奥利弗打开门时闻到的那股味道。她立刻就知道了。“我只是觉得……”

“你觉得遗憾。”后座的达科塔语调平平地说。

蒂芙妮快速转头。这是达科塔经常会说的那种话，她为了尝试新词汇，尝试新想法，梳理清楚世界是如何运作的。

“我确实觉得遗憾。”蒂芙妮说，她很想聊天，想再来一次她从前总跟达科塔交换的那种谈话，这样的谈话总让她惊艳于女儿幽默、睿智的看法，但是达科塔只是望着窗外，牙关紧咬，几乎像是在生气，过了一会儿，蒂芙妮放弃了，转过头去。

那之后，韦德一直在谈一家他客户说起的新日料餐厅，说那儿有全悉尼，甚至可能是全世界、全宇宙最好的天妇罗。

“我们到了！”他们靠近一处超大的铁门时，韦德说，“看看你的新学校，达科塔！”

蒂芙妮转头冲达科塔微笑，但是达科塔闭着眼睛，她的额头狠狠撞在车窗上，好像晕倒了似的。

“达科塔！”蒂芙妮语气尖锐地喊了一句。

“怎么了？”达科塔睁开了眼睛。

“看啊！”蒂芙妮说着示意周围的环境，“你觉得怎么样？”

“挺好。”达科塔说。

“挺好？！”蒂芙妮说，“挺好？”她看着浓郁的绿色草坪。壮观的建筑。远处还有一处巨大的运动场，看起来像是个角斗场。“这简直就是《唐顿庄园》啊！”

韦德把自己的车窗摇下一点。“闻到没有？”

“什么？”蒂芙妮吸了吸。是肥料吗？潮湿的泥土？

“钱的味道。”他搓着大拇指和食指。他脸上的表情跟走进豪华酒店时一样，满意的表情。这对他来说很有趣。他有钱。他能用得起最好的。所以他就用最好的，从中享乐。他与金钱的关系毫不复杂。

蒂芙妮想起自己的高中：西部郊区里一座欢乐的涂鸦水泥森林。这儿的女孩们在厕所里抽烟吗？也许她们还在大理石卫生间里吸高纯度的可卡因呢。

韦德在停车场停车，这里正在快速涌入各种豪车。蒂芙妮看到这些车，不自觉地撇撇嘴。这是童年留下的老习惯，她们一家人每每看到富人，就会像看到了什么难看的、不道德的东西一样，做鄙视的表情。她现在还没改掉这个习惯，即使她自己的车也同样豪华，即使车正是她买的，买车的钱是她自己挣来的。

这种感觉丝毫没有减轻，家长们带着各自的女儿被领进了一个豪华的大堂。穿着西服、打着领带的爸爸们，身上上等香水和古龙水的味道充斥空气；打扮不刻意、穿着随意却时髦的春装的妈妈们凑在一起，她们显然都有大女儿，因为她们都互相认识，她们互相说着特权阶级富人常说的友好用语。“在日本玩得怎么样？”“很好！阿斯彭呢？”“哎，你知道我家孩子们从没去过雅典的，所以……”

“嘿！”一个深色鬈发的中年女人在蒂芙妮旁边坐下，指了指她们俩同样的斯特拉·麦卡特尼丝绸半身裙。她穿的白色开衫也跟蒂芙妮在达科塔抽屉里找的那件一模一样。

“我的是打折买的。”女人向前靠了靠，微微捂着嘴说，“六折呢。”

“五折。”蒂芙妮也小声回应道。这纯属是扯谎。她是全价买的，但生活是一场竞赛，她知道富人家的全职太太们喜欢讨论她们打折买定制衣物省了多少钱。这是她们对家庭经济的贡献。“哎呀！”女人好脾气地笑了笑，这让蒂芙妮觉得她应该说真话了。“我叫莉莎。”她说，

“你是新来这学校的吧？”

“我的继女们在这儿上过学。”蒂芙妮说，她心想，她的继女们宁愿去死也不愿被说成是她的继女。她们很多年前就决定，最能展示她们对自己母亲忠诚的方式，就是假装蒂芙妮不存在（当然了，这也是她们的权利）。她每次说话时，她们都一副惊讶不已的样子，仿佛盆栽想加入谈话似的。不过她们很爱达科塔，这才是最重要的。“我的两个大女儿也在这儿上的。”莉莎说，“卡拉是我们的小女儿。”莉莎指指她旁边坐着的小女孩，她一边摇晃双腿，一边嚼口香糖。“哦，上帝啊，卡拉，我跟你说了进来之前要把那玩意儿扔掉！太丢人了。还有我丈夫，安德鲁。”

她丈夫向前微倾，挥挥手。他五十多快六十岁，有很多灰发（他可能还挺为自己的头发自豪的，韦德就是），他有一种政治家一般的自信，应该是医生、法律行业之类成功职业的自信。

他有着一双特别的浅榛子色眼睛，瞳孔外围有深色的圈。蒂芙妮的心猛跳了一下，好像在梦里被绊倒了似的。

“嗨，安德鲁。”蒂芙妮说。

30

烤肉派对当天

“啊。我们吃饱喝足了。”韦德说着，拍拍自己的肚子。

蒂芙妮知道他在说什么：我吃饱了，该抽烟了，曾经文明世界的人就是这么做的。

“有人想再来一份吗？”蒂芙妮说，“或者说来第三份？”她扫视整张桌子，大家都满意地叹息着、低语着，把盘子推开了。

韦德坐在桌头位置，他靠在椅子上，手指敲着扶手，像个仁爱地看着自己手下贵族的国王，只是这个国王自己做了晚餐，他的臣民也对他的烹饪不吝赞美之词：肉有多么鲜嫩之类的。克莱曼婷尤其夸得好听。

韦德和克莱曼婷相处得真是融洽。他们刚刚还连着聊了十分钟焦糖洋葱。蒂芙妮也没闲着，她跟克莱曼婷的丈夫聊了澳式橄榄球。

“你真是对体育很感兴趣，对吧，蒂芙妮？”山姆说，“你不是为了礼貌假装喜欢。”

“哦，我从来不假装的。”蒂芙妮说。

“她为什么要假装？”韦德说。他抬起双手，像是在展示他出众的身材。

所有人都笑了，除了奥利弗和艾瑞卡，他们在痛苦地微笑。蒂芙妮决定她还是要稍微收敛些限制级笑话，她看到两个邻居在朝孩子们的方向担忧地看了，虽说孩子们本就听不到他们的谈话。达科塔一边一个小女孩，三人一起坐在棚屋靠里角落的吊椅上，她正在给她们看她iPad上的什么东西。两个小女孩开心地凑在达科塔身边，就像她永远没法得到的梦想中的妹妹（约定就是约定，可看到这样的场面，怎能没有一些遗憾呢？），她们对达科塔给她们看的东西很是着迷。只能希望那不是什么人的脑袋爆炸的视频了。巴尼在后院另一角落里满足地进行非法挖洞行为，蒂芙妮假装没注意到。它偶尔还回过头来看看有没有人逮到它的现行。

“可怜的奥利弗，每次跟我们在一起就假装对体育感兴趣。”克莱曼婷说，“山姆说‘你看昨晚的比赛了吗？’你就能看出来，奥利弗在努力思考，‘什么比赛？’”

“我不介意偶尔看看网球比赛。”奥利弗说。

“奥利弗做运动啊。”山姆说，“这就是他跟我的区别。我只能冲着屏幕喊叫得心跳加速。”

“奥利弗和艾瑞卡还是在壁球球场上认识的呢。”克莱曼婷说，“他们都是运动型。”

克莱曼婷说话的方式有些过于急切，像是她得代表朋友夫妇似的，好像她是他们新指派的公关负责人似的。

“你们俩对战吗？”蒂芙妮一边问，一边又给艾瑞卡续了杯。蒂芙妮没想到艾瑞卡是能喝的人，不过这也不关她的事。反正，艾瑞卡也不需要开车回家，她只需要走回隔壁。

“我们当时在同一家会计事务所工作，”艾瑞卡说，“一些同事开始在每周四晚上办壁球比赛。奥利弗和我都自愿做比赛安排工作。”

“我们俩都喜欢Excel表格。”奥利弗说，他冲艾瑞卡微微一笑，仿佛Excel表格里有什么两人共同的秘密。

“我也喜欢做得好的表格呢。”蒂芙妮说。

“真的吗？”克莱曼婷扭过头去，“你有什么需要利用到电子表格的事吗？”她说“你”的时候有略略强调的意思。

“工作啊。”蒂芙妮说，她也在“工作”一词上略微加了重音。

“哦！”克莱曼婷说，“我没……你是做什么工作的？”

“我买下旧房产，收拾好，再卖掉。”蒂芙妮说。

“你是给它们改头换面。”山姆说。

“没错，”蒂芙妮说，“改头换面。就像美容店。”

“她可不光是改头换面！”韦德说，“她是个厉害的房产开发商！”

“我不是。”蒂芙妮说，“我只是生意做大了一些。我在翻新一小片街道公寓。六套两居室公寓。”

“对嘛，她就跟唐纳德·特朗普一样！我妻子可会挣钱了。你们以为他娘的这栋大房子——抱歉话不好听——是我挣的钱吗？！你们以为房子里的画，那些杰作是我的钱吗？”

哦，上帝啊，韦德。下一句他就要说“我就是个简单的电工”了。

“我就是个简单的电工！”韦德说，“我是娶到了好老婆。”

一个有三十个员工的简单电工，蒂芙妮心想。但是你说了算吧，韦德。我们的钱都算在我头上。

“顺便，那些画不是什么杰作。”蒂芙妮说。

“那你们两个是怎么认识的？”奥利弗以他那种客气、礼貌的方式问道。他让蒂芙妮想起周日弥撒时跟教区居民谈话的牧师。

“我们是在房产拍卖会上认识的。”蒂芙妮抢在韦德之前说，“是城里的一处大开间公寓。那是我的第一份投资。”

“啊。那不是我第一次见她。”韦德说，他的语气里带着期待，像是等不及分享他最爱的黄段子了。

“韦德。”蒂芙妮警告道。她与桌对面的他对视。天啊。他真是没救了。是因为他喜欢克莱曼婷和山姆，他一遇到真正喜欢的人，就忍不住分享这个故事。他就像个大孩子，急切地想在新朋友面前炫耀，说出他所知道的最淘气的词汇。如果只是两个邻居来，他恐怕是不会说的。

韦德看看蒂芙妮，一副失望的样子。他微微耸肩，无奈地摊手。“但这故事也许该改天再讲。”

“搞得好神秘啊。”克莱曼婷说。

“所以，你们是在拍卖会上的竞拍对手了？”山姆问道。

“我最后没在拍了，”韦德说，“因为我看到她有多想要赢。”

“撒谎。”蒂芙妮说，“我是公平公正地竞价赢了他的。”

那处房产让她赚了二十万澳元，花了不到六个月的时间。那是她的第一次成功。她第一次赚到大钱。

也许不算吧。该算是第二次。

“但是你不能告诉我们你们之前是怎么认识的？”克莱曼婷说。

“我妻子好奇心很强，”山姆说，“这是换个好听的说法，说她很八卦。”

“哦，别假装你不想知道了。”克莱曼婷说，“他比我还八卦。”她看看蒂芙妮：“不过我不问了。抱歉。我只是太感兴趣了。”

管他呢。蒂芙妮压低了声音。“是这样的。”她说。所有人都向前靠了靠。

31

艾瑞卡在瓢泼大雨中，站在童年老房子对面的人行道上，一手撑着雨伞，另一手拎着满满一桶清洗用品。她没有动，动的只有她的眼睛，她熟稔地计算了争吵、央求、哀求、拉锯战所需要的时间和精力。

克莱曼婷母亲打电话说“相当严重”，确实没有夸大事实。艾瑞卡小的时候，她母亲的东西从不会跨出大门。房子里总是昏暗诡异的，遮光帘紧闭，花园干涸枯萎。但那不是会引来路人侧目的那种房子。所有的秘密都藏在门后，而前门永远不会完全打开。他们最可怕的噩梦就是敲门声。艾瑞卡母亲会立即做出反应，像是遇到了狙击手攻击似的。必须低下头来，免得被人透过窗子看到。必须保持不动，安安静静地等，耳中响着脉搏的声音，直到有胆来敲门的那个又烦人、又没礼貌的人终于想明白了，离开了，永远不会看到，永远不会知道艾瑞卡和她母亲生活的恶心真相。

近些年，她母亲的东西终于涌出了前门，像致命病毒一般，不断滋生扩张。

今天，她看到摆满了一个运货板的砖头、一台落地扇，落地扇旁边是一棵脏兮兮的人造圣诞树，跟电扇一样高，另外还有堆成小山的鼓鼓的垃圾袋、一大堆没打开的快递箱子，箱子被雨淋湿，纸板变软了，一摞装在相框里的印刷装饰画，看起来像是从哪个青春期孩子卧室里卸下来的（不是艾瑞卡的），以及几十件女装，袖子、裤腿以令人不安的角度散落出来，看起来像是刚刚发生大屠杀。

问题在于，她母亲现在有太多闲时间和闲钱了。艾瑞卡小时候，她母亲有全职护士工作，偶尔还能得到她父亲从英国寄来的支票——他在英国有了新的、更加合格的家庭。她们是有钱的，但是能积攒的新东西还是有限的，西尔维娅倒是全力去冲击这个极限了。不过，艾瑞卡的外祖母去世时，给西尔维娅留下了一笔可观的遗产，她母亲的囤积症有了全新的经济源头。谢谢了，外祖母。

当然了，现在还有了网上购物。她母亲学会了用电脑，电脑永远插着电，随时可以用，因为艾瑞卡帮她设置了电费直接扣款缴费方式，电就不会被掐断了，艾瑞卡小的时候，家里总是因为纸质账单消失在杂物的深渊中而被断电。

门前草坪已经是这个样子了，房子内部肯定是很吓人的。她的心咚咚跳起来。仿佛她必须独自承担沉重的责任，举起无比沉重，沉重到无法想象的东西，去拯救一个人：一列火车、一栋建筑。这当然不可能实现了。她自己一个人是做不到的。下着雨是做不到的。没有奥利弗在她身边是做不到的：他会以井井有条、不带情绪的方式寻找解决办法，用理性的“咱们想办法解决掉这问题”的方式与她母亲交谈。

奥利弗跟艾瑞卡不同，不会看到每一件物件都往心里去。对艾瑞卡来说，每件垃圾都意味着，她母亲选择了一件静止的物品，而不是她。比起自己的女儿，她母亲更爱那些无关紧要的破烂。她肯定是爱这些东西的，她为它们抗争、尖叫，她不吝于把自己的独女埋在这些物件中，所以，每一次艾瑞卡拿起一件物品，都会发出绝望的喊叫，却无法说出这句话：你选择了这个，而不是我！她应该等她病好了的。或者她至少可以先吃过抗焦虑药物——这不正是她开那些药的原因么，帮助她度过这样的时刻——可她自烤肉派对后就再也没吃过了。她甚至没看过一眼那盒子。她不能冒再次经历那种记忆缺失的风险。

“艾瑞卡！见到你太高兴了！哦！抱歉这么吓到你！”

是她母亲家隔壁住的女人，她已经在这儿住了五年了。艾瑞卡的母亲很长时间里都特别喜欢这个女人，反正对她母亲来说算是很长时间了，大概有六个月吧，不过，跟往常一样，这个女人犯了什么错，就从“真的是非常出色的人”变成了“那个女人”。

“嗨。”艾瑞卡说。她不记得女人的名字。她不想记得。那样只会增加她的责任感。

“天气真是太糟糕了。”女人说，“简直像洪水！”

人们为什么必须要聊雨？他们明明知道雨没法给对话增添任何价值。

“确实像洪水。”艾瑞卡同意道，“名副其实的滂沱大雨！”

“啊，是啊。我确实很高兴看到你来了。”女人说。她撑着一把小小的儿童透明伞。她身上其他地方都在挨雨淋。她一脸痛苦地看着艾瑞卡母亲的前院。“我，呃，就是想让你知道，我们要把房子卖掉了。”

“啊。”艾瑞卡说。她咬紧大牙，腮帮子响了一声。这要是换作那些糟糕的邻居就好过多了，比如那对在窗子上贴“耶稣爱你”标语的夫妇，他们定期向社区服务部门举报艾瑞卡母亲房子的问题；或者路对面的那家人，他们强硬地表示要采取法律措施。但是这个女人很善良，从不紧逼。米歇尔。真是的。她还是不小心记住了她的名字。

米歇尔紧握双手，像是在祈求。“我知道你母亲有……有困难，所以你要知道，我理解的，我也有个亲人有精神问题，哦，天哪，我希望没有冒犯到你，只是——”

艾瑞卡吸了口气。“没关系。”她说，“我明白。你是想说我母亲房子的状态会影响到你家房子的价位。”

“可能会达到十万澳元。”米歇尔哀求着说，“中介是这么说的。”

中介这还是保守估计。艾瑞卡计算下来，损失会大得多。没有人想在高档中产郊区社区买一栋靠着垃圾堆的房子。

“我会弄好的。”艾瑞卡说。

你不该为自己父母的生存状态负责。囤积症患者的子女都被教育应该这样做，但她可是这个可怜女人的唯一希望，怎能不觉得有责任呢？有人的财务成果取决于艾瑞卡的帮助，她很看重财务成果。她当然要负责了。她看到她母亲的一处遮光帘动了一下。她肯定在里面往外偷瞄，一边看一边自言自语。

“我知道这很艰难。”米歇尔说，“我知道这是种疾病。我看到电视上讲过。”

哦，上帝啊。又是电视节目。总是电视节目。所有人看了半小时包装整齐的电视节目之后，就成了专家，剧情如下：恶心的垃圾、聪明的专家，清理，然后囤积症患者多年来第一次看到自己的地板干干净净，兴奋不已……问题解决！他们从此过上了幸福的生活，可实际上，清理垃圾只是缓解表面症状，治标不治本。

多年前，艾瑞卡还希望能找到治病良药。她以为只要能让她母亲去看医生就好。会有药的。会有认知行为诊疗的。谈话诊疗。只要西尔维娅能跟谁讲讲那一天就好，艾瑞卡的父亲离开的那天，正是那天激发了某种潜伏的疯狂。西尔维娅向来是个冲动消费者，她是个光鲜、美丽、古灵精怪的人物，很有个性，爱派对，可她的疯狂一直都没出问题，直到她读了他留在冰箱上的一句话字条：抱歉，西尔维娅。对艾瑞卡只字未提。他从没把她当回事。于是，她的问题就这样开始了。当天，西尔维娅就出去购物，回家时拎了一堆袋子。到了圣诞节，客厅里紫色花朵图案的地毯就已经消失在第一层囤积物品之下，那以后，艾瑞卡再也没看到过地毯。

有时候，她能瞥到一眼花瓣的轮廓，那简直就像看到了古董。她居然也曾经住在一栋正常的房子里呢。

她现在接受了，没有什么有效疗法。直到西尔维娅去世前，这事都没有完。艾瑞卡就得不停地与症状抗争。

“那我最好——”艾瑞卡用拖把指了指房子。

“我们刚搬来的时候，我跟你妈妈处得挺好，”米歇尔说，“可后来我好像冒犯了她。我一直没弄明白我究竟做了什么。”

“你什么也没做，”艾瑞卡说，“我母亲就是这样。这是她病的一部分。”

“好吧，”米歇尔说，“那……谢谢你了。”她露出歉意的微笑，动动手指，跟艾瑞卡说“拜拜”。米歇尔人太好了，好到对自己不利。

艾瑞卡一走到她母亲的前门台上，门就打开了。

“快点！进来！”她母亲目光恐慌，好像她们遭遇了什么袭击似的，“你干吗要跟她说话？”

艾瑞卡侧身进门。有时候她去别人家里，都会不自觉地在进门时侧身，忘记了大多数人家的门可以完全打开。

她在杂志、书和报纸的高塔间缓缓前行，还有打开的纸箱，里面装满各种垃圾；书架上塞满了厨具；拔掉电源的洗衣机盖子打开着；装满的垃圾袋随处可见；各种小物件、花盆、鞋子、笤帚。在这里看到笤帚，总会有种讽刺的感觉，因为地上根本没有可扫的空间。

“你来这儿干吗？”她母亲说，“你不是说这有违‘规则’吗？”她说“规则”一词时用手指比画了引号。这让艾瑞卡想起霍莉。

“妈妈，你穿的是什么？”艾瑞卡叹息着说。她不知道该哭还是该笑。

她母亲穿的是一件崭新的飞来波女郎风蓝色亮片裙，在她瘦弱的身上显得太大了，她还戴着一个镶羽毛的发带，在额上挂得很低，她得低头抬眼，才能避免发带遮住视线。她像红毯上的明星一样摆了个姿势，一只手搭在胯上，向外挺胯。“很漂亮对吧？我在网上买的，你肯定为我自豪吧，是特别推荐呢！我被邀请去一个派对。《了不起的盖茨比》派对！”

“什么派对？”艾瑞卡穿过走廊，走向客厅，观察房子。严重程度跟平时差不多。还是像往常一样，处处火灾警报，但是她没闻到任何腐烂、变质的味道。也许她今天可以只处理前院？雨会不会变小呢？

“是个六十岁生日派对。”她母亲说，“我太期待了！你怎么样啊，亲爱的？你看起来有点疲惫。我希望你不是带着装备来，好像我是你得做的一份工作似的。”

“你就是我得做的一份工作。”艾瑞卡说。

“太傻了。我还是愿意跟你聊聊天，听听你最近都做了什么。我要是知道你要来，我就会照着那本新烹饪书做点糕点了，就是前几天我跟你提的那本，你当时不知怎么就生气了——”

“是啊，可是是谁的六十岁生日呢？”艾瑞卡问道。她母亲被邀请去派对，听起来不大可能。她自从从敬老院退休，就跟朋友们断了联系，包括最坚定、最耐心的朋友，其他的都被她甩掉了。她母亲可不爱囤积朋友。

艾瑞卡走进厨房，她的心沉了下去。前院得等等了。今天必须先清理厨房。电磁炉上堆着纸盘子。空了一半的食物盒子里长了绿色霉菌。她本该两周后才来的，要不是因为前院的问题，她都不会发现这个，可她一看到，就无法走开了。这是严重的健康隐患。这是对做人基本的体面的侮辱。她放下手里的桶，拿出一包一次性手套。

“菲丽希缇·霍更要过六十岁生日了。”她母亲叹着气说，说到“菲丽希缇”，她的鼻孔放大了一下子，好像艾瑞卡跟她提起派对举办人是在毁掉她享受派对的机会，“哦，看看你啊，你还戴上手套，跟要做手术似的。”

“妈妈。”艾瑞卡说，“菲丽希缇去年就六十岁了。不，实际上，是前年。你没有去参加派对。我记得你说过《了不起的盖茨比》派对太俗气了。”

“什么？”她母亲的脸沉了下来，她把发带往上一推，旁边的头发都竖了起来，她看起来就像个失控的网球运动员，“你觉得你总是这么聪明，永远正确，可你说错了，艾瑞卡！”失望让她的声音变得刺耳。尖锐的刺埋藏在蓬蓬的母爱厚毯之下。“等我给你拿邀请函！我为什么会有两年前派对的邀请函呢，你给我回答回答，聪明小姐？”

艾瑞卡冷笑一声，“你在开玩笑吗？你是认真的？因为，妈妈，你什么都不扔！”

她母亲扯掉发带，把它扔开。她的语气变了。“我知道我有问题，艾瑞卡，你以为我不知道吗？我又不傻。你觉得我不想要个更大、更好的房子，有足够大的贮存间和衣柜，让东西能整齐地摞起来吗？你父亲要是没抛弃我们，我就可以整天留在家里，整理房子，就像你那可爱的克莱曼婷的母亲，就像帕姆，‘哦，我是个完美妈妈’的帕姆，‘我有个有钱老公，还有完美的房子’。”

“帕姆以前有工作的。”艾瑞卡简短回应。她把垃圾袋撕下来，卷起来，开始把塑料食物盒扔进去，“她当过社工，不记得了吗？”

“兼职社工。我当然记得了。我怎么能忘记呢？你就是她的业余社工项目啊。她逼着克莱曼婷跟你做朋友。你每次去她家里玩，她可能都会给克莱曼婷一个金色小星星贴纸呢。”

这没有伤到她。她母亲以为这是什么惊天动地的秘密揭露吗？

“是啊。”艾瑞卡说，“帕姆知道我家里的情况不理想。”

“你家的情况不‘理想’。多伤感的表达啊。我努力了啊！我有做饭啊！有给你穿衣服啊！”

“我们有一年时间都没有热水。”艾瑞卡说，“不是因为我们付不起，而是因为我们太羞愧，不敢让人来修热水器。”

“我不羞愧！”她母亲大声喊叫，脖子上青筋暴出，脸憋得通红。

“你应该羞愧。”艾瑞卡不带感情地说。在这样的时刻，她会冷静得可怕，等数小时甚至数天之后，她独自一人在车里或淋浴间里时，才会喊出她的回答。

“我得承认，我有时候是有那么一点神经质，担心他们会把你带走。”她母亲说。她可怜地冲艾瑞卡眨眨眼，“我一直觉得帕姆那好好小姐的左翼思想会让她去跟社会服务部门投诉，说我没擦我家的踢脚线什么的。”

“踢脚线！你什么时候在这房子里看到过踢脚线？”艾瑞卡说。

她母亲开心地大笑起来，仿佛这一切都是极好玩的。艾瑞卡的母亲笑起来很好看，像是去参加舞会的女孩。

（“她有可能有双极症吗？”奥利弗第一次看到他岳母像开关一样绝佳的情绪转换能力时问过，但是艾瑞卡告诉他，她怀疑双极症患者是无法控制自己的举止的；她母亲是疯，她当然疯了，可她能选择何时、怎样发疯。）

“我们家有耗子的。”艾瑞卡说，“没有人在乎踢脚线干净不干净。”

“耗子？”她母亲说，“拜托。我们家从来没有耗子。也许有老鼠。可爱的小老鼠。”

她们家确实有耗子。或者说至少有啮齿类动物。它们会死掉，臭味浓烈，难以忍受，但她们又找不到尸体在哪儿，因为每个房间都有堆成城市的杂物。她们只能等味道散发完。臭味会一直聚积，到了顶峰之后，终于开始淡去。只是，味道从不会散发完。臭味会粘在艾瑞卡身上。

“再说了，克莱曼婷父亲不富有。”她对她母亲说，“他只是个普通父亲，做普通工作。”

“什么建筑之类的事，不是吗？”她母亲以鸡尾酒会客人那种闲谈的魅力说道。

“他在一家工程公司工作。”艾瑞卡说。她不清楚克莱曼婷父亲的工作是做什么。他都已经退休了，学会了烹饪法国菜，做得还非常好。

艾瑞卡十四岁时，有一次她母亲在工作，克莱曼婷的父亲开车过来，在她的卧室门上装了一把锁，让她的房间免受她母亲垃圾的干扰。那是他的主意。他一句也没评论艾瑞卡家里的状况。他装完之后，拿起工具箱，把宝贵的钥匙递给她，一只手短暂地搭在她肩上。他的沉默对艾瑞卡是一次揭示，艾瑞卡成长过程中不光是被有形的物件所包围，还被话语所包围：残忍、善良、温柔、刺耳话语的洪水旋涡。

那就是艾瑞卡关于父爱的经历：坚实而沉默的重量，是他人父亲的手搭在她的肩上。奥利弗就会是那种父亲。他会以简单、实际的行动表达他的爱，而不是言语。

"好吧，那他可能不怎么富有，可帕姆又不是单身母亲，不是吗？她有人支持！我没有人支持。我只能靠自己。你等你自己有了孩子就知道了！"

艾瑞卡继续机械地把垃圾装袋，但她感觉到自己的身体被警觉的僵硬所控制，像是一只感受到猎食者接近的动物。多年前，艾瑞卡告诉她母亲她不想要孩子的时候，她母亲以轻蔑的残忍语气对她说："是啊，我真是想象不到你当妈会是什么样子。"

当然了，艾瑞卡从没对她说过自己在尝试怀孕的事。她根本没有想到过。

"哦，等等，你不是不想要孩子吗？"她母亲冲她投来宣告胜利的目光，"你不想要孩子，因为你只顾忙你那重要的事业了！我就倒霉咯。当不上外祖母。"好像她突然间才想到这个问题，而她一想到，就需要为如此可怕的不公哀怨一番，"我就得忍着了，不是吗？所有人都有孙辈，可我就没有，我女儿是个重要的事业型女人，在城里做重要的工作，她——嘿！"她母亲抓住了她的手臂，"你在干吗？别扔那个！"

"什么？"艾瑞卡看着自己戴着手套的手里拿的东西：香蕉皮、吃了一半的金枪鱼三明治、一块湿漉漉的厨房纸巾。

她母亲从她手里抽出来一小片沾了油渍的笔记纸。"这儿呢！就这个！我在上面写了重要的东西呢！是一本书的题目，我记得，还是DVD的来着，我那天听收音听到的，我就想，我一定要写下来！”她把纸举到光中，仔细看，“你看你干的好事，我都看不清了！”

艾瑞卡什么也没说。

她现在设立了消极抵抗的规则。她不会还嘴。自从那次她被卷入长达十分钟的可笑拉锯战，就不还嘴了，那次是因为一把断了线的网球拍，她母亲尖叫道：“但是我要把它放在eBay上卖掉！”当然，她输了。网球拍留下了，也没有被放到eBay上卖掉，她母亲根本就不知道怎么在eBay上卖东西。

她母亲朝她挥动那一张纸，说：“你就这么大摇大摆走进来，全知全能小姐，开始乱搞我的东西，你觉得你是帮我大忙，可你只是搞得更糟糕了！你不想要孩子真是幸事！你肯定会扔掉他们的玩具，不是吗？把他们珍爱的小东西拿走，扔进垃圾桶！你可真能当个好妈妈！”

艾瑞卡转过身去。她拎起鼓鼓的垃圾袋，狠狠丢在地上。她把袋子系好，拎着去后门。

她想起克莱曼婷的电话：“我想帮你们生个宝宝。”她奇怪的音调。实际上，克莱曼婷现在真的想帮她生宝宝了。所以她的音调才那么奇怪。她特别想做这件事。这是她一下子取得救赎的机会。她想到奥利弗听到这个消息后的表情，他的脸会被希望所浸润。她应该接受克莱曼婷的施舍，即使她的动机是错的吗？只要结果重要，因此可以不择手段吗？

她还想要宝宝吗？

她把垃圾袋换到左手，好打开后门，可那一刻，垃圾袋破了，里面的东西涌了出来：一大股东西倾泻而出，似乎无穷无尽。

她母亲拍了拍自己的膝盖，大笑不已。

32

烤肉派对当天

达科塔看看大人们围坐的桌子，看到她母亲朝她这边瞟了一眼，然后往前一靠，像是要分享什么秘密。

霍莉和露比跟她一起挤在吊椅上，坐在她两边，她在给她们看《呆鸭之歌》的游戏app。她们两人都很喜欢。两个小女孩很可爱，她挺喜欢她们的，不过她这会儿已经有点想摆脱她们了。她想回自己卧室，去读书。

现在大人们都在激动地咯咯笑，他们压低了声音，像是在讲粗鲁笑话的青少年，达科塔觉得很烦。

他们有时就是这样。她以前听到过他们的一些话，知道这不礼貌的傻事跟他们父母最初认识的故事有关，但是当她问起他们是怎么认识的，他们总说是两人竞拍一处房子时认识的，可他们说完就会交换鬼鬼祟祟的眼神，还以为她傻得看不出。

她同父异母的姐姐们都说她们知道这个秘密，秘密就是，她爸跟安吉丽娜还是夫妻的时候，就跟她母亲有了外遇。安吉丽娜是她爸爸的首任妻子，达科塔几乎无法想象这种事，即使她的想象力非常好。

但是她母亲说，她绝对没有在她父亲没离婚的时候跟他发生婚外情，达科塔相信她。

她不直接说这秘密到底是什么，很让人恼怒，不管是什么秘密，达科塔都已经是大孩子了，可以承受了。好吧，没错，她从没看过R级电影，但是她看新闻，了解性爱、谋杀、ISIS，还有恋童癖的存在。还有什么她不能知道的?

还有，实际上，她在性知识方面比她父母成熟多了。她的学校办了性教育讲座，让父母也去，演讲的女士说:“好了，有些话你听了会想笑，这是正常的，你可以稍微笑一笑，但是笑完我们就继续。”

她这话是说给孩子们的，可实际上笑个不停的却是成年人。她爸爸不习惯保持安静这么久（他唯一能安静的时候就是去睡觉的时候，或者是听古典音乐的时候；都没法跟他看电影），他当时不停地小声跟她朋友艾什霍克的爸爸讲话，最后他们两人都笑得大声哼气，被赶出了房间，即使这样，房间里还是能听到他们在外面的笑声。

他们不给她讲的秘密可能根本算不得什么。“就这样吗？”达科塔会说，她会翻个白眼，为他们觉得丢脸。

霍莉和露比为达科塔的iPad争抢起来。

“该我了！”

“不，该我了！”

“乖乖玩。”达科塔说，她听到自己说话的声音，感觉像个……四十岁的人。真的。

33

安德鲁眼周的纹路变深了，可除了这一点，他看起来跟从前并无两样。蒂芙妮看到他浅色眼里闪过的光，他绝对是认出她了，即使他冲她露出的笑容是礼貌而客气的，一个家长在学校活动上遇到另一个家长的笑容。

她还看到了恐惧吗？还是窃笑呢？或者是困惑？他可能在想她是谁吧。她不在他认识她的环境中。这环境差得太、太远了。

蒂芙妮没来得及自我介绍，因为就在这时，一个银色头发、穿着优雅的女人款款走上台，她一出现，整个房间立即安静了下来。是校长罗宾·拜恩。她在当地报纸有个周更专栏，写怎样教育女孩。

“早上好，女士们先生们，女孩们。”校长说，她的语气很明显是让人回应，所以所有人都自动回答了，以一种提前设定好的、歌唱般的声音说：“早上——好，拜恩女士。”接着又升起一阵笑声，各位CEO、律师、耳鼻喉科专家医师意识到他们被糊弄得跟着学生们一起喊了统一口号。

蒂芙妮看看自己左边的韦德，他正在痴痴地冲达科塔笑，仿佛她还是去看“摇摆小精灵”演唱会的学步小孩。达科塔一动不动地坐着，脸上挂着别扭的紧张表情。

“非常欢迎各位来到圣安娜斯塔西娅。”校长说。

非常欢迎贵得要死的学费。

“感谢你们今天顶着如此糟糕的天气来这里参加活动！”拜恩女士像芭蕾舞演员一样举起双臂，示意头顶的天空，所有人都抬头，看着保护他们免受大雨袭击的高高天花板。

蒂芙妮迅速瞟了一眼安德鲁。他没有抬头看，而是直勾勾地盯着校长，他跷着二郎腿，戴着劳力士表的手腕痛苦地搭在一只膝盖上，姿势几乎有些女性化。

不错的人。只是那瘆人的眼神太误导人了。她还记得那双眼里曾经的笑意。

“你们的女儿们离开这所学校时，会成为自信、坚强的年轻女性。”拜恩女士开始讲私立学校的那一套口号了。坚强。扯淡。一所像白金汉宫似的学校，怎么会有孩子在这儿上完学变得坚强？她应该坦诚点：“你们的女儿会在离开这所学校时养成极度特权意识，让她生活好过。她在悉尼的路上会觉得这个格外好用。”

蒂芙妮又看看达科塔，她还是在眼神空洞地盯着舞台看，而坐在她旁边的韦德从口袋里掏出了手机，在旁若无人地看短信，他的粗拇指来回滑动着屏幕。真有礼貌啊！别人会怎么想？是啊，蒂芙妮，别人会怎么想？安德鲁要是告诉他妻子他是怎么认识蒂芙妮的，别人会怎么想？可他为什么要说这事呢？哦，亲爱的，真是太巧了，今天早晨坐在你旁边的那个女人其实是我的老朋友！

她是个老朋友。

他如果真的告诉他妻子，他妻子告诉其他所有妈妈，或者只是一个妈妈，这个妈妈却忍不住，告诉了另一个妈妈，那可怎么办？最后话肯定会传到孩子们耳朵里的。这对达科塔在学校的社交地位会有什么影响？这能对她成为“坚强的年轻女性”有帮助吗？是啊，可能还真有帮助。被排挤最能磨炼人了。

蒂芙妮闭目片刻。

她必须站稳自己的立场。她想起她的姐姐们，很多年前，说：“你怎么可以，蒂芙妮？”但是她没有觉得丢脸，她从没为此羞愧过，可为什么她现在却坐在这里，一心只担心这个？

她知道原因。她清楚地知道原因。因为自从烤肉派对那天，一切都失去了平衡。他们是那天的主人。那是他们的家。事情发生在他们家，而且不止如此——他们的行为促成了事情的发生。被忽视的共犯。她无法撇清干系。韦德也不行。

那她能不能为所有事负责呢？

为哈利躺在自家地板上，虚弱地呼唤救援，却谁也没等来。

为克莱曼婷的双眼在暮色中闪烁泪光，一切都是那么有趣，毫无恶意。他们是父母，但这不代表他们不是普通人。

为她所越过的界线。只有那么一次。

校长的声音提高了，她优雅地鼓掌，手指紧贴，只有手指尖相碰，迎接三个穿着校服的女孩上台，她们分别拿了一件乐器。

蒂芙妮看着乐器富有光泽的金色木材，女孩们完美的马尾辫上系的红色学校绸带，还有她们校服外套优雅的裁剪和质感，她清楚地看到了，如果安德鲁告诉他妻子他认识蒂芙妮，会发生什么事。不会有人公开说什么粗鲁、伤人的话，这些穿着绿色外套、绑着红色绸带的女孩们只会用窃笑和低声耳语来毁掉达科塔，虚假的笑容、社交网络上指桑骂槐的评论。达科塔会因此受伤的。

女孩们齐齐举起自己的琴弓。音乐响彻大厅。这是来自另一个世界的音乐。克莱曼婷的音乐。不是蒂芙妮世界里的贝斯乐点。

蒂芙妮瞟了一眼达科塔漂亮而稚嫩的侧脸，刚好看到无尽的哀愁出现在她脸上。蒂芙妮的宝贝女儿似乎被一种严重的悲痛所袭击。仿佛蒂芙妮刚刚预测的一切都已经发生了。

“妈妈。”达科塔突然转头，面向蒂芙妮，低声说，“我觉得我要吐了。”

蒂芙妮感到一阵感激，加上母爱。原来不是悲痛，只是恶心啊。这个她可以解决的。简单。“咱们走。”她低声回应道，接着就站起来，急切地示意韦德。她从她那个穿着斯特拉·麦卡特尼裙子的新朋友面前走过，还有她的女儿和安德鲁，安德鲁礼貌地点点头，也许嘴角有一丝丝的紧绷，但也可能只是她的想象。他们一出门，达科塔就说她不想去找卫生间，她只想回家，拜托了，马上。她脸色苍白。

韦德以他那种独特的方式，找到一个戴名牌的女人，解释了情况，领到一个信息文件夹，女人就这样带着理解的微笑让他走了。他在任何社交场合都很自若：不论是花园派对，还是笼中搏斗，对韦德来说都是同样，也都很有趣。

他会觉得她跟安德鲁的过去有意思吗？

达科塔进了车后座。“你想坐前面吗？”蒂芙妮问道。

达科塔默默摇摇头。

“那至少坐在中间吧。”蒂芙妮说，“那样你就能看到路了。能让肚子好受些。”

达科塔坐到了后座中间，韦德和蒂芙妮进了前座，他们就这样离开学校，驱车回家。过了一会儿，达科塔应该是不会吐了，韦德点了一根烟，开始说话。

“学校挺好的，对吧？你们怎么看？演奏乐器的女孩们都挺厉害的，是不是？也许可以学大提琴，达科塔！就像克莱曼婷。我们可以找克莱曼婷来给你上课。”

“韦德。”蒂芙妮说。上帝啊。他是彻底疯了吗？他真的相信那件事之后，克莱曼婷还愿意跟他们打交道？她肯定会找遍全世界，找借口不教达科塔。她家的地点也算不上方便。达科塔要真的想学乐器，他们会找离得近的人来教她。“克莱曼婷不会教达科塔的。”

后座传来一声奇怪的声音。

“你要吐了吗，亲爱的？”蒂芙妮连忙转过头去。

达科塔与蒂芙妮对视。她像是被困在自己的身体内，绝望地祈求蒂芙妮救她。

“你能呼吸吗？”蒂芙妮说，“达科塔，你能呼吸吗？你有噎到吗？”

“达科塔？”韦德把他的烟扔出窗外，猛地向左打方向盘，车伴着轮胎的刺耳噪音停在路边，身后也传来刺耳的喇叭声。

蒂芙妮和韦德打开车门，飞奔进大雨之中。他们打开车后座门，分别坐在达科塔两边。

“怎么了？怎么了？”蒂芙妮说。

“是……是……”达科塔的啜泣着，胸膛一起一伏。眼泪落下，滑落她的脸颊。

蒂芙妮的心怦地跳了一下子。她到底怎么了？出了什么糟糕的事？肯定是性虐待。有人侵犯了她。有人伤害了她。

“达科塔，”韦德说，“达科塔，我的天使，深吸一口气，好吗？”他的声音因为恐惧而打战，他心里想的可能跟蒂芙妮一样，“然后你得告诉我们，出了什么事。”

达科塔颤颤巍巍地深吸一口气。她终于开口，小声说：“克莱曼婷。”

“克莱曼婷？”蒂芙妮重复道。

“她恨我。”达科塔啜泣着说。

“她没有！”蒂芙妮立刻回答道，她本能地禁止“恨”这个词，“我只是说，她看起来不像是喜欢教人的人，所以她应该不会愿意上课的，她马上就有全职工作了，在——”

“她就是恨我！”达科塔喊道。看到她像个正常的十岁孩子一样发脾气，蒂芙妮甚至有些宽慰。

“你怎么会觉得克莱曼婷恨你？”韦德说。

达科塔扑进了她父亲的怀里。他双臂拥抱着她，他困惑的目光越过达科塔的头顶，与蒂芙妮对视。

“哦，达科塔。”蒂芙妮说，“亲爱的。不要。不要。”她向前靠，脸颊靠在达科塔弯曲的窄窄后背上，一只手搭在她那瘦瘦的膝盖上，她为她心碎，因为她很明白达科塔接下来要说什么。

34

还好今早的婚礼地点离克莱曼婷家很近，开车十分钟就能到，而且她熟悉路，不会迷路。做自由乐手，最糟糕的就是这个，开车去各种地方表演。

她从没有表演迟到过，谢天谢地，因为她总是为不可避免的错误预留时间。

婚礼举办地是一处半封闭的海岸线公园，有巨大的原生无花果树，还有一处旧的室外音乐演奏台。克莱曼婷不喜欢在室外演奏：得拖着她的大提琴和琴架在公园里到处找演奏的地方，乐谱在风中直飘，即使她已经用衣服夹子夹着了，在冷天里，根本感觉不到自己的手指，热天里，妆会花掉，没有音响效果，所以音乐声会无用地消失在大气里。但是不知为何，这个地方很适合演奏，音乐声飘荡着越过闪光的蓝色海湾，新娘们总会在蜜月结束后在网上发布赞美之词。

今天可不一样。今天会很糟糕。再美的海湾景观，看不到也没什么意义。克莱曼婷看着压向悉尼天际线的沉重灰云。整个世界感觉都变窄了。人们走路时似乎都有些驼背，低头躲天空。整个上午，雨都淅淅沥沥下个不停，虽然现在小了一些，成了绵绵细雨，但随时都有再次下大的可能。

“他们还打算在外面办吗？”克莱曼婷今早在电话里问金，“经过音”乐团的首席小提琴手和经理。

“他们租了帐篷。”金说，“客人们得撑着雨伞了。新娘今天早晨都哭了。她本以为雨不可能连着下这么久的。我记得她最开始预订的时候我就跟她说：‘你的雨天计划呢？’她说：‘不会下雨的。’她们为什么总要这么说？新娘怎么都这么会自我蒙蔽？”

金正要离婚，闹得很不好看。

克莱曼婷想，她自己可能也要开始一场不好看的离婚大战了。今天，山姆去坐渡轮的时候，她说：“工作愉快。”她很肯定，她看到他翻白眼了，像是从来没听过这么疯狂的话，或者说，像是她是这世界上最不可能祝他工作愉快的人。这很让她受伤，突如其来的尖锐声音，好似斥责，就像今天早晨她的C弦崩了的声音，那一刻她刚好低头，所以被崩到了脸。她之前从没遇到过这种事。她身体里积攒了太多的张力。家里也太过紧张。弦崩在脸上的疼痛似乎是刻意对付她的，她坐在清晨的黑暗之中，拒绝用手指压着被崩到的地方。

她在公园入口旁边停车。她早到了二十分钟，因为她还是留了二十分钟的“迷路”时间，以防万一。她打了个哈欠，观察天气。雨应该能保持这样，撑到仪式结束。要是新娘幸运的话。

她头靠车座，闭上双眼。

她今天早晨五点就起床了，用节拍器练习贝多芬片段曲。“感受内心的脉搏。”玛丽安从前会这样说，然后她会突然喊起来：“太赶了！太赶了！”

克莱曼婷按了按她酸痛的肩膀。她的第一个大提琴老师，温特巴特姆先生（她的哥哥们和她父亲都管他叫温特屁股先生），他会这样说：“没有人演奏乐器毫不疼痛。”只要克莱曼婷抱怨哪里痛，他就会搬出这句话。克莱曼婷的母亲一点也不喜欢这一点。帕姆研究了亚历山大健身术，实际上，克莱曼婷现在想起做这个的时候，这些锻炼还是有帮助的。

温特巴特姆先生曾经用他的琴弓敲她的膝盖，说：“多练习，小姑娘，你不能只靠才华，我可以向你保证，你没有那么多才华来浪费。”

还有，“你很难把情绪融入进音乐里，因为你太年轻了，你从没真正感受到任何情感。你需要体验心碎。”她十六岁的时候，他让她去悉尼青年交响乐团试音，但是他告诉她，她没有入选的希望，她就是不够好，不过这应该是不错的经验。试音时没有幕布，只有试音评审团，都支持地微笑着，可她拿着大提琴坐下之后，根本不知道如何把琴弓放在琴弦上，因为她被一种突如其来的恐惧所裹挟。好像得了什么重病似的。她站起身来，走下了舞台，一个音符也没拉。她似乎没有别的选择。温特巴特姆先生说他教了这么多年琴，从没有觉得一个学生如此给他丢脸过，而他有很多学生。孩子们整天拖着大提琴盒进进出出他的房子：一条生产自我厌恶大提琴手的流水线。

她在试音时崩溃后，她母亲给她找了个新老师，她心爱的玛丽安第一天就说，试音是不自然的，很吓人，她自己也很讨厌试音，绝不会让克莱曼婷在没有好好准备的情况下去试音。

为何癌症会将它那残忍的随机魔爪伸向美丽的玛丽安，而不是糟糕的温特屁股呢？他还好好活着，还在批量生产神经质的乐手。

克莱曼婷睁开眼睛，看着小滴的雨水打在挡风玻璃上，叹了口气。这是雨华丽出场前的热身。她打开收音机，听到主持人说：“悉尼的‘大湿季’仍在继续，建议大家远离下水口和溪流。”

她放在旁边座位的手机响了，她抓起手机，看看屏幕。上面没有名字，但是她记得这串数字。

韦德。

烤肉派对后，他打了很多次电话，克莱曼婷已经记住了他的号码，但是她一直没存在手机里，因为他不是她的朋友，他只是个熟人，朋友的邻居，而她永远也不想再见到他。艾瑞卡没有权利把她的电话号码告诉他。韦德和蒂芙妮有什么话都可以让艾瑞卡传信。他到底想找她干吗?

她把手机举在面前，盯着屏幕看，试着想象他的大手抓着手机的样子。她记得他说过:“咱俩啊，咱俩是不负责任的。”不负责任的。她闭上眼睛，肚子跟着疼了一下。她在想她是不是会得胃溃疡。胃溃疡是怎么造成的呢? 充满悔恨的胆汁?

电话不响了，她等着铃声停下，等着一条短信告诉她，韦德又没有给她的语音信箱留言。他只有两次屈服了，给她留了言，他的留言能听出明显的不乐意:“克莱曼婷? 我是韦德。你怎么样? 我会再打来的。”他是那种不喜欢留言的人，希望你就直接接电话。她爸爸也是这样。

她的电话立即又响了起来。她心想，肯定又是韦德，可实际上不是，她不认识这个号码。他该不会换个号码来骗她接吧? 不是韦德。是艾瑞卡的试管婴儿诊所。他们是给克莱曼婷回电话，安排跟咨询师的见面，讨论捐卵的事。

艾瑞卡今天早晨把诊所的电话给了她，有些急躁、不耐烦，像是觉得克莱曼婷不会去打这个电话。

克莱曼婷从包里拿出她的日程本，放在大腿上，把跟咨询师的会面写在试音前一天。诊所在城里。她紧紧张张能赶回去给天赋异禀的小温蒂·张上课（她才九岁，已经学五级了）。给她订约见的女士人很好，很耐心地跟克莱曼婷解释，最初的验血她可以安排尽快做，也可以等一等，完全由她决定。克莱曼婷想到，这位女士大概是以为克莱曼婷是个善良的利他主义者，完全出于内心的善意在做这件事，而不是因为要逃脱义务的重压。

这天早晨，她听到艾瑞卡冷酷的声音说:“我们都知道，这话是假话。”但是她很快便开始说正事，给了克莱曼婷诊所的电话，好像她并不在意那是谎话。她不在乎克莱曼婷的动机，她只想要卵子。

克莱曼婷还期待会有什么呢？感激和欢欣吗？“哦，谢谢你，克莱曼婷，有你做朋友真是太棒了！”

她听到有人在敲驾驶座的车窗，被吓了一跳。是金，她手里拿着小提琴琴盒，站在一把巨大的伞下，看起来很痛苦。

克莱曼婷摇下车窗。“太好玩了，不是吗？”金冷冷地说。

*

租来的帐篷完全没有提升自信的效果。看起来很廉价，像是从两元店买来的。

“我觉得这个坚持不了太久。”南希，她们的中提琴手说着，冲那薄薄的白色遮雨布皱眉头。帐篷聚集水的一些部分已经开始塌陷了。克莱曼婷能看到她们头顶出现了一个个暗色的空中小池塘。

“目前为止还是干的。”金担忧地说。她们的预约合同明确规定，她们得有吃的，保证乐器干燥。天气太过潮湿，她们有权收拾东西走人，但是她们目前为止还没这样做过。

“我肯定会没事的。”她们的第二小提琴手，英迪拉说道，她充当了乐观主义者的角色，同时也是确保她们有吃的的那一个。她经常会在演奏中间放下乐器，去拦截过路的侍者，只因为她看到了美食。这很丢人。

“练习得怎么样了？”她们调音时，南希问道。

克莱曼婷在心里叹了口气。又来了。“挺好的。”她说。

“你到时候要去巡演，可怜的山姆该怎么应付接送孩子的事啊？”南希说。

“南希。我拿不到职位的。”克莱曼婷说。

“我觉得你能拿到的几率很大呢！”南希说。

南希不希望她得到这份工作。她假装是因为她不想克莱曼婷离开四重奏小组，可实际上，南希总让克莱曼婷想起戈尔·维达尔的名言：每次有朋友成功，我内心都会死掉一部分。

南希是那种总会指出苗条女人让克莱曼婷看的朋友："看看她的细腰/长腿/翘臀啊。你不想变成那样吗？你不恨她吗？你会因此抑郁，不是吗？"（你不为此抑郁？你应该啊！）

"哦，好吧，你要是拿不到，就不用应付那些乐团政治了。"南希说，"在大企业工作就是这样的。会议啊。规则啊。我个人是受不了这些的，不过这只是我的看法。"

"你会爱上它的，克莱曼婷。同事友情啊，旅行啊，还有钱！"英迪拉说。

"你觉得山姆会介意跟那些乐手社交吗？"南希说。南希一有机会就提山姆不是乐手的事实，她知道这是克莱曼婷的弱点。她有一次对克莱曼婷说："我绝对没法跟不是乐手的人结婚的，不过这只是我的看法。"

"他跟大多数人相处得挺好。"克莱曼婷简短回答。

"我只是觉得那不是他的场合。"南希说，"他粗犷一些，更适合室外场合，不是吗？"

"山姆不喜欢室外。"克莱曼婷哼着气说。闭嘴吧，南希。南希是典型的东部郊区富家公主。她的父亲是个法官。

"你不是说过他是音痴吗？"南希说。

"他假装是音痴。"克莱曼婷说，"他觉得那么说好玩。"

"他喜欢八十年代摇滚乐。"金饶有兴趣地说。

"天哪，金，你穿这条裤子，腿看起来好美呢。"南希说，"你不恨她吗，克莱曼婷？"

“我实际上挺喜欢她的。”克莱曼婷说。

“哦！顺便，差点忘记告诉你了。我听说雷米·比彻姆要去试音呢。”南希出了王牌。

“我以为他在芝加哥呢。”克莱曼婷说。她感到一种麻木的接受。她认识雷米很多年了，一直很佩服他完美无瑕的转调。即使她过了第一轮，乐队最终也会选择他的。

“他回来了。”南希说，她试着露出伤心的表情。结果很吓人。她看起来就像蝙蝠侠里的小丑。“但我肯定你还是有很大机会的。”

“客人开始到场了。”金说，“我们从维瓦尔第开始好吗？”

她们都翻好乐谱，架好乐器。金把小提琴架在下巴之下，冲她们点头，开始演奏。她与克莱曼婷对视，一脚向后微微退了一步，好在南希脑袋后面比画中指，动作迅速而微妙，其他人肯定都以为她只是在演奏。

她们演奏着，克莱曼婷的思绪飘了出去。她不需要思考。她们从霍莉还是个婴儿时就一起演奏了，已经习惯了彼此。南希经常赶拍，不过她不承认，她认为是其他人拖拍了。现在她们就按她的来。

她们接着演奏了《G弦上的咏叹调》，克莱曼婷看着可怜的婚礼宾客们撑着伞走来走去，脸上表情痛苦，高跟鞋都陷进了湿草地里，所有人都急切地希望赶快结束。

“新娘来了！”一个带着小帽子的女人突然走近了。她让克莱曼婷想起薯头先生。“开始新娘的入场乐，开始，开始，开始！”她照着她心目中指挥的样子，挥动着双手。她像是已经喝过香槟了。

金总是会安排一个人示意她们什么时候开始演奏新娘入场乐，可不知为何，一些杂七杂八的客人（女人，总是女人）会自告奋勇做这项工作，也经常会害她们过早开始。又一次，她们演奏了十分钟入场乐，才终于看到新娘。

“哎呀！不好意思，看错了！”薯头先生女士摆出一副夸张的抱歉表情。

新娘很少有提前到场的。她们有一次为一场婚礼演奏，新娘迟到了一小时，她们还有其他演出预定，不得不收拾东西离开了。

艾瑞卡在自己婚礼那天提前到场了。

“我们不能早到。”克莱曼婷说，她是艾瑞卡唯一的伴娘，“你的客人们还没到全呢。”

“奥利弗肯定到了。”艾瑞卡说。她的头发全部梳起来，露出额头，她化着浓重的烟熏眼妆。她看起来完全像另一个人。“我只在乎他一个人。”那是艾瑞卡少数几次打破礼仪的场合之一。

克莱曼婷感到一种不完全是嫉妒，但却像嫉妒的感觉，因为她看到艾瑞卡真的只在乎她的婚姻，而不是婚礼。她不是很在乎她的婚纱，或是头发，或是音乐，甚至不在乎她的客人，她只在乎奥利弗。而克莱曼婷结婚时，却光顾着想那些无关紧要的事。（比如说，发型师弄脏了她的头发，克莱曼婷在自己的婚礼上看起来像莫提西亚。）

她和山姆在他们的婚礼上几乎没怎么看到对方，因为他们一直忙着跟来自海外和其他州的亲朋好友交谈，艾瑞卡和奥利弗在婚礼上却只能看到对方。有些腻得倒胃口。但也有些可爱。

她现在在想，也许这些迹象一直都在。没错，她跟山姆能让彼此笑，他们有激情（至少在有孩子之前是有的），他们在一起玩得很开心，但是他们的恋情不够强大，根本无法经历第一次真正的考验。这是脆弱的婚姻。劣质的婚姻。两元店里买来的婚姻。

帐篷晃悠起来。克莱曼婷感到脸上湿湿的。她在哭吗？还是雨呢？

“漏水了。”南希说着抬头看，“绝对是漏水了。”

雨突然大了起来。

“太糟糕了。”英迪拉说，此刻，她拿的乐器是最昂贵的。是从一个退休的小提琴家那儿借来的。

“我们走。”金放下了自己的小提琴，“收拾东西。”

*

克莱曼婷回到她车里，手放在发动机的钥匙上，这时她的电话响了。她伸手去拿，看到屏幕上只有一个词：学校。

“海伦？”她说，为了节省时间，不用问是谁了，因为一般从学校打电话的，都是校秘书海伦。

她的心咚咚地跳。现在灾难在每一个角落等着她。

“一切都好，克莱曼婷。”海伦迅速说，“只是霍莉坚持说她又肚子疼了。我们试了一切办法转移她的注意力，但是恐怕都没成功。我们没招了，她打搅到课堂了，呃……她看起来还挺真诚的。我们不想弄成狼来了的故事。”

克莱曼婷叹了口气。上周也发生了这种事，她把霍莉带回家时，她的肚子突然间神奇地不疼了。

“你知道她今天表现如何吗？”克莱曼婷问海伦。

霍莉可爱的、有些迷糊的老师，特伦特小姐说，霍莉最近在学校“偶尔有些自律问题”，因此她经常做出“不是很正确的选择”。当然了，她在家里的表现也不尽完美。她在经历淘气、爱抱怨的阶段，最近更是学会了一种海鸥叫声，她经常用这种方法来说“不”。这让克莱曼婷很是不舒服。

“实际上，并不差。”海伦小心翼翼地说，“这雨也有不好的影响。所有孩子今天都野了。我们也是，说实话。他们说这天气至少还要持续一周时间，你敢相信吗？”

克莱曼婷看着公园里的婚礼仪式。新娘和新郎面对面，牵着手，其他人都打着雨伞。新娘笑得太厉害，都快站不直了，新郎扶着她，也在笑。他们似乎不在乎他们的弦乐四重奏乐队消失了。

她和山姆在自己的婚礼上也一直在笑。“我从没见过新娘和新郎笑得这么厉害。”他们的司仪酸酸地说，仿佛他们是没把自己的婚礼当回事。山姆因为克莱曼婷的莫提西亚发型笑得停不下来，这惹得她也笑起来，所以就无所谓了。

但是，不是什么事都能靠笑解决。他们笑了八年，这是很长时间了。他们宣誓同甘共苦，不论怎样都要相互坦诚，但他们说的时候是笑着的，因为那时候，一切对他们来说都是那么、那么的有趣。他们以为糟糕的发型是日子最难的部分了。司仪反感他们的笑没错。她应该揪着他们的上衣，喊道：“这很严肃的！生活很严肃，你们两个不够专注！”

“我几分钟就能到。”她对海伦说。

35

烤肉派对当天

“韦德当时已经认识我，是因为他看过我演出。”蒂芙妮对克莱曼婷说。

“妈妈！”坐在吊椅里的霍莉喊道，“快来看这个！”

“稍等一下！”克莱曼婷喊道，目光根本没从蒂芙妮身上移开，“那你是一个表演者？……？”

“跟你一样是演艺人员啊，克莱曼婷！”韦德高兴地说。

“跟克莱曼婷不太一样。”蒂芙妮哼了一声，纠正道。

“妈妈！”露比喊道。

“稍等一下。”克莱曼婷回喊道。她看着蒂芙妮，说：“你是乐手吗？”

“不，不，不。”蒂芙妮开始把盘子摞起来。

“我是舞者。”

“她以前是一位著名舞者呢。”韦德说。

“我不出名。”蒂芙妮说，不过她确实在某些圈子里有些名气。

“所以，你是个著名林波舞舞者？”山姆问道，他眼里闪着光。

“不，不过有时确实会用到杆子。”蒂芙妮也冲他眨眨眼。

桌子突然安静了下来。韦德灿烂地笑着。

“你是说，你是钢管舞舞者？”克莱曼婷压低了声音，“是……是脱衣舞娘吗？”

“克莱曼婷，她当然不是脱衣舞娘了。”艾瑞卡说。

“啊。”蒂芙妮说。

沉默片刻。

“哦。”艾瑞卡说，“抱歉，我不是那——”

“你的身材绝对是够格了。”克莱曼婷说。

“啊。”蒂芙妮又说了一遍。这就是难以掌握的部分了。她不能说，没错，自己的身材就是好，亲爱的。你没有权利为自己的身材自豪。女人们应该为这种话题感到羞耻。“我十九岁的时候，确实身材不错。”

“你喜欢吗？”山姆问蒂芙妮。

克莱曼婷瞪了他一眼。“怎么了？”山姆举起双手，“我只是在问她喜不喜欢曾经的职业。这是个正常问题啊。”

“我很喜欢。”蒂芙妮说，“大部分时候。跟其他工作没什么两样。有好有坏，但是大多数时候我是喜欢的。”

“很赚钱？”山姆接着问。

“特别赚钱。”蒂芙妮说，“钱就是我做那份工作的原因。我当时在上大学，这份工作可比收银台赚钱多多了。”

“我就是在收银台打工的。”克莱曼婷说，“我不是很喜欢，顺便说一下，要是有人感兴趣的话。”

“太可惜了。你去跳脱衣舞也会很棒呢，亲爱的。”山姆说。

“谢谢，亲爱的。”克莱曼婷冷静地回答。

“你可以绕着钢管转圈，摆出你拉琴时的表情。那样肯定能赢得不少小费。”山姆头一仰，闭上眼睛，眉毛上下动，模仿克莱曼婷拉琴时的表情。

克莱曼婷低头看着桌子，把指尖顶在额头上。她全身都在颤抖。蒂芙妮瞪着眼睛。她是在哭吗？

“她在笑。”艾瑞卡不屑地说。

“接下来几分钟都别想着跟她正常对话了。”

奥利弗清清嗓子。“我最近读了一篇文章，说有人要申请钢管舞加入奥林匹克项目。”他说，“显然，钢管舞是运动项目。需要很强的核心肌肉力量才能做到。”

蒂芙妮忍不住冲他微笑。这可怜的家伙在尽全力把谈话拉回正轨，回到安全的中产阶级晚餐派对话题领域。

“哦是啊，奥利弗，是项运动呢。”韦德的话意味深长，他边说边挑挑眉，克莱曼婷又笑趴了。

蒂芙妮一向觉得，如果整个世界都像韦德一样，以近乎童真的方式看所有与性相关的事，那事情就简单多了。韦德对性爱的喜欢跟他对古典音乐、蓝纹奶酪、跑车的喜欢一样。对他来说，这些都是一回事。都是生命中美好的东西。不过是漂亮女孩裸身在俱乐部跳舞而已。有什么大不了的?

艾瑞卡转头用犀利的眼神看看孩子们。“所以你女儿——?”她对蒂芙妮说。

“达科塔知道我以前是舞者。”蒂芙妮抬起下巴。你可千万别质疑她作为家长的选择。“我会等她再大一些，再告诉她更多细节。”

韦德的大女儿们和他前妻也不知道。哦，上帝啊，他的女儿们要是知道了，得多瞧不起她啊，她们可是穿得像卡戴珊一家，但在蒂芙妮面前，她们就跟修女一样站在道德高地上。她们要是知道了这秘密，恐怕要乐疯了，像疯狗一样乱跳。

“哦，”艾瑞卡说，“当然了。没错。”

克莱曼婷抬起头来，手指滑过眼底。她的声音还带着笑意颤抖着。“啊，原谅我，我想我只是生活得太纯洁平凡了吧。”她说。

“这我可不确定了，”山姆说，“你在暗示什么? 我读过《五十度灰》。我还研究过。我都试着把书房改造成‘红色痛苦屋’了。”

克莱曼婷用手肘顶顶他。“我只是觉得很有趣。你没有觉得……呃，我不知道，怎么说呢? 看你的男人们不会特别下流吗?”

“当然有那样的，但大多数只是普通人而已。”

“我可不下流。”韦德说，“啊，好吧，也许我是有点。但是是好的那种!”

“所以你当年是经常去那种场合吗?”克莱曼婷问他，蒂芙妮能从她的声音中听出，她在努力掩饰自己的偏见。

这一部分，韦德从不理解，蒂芙妮总是忘记：人们听说她从前的职业时，总是会有复杂的情绪。这一切都与他们对性爱的感受混杂在一起，很遗憾，对大多数人来说，性爱总是与羞耻、姿态、道德有着复杂的关联（有些人会觉得她是在供认罪行），对女人来说，这又总与身材观念、嫉妒、不安感有关，而男人们总是想假装不是很感兴趣，即使他们通常是非常感兴趣的，有些男人会露出一副愤怒、具有敌意的表情，好像她在引诱他们露出缺点似的，大部分人，不论男女，都想像青少年一样咯咯笑，却又不知道他们该不该笑。这简直就是雷区啊。再也不说了，韦德，再也别说了。

“当然了，我去得很多呢！”韦德轻快地说，“我离婚的时候，我的朋友们都带我出去，你知道的，我的朋友们不喜欢去听交响乐之类的，你知道，他们只去俱乐部。我看到这个女人跳舞的时候，好吧，我彻底被她征服了。她惊艳到把我爆头了。”他比画了一个假枪的手势，对准自己的脑袋，假装扣动扳机，手指尖做爆炸状。“所以我在拍卖会上一眼就认出她了。即使她穿着衣服。”

韦德拍了拍自己的膝盖，笑得前仰后合。克莱曼婷和山姆尴尬地笑了笑，吓坏了的样子，艾瑞卡皱皱眉，可怜的奥利弗只是红了脸。

“总之呢，”蒂芙妮说，“这个话题应该说差不多了。”

突然传来一声不和谐的尖叫：“妈妈！”

36

雨下得太大，克莱曼婷都没听到开门的声音。她看到山姆突然出现在霍莉卧室门口的走廊里，吓了一跳，他的蓝白相间衬衫湿透了，成了透明的。

“你可吓死我了！”她捂着胸口说，“你怎么这么早回家了？”她知道这听起来像是指责。她也许应该说：“真是个好惊喜呢！”然后她轻柔地，以谈话的口吻说：“为什么这么早回来呢，宝贝？”

她这辈子从没叫过他“宝贝”。

山姆揪了揪自己打湿的上衣。

“你在干吗？”他说。

“找东西，”她说，“老样子啊。”她坐在霍莉的床上，面前放着一堆衣物，她在找霍莉的“草莓上衣”，一件白色的长袖，前面有一颗巨大的草莓，霍莉觉得她要是不能立刻找到这件上衣，就永远无法幸福了，当然了，这件衣服怎么也找不到。

她有种奇怪的窘迫感。她平时会一看到山姆，就跳起来吻他，打招呼吗？她记不得了。她这样想也真是奇怪：居然思考怎样跟自己的丈夫打招呼合适。

她不是很想拥抱他，他又浑身湿透了。悉尼的人都不会因为雨而惊讶。

被雨淋湿的都是傻瓜。所有人都在讨论雨。雨伞的销量提升了百分之四十。但是自从这场雨下起来，山姆每天去坐渡轮的时候都不带雨伞，也不穿雨衣。她每天早晨都在厨房里透过窗子看他，在雨中快跑在走道上，头顶着公文包，他上下晃动的身体消失在远处，这让她哭笑不得。也许这是一种受虐癖好。他觉得他不配撑伞。他也许觉得她也不配。

“你怎么这么早回来了？”她又问了一遍。

“呃，我收到你的短信了。”山姆的脸像一张焦虑的面具，有着些许攻击性防御的意思，“所以我就提前下班了。”

“我那条说霍莉没事的短信吗？”克莱曼婷说，“我那条说没什么可担心的短信吗？”

“她已经第二回肚子疼了。”山姆说。

“那你应该在客厅里见到她了。”克莱曼婷说，“高兴地玩iPad呢，根本没事。”

“我想我们得带她去检查检查。说不定是阑尾什么的出了问题。可能是突然性的啊。”

“是啊，在学校就发作，玩iPad就不发作。她在耍我们。”克莱曼婷说，“我一把她接进车里，她就没事了。回家路上她一直在说派对的事。她想邀请达科塔，顺便告诉你。”最后一句她说得很快，说时没有看他。

“达科塔，”山姆说着挺直了背，像是感到什么危险在逼近，“那个达科塔？”

“是啊，那个达科塔。”

“她不能邀请她啊。”山姆说。“当然不能了。上帝啊。”

“我跟她说，达科塔太大了，大概也不适合来六岁生日派对。然后她就崩溃了。她说我们跟她说过，她想请谁都可以，我们确实说过这话。我们还挺认真的呢。”

“是啊，可我们的意思是说，除了达科塔谁都可以。”山姆说。

“她听不进去。”

“她都不算认识达科塔，”山姆说。他把掖在裤腰里的上衣拉出来，正要拧干衣服，又反悔了。“她就见过她一次。而且你说的对，她太大了。她应该都不会想来霍莉的派对！”

“好吧，反正，我服软了。”克莱曼婷说，“她太激动了。有点吓人。”

“你自己说过，她肚子疼是装出来的，”山姆说，“所以达科塔这事她也是装出来的。她在耍你，克莱曼婷。”

他的语气在讽刺她。以前，他总是用爱抚的戏弄语气，可他从没讽刺过她。

“我不觉得，”克莱曼婷说，“听着。霍莉想邀请她，这是霍莉的派对，她最近显然过得不太好，这也许是情有可原的，所以她要是想请达科塔来她的派对，她就可以请达科塔。这没什么大不了的！”

山姆咬紧牙关。“她不能来。”

克莱曼婷举起双手。“她能来。”

他们盯着对方。

他们怎么才能解决这种事？没有中和的余地，两人中必须有一人做出妥协时，一对夫妻该如何处理？要是没有人妥协，会怎样？

“我今天给艾瑞卡打电话了，”她转移了话题，“我告诉她我愿意捐卵。”

“好吧。”山姆说。

他开始脱上衣。克莱曼婷差点礼貌地移开视线，好像在脱上衣的是别人的丈夫。

“她的反应很奇怪，”克莱曼婷说，“我觉得她肯定听到我那天说的话了，在楼上时。我说的那些糟糕的话。”

“我得去换衣服了。”山姆心不在焉地说，像是觉得她无聊了。

“那你对我捐卵的事没意见？”克莱曼婷问道，没有直视他的眼睛，就像在问无关紧要的问题。

“你做决定。”山姆说，“她是你的朋友。跟我没关系。”

他的漫不经心几乎让人疼痛，仿佛这正是她所需要的疼痛，需要切开的疖子。

“所以你确定不想再要一个孩子了？”她说。又成了这个样子。就像那天晚上在饭店时一样。想逼他的冲动，想把他推下他们被困的高台。

“再要一个孩子？”山姆说。他把湿上衣挂在霍莉卧室的门把手上。“咱们？再要一个孩子？你肯定是在开玩笑。”

“哦。好吧。”克莱曼婷说。她把衣服摞起来。“你有没有看到霍莉的草莓上衣？不见了。”她焦心地四周看看，努力忍着眼泪，“哦，我受不了了，为什么家里的东西总在消失？”

37

烤肉派对当天

“妈妈！”霍莉在试图吸引妈妈的注意力。

“霍莉！”克莱曼婷叹着气说，“你吓死我了！你不用每次都像有什么生死攸关的事一样喊。”

她站起来，离开了桌子，小心地避开山姆的目光。她等不及在车里跟他独处的时候讨论今晚的事了。今晚的故事够他们聊好久了。事情真是越来越有意思了。他们掉进了兔子洞里。从来没想要孩子的艾瑞卡现在想要宝宝了。奥利弗想要克莱曼婷的卵子。派对的女主人从前跳过脱衣舞。

“你有没有听说过喊狼来了男孩的故事？”她对霍莉说。

“我不认识叫‘喊狼来了’的男孩。我都喊过你几百万、几万亿次了。”霍莉坐在达科塔身边，在吊椅里抬起头来，以指责的眼神看着她。

“抱歉。”克莱曼婷说，“什么事？”

“你们的脸为什么都红了？”霍莉问道。

“我不知道。”克莱曼婷说。她把冷冷的手指尖贴在发烫的脸上。已经在降温了。“孩子们冷吗？”

“不冷。”霍莉说，“快看达科塔给我们看的这个游戏！可厉害了。”

她指了指达科塔手中iPad屏幕上那彩色的动画画面游戏。

“哇哦！”克莱曼婷说，她盯着游戏，却又没有真的看它，“真棒。”

“谢谢你这么照顾她们。”克莱曼婷对达科塔说，“你累了就跟我说，好吗？如果无聊的话。”

“露比和我不无聊！”霍莉反驳道。

达科塔抬头冲克莱曼婷露出意味深长的微笑。她看起来像个很严肃乖巧的小女孩。很难相信她的父母是韦德和蒂芙妮这样多彩的人。

“一切都好吗？孩子们乖不乖？”山姆站在了她身边。

克莱曼婷抬头与他对视。他的眼里有火花。一种她已经许久未见的火花。也许他们今晚可以享受美好的性爱，正经的性爱，曾经他们之间的性爱总是这样的，不是过去几年里那种奇奇怪怪、让人不舒服的“赶紧做完了事”的性爱。露比出生之后，他们的性生活出了什么问题，至少对克莱曼婷来说是这样的；有时候她会感到一种怅然若失的感觉，为性生活的消逝而感到悲哀，又有时候，她会觉得这是不是只是她臆想出来的，是不是她只是像往常一样，为某些自然而无可避免的事忧伤。所有人都会遇上这种事，这叫作“发霉”，这叫做婚姻。她有时候会在做爱时感觉这样做有什么不对，几乎像是对乱伦的感觉。感觉像是她和山姆是亲密的老朋友，出于某种原因——宗教或是医学原因——需要每隔几周在一小群中立观察员面前做性事，跟一个有魅力的老朋友发生性关系不是件难受的事，但却很尴尬，结束时会松一口气。

她从没跟山姆说过这种感受。她该怎么组织语言呢？“有时候，咱们的性生活感觉像是乱伦，有宗教色彩，还有那么一点恶心，山姆，你不这么想吗？有建议吗？”

没有语言能形容，再说了，她讨厌谈论性爱。这总让她想起她母亲，更奇怪的是，她还会想起艾瑞卡，还有当年车里那些“坦诚”的避孕、自尊的谈话。

她知道，有一部分原因是孩子们睡觉不安稳。这意味着她和山姆都必须时刻保持警惕，等着听到那无可避免的喊叫，打断他们之间营造的氛围。时间有限，就无法慢慢来。他们必须直奔主题，选择旧的、已经经过实验的动作和姿势，因为不然的话，结果就是又一次“任务终止”。这意味着执行中就会有一种“赶紧进行下一步”的紧张感。（有时候她甚至会在脑海里想，快点，快点！）这还意味着，他们时时刻刻都是“妈妈”“爸爸”，而妈妈和爸爸在孩子们睡着时鬼鬼祟祟地抽空迅速解决性需求，有种落伍、平凡、毫无魅力的感觉。这些日子，山姆已经不经常提起性爱了，这让克莱曼婷有些受伤：她觉得他应该还认为她有魅力啊；这让她很容易陷入厌恶自己身体的深渊——整个世界都在急着推她一把呢——不过此刻她站得还很稳当。同时，她又经常在两人都翻过身去背对对方时松一口气，因为说实话，真的是懒得费神。她怀疑他也同样感到既受伤又释然，想到他因为不需要跟她做爱而释然，她觉得更受伤了，即使她也有同样的感受。这个循环无法打破。

可现在她找到了火花，感到兴奋的同时又感到解脱。这就是他们需要的！在一个友好的前脱衣舞娘和一个欣赏音乐、长得像托尼·瑟普拉诺的电工家里的烧烤派对。她一直很喜欢托尼·瑟普拉诺。

“你在笑什么，妈妈？”霍莉说。

“我没笑啦，”克莱曼婷说，“微笑而已。我只是开心。”

她瞥见达科塔在用怀疑的眼神看她，试着保持严肃。

“爸爸脸也红了。”霍莉说。

“是粉色。”露比把拇指从嘴里抽出来片刻，“爸爸变粉色了。”

“粉色。”霍莉同意道。

“我想他是热了，有些烦躁吧。”克莱曼婷说。

“为什么？”霍莉说。

“也许我需要洗个凉水澡。”山姆说着，偷偷掐了克莱曼婷上臂的肉，“我该在喷泉里站一会儿，是吧？”

“爸爸真傻。”露比说。

38

烤肉派对当天

“你还好吗？”奥利弗小声说，边说边把手搭在艾瑞卡手臂上。

艾瑞卡感到一丝反感。“好啊。怎么了？我看起来不好吗？”

她在挤眼睛吗？这不是她的错。渐暗的傍晚日光让一切都变得模糊。低可见度也影响到了她的平衡感。她不停地向前或是向后倾，得抓住桌边来稳住自己。

棚屋里的音乐声音很大，让她的头也跟着有规律地痛。蒂芙妮在放《十一月的雨》，这首歌似乎有什么重大意义，跟她的“肮脏”过去有关，艾瑞卡不想知道为什么。

“你看起来只是想喝得比平时多了一些。”奥利弗说，有那么一刻，艾瑞卡愤怒极了，因为她总是、总是一场派对上最清醒的一个。很多时候，她滴酒不沾——她不怎么喜欢酒的味道——不过今晚的葡萄酒感觉非常好喝，丝滑美味，大概非常昂贵。

“好吧，我没有！”她说。

“抱歉。”山姆说。

她的愤怒消解了，他的父母是酒鬼又不是奥利弗的错。

“我没事。”她说着，向他身边靠了靠，有些想拥抱他，即使他们分别坐在单人椅子上。她想为他的童年拥抱他，他七岁时，无法叫醒他醉酒的父母，开车送他上学，而他早晨有数学考试，他坐在他们的床尾，焦急地哭了，而现在他的父母把这事当笑话来讲：奥利弗因为错过了数学考试哭了。我们的小会计从小就爱数学！每次他们讲这件事，奥利弗都乖乖跟着笑，只是他的眼神无比哀伤。但是她靠过去时，奥利弗伸出双手来，像是要扶着她，怕她摔倒，他还一脸惊恐的表情，好像她要当众出丑了似的，艾瑞卡轻轻咂舌，坐直了。她无法给自己丈夫一个拥抱，可蒂芙妮却能坐在家庭烤肉聚会上，轻轻松松谈起她曾经是跳钢管舞的，还是脱衣舞娘。克莱曼婷和山姆都因为这个乐不可支。

克莱曼婷现在容光焕发。她一向喜欢刺激。少女时，她们一起去参加派对，克莱曼婷总是激动得不能自已。一些类型的音乐会让她快乐到癫狂，一些鸡尾酒也有同样的功效——你永远说不准，让她沉醉的究竟是音乐还是酒精。艾瑞卡总是义务司机，不止一次，她都得把克莱曼婷从男生身上拉下来。有时候男生还会表现出攻击性。第二天早晨克莱曼婷会感谢她，说感谢上帝自己没有跟他睡，而艾瑞卡会感到温暖的满足，就像电影里最好的朋友，当然了，她们跟电影里最好的朋友不一样，不是吗？她听到的话怎么说的来着？这感觉就像，她总想从自己身上分到更多。

羞辱感像胆汁一样泛上来，艾瑞卡放下空酒杯，用力太大了。不出所料，蒂芙妮又拿起酒瓶给她续杯。她肯定不光跳过脱衣舞，还当过侍者。也许她是那种不穿上衣的侍者。为什么不呢？太棒了。太有意思了。太有趣了！

“你的电话响了，韦德。”蒂芙妮边倒酒边说。

韦德拿起电话，看到上面的名字，表情就变得难看。“是我们的朋友哈利，”他说，“隔壁那个。肯定是因为音乐，你知道的，冒犯到他了。只要有人快乐，就会冒犯到他。”

“你最好接了吧。”蒂芙妮说。

“他今天踢了我的狗！”韦德说，“我不想接他电话。他总是坏脾气，可他居然会伤害无辜的小动物！这是我的最后一根稻草了，你知道的。”

“哈利没有真的踢你的狗吧？”奥利弗说。

“我们只是怀疑，”蒂芙妮说，“没有证据。”她接了电话。“嗨，哈利。”她说，“我们声音太大了吗？”

“一点也不大。”韦德嘟囔道，“这可是白天。”

“是啊。”蒂芙妮对着电话说，“没有，没关系的。我们会放低声音的。抱歉打搅到你了。”

她把电话还给韦德，调低了音乐音量。

“哼。”韦德说，“你应该把音量调高的。”

“我们也许是有点大声了，”蒂芙妮说，“他是个老人家。我们得尊重些。”

“他又不尊重我们。”韦德嘟囔道。他转头看克莱曼婷。很明显，他对克莱曼婷的喜爱越来越升温了。“听着，告诉我，你在婚礼上演奏吗？我大女儿今年春天就要结婚了，你知道的。”

“我有个弦乐四重奏小组。”克莱曼婷说，“叫作‘经过音’。你要是想，可以跟我们预约。食物好不好？”

“食物好不好……”韦德用重音强调了一遍，“食物当然好了，食物会美妙至极的！”

“我跟克莱曼婷就是这样认识的。”山姆说，“她在我朋友的婚礼上演奏。”

“啊！当然了！”韦德说，好像他当时也在似的，“然后你就想：这位美丽的大提琴手是谁啊！”

克莱曼婷假装在撸头发。“是啊，就是这样。”

“你怎么打招呼的？”蒂芙妮问山姆。

“我猜你肯定希望你选了长笛吧。”艾瑞卡一边阴郁地想，一边喝掉了杯里剩下的酒。她和奥利弗还不如回家，让这四个人自己玩去吧。他们都忙着调情，互相赞赏呢。

“我等到她们演完，收拾乐器的时候，你知道的，克莱曼婷个子不高，大提琴几乎跟她一样高，所以我就说，我当时还觉得这句话说得挺好的，‘我猜你肯定希望你选了长笛吧。’”

“天才！”韦德拍了自己的腿。

“不是啦。”山姆说，“好多人都爱跟大提琴手这么说。这是我可以想到的最烂的烂俗话。”

“当然了！”韦德说，“我绝对不会那么说的！”

“但她还是可怜我了。”山姆说。

“妈妈，我冷了。”露比出现在克莱曼婷身边，把打蛋器像泰迪熊一样夹在腋下。

“你想穿外婆给你买的特别的新外套吗？”克莱曼婷说。

克莱曼婷的母亲给女孩们买了她在大卫·琼斯百货商店看到的打折的漂亮小冬衣。艾瑞卡知道这些，因为帕姆是跟她一起逛街时发现的。艾瑞卡喜欢跟帕姆一起去逛街，因为她很少，如果说有的话，买任何东西。这让克莱曼婷发狂，艾瑞卡却爱看帕姆皱着眉把一件衣物里外翻一遍，观察布料的质量，然后从手包里缓缓拿出她的老花镜，确认价格，然后哼哼啊啊，最后说：“不！”

不过那两件可爱的羊毛小外套，黑色长纽扣和兜帽，让帕姆无法拒绝，艾瑞卡也同意，即使悉尼的天气可能不会给太多穿它们的机会。

克莱曼婷卸掉了露比的仙子翅膀，帮她穿上她的粉色小外套（霍莉的是绿色的）。艾瑞卡没有提到帕姆买这些外套时她也在场。多年来，她已经意识到，克莱曼婷虽然自己不喜欢跟她母亲逛街，却也不喜欢听到艾瑞卡跟她去逛街了。她从没说过什么。只是一种感觉。一种克莱曼婷释放出的信号，说，别偷她母亲了。你自己有的。

艾瑞卡满意地看到，粉色外套露比穿上很合适。她告诉帕姆买大点号的。

“你看起来像小红帽。”露比穿着外套转圈时，奥利弗说。

露比咯咯笑了。她听懂了笑话，聪明的小家伙。她爬到妈妈腿上，满足地蜷起来，好像克莱曼婷是她最爱的沙发，然后把大拇指含在嘴里。

“所以打蛋器到底有没有……打过蛋？”蒂芙妮问克莱曼婷。

“哦，打蛋器成了‘打蛋器’之后，她就不许做这么低贱的工作了。”克莱曼婷说，“她打蛋的日子已经过去咯。”

露比拿出了含在嘴里的大拇指。“嘘。打蛋器睡着了。”她抚摸着打蛋器，把它当成个小婴儿，所有人都笑了，她知道他们会笑的。露比露出满意的表情，又含住了大拇指。

“我觉得露比和打蛋器有点累了。”克莱曼婷说，“我们也快该走了。”

“但你们得先吃甜点啊。”韦德坚定地说，“我做了布莱德奶油蛋糕。又是我从网上看来的家传菜谱。”

“是一种香草蛋奶奶油蛋糕。”蒂芙妮说，“简直是天堂美味。”

“那好吧，”克莱曼婷说，“那我们最好不要错过了。”

“我们还有你带来的那些好吃的巧克力杏仁呢，艾瑞卡。”蒂芙妮说，“我可爱那个了。我祖父从前每个圣诞节都会买。让我想起旧时光了呢。”

艾瑞卡冲她微微一笑。是啊，让人想起旧时光。巧克力坚果真的可以和天堂美味布莱德奶油蛋糕媲美。

“嘿，快看！”奥利弗突然有了活力。“孩子们！”他指指花园靠后位置的一棵树，“我看到了一只负鼠吗？”

39

该死的雨又下大了。雨快把蒂芙妮逼疯了。韦德和蒂芙妮都取消了今天的约定，好在家里待着，他们正在厨房里喝咖啡，达科塔在与厨房相接的房间里看电视，巴尼也在沙发上蜷曲着，靠在她身边。当然，他们今天没让她上学。“给其他孩子们一个赶上她的机会嘛。”韦德说。

蒂芙妮还没走出达科塔在停在路边的车里边啜泣边讲出的真心话。

很小。却又很大。盲人弗雷迪应该都能看出来，可蒂芙妮却可能永远也看不到。韦德要是没有说什么请克莱曼婷来教大提琴，达科塔可能永远都不会崩溃，他们就永远不知道真相了。

蒂芙妮和韦德都准备好了一边一个坐在达科塔身边，坐一整天了，就让她说说，或者只是陪着她，但是达科塔最后说：“呃，你们俩？别想歪了，但是我能不能有点私人空间？”她双手画了一个弧，示意她需要的空间。她已经显得更像平时的自己了，好像她给自己铸造的玻璃泡泡已经在变薄、破裂了。

这个时候已经该考虑晚饭吃什么了，但是蒂芙妮突然间想用巧克力就咖啡了，她想起来壁橱最里面的那罐巧克力杏仁。

韦德拧盖子时哼了一声。“搞什么……？”他脸都红了。他把罐子举起来，看了看标签。“我们在哪儿买的这个来着？”

“烤肉那天艾瑞卡带来的。”蒂芙妮说。

韦德立刻愣住了，蒂芙妮惊讶地意识到，此事对他的影响依然很大，即使过去了很多周，即使他说他早就不想这事了。她直接就信了他的话，简直太傻了。韦德总是搞烟雾弹。他压力越大，就越多讲笑话。

“我感觉这盖子是被强力胶粘上去的。”韦德最后又试着拧了一下，“我真这么觉得。”

“该死，”蒂芙妮说，“我真的很想吃啊。”

她从他手拿过罐子，开始用黄油刀敲盖子的边缘，她母亲从前总这样做。

“不管用的。”韦德指责道，“给我。让我再试试。”

“克莱曼婷给你回电话了吗？”蒂芙妮说。

“没有。”韦德说。

“你有没有给她留言啊？”蒂芙妮说，“还是说你直接挂掉了？”

“挂掉了。”韦德承认道，“她为什么不接呢？我还以为她挺喜欢我的。”

他们希望克莱曼婷能跟达科塔谈谈，解开误会。

“她是挺喜欢你的。”蒂芙妮说，“她很喜欢你。那也是问题之一。”

韦德从蒂芙妮手里接过罐子，又开始拧，边哼边骂："操！快开，你个混蛋。我们应该都……就……一起见面。我觉得那样大家都能好受些。这种……沉默，让一切都……放大，更糟糕……噢，这玩意儿去死吧！"

他使劲拧了一下盖子，罐子从他手里飞了出去，落在地上，立刻碎了，巧克力坚果和玻璃碴子散落得满地都是。

"这下好了，"韦德愁眉苦脸地说，"这回开了吧。"

40

烤肉派对当天

"看到了吗？仔细看！"奥利弗站在棚屋外的一棵树下，把霍莉举得高高的，双手紧紧抓着她的小腿，好像她是个小小杂技团演员。

树里传来一阵叶子刷刷作响的声音，露出一双惊讶的明亮的圆眼睛，负鼠突然冒出来了。

"我看到了！"霍莉尖叫道。

"是只猫熊负鼠呢，"奥利弗说，"它尾巴上有个白尖儿，看到没有？给你讲个小趣事：它每只脚上都有两个拇指，这样能使它更容易攀爬。两个拇指呢！想象一下。"

老天爷啊，奥利弗会是个出色的父亲，克莱曼婷想着，在露比头顶印下一个吻。也许她可以做的。给他们捐卵。她献过血，为什么不能捐卵呢？然后她就能忘记那个孩子在生物学上是她的孩子。这不过是心态问题。

要慷慨，克莱曼婷，要善良。不是所有人都有你这么好的运气。克莱曼婷想到她十三岁那年，她母亲邀请艾瑞卡跟他们一起去海滩度假，那是克莱曼婷一直热切期待的假期，因为她可以整整两周都远离在学校时每天都有的那种难受的羞耻感，艾瑞卡每次午餐时都加快脚步跟着她，靠得很近，用低沉亲密的声音说："咱们去那边吃午饭。找个私密的地方。"克莱曼婷那时只是个孩子。她们进行了必要的谈判，一切都按照她母亲极其重要的善良准则来，感觉特别复杂。有时候她会跟艾瑞卡许诺，午餐时间一半是她们两人单独相处。有时候她能说服艾瑞卡，跟其他孩子一起，但是只有她们两人时，艾瑞卡是最开心的。克莱曼婷有其他她希望培养的友情：正常、简单的友情。克莱曼婷像是每天都需要做一次选择：我的快乐还是她的快乐？

她想要一个只有她和哥哥们的假期，她可以参与他们的冒险，可是那个假期，却是男孩和女孩分开，每天，克莱曼婷都得强忍着愤怒，伪装起她的自私，因为可怜的艾瑞卡从没有过这样的家庭假日，你必须分享你所拥有的。

她看看艾瑞卡，艾瑞卡陷在自己的椅子里，对着酒杯皱眉头。毫无疑问，艾瑞卡有些醉了。

她比平时喝得多是因为她听到了那些糟糕的话吗？克莱曼婷伸手搂住露比蜷曲的小身体，又举起了酒杯。

韦德和蒂芙妮把盘子摞起来，要端进房子里。

"让我来。"山姆对蒂芙妮说。他站起来，伸出双手去接盘子。"你休息会儿吧。"

"好吧。"蒂芙妮说着把盘子给了他，自己坐了回去，"你不需要再开口一次的。"

"你看着孩子们？"山姆扭过头对克莱曼婷说着，跟在韦德身后走出后院。

"是啊，我看着孩子们呢。"克莱曼婷说着，指了指她怀里的露比和还跟奥利弗一起看负鼠的霍莉。

“我觉得达科塔是回里面读书去了。”蒂芙妮四周看看，说，“抱歉。她有时候就是这样，直接消失了，接着你就会发现她在床上躺着看书。”

“没关系的。”克莱曼婷说，“她能跟她们玩那么久，容我们自己玩，已经很好了。”

“达科塔最近读书上瘾。”蒂芙妮说，克莱曼婷能从她努力拉下嘴角的表情中看出，她在试图掩饰她的骄傲。“我像她那么大的时候，是对化妆品、衣服、男生上瘾。”

“是啊，我敢打赌，男生们也对你上瘾。”克莱曼婷心想。

“你是对音乐上瘾吗？”蒂芙妮拉了拉进了她嘴里的一缕头发。她做的所有事都很性感。她老了会是什么样子？蒂芙妮老了的样子是无法想象的，而克莱曼婷只看了一次艾瑞卡皱着眉望向远方的样子，就想象到了她将来会成为的老妇人的样子，眼角的细纹变成深深的沟壑，她轻微的驼背变成高高的隆起。

把艾瑞卡想象成一个坏脾气的老妇人，满腹牢骚和怨言，倒让克莱曼婷喜欢起她来。有时候，她知道她们老了以后，两人之间这场不知为何而战，从没被说起过的战争也会和解，和解同样也永远不会被说起。她们两人都会向各自固执的脾气妥协。那将会是美好的解脱。

“我想，音乐对我来说是很重要吧。”克莱曼婷说。音乐不算是她的瘾，更像是她的逃避。她不需要跟艾瑞卡分享这个世界，除过艾瑞卡来看她表演时，但是即使那时，她们之间也有足够的距离——既是比喻，也是现实。

“你父母是做音乐的吗？”蒂芙妮问道。

“对音乐一窍不通。”克莱曼婷说。她笑了笑。“我是被对音乐一窍不通的人包围着。我妈和我爸。山姆。还有我的孩子！”

“这不会很难办吗？”蒂芙妮说。

“难办？”克莱曼婷重复道。

这用词真是有趣。身边都是不懂音乐的人会难办吗？

没人能指责克莱曼婷的父母不够支持她。他们出钱帮她买了她那把漂亮的维也纳人大提琴（她还了一半多一点，露比出生后，她爸爸说不用担心剩下的了，他会“从她的遗产份额里扣除”）：那是一把在克莱曼婷心中激起各种矛盾情绪的乐器，克莱曼婷有时觉得和爸爸之间的关系倒像是婚姻。她爸爸以一种疏远、赞叹的方式为她骄傲。她那次发现他在看网球赛，身边扣着一本《傻瓜音乐系列——古典音乐》时，感动极了。但是克莱曼婷知道，在她父亲眼里，她怎样演奏都比不上约翰尼·卡什。

克莱曼婷的母亲也很支持她，这是当然的——毕竟，是她每次载克莱曼婷去上课，去试音，去表演，从未有过一句怨言——但是多年来，克莱曼婷开始觉得她母亲让她对音乐的感情变得复杂。她不是反对——她为何要反对呢？——只是经常感觉像是反对。她有时觉得，她的事业在帕姆眼里是轻浮、以自我为中心的，更像是一种爱好，尤其是跟艾瑞卡踏实、合理的工作相比。帕姆跟艾瑞卡讨论她的工作时，会尊重地点头，却似乎觉得克莱曼婷的工作很搞笑，有点天马行空。“是你自己想象出来的。”山姆总这么说。他觉得这只是更体现出克莱曼婷对她母亲强行把艾瑞卡当作家人、强迫克莱曼婷跟她做朋友的憎恶。

“你可能只是觉得艾瑞卡取代了你。”他有一次这么说。

“不，”克莱曼婷说，“我只想让她回家。”

“的确是啊。”山姆说，好像他的论点立好了。

那山姆呢？他不是乐手，这很“难办”吗？有时候，表演结束后，他会问她演出如何，她会说“好”，他就说“很好”，就这样结束了，她会有些痒痒的感觉，因为他要是也是乐手，就会知道她还有很多可以跟他分享。她认识很多一同在交响乐团工作的情侣，他们总在谈工作。比如说安斯利和胡，他们有个约定，他们谈工作只能谈到过安萨桥前，不然的话情况就会变得“太激烈”。克莱曼婷无法想象这种情况。她和山姆只谈其他事。孩子们。《权力的游戏》。他们的家人。他们不需要谈音乐。无关紧要。

艾瑞卡现在坐直了，像是在叫醒自己。“克莱曼婷第一次听到大提琴的音乐时，我在场。”她对蒂芙妮说。她说话绝对是有些含糊了。

“我们班上一个男孩的母亲拉大提琴，有一天她来给我们表演。我觉得还不错，但是我转头看到克莱曼婷，她看起来简直像是找到了极乐世界。”

克莱曼婷还记得她第一次听到那甜美声音的感觉。她都不知道这种声音可能存在，一个看起来普通的母亲居然有能力发出那样的声音！是艾瑞卡告诉克莱曼婷，她应该问她父母能不能去学大提琴，克莱曼婷总想，要不是艾瑞卡，她自己能不能想到去问？她想也许不会吧，她会找机会再听大提琴演奏的，可她的整个家族都没有人会演奏弦乐。艾瑞卡肯定不记得是她提议的，不然她肯定一有机会就找法子提这件事，把克莱曼婷的事业记在她头上。

“所以你们俩是从小就认识了。”蒂芙妮说，“有持续这么多年的友谊，真是好。”

“克莱曼婷的母亲算是领养了我。”艾瑞卡说，“因为我的‘家庭环境’不太好。”她说“家庭环境”一词时，用手比画了双引号。“克莱曼婷也没什么选择，不是吗，克莱曼婷？”

41

“感谢今天挤时间见我。”艾瑞卡坐在蓝色的带扶手皮椅上，对面是她的心理医生，她坐在配套的长椅上，椅子朝艾瑞卡倾斜，仿佛艾瑞卡是访谈节目的嘉宾。她们之间有个大大的圆矮凳，上面放着一盒纸巾，矮凳被当成咖啡桌用了。（有点烦人。为什么不直接买张咖啡桌呢？）

“不用客气。因为这雨，我有很多预约都取消了。他们都在建议人们尽量不要上路了。”艾瑞卡的心理医生显然叫作梅丽莲。她是这么介绍自己的，她的专用稿纸上也是这么印的，可在艾瑞卡眼里，那真是判断失误。梅丽莲绝对不是适合她的名字。她看起来一点也不像梅丽莲。她看起来像帕特。

梅丽莲长得非常像艾瑞卡多年的一个秘书，那个秘书的名字没错，非常适合她，叫帕特。于是，那种（圆圆的、红扑扑的）脸在艾瑞卡的潜意识里就永远跟帕特这个名字联系在一起了，她每次看到她的心理医生，都得提醒自己，她不是帕特。

“这雨真的很厉害，是吧？”“不是帕特”看着窗外说。

艾瑞卡才不会浪费一分钟花钱的时间来讨论天气，所以她忽略了那句蠢话，直戳主题。

“我每次去别人家做客，都会带一罐巧克力坚果。”她说，“巧克力杏仁。”

“美味。”“不是帕特”欢快地说。

“我自己其实不是很喜欢吃。”艾瑞卡说。

“不是帕特”歪歪脑袋。“那你为什么还要带呢？”

“克莱曼婷的母亲以前去别人家都要带巧克力坚果，”艾瑞卡说，“我觉得她是批发着买的。她就是这么节俭。”

“她是你的榜样。”“不是帕特”提出。

“他们会邀请我跟他们一起去，”艾瑞卡说，“去烤肉……之类的场合。我总是会答应。我总是很开心能离开我家。”

“这是可以理解的。”“不是帕特”说。她好奇地看着艾瑞卡。

“我现在的行为就像我妈讲故事时一样，”艾瑞卡说，“她就是说个不停。她没法挑出重点。我读到过，这在囤积症患者中是常见的。他们无法整理自己的话，正如他们无法整理自己的房子。”

“不停地说是好事。”“不是帕特”说，“实际上，我觉得你是在曲线切入话题。我觉得你快入题了。”

“好吧，你知道的，巧克力坚果现在已经算不上合适的做客礼物了，”艾瑞卡说，“因为有人会过敏。现在好像所有人都过敏。克莱曼婷有一次看了看我拿的一罐坚果，就说：‘能看出你没有孩子，艾瑞卡。’”

“这让你觉得受冒犯了吗？”

“没有，”艾瑞卡琢磨了一会儿，说，“其实说起来，我可能是该觉得生气的，因为那天我们刚得到试管婴儿再次失败的消息。克莱曼婷不知道这事，当然了。她要是知道了，肯定会为她说的话感到羞愧的。”

“不是帕特”又歪了歪头，像个迪士尼电影里可爱的小花栗鼠，聆听森林里的声音时那样。“你做过试管婴儿？还是说你现在正在做？”

“我知道我之前没提过这事很奇怪。”艾瑞卡戒备地说。

“不奇怪。”“不是帕特”说，“我只是觉得有意思。”

“大概八周前。”艾瑞卡说，“我们在隔壁邻居家烤肉。”

“好吧。”“不是帕特”说。

你好好看着我曲线切入吧，“不是帕特”。

“昨天，”艾瑞卡说，“我丈夫发现了一个邻居的尸体。”她在想，她是否是故意这样做的。她母亲就是这样。她把人搞得措不及防，只是为了看他们失措的样子。有趣。

“不是帕特”绝对失措了。她可能现在正在后悔答应艾瑞卡的紧急预约呢。“呃。一起烤肉的那个邻居吗？”

“不。”艾瑞卡说，“他住在他们的另一边。他是个老人家。算不上好人。他没有朋友，也没有家人。所有人都觉得很不好受，因为他的尸体已经躺了好几周了。只是我没觉得有多难过。”

“你觉得这是为什么呢？”

“我不想感觉糟糕。”艾瑞卡不耐烦地说，“我没有时间感觉糟糕。我没有……脑子里没有足够的空间。听着，我甚至不知道我为什么要提这事。无关紧要。总之呢，我们放弃了试管婴儿，因为我的卵子都坏掉了，烤肉派对前，我们问了克莱曼婷她愿不愿意为我捐卵。为我们。”

“不是帕特”勇敢地点点头。“那她是怎么反应的？”

“烤肉派对上发生了一些事。”艾瑞卡说。

“发生了什么？”可怜的“不是帕特”，看起来像是要出冷汗了。

“实际上，在那之前，我吃了一片你开的药片。”艾瑞卡说，“一整片。我知道你说过我应该从半片开始，甚至是四分之一片，但我吃了一整片，因为我掰不开药片，然后，烤肉派对上，我觉得我可能喝得比平时多了一些。”她在脑中看到克莱曼婷跑来跑去接香槟泡沫的样子。

"哦，天哪。""不是帕特"做了个夸张的鬼脸，近乎滑稽。

"你可能知道，药盒前面贴了一个大大的警示标签，"艾瑞卡说，"说那种药会增强酒精的效果，但我就想：好吧，我从不喝多的，我会没事的，但是我一开始喝了一杯香槟，可能喝得太快了。我当时压力不小。不管怎样。我觉得我是真的喝醉了，这是我从没做过的事，现在想起那晚，我记忆中有些空白。黑点。就像，断片？"

"可能更像供电过低吧。""不是帕特"说，"酒精会影响你的短期记忆转化为长期记忆的能力。"

"所以你是说，这些记忆彻底消失了？"

"不是帕特"耸耸肩。艾瑞卡瞪着她。她花钱可不是看她耸肩的。

"可能会有东西能激发你的记忆。""不是帕特"说，"一种味道。一种气味儿。可能别人说的一些话也能让你想起来。或者回到事发地点也可能有用。你可以'回到犯罪现场'，可以这么说吧！"她说到"犯罪现场"时，笑了笑，但是艾瑞卡没有回应她的笑。"不是帕特"脸上的微笑消失了。

"好吧。"艾瑞卡说。

她一会儿再想这个。

"总之呢，我带巧克力坚果去了烤肉派对。跟平常一样。"

"不是帕特"等着。

"我想，我当时只是想到了克莱曼婷的母亲请我一起去参加家庭聚会时，"艾瑞卡说，"总是她爸爸开车，她妈妈腿上放着一罐坚果，我跟克莱曼婷一起坐在后座。那时候她的哥哥们基本都只顾做自己的事了，所以通常只有我们俩。我就看着窗外，特别满足，特别快乐，假装克莱曼婷和我是姐妹，她的父母也是我的父母。"

她抬头看看"不是帕特"，惊讶地发现，这就是她曲线入题的正题，这不是什么令人震惊的小趣事，奥利弗会这么说。“克莱曼婷可没有快乐地假装她是我的姐妹。克莱曼婷根本不想要我去。”

“啊。”“不是帕特”说。

“这些我一直知道，当然了。我心底是明白的。但是最近我一直在尝试站在她的角度思考，把自己当成望向另一边窗外的那一个，那个真正的女儿，身边总有个假装的缠着她。”艾瑞卡看着“不是帕特”的那个毛茸茸的、加垫子的矮凳，却没有真正看它，“我想知道那是怎样的感觉。”

42

烤肉派对当天

艾瑞卡现在看起来像个就要曝光一些秘密的醉汉，样子危险、凶狠。

克莱曼婷感到腹部一紧。“我们还是朋友，不是吗？”她轻描淡写地说。

艾瑞卡发出像是狂笑的声音。

上帝啊，揭露她与艾瑞卡友情的种种复杂性，感觉比蒂芙妮曾经跳过脱衣舞的事更加私密，更加无法在社交场合被接受。

蒂芙妮清清嗓子，克莱曼婷看到她微微调整了酒瓶的位置，远离艾瑞卡。

“失陪一下。”艾瑞卡说。她站了起来。她没有摇晃，但她站姿小心，好像没有经验的乘客站在船上，非常清楚脚下的地面随时可能移动。“我进去，去下洗手间。”她迅速眨着眼，“就一会儿。”

“哦，这儿就有一个呢。”蒂芙妮说着，指指棚屋背后的一道门。

当然有了。克莱曼婷一家人都搬进这间棚屋来住，都会很开心的。

但是艾瑞卡已经朝房子走去了。

“我觉得她是有点醉了。”克莱曼婷抱着歉意说，因为艾瑞卡的奇怪行径显然是她的责任。

她想起她们年轻的时候，艾瑞卡是管事的那个，克莱曼婷喝多的时候，她会叫出租车，泡咖啡。为艾瑞卡道歉感觉很奇怪。

“也许是我的错，一直不停续杯。”蒂芙妮说，“这下我要丢掉我的酒类服务责任证了。”

“哦，你有这个啊？”克莱曼婷说。也许脱衣舞娘需要这个证呢。

蒂芙妮微微一笑。“没有，”她说，“玩笑而已。”

克莱曼婷的胳膊开始疼了，她调整了露比的身体，想给她换个更舒服的姿势。听露比嘬拇指的声音，她应该是快睡着了，但是克莱曼婷手臂一动，惊动了她，她突然抬起了头。

“霍莉。”她咬着大拇指，含糊不清地说。

“那边呢。”克莱曼婷指指奥利弗和霍莉，他们还在看负鼠。

露比从克莱曼婷腿上跳了下去。“拜。”她挥挥打蛋器，朝他们跑去。

“那件粉色小外套她穿真可爱。”蒂芙妮说，他们一起看着奥利弗弯下腰，抱起露比。

“她一会儿可能又要抱怨太热了。”克莱曼婷说，“那衣服可重了。”

克莱曼婷转头看看蒂芙妮，她在挠脖子侧边，不知怎地，她挠痒痒的样子也那么性感。拥有那样的身材是怎样的感觉？会让你自动在性爱方面有冒险精神吗，因为你对着镜子看看，就觉得自己很性感？那样你就命中注定是跳脱衣舞的吗？还是说也有那样身材的人去做图书管理员呢？当然了，色情片里是有那样身材的图书管理员的。

她对这个女人太感兴趣了，太好奇了。她又喝了一大口酒，倾身向前。“我能问你个问题吗？”她说。

“当然了。”蒂芙妮说。

“看你——跳舞——的男人里，显然很多都是已婚人士，对吧？”

“我们没让他们在门口填问卷。”蒂芙妮说，“不过是的，应该是这样。”

“你觉得，他们算是在背叛家里的中年妻子和孩子们吗？你知道的，坐在那儿，看着一个十九岁美女流口水。这难道不算是出轨吗？”

“他们的中年妻子恐怕在家读《五十度灰》。”蒂芙妮说，“或者看着哪部言情片对里面的男主角流口水。”

“但是那是虚构的啊。”克莱曼婷说。

“那时的我也是虚构的。”蒂芙妮说。

“哦。”克莱曼婷不确定地应和道。不，你不是的。“可是你——噢！”成百上千的小灯泡突然间亮了起来，把后院变成了闪亮的魔力仙境。好似舞台剧的布景。

“嫁给一个疯狂的电工就是这样。这个季节，这些灯提前设定好每天下午五点半就亮起来。”蒂芙妮解释道，“我们也许应该弄早一些的。嘿，看你家孩子。”

霍莉和露比疯掉了。她们在后院里开心地转着圈圈，大笑着，指指这儿，指指那儿，明亮的小脸上挂着被迷住的表情，手伸出来，一抓一抓的，好似要像抓泡泡一样抓住这些灯光。巴尼跟着她们一起跑，摇着尾巴，快活地叫着。奥利弗看着她们，双手插兜，脸上是大大的微笑。

韦德和山姆回到了棚屋里，端着好几盘食物。蒂芙妮和克莱曼婷都站起来帮他们。

“看看这灯啊。”山姆说，“我们应该请韦德来我们家帮忙重整一下咱们那可悲的旧院子。孩子们跟从来没见过电似的。”

奥利弗走到桌边。“这就是你之前说的点心吗，韦德？”他以他那种尴尬而坦诚的方式说，“叫什么来着？”

“布莱德奶油蛋糕。”韦德，“你等着吧。等你尝到了。”

“你拿盘子了吗？”蒂芙妮问他。

“艾瑞卡正拿你那高级的蓝色盘子出来呢。”韦德说，“她就在我们后面。要是孩子们不喜欢我的甜点，我们冰箱里还有冰激凌，不过她们当然会喜欢了。”

“蒂芙妮，你刚刚说外面也有洗手间？”奥利弗说着指指棚屋背后。

“是啊，有的。”蒂芙妮说。奥利弗匆匆走开了。只剩下他们四人站在桌尾周围。

“我的甜点有配套音乐。”韦德说。他又拿起手机。“不放我老婆喜欢的震脑袋的东西了。克莱曼婷，你听说过马友友这个人吗？”他发音十分准确，“我觉得他很厉害呢。”

克莱曼婷冲他微笑。他太可爱了。“听过，韦德。我听说过马友友。他很厉害。”

“那好吧，这就是他了，对吧？我跟你说啊，这声音就适合配着吃我的布莱德奶油蛋糕。”

马友友演奏的妙不可言的音乐响彻棚屋，是埃尔加的《大提琴协奏曲》。克莱曼婷打了个战。太美妙了。

山姆说：“我把艾瑞卡拿的巧克力坚果打开好吗？”

“哦，好的，谢谢。”蒂芙妮说，“我正想吃呢。”

“你喜欢坚果？”山姆说。

“我只爱甜味儿的坚果。”蒂芙妮说。

“是吗？”山姆说着，手搭在罐子盖上。

“哦，行了，你们俩太不礼貌了。”克莱曼婷说，她感到一股暖流，因为她可以看到，他们之间会展开一段有趣又有情趣的友谊。这段友谊会围绕美食、美酒、美妙的音乐，他们所做的一切有会充满性的摩擦，上帝知道她的生活多需要性的摩擦。

（她和山姆上一次做爱是什么时候？一周前？不，两周前。他们到了终点线吗？不，没有。霍莉喊着“拜托给我拿杯水！”，她选择的时间准确得不可思议，甚至很搞笑。）

他们可以避开跟艾瑞卡和奥利弗尴尬的四人组，变成了愉快的六人组。有韦德和蒂芙妮做缓冲，喜欢艾瑞卡和奥利弗变得容易多了。韦德和蒂芙妮跟他们其他善良、普通的中产阶级朋友们相比，更活泼，更开放（也更有钱）。韦德和蒂芙妮打开了一系列可能性。什么的可能性呢？她不知道。这不重要。这就像青春期时那种无法名状的期待感。

“我无法想象这布莱德奶油蛋糕怎么还能比你的薄酥卷饼更好吃。”克莱曼婷对韦德说，音乐悠扬而出，在她周围绽放。

他扬起一边的眉毛。“啊，克莱曼婷，你知道我不爱自吹自擂的。哈哈！我去吹小号肯定厉害，因为我肺活量很大。”他像金刚一样捶捶自己的胸口。

“你的性格也适合做小号手。”克莱曼婷说。

“你是说他自大的性格？”蒂芙妮说。

“几个小号手才能换好一个灯泡？”克莱曼婷说。

“几个？”

“五个。一个来换，另外四个站在旁边说，‘我可以做得更好’。”

“几个电工才能换好一个灯泡？”韦德说。

“几个？”

“一个。”韦德说。

“一个？”

“对，就一个。”韦德说。他耸耸肩。“我就是电工。”

克莱曼婷大笑起来。“不搞笑。”

“可你在笑啊，你知道的。反正呢，听着，克莱曼婷，你来当裁判。”韦德说。他把一只勺子插进夸张的甜点里，递到克莱曼婷嘴边，“尝尝。”

她吃了一口。很好。韦德的烹饪简直梦幻。克莱曼婷假装晕了，扶着额。她跌倒在他怀里，他稳住了她。韦德身上有好闻的烟味儿和酒味儿。他的味道就像是昂贵的吧台。

“上帝，这盖子可真紧。”山姆咬着牙说，他把那罐坚果当成橄榄球一样夹在腋下。

“加油，肌肉仔。”蒂芙妮说。

“听！”韦德说，第二乐章开始的时候，他歪歪脑袋。

“可是这种音乐不能跳舞啊，对吧？”蒂芙妮说。

克莱曼婷试着想象蒂芙妮在光线昏暗、烟雾缭绕的俱乐部里跳舞，镜面迪斯科球挂在天花板上。这想法是哪儿来的啊？她从没进过脱衣舞俱乐部。关于这些，她的所有知识都来源于电视。她四周看看。艾瑞卡和奥利弗不在，没有失望的表情。这是她继续了解的机会。她有些醉了，她知道，但是这很棒、很有意思，她想了解些“低级”的风流事，去讲给她“高雅”的朋友们。她压低了嗓音，靠向蒂芙妮。“你有没有做过……你知道的，怎么说的来着？”她很清楚这话怎么说，“膝上舞？”

蒂芙妮若有所思地看着她。“当然了。”她说，“怎么？你想来一下吗？”

43

“我们找不到东西是因为我们东西太多了。”山姆说，“我们得定期清理一些东西。当断则断。”

他走到霍莉的抽屉柜旁，拉出一整节抽屉，把里面的东西倒在她床上，随便拉出来一件T恤。“看！她从来不穿这件。她说刮得她痒痒。”

“你这可不是在帮我找草莓上衣。”克莱曼婷看着那一堆衣服说。这让她想起了艾瑞卡的母亲。这时候她几乎可以理解一个人怎么能控制不了自己的物品数量，最后彻底失控，根本不知道从何下手。“你只是在弄乱东西。”

山姆试着拉出另一节抽屉，但是卡住了。他用力拉，骂了一句脏话。抽屉柜咯吱作响。他穿着西裤，却没穿上衣，紧咬牙关，暴力地拉那节白色小抽屉，肌肉一松一紧，这画面有些别扭。我的老天爷啊！

“别弄了！”克莱曼婷说，“你要把它弄坏了！”

他忽略了她，又拉了一次，这次抽屉终于出来了，他又往床上倒了一堆衣服。

“你知道我在做什么吗，”他突然说，手里还拿着空了的抽屉，

“就在那件事发生前？”

哦，上帝啊。

“你在开一罐坚果。”克莱曼婷不带语气地说。她知道。他之前跟她说过。她不知道他为何要提起那罐坚果。它完全无关紧要。

“我那么想打开那个破罐子。”山姆说，“我费劲儿到额头都冒汗珠了，因为我知道韦德会拿走罐子，厚实的手轻而易举地打开它，那样你就会盯着他看了。”

“什么？”克莱曼婷说。这倒是新鲜。“别假装你是为了我。明明是为了她。你是想表现给蒂芙妮看！”

“是啊，那你在干吗？跟我说啊！你在干吗？”他把空抽屉扔到了霍莉床上，走到她面前，低头看她。她感到唾沫星子溅在她脸上。

“打我啊。”她心想。她仰起头。那样才对啊。那样会是什么事的开始。那样会是某种结束。拜托，求你打我吧。但是他突然向后退了一步，举起双手，像是在酒吧里碰到争执，赶紧撇清关系。

“我们都有那样做！”克莱曼婷大喊道，“我们四个人都有！”

44

烤肉派对当天

“怎么？你想来一下吗？”蒂芙妮就是忍不住。这些人真是太可爱了，太容易被震惊到了。

“膝上舞吗？”克莱曼婷的眼睛亮了起来。蒂芙妮知道她有点微醉，而且足够天真，是完美的目标。“不是吧！”

“当然了。就是膝上舞。”

噢，上帝啊，蒂芙妮忘记了她有多享受这样。她已经很久没有感受过这样强大的性力量了，烈得如同可卡因。“能给我们打折吗？”

“不收费。”蒂芙妮说，“算我的。”

“好好享受我妻子的膝上舞吧。”韦德对克莱曼婷说。他拉出一把椅子。“我强烈要求。”

“哦，别这样。”克莱曼婷咯咯笑着说，“反正音乐也不合适。她总不能和着大提琴协奏曲跳膝上舞吧。”

“我可以试试。”蒂芙妮说。她可并没有为她隔壁邻居的朋友跳膝上舞的打算。一个玩笑而已。只是为了好玩。

“她的应变能力很强的。”韦德说。

“你的邀请很慷慨，但我真的不想要膝上舞。”克莱曼婷说，“不过还是谢了。”她的声音有些沙哑。她难为情地清清嗓子。

“我觉得你想的。”山姆说。

“山姆。”克莱曼婷说。

蒂芙妮看着山姆和克莱曼婷对视，两人脸都红了，瞳孔放大。算是服务大众了吧。她能清楚地看到他们的性生活是什么状况。他们是有年幼孩子的疲惫父母。他们觉得已经结束了，但实际上并没有，他们不需要出轨或是中年危机，他们还是有潜力的，他们仍然相互吸引，只是需要一点点电流，一点激发，也许来一些性工具，一些高质量的软色情片。她可以做他们的高质量软色情片。

蒂芙妮与韦德目光相遇。他扬扬眉。他很爱这个，当然了。他微微动了动下巴。意思是：去吧。让这些友好的郊区居民们开开眼界。

山姆站在克莱曼婷身后，推了她一下，让她坐下。他与蒂芙妮对视。他是她最喜欢的那种顾客。欣赏，友善，他没有太当真，但又足够当真。他肯定会给不错的小费，态度也感激。

他其实只是想看他妻子试试膝上舞。他当然想了。他也是人类啊。蒂芙妮看着克莱曼婷，后者已经笑到虚弱了（当然，还因为欲望，蒂芙妮知道的，即使克莱曼婷自己不知道），她在椅子上几乎坐不直了。

蒂芙妮不会真的跳，不会跳得认真，毕竟孩子们就在院子里，但她会当个笑话，为了好玩跳一跳，她慢慢动起来，合着那该死的协奏曲（哦，是啊，合着大提琴协奏曲跳膝上舞是可以的，一点问题也没有），几乎是在恶搞自己，但也不算真的是，因为她的职业自豪感还在呢，她当年可是整个行业的翘楚；对她来说，不只是为了钱，而是为了交际，人际关系，找到最合适的戏剧、真实、诗意的组合。

韦德吹了个口哨。

克莱曼婷用一只手挡住眼睛，透过指缝看。

瓷器摔碎的巨响传来，一声尖叫响彻夜空："克莱曼婷！"

45

"祝你早日康复。"警察说，奥利弗在站在门口，跟她和她的搭档道别。

"谢谢。"奥利弗的回答也许感激过头了，因为那个警察像是刚刚漏听了什么话似的看着他。他只是真的被她对他健康的关心感动了。他的感激可疑吗？显得内心有愧吗？他向来不是那种看到警车开过就觉得愧疚的人。他基本上是问心无愧的。大部分人会以比限速高十公里的速度开车，可他总是以低于限速五公里的速度开。

警察还在跟进哈利死亡的案子。他们找不到他的紧急联系亲属。奥利弗希望自己能有用些。他承认了，他跟哈利的谈话从未包含过私人内容。他们只是谈谈天气、花园，还有街上那辆被遗弃的车。他感觉哈利是不会喜欢被问个人问题的，不知道他的感觉是否正确。

警察想再次确认他最后一次见到哈利的时间，他给出了明确的日期：烤肉派对的前一天。他说哈利那天看起来挺健康。他没有提到哈利抱怨韦德家的狗。这似乎与话题无关。他不想诋毁哈利的形象。

“日期你似乎很确定啊。”那个友好的女警察说。

“啊，是啊。”奥利弗说，“是因为，之后那天……发生了意外。在隔壁。”

她挑挑眉，他给她讲了些情况，但只是简单讲了讲，他自己都没想到，他一说起这事，就有些喘不上气来。女警察没有作评论。也许她已经知道了。毕竟，是有警察笔录记录在案的。

当然，警察不会看出这两者有联系，哈利的死和烤肉派对，但是奥利弗关上门，回到厨房里去烧水来泡柠檬蜂蜜水时，却又想到了那两分钟。

他估算着应该是两分钟。两分钟的自我怜悯。可能改变一切的两分钟，他要是在外面的话，就能看到在发生什么了。他觉得他很可能看到的。

好了，好了。那是夸张了。有些自己吓自己。把自己看得太重了。“你不能为整个世界负责，奥利弗。”他母亲曾这样对他说过，不知她当时是清醒的还是醉酒的，一向很难分清。

奥利弗打开了电水壶。

但是这又不夸张，因为烤肉派对那天的事就像一块陨石，打乱了他们的生活，他当时要是没那么分神，生活就会和往常一样，以可以预测的方式继续，那样他就能早早发现哈利不见了，他可能会早几周时间去敲他家的门。

哈利可能还是会死，但是他不会死了那么久都没人发现，那么难堪，那么悲剧。

或者，他还可能救得了他呢。

水烧开了，水壶响了起来，奥利弗想起他站在棚屋背后奢华的小洗手间里，让热水毫无意义地顺着他的双手流啊流，盯着自己悲哀的傻脸。

46

烤肉派对当天

奥利弗站在棚屋洗手间里洗手。这是一间高级洗手间，灯光柔和，有香味。灯架做成烛台的样子，一切光鲜亮丽。他母亲要是来参加这个烤肉派对，坚定地向烂醉状态迈进，她肯定会大声在奥利弗耳边说“悄悄话”：“太俗气了！”声音大到足够让他害怕别人听到。

他让水徒劳地顺着双手流淌。他在拖延回到外面去的那一刻。说实话，他已经受够了。这里的所有人他都还算喜欢，只是，社交对他来说是精神和身体上的双重劳动，总让他筋疲力尽，而且不是那种让人有快感的累，比如好好运动之后肌肉里的乳酸导致的疲惫。

他听到外面传来笑声。韦德低沉而大声的笑声。奥利弗挤出一点微笑，来做准备，预备好出去分享他们的笑话。哈哈。不错。不管笑话是什么。他也许不会真的觉得好笑。

艾瑞卡喝醉了。他想带艾瑞卡回家，像对待小孩子一样送她上床，等到早晨，她就又是他亲爱的妻子了。他还从没见过她说话口齿不清，也没见过她用那种朦胧、不聚焦的眼神看着他。他没必要为这而激动。她没有摔倒，没有摔东西，也没有在花园里吐。只是正常的醉酒而已。有些人每周末都会喝醉。克莱曼婷也曾是个经常喝醉的

“小快活”，双颊飘红，但是他不在意克莱曼婷做什么。

他小的时候，觉得父母一喝醉，就消失了。他们房间的百叶窗会拉下来，他能感到他们在远离他，仿佛他们坐在一条船上，缓缓从岸边划开，而奥利弗被留在岸上，困住了，还是他自己，还是无聊、理性的奥利弗。他会想：求求你们，别走，留下陪我，因为他真正的母亲有趣，真正的父亲聪明，可他们还是走了。一开始，他的父亲变得愚蠢，他的母亲开始傻笑，然后，他母亲变得残暴，他父亲开始生气，就这样一直发展下去，再没有理由留下，奥利弗就去自己的房间看电影。他的卧室里有自己的录像机。他成长环境很优越，从来没缺过任何物质上的东西。

他与镜中的自己对视。来嘛。振作起来。出去。

今天不该是艾瑞卡自他们结婚后第一次喝醉的一天。今天本应是他们向克莱曼婷提出请求的日子，奥利弗本希望——他知道这不现实——但他还是特别希望她能——

他听到艾瑞卡尖叫：“克莱曼婷！”他没有关掉水龙头就跑了出去。

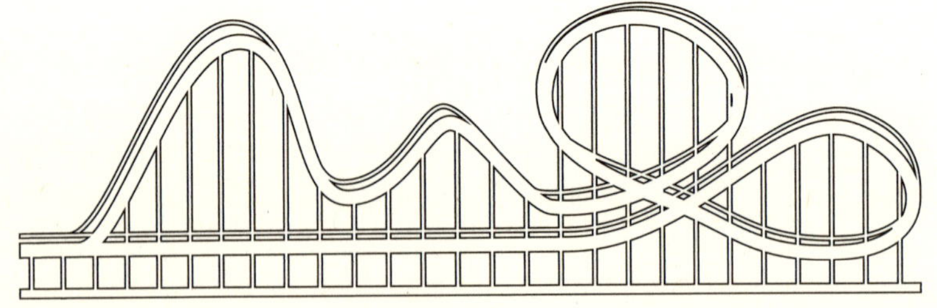

第三部：惊悸与真相

他会是最好，最冷静，最智慧的父亲。她想象他为儿子解释世界，一个跟露比和霍莉一样有着明亮蓝眼睛的小男孩。他们的孩子永远不需要因为餐桌消失在一堆堆垃圾之下而在床上吃饭。他们孩子的朋友们可以随时来家里玩。随时！

这是他们的计划。这是他们的梦想。给孩子一份珍贵的礼物，正常的童年。只是，在这些梦中，她看到的奥利弗比她自己更加清晰。

47

烤肉派对当天

克莱曼婷肺叶里的全部空气都奔了出去。之后，所有人都会说："一切发生得太快了。"确实发生得很快，但是同时，时间又慢了下来，每一秒都是静止的一帧，色彩饱满，无法遗忘，被金色的点点灯光照亮。

克莱曼婷跳起来时太急，椅子都倒了。什么？哪里？谁？

她的第一反应是哪个孩子伤到了自己。非常严重。血。会有血。她受不了血。或是折断的骨头戳出皮肤。牙齿。磕碎的牙齿。霍莉还是露比？可能是霍莉吧。后院在她周围旋转起来，变成颜色的旋涡。她听不到哭声。哭声是从哪儿来的？她们俩哭声都很大。霍莉伤到自己时会生气。露比是想传达她急需父母回应的信息。

她先看到了霍莉，她站在露台上，她的蓝色亮片小包还拿在手里，她完全没事，她在无动于衷地看着……什么？

艾瑞卡在跑。她在看着艾瑞卡跑。

艾瑞卡在朝着喷泉跑。韦德的"特莱维喷泉"。她在干吗？她看起来像是要跳进喷泉里。

艾瑞卡疯了。她崩溃了，某种精神病发作了。克莱曼婷早就知道她今晚不太对劲。她从不喝醉，而且她的行为也那么怪异。都是克莱曼婷的错。

艾瑞卡轻快、矫健地一下跳过了喷泉边缘。她腰部以下都没在水里。她滑了一下，差点摔倒，然后又站直了，蹚到喷泉中央。她到底在干吗？克莱曼婷被她吓到了。

这时奥利弗也从棚屋跑了出来，跑向喷泉，去拉艾瑞卡。免得她再丢人。他甚至没有到了喷泉边就停下来，而是直接栽进了喷泉里。

他和艾瑞卡都在向喷泉中央蹚，走走滑滑，分别从两边向中间走，像电影里，一对儿许久未见的情侣重逢后冲向彼此去拥抱。

但是他们没有拥抱。他们一起抬起了露比软塌塌的小身体。

48

烤肉派对当天

露比的头耷拉在一边。水从她身上不断流下。她的粉色小外套全湿透了，变得沉重。她的手臂像布娃娃一样软软地耷在身旁。

克莱曼婷首先想到的是：冷。她肯定很冷。

露比讨厌冷。她冷的时候牙齿会像发条玩具一样不停打架。游泳课上的池水对她来说永远不够温暖，即使是在仲夏。“冷，冷！”她会这样喊。

克莱曼婷跑过去，打算从奥利弗手里夺过露比，把她紧紧抱在胸前，好让她暖和些。她到了喷泉边，伸出双手，但是奥利弗忽略了克莱曼婷，抱着露比爬出喷泉。

“我。”克莱曼婷傻乎乎地说。她是想说：把她给我。

奥利弗把露比放在地上，让她平躺着，躺在喷泉旁不舒服的赤陶砖上。

“露比！”奥利弗大声说，仿佛露比惹了麻烦似的。他摇晃露比的小肩膀。太过用力了。“露比！醒醒，露比！”他听起来很生气。他从来没有生气地说过话。

克莱曼婷狠狠跪倒在他们旁边的地上。“把她给我。”她绝望地说，但是她无法到她身边去。

奥利弗和艾瑞卡占了太多空间。

露比的皮肤是苍白的。她的嘴唇是紫的。她的头倒向一边。她的双眼睁开着，却空洞地盯着前方。她的牙齿没有在打架。奥利弗把一只手搭在露比脖子上，另一只手摸着她的额头，把她的头向后按，看起来就像她在仰望天空。他的大拇指压着她的下巴，扒开她的嘴，然后伸了两根手指进去，像是要从里面掏出什么来。

“奥利弗，把她给我。”克莱曼婷命令道。她只需要抱着她，让她好起来。

奥利弗低头靠近露比的脸，耳朵对着她的嘴，好像要听她小声说的话。他看看艾瑞卡，摇摇头。一个小小的摇头，在说：不。他解开了粉色小外套上的黑色长扣。

克莱曼婷突然一下理解了，同时音乐也戛然而止。有一刻，后院被完全的、诡异的寂静所填满，然后山姆开始大喊，像是跟谁吵了起来：“我们需要救护车！”他傻瓜似的，发狂地来回跑，拍着自己的口袋。“我找不到我的手机了。我的手机呢？我的手机！”

韦德冷静地说：“我正在打电话叫救护车，山姆。”他举了举贴在耳边的手机来证明，“在响呢。正在响。”

“告诉他们她没有呼吸了。”艾瑞卡说。她和奥利弗一边一个围着露比。“一定要让他们知道她没有呼吸了。”

“露比怎么了？”霍莉说。她走过去，站在克莱曼婷旁边，抓她的袖子。克莱曼婷试着回答，可她的胸膛绷得紧紧的，根本说不出话来。

“她想要打蛋器吗？”霍莉说，“打蛋器在这儿。妈妈，快点，把打蛋器给露比。那样她就好受了。”

克莱曼婷接过打蛋器。她的手指抓住冷冷的铁线。

“跟我来，霍莉。”蒂芙妮拉着霍莉的手，把她往后领。

奥利弗对艾瑞卡说：“十五比二，对吧？”他的脸惨白惨白。他的眼镜上有水珠，像雨一样，脸上也有水不停地滴下来，像汗水。他双眼紧盯艾瑞卡，仿佛只有他们两人在这里。

“是的。十五比二。”艾瑞卡说。她把湿漉漉的头发从眼前拨开。

奥利弗双手交叉，收紧手肘，把两只大手压在露比的胸前。

“噢，上帝啊。”山姆说。他两只手在颈后紧握，低下头，像在受到冲击前保护自己，他在绕着圈走。“哦，我的上帝啊。”

奥利弗开始前后摇晃，大声计数，有节奏地按压露比的胸。“一、二、三、四、五。”

“奥利弗在伤害露比！”霍莉喊道。

“不，”蒂芙妮说，“他没有伤害她。他在帮她。他和艾瑞卡做的非常正确。他们在帮她。”她的声音在发颤。

“十二、十三、十四、十五，一、二。”

数到十五，艾瑞卡捏住露比的鼻子，低头凑到她面前，张开嘴，像是在跟恋人接吻，动作充满情欲与亲密，如此骇人、如此错位，如此熟悉、如此震惊。这是应该做的。所有人都知道，救一个人就该这样做，但是却很少在现实生活中亲眼看到，更不会在谁家的后院里，看到自己的孩子被这样救治，而片刻之前，她还在到处跑着去追逐灯光。

什么也没发生。

艾瑞卡又往露比嘴里吹了一口气，奥利弗还在一边晃动一边数：“一、二、三、四、五。”

克莱曼婷发现自己也跟着他的节奏晃动起来，嘴里不停嘟囔着：拜托、拜托、拜托、拜托、拜托、拜托。

原来这种事就是这样的，她晃动、祈祷着，心里有一小部分这样想道。这种感觉原来是这样啊。你不会发生改变。你跨越隐形的界线，从正常生活进入悲剧发生的平行世界时，没有特别的防护。事情就是这样发生的。你不会变成另一个人。你还完全是老样子。你周围的一切闻起来、看起来、感觉起来都还是同样的。她还能尝到嘴里韦德的甜点的味道。她还能闻到烤肉的香气。她还能听到狗在不停地叫，她还能感觉到她膝盖撞在地板上撞破的地方有血在向下流。

“哦，我的天啊，拜托了，上帝。”山姆痛苦地呻吟着，他的声音虚弱而绝望，他甚不信上帝，他是无神主义者，他的恐惧与她的一样，但她不想知道，克莱曼婷用力地想，闭嘴，山姆，闭上嘴。

她听到韦德在说：“我们这儿有个小女孩，呼吸停止了。你听明白了吗？她没呼吸了。我们现在就需要你们。请马上派一辆救护车来。”他这么说，让克莱曼婷感到一股强烈的恨意，好像他说了露比什么坏话，好像是因为他说她没有呼吸，所以她才停止了呼吸。“我们必须在你的名单最前面，我们要最高优先级，让我们多付钱也没关系，多少钱都付。”

他真的以为他能多花钱，让救护车快点来吗？富人真的可以花钱叫到VIP救护车吗？

“九、十、十一、十二、十三、十四、十五。”

艾瑞卡又一次低头。

山姆在克莱曼婷旁边蹲下，拉起她的手。她抓着他的手，好像他可以把她拉回到从前，好像他可以把她拉回到几分钟前。

那不是刚刚才发生的吗？转眼间的事？不就是这一刻之前的那一刻吗？她肯定只是转头了一分钟啊。不可能超过一分钟的。

“救护车在路上了。”韦德说，“我去街上等，好让他们知道该往哪儿走。”

“我们也去。”蒂芙妮说，“你也来，帮我们找救护车，霍莉。”

霍莉没有反抗，直接跟着走了，也没有回头，她信任地拉着蒂芙妮的手，好像她们只是去看一只新宠物。

当然，一分钟就足够了。

永远不要不看着你的孩子。永远不要转过头。一切发生得太快。发生得悄无声息。新闻上那些故事。那些家长们。她读到过的所有错误。后院里的溺水。没有装护栏的水池。孩子们没有人看着就去洗盆浴。白痴、愚蠢、不负责任的家长。孩子们在所谓的负责任的成人包围下意外死亡。每次她都假装对此没有看法，可实际上，她在内心深处想，我肯定不会这样。我身上肯定不会发生这样的事。

艾瑞卡第二次呼吸之后抬起头看，与克莱曼婷对视，她的眼神里有着那种无法言说的绝望。她的睫毛上沾着小水珠。她的嘴唇，刚刚还贴着露比嘴唇的唇，有些开裂。

奥利弗的声音没有变化。“一、二、三、四、五。”

49

烤肉派对当天

“……六、七、八、九、十。”

艾瑞卡听着奥利弗的计数，等轮到她的时候。十五。

她的上衣粘在身上。她的牛仔裤冷冷地贴在她腿上。

克莱曼婷的脸看起来像个骷髅头。她的皮肤像是被绷紧了。她好像变成了外星人版的克莱曼婷，盯着艾瑞卡请求宽容。

露比没有反应。

即使他们做的完全正确，却也没有起作用。十五次胸外按压后两次人工呼吸，但同时胸外按压也不能停，他们上次去上急救课时，规则改了，现在不能停止胸外按压了。她知道他们做的是对的。

她和奥利弗三月才去上过急救课，以更新记忆。那是奥利弗公司提供的免费课程。奥利弗的新公司有个经营合伙人是积极的急救教育提倡者。他喜欢会议期间突然打断大家，指着某人说："桑吉夫心脏病发作了！"然后，桑吉夫就得义务假装抓着自己的胸口，这个经营合伙人就会坐在椅子里转一圈，指着另一个人——通常是毫无防备的实习生——说："你！你该怎么做？去救桑吉夫！"接着，他就开始计时，最后说多久之后桑吉夫死了，来不及了。

课程很有趣。奥利弗和艾瑞卡是明星学生。他们俩从前都上过急救课。他们当然上过了。他们有澳洲皇家急救队铜质奖章认证，他们有潜水证。他们是那种相信急救课的人，总之，不论课程内容是什么，奥利弗和艾瑞卡总是明星学生。即使课程内容不是生死攸关，他们也当作生死攸关来对待。

艾瑞卡现在可以想象到他们的老师。保罗是个面色红润，呼吸声音很大的男人，他自己看起来倒是很有可能心脏病发作。"一次就做对了。"每次艾瑞卡和奥利弗做对了什么，保罗都会赞许地弹着响指对他们说。

十五次胸外按压，两次人工呼吸。他们做得对。他们做得很对。

他们在按规则来，保罗，所以露比为什么还躺在那儿，她为什么还没反应，保罗，你个讨厌的、愚蠢的、弹响指的红脸家伙？

“……十三、十四、十五。一……”

“救护车在哪儿？”山姆说，“我没听到警笛。我怎么听不到警笛声？”

艾瑞卡又捏住露比的鼻孔，低头往露比身体里吹气，沉默地呐喊她的愤怒。你按我说的做，露比。你快呼吸。这是她母亲的声音，她母亲最疯狂、最恶毒、最吓人的时候，她母亲看到艾瑞卡在扔东西出去的时候。你立马给我呼吸，露比，你怎么敢忽略我，你快呼吸，现在，快点。

艾瑞卡再次抬头。

露比的胸部颤动了一下。她口中吐出水来。奥利弗发出音调很高的惊讶的呼喊，有些像狗的哼声，然后他举起双手。

一次就做对了，保罗在艾瑞卡脑海里说，说着他还弹了个响指。艾瑞卡把露比的头扭到一侧，跟他们用有橡胶味儿的塑料假人练习时一样，露比吐出更多水，一次又一次。克莱曼婷啜泣着、喘着气，好像她也吐了似的。救护车长而刺耳的鸣笛声刺穿了艾瑞卡的意识，好像它一直都在，奥利弗帮露比翻了身，给她摆出他们学过的恢复姿势。

好孩子，艾瑞卡心想着，温柔地抚着露比的头，把湿漉漉的头发从她眼前拨开，她还在吐水。好孩子。

50

“艾瑞卡？”

“嗯……”艾瑞卡摆弄着手指，盯着看“不是帕特”办公室窗外的雨。雨可能下得小了吗？

这还是她第一次希望跟“不是帕特”的谈话快点结束。通常，她都觉得心理诊疗是非常放松的过程，就像按摩，美好的自我肯定按摩，但是今天，“不是帕特”只是让她觉得烦。她一口咬住了艾瑞卡跟克莱曼婷的友情，像是一只小捕鼠梗叼住了一根骨头。

“不是帕特”每次说克莱曼婷的名字，艾瑞卡都感觉自己被狠狠掐了一把。

她可是付了钱在这儿谈话的。她没必要忍着她。

“我不想再谈克莱曼婷了！”她忍不住吼了出来。

“那好吧。”“不是帕特”以她那种友善的语调说道，她在她的笔记本上写下什么东西。艾瑞卡努力忍着，才没有从她手里夺过笔记本。她有要求查看帕特笔记的合法权利吗？她得去查查。

不过此刻，她靠讲露比出意外的故事分散了“不是帕特”的注意力。

“哦，我的老天啊！”“不是帕特”连忙用手捂住了嘴。

艾瑞卡替“不是帕特”说完了她的话：“你知道的，艾瑞卡，你那天下午的记忆有些模糊，是完全可以理解的。你受惊了。那应该算是创伤经历。”

“我觉得那样我的记忆应该更加清晰才对啊。”艾瑞卡说，实际上，她某些部分的记忆确实清晰得可怕。她能感觉到跳进喷泉里时，腿被冷水刺激到的感觉，喷出来的水像雨水一样淋湿了她。

“你觉得你为什么对那天下午的记忆如此放不下呢？”“不是帕特”说。

“我总觉得我忘掉了什么重要的东西。”艾瑞卡说，“几乎像是，我忘记做什么事了。就像人们有时候会说的，总觉得出家门的时候忘记关掉熨斗了。”

“我知道那种感觉。”“不是帕特”苦笑着说。

“但我就是这个意思啊，我不知道那种感觉。”艾瑞卡说，“我不是那种人。我的记忆永远都很完美！我从来不那样忘事。”

她从不担心她没关掉熨斗，因为她知道她从不会那样。有一次，克莱曼婷出门时两个电磁炉都忘记关了。“房子没有被烧毁！”她开心地说，仿佛这是个有意思的实验，“根本没有东西被烧掉！”还有一次，她出门时大门还敞开着。“就是在公开邀请附近的窃贼，”山姆说，“进来嘛，伙计们，我三十万澳元的大提琴随你们拿。我在床上等着你们呢。”

克莱曼婷的借口是，她“想事情入神”了。

“在想你的音乐吗？”奥利弗问道，奥利弗很尊重她的才华，而克莱曼婷说：“不是的，我在想为什么巧克力树袋熊不如以前好吃了。我在想，是巧克力变了，还是我变了？”然后她跟山姆开始讨论巧克力树袋熊，好像这真是什么重要话题。克莱曼婷的粗心没有任何后果。克莱曼婷的粗心从来没有任何后果，直到那个周日的下午，而艾瑞卡从没希望过她尝到后果。

也许，她想过经济上的处罚吧。被晒伤。宿醉。克莱曼婷甚至从不宿醉。

“我只是需要想明白。”她对“不是帕特”说。

“好吧，我之前说过，你可以试试回到你隔壁邻居的后院里，如果你还没有试过的话，一些放松运动也可能有帮助。你可以试试我以前跟你讲过的那些自我冥想练习。但是说实话，艾瑞卡，你可能没法打赢这场战役，毕竟那天下午你吃过药之后又喝了酒。很可能，你已经记起的就是你的极限了。甚至有可能，你的潜意识在保护你自己，你的潜意识不想让你记起来。”

“你是说我在抑制记忆？”艾瑞卡轻蔑地说，“根本就没有有事实依据的研究证明记忆抑制是存在的！我都可以给你发些讲弗洛伊德虚假记忆综合征的文章链接，你要是想——”

但是就在这一刻，“不是帕特”桌上的小计时器示意，时间到了。“不是帕特”像弹簧玩具一样跳了起来。她通常不这么着急站起来的。也许她也不怎么喜欢这次谈话。

艾瑞卡快步走到了她的车边，她把车停在了“不是帕特”家庭办公室外安静的街上，她在车里开着发动机坐了几分钟，听着雷鸣般的大雨落在车顶上的声音，看着她的雨刮器迅速刮着挡风玻璃。

“冷静。”她对雨刮器说。它们疯狂的速度让她想起她母亲为一些无关紧要的事发狂的时候。她不想回她母亲家去。她是请了一天的假去帮她母亲，但她就是没有一天时间里两次去那儿的决心。那太难以承受了。这就好像要求一个早上已经游了一百圈的人，跳进冰冷的游泳池里，再游一百圈，而且还是在这人已经洗了澡，又暖又干的时候。

她闭上双眼，尝试“不是帕特”之前教过她的一些呼吸练习。吸气。憋气。呼气。憋气。吸气。憋气。呼气。她任记忆在她脑海中旋转：树上挂的小彩灯。腌过的熟肉的味道。太多葡萄酒的酸味儿。她又看到了那张脸。她昨天在自己办公室里看到的那张憔悴、毫无特征的脸。像个食尸鬼。

她突然想到了：哈利。是哈利的脸。坏脾气的老哈利。她需要做的重要事是要为哈利做什么吗？不。应该是因为哈利。跟哈利有关。不要追逐记忆，不然它就会消失。这点她已经知道了。放松，呼吸。哈利梳得整齐的白发。不，那不是记忆。那是奥利弗塞进她脑中的画面：哈利的头发，死后仍然梳得整齐。

哈利站在信箱旁，看着一个信封自言自语。巴尼跑着穿过院子。韦德从他家的前门走出来。

义务。要求。责任。哈利需要她做什么。蓝色餐具打碎在赤陶砖上的碎片。

抬头看。抬头看。

她睁开眼睛，在被蒙了雾的车里抬头看。什么也没有，只有雨。

老天啊，她一直想着哈利只是因为他死了。这简直是弗洛伊德虚假记忆综合征的典型案例。艾瑞卡要是个性没有这么强，要是容易被诱导的话，那就会被过于热心的心理医生蒙骗，帮她编造出整段关于烤肉派对和哈利的虚假记忆。然后她就会相信哈利参加了烤肉派对，猥亵了露比，或者类似的天方夜谭。

她转动钥匙，转头看了看身后的车流。她会试试“不是帕特”那个“回到犯罪现场”的点子的。等她回家，就去问问韦德和蒂芙妮，她能不能在雨中，独自在他们家后院里站一会儿。那样可一点也不会奇怪。哈哈。不，最好的办法应该是她在他们出门的时候去。

可能不会有用的，但是也不会有什么坏处。

51

烤肉派对当天

两个穿着蓝色制服的急救员走进后院，威严的气势仿佛走上舞台的指挥家。他们没有跑，但是步伐很快，有一种僵硬的冷静。

他们其他人好像都不是成年人。好像他们一直以来都是在做游戏，假装能掌控自己的生活，他们假装有有趣的职业、健康的银行账户，有家庭，会在后院开烤肉派对，但是现在，帘子被猛然拉开了，真正的成年人大步跨了进来，因为他们打破了规则。

规则被非常严重地破坏了。围着露比的一群人自动让开，让急救人员到她身边来。露比嘟囔着听不清楚的话，被吓坏了。她似乎晕乎乎的，像是被下了药，仿佛是麻药快失效了。

急救人员的行动方式像是在跳他们已经排练过多次的舞蹈一样。他们用戴着塑胶手套的手检查露比，年长的男子头也没抬地迅速问问题，他很确定会得到回答的。他的声音要略微高过平常说话的声音，也稍慢一些，像跟孩子说话。

“发生了什么事？”

“她叫什么名字？”

“露比多大了？”

“最后一次有人看到露比是什么时候？”

“那么，没人看到她跌进去？你们不知道她有没有撞到头？”

“她被抱出来的时候有没有脉搏？”

“你们是她父母？”

他问最后一个问题时短暂抬头，看着艾瑞卡和奥利弗。很合理的推测。他们的衣服是湿的。

“不。”山姆说，“我们是。”他示意克莱曼婷。

“他们救了她。”克莱曼婷说。说明白这点好像很重要。“我们的朋友。他们做了心肺复苏。他们让她重新开始呼吸了。”

“你们做了多久的心肺复苏？”急救人员问道。

“大概五分钟。”奥利弗说。他看看艾瑞卡，等她确认。

“最多五分钟。”艾瑞卡说。

“我们做的是十五次胸外按压，然后两次人工呼吸。”奥利弗焦躁地说。五分钟？不可能，克莱曼婷心想。那是久得灼人的一段时间啊。

露比的嘴巴里被塞了什么东西，鼻子里插上管子，脸上罩上面具。她被弄成了一个乏味的病人的样子。不是他们顽皮、幽默的小露比了。

“你们有毛巾吗？”年轻的那个急救人员问道。他正用一把锯齿状大剪刀在露比的衣服上剪开一条直线：她的芭蕾舞裙、她的长袖T恤，拉开一层层衣物，露出露比苍白的小胸脯。

“当然。”韦德快步走回房子里，回来时抱着一摞蓬蓬的白色毛巾，折叠漂亮。

“你在干什么？”急救人员动作坚定地擦干露比的身体，把两个平板贴在她胸前时，山姆厉声问道。“这是除颤器。”急救人员说，“以防她再次心跳停止。我们只是在为最坏的情况做预防。这也能给我们提供一些有用信息。”

露比的小胳膊挥动着。

“我们会给她镇定剂。”年长的医护人员说，“有什么我需要知道的过敏吗？”

“没有。”山姆说。

“她有服用任何药物吗？疾病史呢？”

“她甚至都没有用过抗生素。”克莱曼婷说。

急救人员敲了敲针头。克莱曼婷的眼前出现了白点。

“看着点她。”医护人员猛地说了一句，山姆拉住她的胳膊时，克莱曼婷才意识到他的话是什么意思。

带孩子们去打针的一向是山姆。克莱曼婷受不了针头。

“头夹在两腿之间。”医护人员说。

“我没事。”克莱曼婷说着，深深呼吸。

“警察怎么来了？”山姆问道。克莱曼婷抬头看到韦德在跟一个看起来非常年轻的女警察说话，她扎着翘翘的马尾辫。她边听韦德说话，边做笔记。他在说什么？孩子母亲没看着她。她当时在跟我说话。她当时在开玩笑。

克莱曼婷看到艾瑞卡从露比身边站起来，克莱曼婷还没注意到，她就已经进了棚屋。她肩上搭了两条白色毛巾，腿上还有一条。霍莉坐在她腿上，背对克莱曼婷，头靠在艾瑞卡肩上。

“这种事件，警察来是例行程序。”急救人员边照顾露比，边说，“他们只是问一些问题，搞清楚发生了什么。我们也需要他们封锁街道，好让急救直升机进来。”

“直升机？”山姆说，“要来直升机？在哪儿降落啊？”

“就在前门外。”急救人员说。他把露比的手臂叠起来。克莱曼婷转过头去。

“开玩笑吧。”山姆说。

“直升机能降落在公路上、后院里、网球场。这儿特别合适。街道宽，电线在地下。他们经常这样降落。”

“哈。”山姆说。

“是啊，螺旋桨比一般的直升机短。”

上帝啊，他们要在这时来一场男性间关于直升机的畅谈吗？

只是，克莱曼婷能看出，虽然山姆说话的声音跟平时一样，但他实际上并不好，因为他在握紧、松开拳头，迅速而用力，一遍又一遍，仿佛他很冷，或是很生气。

“但是为什么需要直升机啊？”克莱曼婷说。刚刚看到露比的胸动了时消退了一些、看到急救人员到来时再次降低的恐慌，这时又重新袭来了。“她没事的，对吧？她有呼吸了。她不是有呼吸了吗？”

她看着山姆，看到他眼里的恐惧。他在看到前方危险方面，总是比她先一步。她管这叫悲观主义。他称其为警惕。这个残酷而丑陋的词汇第一次浮现在她脑海中：脑损伤。

“在儿童发生严重的意外时，这是很普通的程序。飞机上会有医生。我觉得他们会先给她插管，确定情况稳定之后再上直升机。”急救人员说。他抬头看她。他的皮肤有些粗糙，看得出是经常在户外的人。他的眼中有那种职业的倦怠感，就像看过老百姓永远无法理解的东西的沙场老兵。“你的朋友们做得很对。”

52

我们都有那样做。克莱曼婷和山姆面面相觑，两人中间隔着霍莉的衣服堆成的小山，克莱曼婷的话浮在空中，她的呼吸也很沉重。

克莱曼婷听到雨落在霍莉卧室窗子上的声音，心想他们的小房子还能在这样的天气里撑多久。也许墙壁会变软，变形，崩塌。

“我知道我们都有。”山姆说，“我们四个人都有。像一群傻子。像青春期的小孩。我们的行为太恶心了。我一想起来就想吐。”他话里极端的狠劲儿让克莱曼婷想跳起来替他们说话。他们，是指那天在烤肉派对上大笑、调情、犯傻的那群人。那没有什么意义。孩子们要是一直追着小灯泡的光跑，就不会有什么事了。那样的话，他们现在想起那天就会充满欢笑，而不是羞耻。

“只是运气差。”她说，“运气太差了。”

“不是的！”山姆爆发了，“是疏忽！我们的疏忽。我应该看着孩子们的。我应该知道我不能指望你。”

“什么？”克莱曼婷感到一种疯狂的，几乎像是兴奋的愤怒感，不公像白色火焰一般穿透她的身体，让她感到自己从地面上飘起来了。终于，这么多周过去了，他们终于要吵架了。

“就只有那一次。”他冷冷地说，“我就那么一次没留心。”

“是啊，也许我是觉得我可以随便坐坐，放轻松了呢。”克莱曼婷说。她的声音因为怒气而颤抖。“因为我们家里更好的那位家长，完美先生在值班呢！”

山姆似笑非笑地冷哼一声。“那好吧，都是我的错。”

“噢，看着上帝的分儿上，别装什么烈士。”克莱曼婷说，“我们俩都在场，我们都同样该负责任。这太傻了。”

他们盯着彼此看，眼里是直白的厌烦。不同的教育风格一直就是他们争论的焦点，是他们坚实婚姻中唯一的嫌隙，而现在，这小小的裂缝扩大成了一道深谷。

“我觉得我受够了。”山姆说。

“确实是毫无意义的谈话。”克莱曼婷同意道。

“不。”山姆说，“我觉得，也许我们玩完了。”

“我们玩完了。”克莱曼婷缓缓重复道。这就是遭到枪击的人所说的，一开始感觉不到痛吗？“你觉得我们玩完了。”

“我想我们应该考虑分居。”山姆说，“可能吧。我也不知道。你不这么想吗？”

53

烤肉派对当天

蒂芙妮站在自家后院里，接受一个年轻警察的问询。她回头看看露比小小身体旁的急救员。山姆和克莱曼婷在跟医护人员说话，他们跟几分钟前围坐在桌旁时判若两人。他们的脸都崩塌了，像泄了气的气球。

“发生了什么？”女警察问蒂芙妮。她用脚指指通往后门的路上散落的瓷器碎片。看起来很危险的蓝色瓷片大大小小散落各处。蒂芙妮很爱那套蓝色盘子。

“哦。”蒂芙妮说。她在试着从女警察的角度来想象这个场景。看起来像是犯罪现场吗？她是觉得发生了打斗吗？还是说觉得他们全部都喝醉了呢？女警察已经跟韦德谈过了，所以她应该已经知道发生了什么。她在确认他们的说辞，确定口径一致。这让蒂芙妮紧张了起来。

“我们的客人，艾瑞卡——她是我们的隔壁邻居——她从房子里拿出盘子，我觉得她发现了露比在喷泉里的时候……”蒂芙妮说到一半，破音了。她想到露比肉乎乎的小身体，金色的鬈发。“我觉得她那时把盘子摔碎了，因为她跑到喷泉里去救露比。”

蒂芙妮当时在干吗？她在分散露比父母的注意力。她让他们忘记了身为父母的责任。

“一切发生得太快。”她告诉女警察。

“很不幸，但这不算是罕见的情况。”女警察说，“经常有孩子在一群人视线中溺水。没有声音。发生得很快。溺水的最常见原因就是父母看管的缺失。”

“是啊。”蒂芙妮说。她想说的其实是，不，你不明白。我们不是那种人。我们有看着她们。只是那时没有。只是那一刻没有。没有声音。发生得很快。只有那么一刻，他们都没有在看。

蒂芙妮想到她的姐妹们。她可没法跟她们讲这件事。“我的老天啊，蒂芙妮！”她们会这么说，因为柯林斯家女孩们都以她们的直爽实际而自豪。这是她们的常识。她们来自西部郊区，为这个身份骄傲。她们不会犯那样的错误。她们要是知道了这种事发生在自己妹妹家里，会很烦恼的。她们会觉得这会牵扯到钱。牵扯到她资产丰厚的银行账户。她们可不会拐弯抹角地说话。

她们要是知道了事情发生时蒂芙妮在假装为孩子妈妈跳膝上舞，肯定会集体大跌眼镜的。蒂芙妮的舞蹈事业直到现在，还是既让她们不解，又让她们羞辱。“想想你去那种垃圾俱乐部，我就觉得恶心。”她姐姐艾玛说过，艾玛是她们家最夸张的一个，这么多年过去了，还是总喜欢这么说，不过这句话倒不是她夸张，她确实是想到就想吐。“她当时可真是丢咱们姐妹的脸。”露易丝同意道，她最近发现了女权主义，她的话也是认真的。但是她们的话以往对蒂芙妮毫无影响，好像她是不粘锅涂层材料特氟隆做的。然而，她们的话现在会粘住蒂芙妮，即使她的意图是清白的，孩子的安全还是应该高于一切。

蒂芙妮抬头，直升机螺旋桨急切而夸张的转动声突然响彻天空。“那是……为我们来的直升机？”

“是的，为我们来的。”女警察也抬起头看，同时从裤子口袋里掏出一台无线电通信机。“失陪一下。”

她快步走开了。

“飞机要停在那儿？”蒂芙妮自言自语道。直升机像一只巨鸟一样在他们头顶盘旋，声音越来越响。蒂芙妮眼角余光瞥到巴尼跑着穿过院子，以躲避巨大的噪声。

“妈妈！”达科塔也出现在院子里，站在蒂芙妮身旁，她的眼睛睁得又大又圆。她手里拿着书，用手指卡着书页，记录进度。“发生什么了？怎么来了直升机？我刚刚听到救护车的声音了，但我没想到是来我们家的。”

蒂芙妮搂住她，把她揽进怀里，想感受她瘦小的身躯。她刚刚都忘记了她。“露比掉进喷泉里了。她差点淹死。”

达科塔立即从拥抱中抽身，拉着蒂芙妮的手臂。她说了什么，但是直升机的噪声越来越大，蒂芙妮没听清她的话。

她看到韦德站在房子边上小路的尽头，示意她到前面去。他跟另一个警察在一起。他肯定不喜欢这样。韦德有警察恐惧症。他最大的恐惧之一（真的恐惧，但是也很搞笑）就是被扣上自己没有犯过的罪名，关进监狱。“每天都有无辜的人进监狱。”他经常跟蒂芙妮说，表情严肃，仿佛这事发生在他身上的概率比不发生的概率还要大。这使得他格外守法。在蒂芙妮接手他的经济事务之前，他总是缴税缴太多。他到现在都想多给收税人点钱，以防万一。

“爸爸需要我。你去房子里等吧！”她冲达科塔喊道，“没事的。”

达科塔又拉了拉蒂芙妮的手臂，掐得过于用力。蒂芙妮甩开了她的手。“一会儿再说！”她喊道，“去吧！”

达科塔跑开了，她弓着背，双手捂着脸，蒂芙妮不耐烦地想，老天啊，达科塔，我可没时间跟你搞这个，你不是这件事的中心。

54

蒂芙妮和韦德听着雨声，愣愣地盯着厨房地板上巧克力坚果罐碎掉的事故现场。

“真是想不到那个罐子碎了，竟然打出来如此多的玻璃。”韦德说。

“也没想到有这么多颗坚果。”蒂芙妮同意道，“我们没事，达科塔！”她喊道，“你要是有疑问的话！是你爸摔碎了一个罐子！”

沉默。蒂芙妮可以在雨声之下听到电视机的嗡鸣声。“没有人受伤！”韦德喊道，“我们不需要帮忙！”

停顿片刻后。“好的！”达科塔以相当轻蔑的语气喊道。

蒂芙妮和韦德相视而笑。

“我应该猜到她为什么表现奇奇怪怪的。”蒂芙妮说，“我现在想想，很明显，她会怪罪自己啊。”

“你一直告诉我她有什么问题。”韦德说，“可她为什么之前从没跟我们说过她是怎么想的？”他压低了嗓音，即使达科塔根本不可能听到。“为什么一直憋在心里？那可不好。”

“听起来像是她在担心我们也会怪她。她似乎觉得我们都在生她的气。”

“太疯狂了！”韦德生气地说。

“我知道。呃，显然，我们都不好受，也都心不在焉，况且孩子们就是这样的。他们觉得什么事都该怪他们。所以她误读了我们做所的一切。”

“但是事情发生的时候她都不在场啊！”

“这就是重点啊。”蒂芙妮在努力掩饰她的不耐烦。达科塔啜泣着解释了她为什么认为所有人都把露比的意外怪在她头上时，韦德也在场，可他只顾着不敢相信地甩手，根本就没好好听她在说什么。“她一厢情愿地觉得克莱曼婷认为她在负责看孩子。我说，我们确实夸了她看孩子看得好。”

“是啊，但是——”

“我知道。”蒂芙妮说，“克莱曼婷和山姆当然不会怪她了。没有人怪她。上帝啊，她才十岁。我们都知道她进屋去读书了。要是这家里有人该负责，那只能是我。是我在给客人们跳膝上舞。”

“停下。”韦德连忙说，这也是预料之中。自从烤肉派对后，每次这样的谈话都被他打断了。“那只是个糟糕的意外。”

是啊，看看是谁把一切都憋在心里。难怪达科塔会觉得烤肉派对上发生的事是羞辱的秘密。他们从没就这件事跟她说过一个字！那可怜的孩子肯定觉得这很奇怪，很吓人。她当然会以为是她的错了。

她想起烤肉派对之后的那一周，她工作太忙了。那栋该死的别墅，从一开始就是麻烦不断，结果拍卖时流拍了，然后土地与环境法庭的决议又对她不利。整个一周都很糟糕，压力之下，她还得承受着意外引发的惊恐。她根本没有想到达科塔。根本没有。达科塔当时只是她需要画勾的一项任务。只要她穿好校服，带着午餐，被安安全全送到学校，那任务就完成了。韦德也是同样。那一周他过得也不好。他丢掉了那份政府合同，虽然后来发现那是因祸得福，但他当时可不知道这些。等韦德和蒂芙妮走出迷糊状态，开始再次跟达科塔好好说话，事情就已经无法挽回了。可怜的孩子以为父母重新清醒是因为原谅她了。

原谅她！

“我去拿簸箕。”韦德说，“别动。你光着脚呢。”

他去拿来了笤帚和簸箕。

蒂芙妮盯着韦德宽阔的肩膀，看他蹲下来，小心地扫起玻璃碴和坚果。她想到那些秘密，还有它们所造成的损伤。

“我今天在学校认出了一个家长。”她说。

“哦，是吗，是哪个？”韦德边扫边说。

“我当年跳舞的时候认识的。”蒂芙妮说。

韦德抬起头来。“是这样啊。”

“是我以前的一个常客。”蒂芙妮说，“实际上还算是个朋友。是个不错的人。”

“小费给得不错？”韦德问道。

“小费给得不错。”蒂芙妮说。

“太好了。”韦德说。

“他约了很多私人表演。”蒂芙妮小心地说。

“那他还不错，”韦德说，“品位很好。”他认真地盯着地板，接着扫起小碎玻璃。

“韦德。”蒂芙妮说，“拜托了。这有点……别扭，不是吗？跟看过你妻子跳脱衣舞的人一起站在网球场上？”

“我为什么要别扭？”他抬起头来，“我为你自豪。我可能不想看他妻子跳脱衣舞。你跟他上过床吗？”

“我没跟任何客户上过床。”蒂芙妮说，“你知道的。”

韦德若有所思地看着她。“那好吧，所以说有什么大不了的呢？”他最后说，“你又没做过妓女。”

“但是那是所高级私立学校啊。对那些女人来说，跳舞跟做妓女恐怕没什么不同。要是传出去了，要是他告诉他妻子……”

“他不会告诉他妻子的。”韦德说。他站起来，到房间另一角去捡起滚到那儿的一颗坚果。

“他可能告诉他妻子的，然后学生们就都知道了，达科塔就会被欺凌，然后她就会抑郁，然后就会染上毒瘾。”

“那种毒品，冰毒，那可是种可怕的毒品。”韦德说，“我们告诉她只碰好的毒品吧，让你感觉温和的，不要那种想让人挠掉自己皮肤的。”

“韦德。”

“他不会告诉他妻子的。”韦德，“我敢赌一百万澳元，他绝对不会告诉他妻子。就算他说了又怎样？孩子们都会说：‘哦，达科塔。你太幸运了，你妈妈那么有才，那么漂亮，那么柔韧。’”

“韦德。”

“你什么也没做错。你抢银行了吗？不，你没有。要是你担心的这种情况真的发生了——不会发生的——但是如果真的发生了，达科塔因为这个不开心，那我们就不让她上这个学校了！很简单的。我们让她转学去别处。行了嘛。又不是悉尼所有男人都看你跳过舞。我们找个没人认识你的学校。”

“事情没那么简单的。”蒂芙妮说。

“我们想要的话，就很简单。”韦德说。

他把最后一点玻璃碴扫起来，站起身。“你这是还没事，就瞎着急。你在找事情啊。这不就像隔壁坏脾气的老哈利那件事吗……”

“那可不是没事，”蒂芙妮说，“我们的隔壁邻居去世了，我们都不知道。这可不是没事。”

韦德耸耸肩。“好吧，那达科塔今天在车里说的事呢？我们是觉得后悔。没错，我们后悔。当然了。哈利的事我们也很遗憾。我们应该多去看看他的，虽然他直接给我们摔门。你要是想的话，我们还可以后悔你的舞蹈事业，即使你跳得很棒，自己喜欢，也没伤害任何人，你还挣了很多钱，你知道的，所以我就觉得，你很不错，可是你要是想的话，你可以为此后悔。就像我们遗憾小露比的事，你知道的，我们当然有遗憾了。我们都为此难过。我们都希望事情有所不同。我们都很希望。我们希望——我希望——我根本没有邀请那些人来做客，我希望我好好看着那两个小女孩了，那样我就不用每次走进自家后院都想起……”

他停了下来。他的嘴一动一动的，好像在嚼难嚼的牛排。

“我永远忘不了那张苍白的小脸。”韦德半天才说。他的声音回来了，可他的眼睛亮亮的。他举起装着巧克力坚果和碎玻璃的簸箕，抓得紧紧的。“她发紫的嘴唇。我打电话叫救护车的时候，一直在想，太迟了。太迟了。她去了。”

他转过身，蒂芙妮闭了下眼。

上周她收到一张超速罚单，立刻就认出了日期。

摄像头拍到她开车送克莱曼婷去医院的时候超速了。她永远也无法忘记那段车程。那是会永远跟随你的那种噩梦。她和克莱曼婷一起经历了那段时间。蒂芙妮和她的家人就这样从克莱曼婷的生活中被割裂干净，这感觉不对。

她想到达科塔，想到她是如何把自己毫无根据的愧疚深深埋藏，把自己变成了诡异的影子人。

“对啊。”她说。她突然间非常、非常生气。“钥匙呢？我们出去。”

55

烤肉派对当天

蒂芙妮意识到她家附近出现了一种突然的、诡异的，像低语一般的安静。警察和急救人员，还有直升机都已经离开。周日的郊区。该做作业，熨衣服，看《60分钟电视杂志》了。

天已经黑了。路灯亮起。它们竖立在前院里。蒂芙妮正要开车送克莱曼婷去医院。她已经把车钥匙握在手里了。只有一个家长能跟着露比一起上直升机，山姆去了，这就意味着克莱曼婷得自己去医院。

“我自己开车。”克莱曼婷这时说。她肯定一直在用手指抓头发，因为她的头发蓬乱不堪，在头的周围形成了一个圆环，像是她刚刚遭遇了电击。

“不，不行的。你可能也过了酒驾标准。”蒂芙妮说。

“你不是也喝酒了吗？”克莱曼婷说。

“我只喝了一瓶低度啤酒。”蒂芙妮说。

“哦。”克莱曼婷说。她咬着下嘴唇，蒂芙妮看得出她咬出血来了。“好吧。”

计划是这样的，奥利弗和艾瑞卡照看霍莉，实际上，应该说只有奥利弗，因为艾瑞卡很明显不太正常，虽然她终于不再颤抖了。

“我会让两位女士在沙发上看着DVD吃爆米花的。”奥利弗说。可怜的他自己也还穿着湿衣服。

克莱曼婷突然间猛地抱住了奥利弗，差点把他撞得摔倒。“我还没说谢谢呢。”她把脸埋在他胸前说，“我还没跟你们俩说谢谢呢。”她的声音充满了裸露的情感，听起来几乎有些痛。

她朝艾瑞卡伸出一只手，让她也来拥抱，可艾瑞卡走开了。“整理一下你的头发，克莱曼婷。”她说。她用双手把克莱曼婷脸上的头发抚开。“你会吓到露比的。你看起来像个女巫。”

“谢谢。”克莱曼婷颤抖着呼了口气，“说得对。”

她弯腰直视霍莉，说：“你乖乖听艾瑞卡和奥利弗的话，好吧？还有，嗯，你今晚可能能去外婆家睡觉了！”

“太棒了！”霍莉说。她又停了下来。“那露比去吗？”

“我想今晚只有你了，霍莉。”克莱曼婷说。她抬头看着天空中直升机消失的地方，拉了拉衣襟。霍莉盯着她妈妈，下唇在颤动。

“霍莉，我们走。”奥利弗说着拉起她的手。他看看蒂芙妮。

“呃，谢谢你们的款待，蒂芙妮。韦德。”

韦德拍了拍他的肩。“兄弟。”

奥利弗领着霍莉匆忙穿过车道，跟她说他们一会儿要看哪部电影。

“你会给我们打电话吧？”艾瑞卡把手搭在克莱曼婷手臂上，蒂芙妮看得出这对她来说就算是拥抱了。她姐姐凯伦也是这样。

“我真不敢相信她就在那架直升机上。”克莱曼婷盯着天空看，“我应该跟她去的，不该是山姆去。我不知道我为什么让他去了——要是，要是……”

“快别想这个了，”艾瑞卡说，“谁在乎谁上了直升机？她注射了镇定剂。她都不会记得。你快去吧。我需要给你一巴掌吗？”

“什么？”克莱曼婷眨眨眼，“不！”

“那就给我们打电话，好吗？”艾瑞卡说。

“我当然会给你们打电话。”克莱曼婷急躁地说。

她们真的像姐妹一样。

艾瑞卡跟着奥利弗和霍莉走到车道那边，还光着脚，湿鞋子拎在手里，韦德从屋子里拿着蒂芙妮的钱包出来了，达科塔跟在他身后。

“好吧。那么……我们就希望小露比没事吧，要不了多久就又成了淘气的小猴子了。我肯定她会的。”韦德对克莱曼婷说，“你有私人医保吧？告诉他们你要最好的医生。不要实习生。”

可怜的韦德。他不是很会处理这样的事。蒂芙妮可以看出他紧张地绷着肩膀，好像在憋劲准备打斗。

克莱曼婷打量着韦德。她脸上的表情让人读不懂。

“有的。”她严肃地说，“谢谢你。”她又看看蒂芙妮：“我们可以——”

“当然了。”蒂芙妮说。她把智能钥匙指向车库门的方向，打开了门，这时她看到达科塔鼓足勇气张开嘴，要对克莱曼婷说什么，但克莱曼婷直接从她身边走过去了，只顾盯着车看，显然是着急地想要尽快去医院。

56

“我就去隔壁看一下。”艾瑞卡回到家就对奥利弗说，“我的心理医生觉得找回记忆的最佳方法是‘回到犯罪现场’，可以这么说。”

“没有什么犯罪。”奥利弗沉重地说。他起床了，穿好衣服，在嘬一支止咳棒棒糖。

“就是一种说法而已。”艾瑞卡说，“所以我才说‘可以这么说’。”

“我觉得韦德和蒂芙妮现在好像不在家，”奥利弗说，“你回来的时候我看到他们的车开走了。”

“我知道。我也看到了。实际上，我更愿意他们不在的时候过去。”艾瑞卡说，“免得分神。”

“什么？他们不在家你不能去啊。”奥利弗说，“那就是非法入侵了。”

“老天爷啊，韦德和蒂芙妮又不会介意。”艾瑞卡说，“我会解释的……好吧，我会解释我在干什么。”会有些尴尬，但是也值得。她可不想白白为“不是帕特”的谈话付那么多钱，她需要更多成效。

“而且外面在下雨。”奥利弗指出。他现在嚼碎了棒棒糖。“下着雨过去没用。那天没有下雨。”他突然一口吞掉了棒棒糖，盯着她看了一眼，“你站在他们家后院里不会想起任何事。你那天只是醉了而已。

我跟你说过了。人们喝醉了就会忘事。这是完全正常的。”

“我也跟你说过，我喝醉是因为我吃了药。”艾瑞卡说。别把你童年的遭遇发泄在我身上。

“你是怎么喝醉，为什么喝醉的都不重要，我只是在说，”奥利弗说，“这不会有用的。拜托了。这想法也太疯狂了。留在家。给我说说你母亲家里的事。有多严重？”

“不会很久的。”艾瑞卡说着走到了门口，“我马上就回来。回来再给你讲妈妈家的事。”

“我做了咖喱鸡肉晚餐。”奥利弗跟在她身后接着说话。他拉着她打开的门。“我今天下午感觉好一些了，我不确定我们还有没有椰油，不过我们有的。哦，我差点忘掉，今天警察来了！为了哈利的事。他们找不到……”

“这些都等等再说！”艾瑞卡拿起雨伞。奥利弗通常没有这么爱说话，但是请病假自己在家待一天，他总会憋一肚子话。同时，她还觉得他吃的感冒药、流感药让他有些亢奋，不过她是绝对不会这么跟他说的，因为他最怕被药物和酒精影响到了。他变得这么能说真是可爱。

她在雨中快步穿过前院，走上了韦德和蒂芙妮家门前的车道。她先按了门铃，出于礼貌，确认家里没人，也没有人在某处秘密观察她，即使会这样做的邻居只有哈利，而他已经去世了。她等了足足一分钟，才绕到了后院去。她沿着房子旁边的小路走，安全路灯自动亮了起来，让雨变成了金黄色。但愿别踩到什么警报器。

后院里的小彩灯都亮着，她想起蒂芙妮说过它们是定时自动开的。看到这些灯，她就回忆起一些关于那天下午的感官记忆。她可以闻到韦德做的焦糖洋葱，克莱曼婷对这个赞不绝口。她可以感到脚下的地板在轻轻晃动。脑子里那种绒绒的感觉。这个有用。“不是帕特”是个天才，花在她身上的钱每一分都值。

别分心，她提醒自己。集中注意力，但是不要太过注意。放松，回忆。

她当时从后门沿着这条小路走。她端着蓝白色的盘子。她在看着盘子。她挺喜欢那些盘子的。她眼馋那些盘子。天啊，她没有把盘子偷走吧？不。她把盘子摔碎了。这个她记得。

音乐。当时放着音乐，而音乐声之下，或者说比音乐声更高的，是一个声音，一个焦急的声音，那声音以某种方式，跟……哈利有联系。噢，她为什么总想哈利？这意味着什么？是因为他之前打电话让他们调低音量吗？

她接着走下去。她从这里看不到喷泉。她得看到喷泉。她的心跳跟雨落在伞上的节奏相同。

她停了下来，有些困惑。喷泉在哪儿呢？她转向左边。然后转向右边。她把雨伞往后搭，在雨中眯着眼往上看。

喷泉不见了。它之前所在的地方只剩下一块难看的水泥，艾瑞卡的记忆崩解了，消失了，像是写在马路上的粉笔字被雨冲刷掉了，她现在只感觉又冷又湿，很傻。

57

克莱曼婷跟着山姆进了他们的卧室，他从抽屉里拉出一件T恤，套上了。他脱掉上班穿的裤子，换了一条牛仔裤。他的动作很僵硬，像是抽搐的瘾君子，犯毒瘾了。他躲避着她的眼神。

她说：“你是真心的吗？你是认真的吗？分居的事？”

“大概不是。”他边说边耸耸肩，好像他们的婚姻状况对他来说无关紧要。

她太激动了，都无法有规律地呼吸。她好像忘记了呼吸的方法。她一直屏住呼吸，然后猛地吸一口气。

她说：“老天啊，你不能随随便便说这种话！你从没有，我们从没有……”

她的意思是，他们从没用过“分居”“离婚”这样的词，即使在争吵时尖叫得最厉害的时候。他们会互相喊这样的话：“你真是烦人！”“你就不用脑子！”“你是烦人的女人历史上最最烦人的女人！”“我恨你！”“我更恨你！”他们总是、总是会用“总是”这个词，即使克莱曼婷的母亲说过，你不应该在跟伴侣吵架的时候用那个词，比如说：“你总是忘记续水！”（不过山姆确实总是忘记。这话说得没错。）

但是他们从没暗示过婚姻终结的可能。他们可以跺脚，大吼，板着脸，但是都安心地清楚，他们生活的脚手架是坚实的。与之相矛盾的是，这反而给了他们更多的自由去大声吼，去喊更傻、更蠢、更不合逻辑的话，让感情在两人之间任意飞舞，因为早晨一到，一切都会好的。

“抱歉。”山姆说，“我不该那么说。”他看着她，他脸上出现倦怠不堪的表情，有那么一刻，他又成了从前的他，而不是那个冷漠、古怪的陌生人，“我只是因为达科塔要来霍莉的派对感觉难受。我不想让霍莉跟那家人扯上关系。”

“他们不是坏人。”克莱曼婷说，她因为山姆声音里的厌恶而分神，一时忘了此刻的论点。克莱曼婷不想见韦德和蒂芙妮，是因为他们让她想起她一生中最糟糕的一天。只是想想就让她不禁打战，就好像想到曾经吃太多而吃伤了的食物一样。但是她并不厌恶他们。

“听着，他们就不是我们这类人。”山姆说，“说实话，我不想我的孩子跟他们那样的人有牵扯。”

“什么？因为她以前是跳舞的吗？”克莱曼婷。

“她以前是跳脱衣舞的。”山姆说，他话里的恶心让克莱曼婷本能地想替蒂芙妮说话。

把蒂芙妮归类成“那种人”，然后断定蒂芙妮提出为她跳膝上舞时她感到的那种强大的欲望只是身体的廉价骗局，是不自觉的反应，就像对性工具的反应，这样做太容易了。说克莱曼婷的举止很恶心，蒂芙妮很恶心，发生的一切事都很恶心，也很容易。但那是逃避。就像是说如果他们跟“对的人”开烤肉派对，露比就不会出事。当然，事情还是有可能发生的，要是他们因为关于哲学、政治、获奖文学之类的话题分心的话。

“蒂芙妮人很好。非常好！他们是好人！”她说。她想到韦德和蒂芙妮，想到他们那晚向他们展示的温暖和友善。他们两人都毫无保留地做自己。没有要任何伎俩，也没有做什么让他们困惑的事。“他们真的是挺善良的人。”

“善良！”山姆爆发了，“你疯了吗？你根本不知道自己在说什么。我去过那种脱衣舞俱乐部。你去过吗？”

“没有，但是那又怎样？”

“它们令人恶心，让人抑郁。它们一点也不光鲜亮丽。它们一点也不性感。你一点都不现实。说真的。”这是他们婚姻中无止无休的争吵的另一个版本。山姆扎根现实。显然，克莱曼婷不够现实。山姆想早点去机场。克莱曼婷想最后一个登机。山姆想要提前预订。克莱曼婷想到时候再看。他们曾经能找到平衡点。这曾经是个笑话。

“说真的。”她小声嘲讽地学着他的语气。

“说真的，”他说，“没有人想去那种地方。女孩们不想去。赌徒们也不想去。”

“哦，对啊，没人想去那儿。”克莱曼婷重复道。“赌徒”这个词让她反感（保守的老年人用词），还是说只是现在他做的一切事都让她反感呢？“那我猜你跟其他赌徒都是被逼着去的了。”

“大部分情况下，是一群喝醉的小伙子，其中一个人说，咱们去去玩吧，你就跟着去了，只是为了好玩，然后你看到板着脸的女人们到处转圈，你意识到这不对劲，很恶心——”

“是啊，对极了，山姆，你那天可是被蒂芙妮恶心到了。”克莱曼婷说。这简直太疯狂了。完全改写历史啊，山姆不是一向会干这种事吗，她不是总说她希望他们的生活能都被拍下来，这样就能回放，证明他在否定他之前说过的话吗？“你当时在笑。你在鼓励她。你喜欢她，别假装你没有喜欢她，我知道你有的。”

她一说出话就后悔了，因为她太了解他了，能看出她的话伤到了他。

“你说得对。我得背负这些活下去。”他说，“我得永远背负着，但是这不意味着我就想跟她打交道。你知道她可能还是个妓女吧？”

“她不是！跳舞只是个职业。是个有趣的职业。”

“你怎么知道？”山姆。

“我们谈过这个。她开车送我去医院的时候。”

山姆愣住了。“所以，你在去医院的路上跟蒂芙妮开心地聊她做脱衣舞娘的日子，而露比……露比却……”他的声音卡住了。他吸了一口气，再次说话的时候声音恢复了正常。“真好啊。真天真啊。”

这种愤怒是像宫缩一样，强劲、特别、不可阻挡。她好一会儿才喘过气来。他在质疑她对露比的爱。他在暗示她背叛了露比，她不在乎，她的爱比不上他的，实际上，她再想一想，他不总这么暗示吗，他比她更爱孩子们，因为他更担心，他爱围着孩子们转？“你根本就不知道去医院的路上是什么样。”她小心地说。她可以听到怒气在试图冲破她话语的限制，每一个字听起来都有些奇怪。“那是最糟糕——”

山姆举起手来示意她停下。“我没兴趣听这个。”

克莱曼婷挫败地举起双手，然后放下。他们的关系已经变得太过扭曲、纠缠，好像他们在童话中过于茂密的森林里迷路了，她看不到回去的路，不知怎样回到那个她知道仍然在的地方，那个他们还爱着彼此的地方。

58

烤肉派对当天

蒂芙妮开车往韦斯特米德儿童医院，以她敢开的最快速度，而克莱曼婷在路上给她父母和公婆打了电话。这两通电话很短，但是听着很痛苦。克莱曼婷一听到她母亲的声音就哭了出来。蒂芙妮听着那可怜的女人在电话里吼：“怎么了？发生什么了？上帝啊，克莱曼婷，别哭了，告诉我出什么事了！”

电话打完之后，她们两人都沉默着，克莱曼婷大声吸鼻子，手机放在大腿上，面朝着窗外。

最终是蒂芙妮开了口。“我很抱歉。”她说。

“不是你的错。”克莱曼婷说，“是我们的错。我的错。”

蒂芙妮没有作答，只是盯着前方的路。要是这小姑娘因为蒂芙妮还喜欢被崇拜的感觉而死掉了怎么办？就因为她知道韦德喜欢。就因为她觉得自己特别有胆儿。

“是我在转移你的注意力。”她说。她想在有人指责她之前自己说清楚。

“是我挑起来的。”克莱曼婷淡淡地说。她转身望着窗外。“我的孩子。我的责任。”

蒂芙妮不知该说什么。这不像是吃晚餐争着买单。不行，我来！这个一定要我来。

“我整个下午都看着她们俩。”克莱曼婷说，“我很清楚她们两个都在哪儿。只是那一刻没有。山姆觉得我不如他小心，但是我在看着她们呢。我看着呢。”

“你当然看着。我知道你看着。”蒂芙妮说。

“她肯定害怕死了。”克莱曼婷说，“水……”蒂芙妮扭头，看到克莱曼婷在晃，安全带在她胸前拉得紧紧的，她用拳头捂着嘴。“她肯定吞了好多水，慌了神……”

蒂芙妮在红灯前停下，几乎听不清她的话了。

克莱曼婷弯腰向前，把手臂搭在仪表盘上，像是在飞机事故前做准备姿势一样。然后她又坐直了，双手紧贴在小腹上，发出呻吟声，这让蒂芙妮想到了分娩的孕妇。

“深呼吸。”蒂芙妮说，“用鼻子吸气，嘴巴呼气。‘呼’的一声，这样：哈。”

克莱曼婷照做了。

“我有时候做瑜伽。”蒂芙妮说。分散她的注意力。她能做的就只有这个。“你做瑜伽吗？”

“我一直想做来着。”克莱曼婷说。

“我带韦德去过一次。”蒂芙妮说，“那是我这辈子见过的最搞笑的事。”

“前面什么情况？”克莱曼婷说，“拜托，别告诉我是堵车了。”

“我敢肯定不是的。”蒂芙妮说。她看着面前闪闪烁烁的一行红色制动灯，心沉了下来。“这么晚不会的。肯定不会的。”

*

克莱曼婷无法相信眼前的景象。好像整个宇宙都在戏弄她，嘲笑她，惩罚她。

“开玩笑吧。”她们在一辆停下的车后面停住时，她说道。她在座位里扭来扭去。她们后面还有更多的车在停下，一辆又一辆，所有车都完全不动了。她们旁边的那条车道也是静止的。她们被困在了金属的海洋里。

“要是前面有支路的话，”蒂芙妮用一根手指点着车载卫星导航，“我们就可以上支路，找个小道，但是我好像看不到——”

“我应该跟露比去的。”克莱曼婷说。

医生说只能有一个家长上直升机的时候，她和山姆甚至都没有讨论。“我去。”山姆看都没看克莱曼婷就答道。通常应该是母亲去的吧。

孩子生病的时候都需要妈妈啊。就因为山姆带孩子们去打针，也不能默认遇到紧急医疗状况，他也有优先地位吧。她们病了的时候，夜里都会喊“妈妈！”，而克莱曼婷才是坐在床上抱着她们的人，山姆负责去拿药。为什么她就那么乖乖站在一旁，让他去了？她是妈妈啊。克莱曼婷应该去的。她恨自己没有坚持。她恨山姆没有给她选择。

“噢，上帝啊。”她大声说。她的肚子一阵一阵绞痛。“我们根本没有在动。”她们前方那辆车的制动灯灭掉了，蒂芙妮满心希望地凑到方向盘跟前。她们向前挪动了些许，然后又立即停了下来。她们后面的一辆车按了喇叭，另一辆也用愤怒而夸张的喇叭声回应。

“噢，去他的。”克莱曼婷呻吟道，“我靠，我靠，我靠。”

她根本没法安静地坐着。她拉着胸前的安全带。仿佛她是被束缚着，没法去见露比。想要去她身边的渴望现在已经超负荷了。她想为此而尖叫。她能感到自己的双臂渴求抱着她。

“照料她的人很厉害的。”蒂芙妮说，“我外甥女有一次进了韦斯特米德的急诊室，我姐姐说他们很牛。她……呃，她很佩服，呃……”她安静了下来。

克莱曼婷望着窗外，打开窗子放些空气进来。她想象着自己甩开门，开始跑。这里没有人行道。她就沿着公路跑，路过那些愚蠢糟糕的金属汽车，尖叫道：“都给我让开！”

“我看看能不能找到交通报道。”

蒂芙妮打开了收音机。

她按了按钮，一些杂音之后，终于找到了听起来像是新闻报道的声音。

“赶快啊。”蒂芙妮对收音机说。她们终于听到了。“三车追尾。”“流动交通记者文斯”欢乐地从直升机里说道。又有人在直升机里。“交通停滞。这简直难以置信！这可不是普通的周日傍晚！看起来像是周一早高峰大拥堵。”

蒂芙妮关掉了收音机。

“好吧，确认我们堵车了。”她说。

她们沉默地坐着。

她们前面的那辆车动了，但又几乎立刻停了下来。

“我不能……我得……”克莱曼婷解开了安全带。车顶棚离她的头太近了。“我得出去，我不能干坐着。”

“没处可去啊。”蒂芙妮看起来慌了，“我们动了。看！我们动了。会通的。”

“你看到她有多惨白了吗？”克莱曼婷说，“她的脸那么白。她平时小脸蛋儿都是粉扑扑的。”她能感觉她的自控力快丢掉了，就像在沙地上脚底打滑。她看看蒂芙妮。“跟我说说别的。什么都行。”

“好吧。”蒂芙妮说，“呃……”

克莱曼婷无法忍受了。

“我有个试音。非常重要的试音。今天早上它还是我生活中最重要的事。你跳舞时需要试演吗？”她双手捂着脸，话从指间说出，“她要是再次停止呼吸可怎么办？”

“我觉得她不可能停止呼吸的，她已经插管了。”蒂芙妮说，“这就是帮她呼吸的。”

车流动了起来。停了下来。“我靠！”克莱曼婷把拳头砸在仪表盘上。

“我有试演的。”蒂芙妮赶快说，“面试俱乐部的工作。我跟我朋友艾琳一起去的。不然我可能就退缩了。”

她停了下来。

“继续，”克莱曼婷说，“继续讲。拜托继续讲下去。”

“我们去了俱乐部，我本以为我们会不当回事，可是那个管面试的女人啊。她叫翡翠绿·火焰。我知道。听起来很搞笑，可是实际上，她特别吓人。我们一看到她，就严肃了起来。她是个很厉害的舞者。她的动作都是慢镜头。让我想到丝绸。丝滑的丝绸。几乎太过性感了。好像你看到了你不该看的东西。她说：‘姑娘们，好看的钢管花招不是重点。重点是挑逗。’这条建议让我赚到了很多钱。但是我们要做的第一件事就是走上台去，绕着钢管走一圈，然后走下去。听起来好像算不上什么，可那很吓人的，要知道所有的女孩都在看着你，评判你，当然了，我们还不习惯穿高跟鞋——我以为我要摔倒了——还有什么呢？我记得翡翠绿还说了什么，不要做你自己。你得想个艺名，编个身世故事。我该停下吗？”

“什么？”克莱曼婷用拳头揉着自己的肚子。车流缓缓蜗行。“不。拜托别停。接着说。你的艺名是什么？”

“芭比。有些丢人。我以前很爱芭比娃娃。”

“拜托接着说。”她说。

于是蒂芙妮就说了下去。

她说那低沉的贝斯节奏、缭绕的烟雾、毒品、女孩们、规则，还有她在钢管上挺厉害的，她可以做不少旋转的动作，还可以垂直挂在钢管上，即使事后肩膀会痛，但是她小时候练过竞技体操，所以……

克莱曼婷想到了霍莉的体操课。也许她该改学小提琴了。

车接着一寸一寸向前挪。“继续。”她说。

蒂芙妮继续说。

她说那一次她跳私人舞的时候不得不按下了紧急呼救按钮，但那确实是她唯一一次感到不安全；那个只想温柔地捧着她的脚的律师，几周后她在电视里看到他，因为一个案件接受采访；那个穿着polo衫的邋遢男子，结果是个大款，给小费时递出一沓钱，不像那些穿着昂贵西服的银行家，用一枚代币挑逗你，那可只值两美元啊；还有那些年轻的乡下男孩，不停地去ATM机取款，再预订她的表演，直到最后她说“伙计们，就这样了。我没有能给你们表演的了”；还有那个B级明星，以前预订她和艾琳的淋浴表演，喊“好哇！好哇！”，像看歌剧一样。

“或者说像听交响乐。”蒂芙妮用眼角余光看看克莱曼婷。

“淋浴表演？”克莱曼婷说。

“是啊，你就洗淋浴，客户坐在沙发上，看着你打泡沫——或者两个人相互打泡沫，如果有两个人的话。我喜欢淋浴表演。俱乐部里很热，黏黏的。能凉快一下是种解脱。”

“哦。”克莱曼婷说。老天爷啊。淋浴表演。她在想她是不是要吐了。她很可能要吐出来了。

“我该停下吗？”蒂芙妮说。

“不。”克莱曼婷答道。她闭上双眼，就看到了露比，然后又睁开了眼。“接着说！”她提高声音说。

接下来二十分钟恍惚的时间里，克莱曼婷一直盯着前面那辆车的制动灯，心里希望它们消失，蒂芙妮不停地说啊说，克莱曼婷都听不进去她的话，总是走神，只能听到分散的片段：私密表演房间里的表演台很硬，所以要自己带一块软软的小毯子……一些女孩需要喝酒才能工作但是我……很爱竞争，一天晚上我觉得管他呢……

最终，她们终于到了锥形交通标前，明亮的白光在闪烁，一辆拖车在抓着减震器，慢慢抬起一辆撞毁的小红车，角度很不自然，一个警察冲她们招手示意可以通行，蒂芙妮用突然不同的语气说：“那好吧。”然后狠狠踩了一脚油门，一直到开到医院停车场，两人都没再说一句话。

59

“成功了吗？你记起来什么了吗？”奥利弗说。他们正坐在餐厅桌旁吃他做的鸡肉咖喱。外面的雨已经稀稀落落，像是在考虑停下来了，但是艾瑞卡可不会被骗到。一尘不染的红木桌面上只有他们需要的东西：闪亮的餐具，餐垫，杯托上洁净的玻璃杯里盛着冰水。在这样一张餐桌旁坐下吃饭，对他们两人来说都是来之不易的。他们吃饭前总是会心地短暂对视，这是对空间与秩序的无言感激。

“没有。”艾瑞卡说，“喷泉没了。抹了水泥。后院感觉像结了疤。有点悲哀啊。”

“我猜他们是不想要那段记忆了。”奥利弗说。

“可我想要那段记忆。”艾瑞卡说。她小心地放下刀叉。（“别拿着餐具乱挥了！”帕姆曾这样教训克莱曼婷和她的哥哥们，可听进去的却是艾瑞卡。克莱曼婷到现在都还喜欢说话时拿叉子比画重点。）

“是啊，”奥利弗说，“我知道。”

“我写下来了，你知道的，我记得什么，不记得什么。”实际上，她是在Word文档里打了出来（保存的文件名是“记忆.doc”），希望把它当成职业的问题来对待，就能有职业的解决方法。

“好主意。”奥利弗说。他在听她说，可她看得出，他也在听雨水从排水道中溢出，流在他们后门台上的声音。他在担心木材会被腐蚀。

“我记得我当时从房子里出来，拿着盘子。”艾瑞卡说。她的记忆像是迅速闪烁的频闪灯：亮，暗，亮，暗。“然后我就在喷泉里了，你也在，我们一起把露比抬出来，但是我不记得这之间的任何事。完全是一片空白。我不记得最开始看到露比，也不记得进喷泉。我就是突然在喷泉里了。”

“你把盘子扔掉，跑着过去的。”奥利弗说，“你先尖叫着喊了克莱曼婷，然后就跑起来了。我看到你在跑。”

“对啊，可我怎么就记不起来那段？”艾瑞卡说，“我怎么不记得我想到：‘哦上帝啊，露比掉进喷泉里了？’这种事怎么会忘掉？”

“震惊，酒精，还有药物——这些都可能是原因。”奥利弗说，“说实话，我觉得你应该放下这个。”

“是啊。”艾瑞卡叹了口气。她又拿起了餐具。“我知道。你说得对。”

她应该现在告诉他，克莱曼婷同意做他们的捐卵者了。瞒着他这种能让他开心的消息很残忍。

“你母亲那儿今天有多严重？”奥利弗问道。

“很久没这么糟了。”

“抱歉。”奥利弗说，“真对不起我没能陪你去。”

“没关系。我没做太多。我差不多是放弃了。坏消息是，隔壁邻居要卖房了。”

“好吧。”奥利弗说着，小心地咀嚼，“这真是个问题了。”她看着他在思考情况。

“她态度倒是很谦和。”艾瑞卡说。

“我们只需要配合她。”奥利弗说，“搞清楚她究竟什么时候开始放广告，什么时候有人看房。”

“我感觉妈妈可能是蓄意在破坏她的计划。”艾瑞卡说，“就是居心不良。”

“有可能。”奥利弗说。他也是伴随着家人没有原因的恶意长大的，但是他把这些当作天气一样接受了，而艾瑞卡还在反抗，还在仇恨，想要找出背后的原因。她想起垃圾袋破掉的时候她母亲的大笑。她为什么要笑？这种事怎么好笑了？

“我们会想出办法的。”奥利弗说，“我们放弃房子里面，主攻外面。直到邻居卖出房子，只有外面才重要。”

在西尔维娅的问题上，他总是那么冷静。

他意识到艾瑞卡每次去母亲家，都会严重焦虑，那时候她每周都要去好几次，他一开始坚持认为，她可以直接拒绝去，但是艾瑞卡对她母亲有强烈的责任感，无法那样做。她需要确保她母亲的生存环境不至于水深火热，不会影响健康。所以奥利弗想出了一个计划，当然，是有电子表格的，他设定了一个探望时间表。根据计划，艾瑞卡每年只去她母亲家六次，跟奥利弗一起，每次去都至少要腾出六个小时，全副武装，准备好战斗，戴上手套、面具，拿上垃圾袋。不会再假装西尔维娅是正常人，去“共进晚餐”。那些晚餐邀约多么愚蠢啊。艾瑞卡小时候，西尔维娅会承诺她要做晚饭——很久很久以前，厨房还没消失的时候，她做饭很好——但是那顿饭从来、从来没被变出来，可每一次，艾瑞卡都忍不住有些相信饭是会出现的，即使她清楚地知道，西尔维娅的厨房已经根本没法用了。“我只是有点累。”西尔维娅会说，“我们还是来点外卖吧？”那些夜晚，总是会爆发关于房子状态的争吵。现在艾瑞卡已经不会求她母亲去寻求专业帮助了。奥利弗让她看到了，西尔维娅是永远不会改变的。西尔维娅不会好的。奥利弗对艾瑞卡说：“你去寻求救助。你不能改变她，但你能改变你对她的反应。”于是她照做了。

他会是最好，最冷静，最智慧的父亲。她想象他为儿子解释世界，一个跟露比和霍莉一样有着明亮蓝眼睛的小男孩。他们的孩子永远不需要因为餐桌消失在一堆堆垃圾之下而在床上吃饭。他们孩子的朋友们可以随时来家里玩。随时！甚至可以来吃晚餐。她和奥利弗只是需要多买些餐垫而已。

这是他们的计划。这是他们的梦想。给孩子一份珍贵的礼物，正常的童年。只是，在这些梦中，她看到的奥利弗比她自己更加清晰。

告诉他，她对自己说。快告诉他。这是他应得的。

“克莱曼婷今天又打电话了。”她说。善意的小谎言。“我当时在妈妈那儿。”

奥利弗抬起头，她看到了希望，那么裸露而真实，让她有些恶心。

“她很乐意做。”她说，“捐卵。”

让她做吧。他们救了露比的命。一命换一命。克莱曼婷欠他们的。让她做吧。

奥利弗小心地将刀叉放在盘子的两边。他的眼睛在闪光。“你觉得……”他开口说，“你是担心她的动机不对吗？因为露比？”

艾瑞卡耸耸肩。她肩膀的移动显得很不自然。她不会告诉他她无意中听到的话。那只会让他难过。而且她觉得丢脸。她不想奥利弗知道她最好的朋友其实并不喜欢她。“她说跟那件事没关系，但是我想我们永远都无法确定了，不是吗？反正，这也算是公平的。我们救了露比，她给我们一个宝宝。”

“呃……你在开玩笑吗？”奥利弗说。

“我不知道我是不是在开玩笑，”艾瑞卡思考着说，“我可能是认真的。我们确实救了露比的命。这是事实。为什么不让他们做些事作为答谢呢？她的动机重要吗？”

奥利弗考虑了一下。“重要。”他说，“不是吗？如果她没有真的愿意做呢？要是没出这事，她就不会答应呢？”

“好吧，反正她得去诊所见咨询师，”艾瑞卡，“在一切继续推进之前。跟她谈这些是咨询师的工作。她的动机。她的……心理状态什么的。”

奥利弗展开了眉头。确实要走程序。会有专家决定的。

“你说的对。”他开心地说。他又拿起了餐具。“真是好消息。很棒的消息。往正确的方向迈进了一步。我们会成功的。我们能做父母。不论怎样做到。”

“是的，”艾瑞卡说，“是的，我们会的。”

他又放下了刀叉，擦擦嘴角。“我能问个可能很奇怪的问题吗？”

艾瑞卡僵住了。“当然了。”

“烤肉派对那天，克莱曼婷说，你一直说不想要孩子。你不是就为了我做这件事吧？”他皱眉头的时候，他的眼镜往前滑了一点，“你过去几年遭受的一切……”

“没有那么糟糕啦。”艾瑞卡说。

试管婴儿是非常有秩序的过程。她喜欢它的严肃、规则、科学。她尤其喜欢无菌的环境：穿完就扔掉的一次性袍子，套在鞋子外的鞋套，蓝色的纸发套。而且跟奥利弗一起，参与这个重要的秘密项目，也是很好的。

她记得每一次提取和转移，闻着美妙的消毒剂气味，拉着奥利弗的手，没什么可做的，只能投入程序之中。奥利弗担起了药物类的任务。他帮她做所有的注射，温柔、专业。从没留下过一点淤青。她不介意清晨的验血。那种晕眩的感觉。“是啊，没错，是我的名字。”护士戴着蓝色手套的手举起一管贴着整洁标签的血样。

克莱曼婷肯定会恨那些针头的。用克莱曼婷的恐惧来换奥利弗的喜悦。这是个公平的交易，不是吗？

“是啊，但是你也想要宝宝，对吧？”奥利弗说，“为你自己？不单是为我？”

“当然了。”艾瑞卡说。一直是为了他。一直是。她想要一个自己的小霍莉或者露比的渴望已经消失了。她不清楚是为什么。大概是因为她那天听到的话，也可能是另有原因：跟她失去的记忆有隐隐约约的关系。

但是这一切都不重要。她吃掉了鸡肉咖喱，扫视他们漂亮整齐的房间。

“那是什么？”她突然问道。

她站起来，走到书架旁。两本书的书脊之间有一缕蓝色。奥利弗扭头看她。

“哦。”他说着拉出了霍莉的蓝色亮片小包。“这个。”

艾瑞卡打开霍莉装满石头的包。“她肯定是忘在这里了。”她说着拿出一块白色的光滑小卵石。“烤肉派对那天。”奥利弗说。

“我给克莱曼婷送回去。”艾瑞卡说。

“霍莉不想要了。”奥利弗说。他张开嘴，像是还想说什么，可又改了主意，喝了一口水，小心地把杯子放在杯托上。

“真的吗？我还以为她很喜欢——”

“我们可能圣诞节就成功受孕了。”奥利弗梦幻地说，“想象一下。”

“是啊。”艾瑞卡同意道，她把石头放回了袋子里。

60

烤肉派对当天

“露比死了吗？”霍莉一边玩她那装满石头的蓝色亮片小包的把手，一边问道，她用双手把包抱在大腿上。

“没有。”艾瑞卡说，“她没有死。她跟你爸爸一起坐着直升机去医院了。她现在应该已经到了，医生会治好她的。”

她们盖着被子坐在沙发上，奥利弗在给她们做热可可。电视上在放《马达加斯加》。艾瑞卡已经卸了隐形眼镜，所以她只能看到电视上颜色闪来闪去。

她有种昏昏欲睡的感觉，好像巨大的黑浪正在向她袭来。只是她睡不着。霍莉还在这儿。现在才……几点来着？大概下午六七点。可感觉已经很晚了。感觉像是半夜。

“她可能会死。”霍莉盯着电视。

“我觉得她不会死，但她确实病得很重。挺严重的。好吧。她可能会死。”

“艾瑞卡。”奥利弗说着走进房间，用托盘端着热可可。

“怎么？”对孩子不是应该尽可能诚实吗？没有人知道他们把露比拖出来之前，她在里面泡了多久。没有保证。她可能会受到严重的脑损伤。体温过低。她可能活不过今晚。艾瑞卡为什么觉得自己应该知道露比在水里待了多久呢？她为什么有种奇怪的自责感，好像她做错了什么？她是最先到露比身边的啊。她是最先行动的啊。她都不是露比的监护人。但这肯定是有原因的。有什么她没做到的事。

“来了。”奥利弗说。他还穿着湿衣服。他会生病的。他递给霍莉一杯热可可。“我没有做得太热，但还是小心点，小口喝，好吗？”

“谢谢你。”霍莉大声说。

“真礼貌，霍莉。”奥利弗说。

“换衣服去吧，”艾瑞卡从他手里接过热可可时说，“你会感冒的。”

“你还好吗？”奥利弗问道。

“怎么了？我看起来不好吗？”她喝了一口自己的热可可，不知怎么，没喝到嘴里。她用手指擦了擦下巴。

“是的。”奥利弗说，“你看起来不好。”

“注意礼貌。”霍莉对艾瑞卡说。

“你说什么呢？”艾瑞卡急躁地说。这孩子说的话不合理啊。她突然意识到，她冲霍莉吼的样子，跟她小时候西尔维娅吼她时一模一样。艾瑞卡一开口告诉她母亲什么事，她母亲就会吼道：“你说什么呢？”艾瑞卡会想：让我说完，你就知道我在说什么了！

“你忘记说谢谢你了。”霍莉说。她看起来很害怕。“对奥利弗说。”

“哦。”艾瑞卡说，“当然了。你说得对。对不起，霍莉，我不该吼你的。”

艾瑞卡看着两滴大大的泪珠在霍莉蓝色大眼睛的下睫毛上颤动。这不光是因为她的吼叫。霍莉没有那么敏感。

“霍莉，”她说，“霍莉。亲爱的。没事的，一切都好，来跟我抱抱，不过我觉得……我可能……对不起。”她做不到了。霍莉现在需要她的安慰，可她却无法给她。她把杯子递回给奥利弗，他惊讶地伸手，杯子差点从她手里掉下去。“我只是太困了。”

她让那一摊巨大的黑色空虚淹没了她，将她拽进其中。她听到电话在响，可太迟了，她已经回不去了，这力量太大、太强大了，她无法抵抗。

*

奥利弗看着他昏昏欲睡的妻子，因为突然明白而恶心。她是醉倒了。这意味着她算是有效地抽身而出了。走了。明天早晨才能回来。他从没有以讨厌的眼神看过他的妻子，但是他看着她脑袋一点一点，张着嘴巴的样子，感觉到自己的脸因为厌恶而扭曲了。他们甚至不知道露比会不会有事。她怎么能睡着？但是当然了，醉鬼总是会睡着。

她不是醉鬼，他提醒自己。她只是喝醉了。这是认识她以来第一次。

“她肯定累坏了。”霍莉看着艾瑞卡说，一脸的惊奇。

奥利弗听到霍莉用“累坏了”这个词，不禁微笑。“你说得对，”他说，“她是累坏了。你的热可可怎么样？烫吗？”

“不，不烫。”霍莉说。她小心地、试探地喝了一小口。她的上唇上沾了一圈牛奶小胡子。

“奥利弗。”霍莉小声说。她举起自己的蓝色小包，眼里盈满了泪水。

“你想让我把它放到安全的地方吗？”奥利弗伸手去接。

“奥利弗。”她又说了一遍，这次比上次更小声了。

“怎么了，亲爱的？”奥利弗在她面前蹲下。他的衣服还是湿的，还粘着喷泉里的脏东西。

霍莉向前靠了靠，急匆匆在他耳边低语。

61

烤肉派对当天

两对祖父母同时到了医院。

克莱曼婷刚从ICU病房里出来，给艾瑞卡打电话，告诉她露比的情况，让霍莉再在她家待一会儿，等他们弄清楚她今晚在哪里睡。

让她惊讶的是，接电话的是奥利弗。霍莉没事，他说。她在沙发上跟艾瑞卡一起裹着毯子看DVD。他说艾瑞卡睡着了，他听起来很尴尬，或者是晕乎吧，但是除此之外，他的语气与平时完全相同，礼貌，话少到让人尴尬，于是他不得不时而清清嗓子，他这样就好像这只是个平常的夜晚，好像他和艾瑞卡没有刚刚救过露比的命。

克莱曼婷站在一楼的半层平台上，所以看得到医院第一层的全貌，还有入口处的推拉门。山姆的父母匆匆赶来，她一眼就认出了他们，他们半跑着，显然很激动。他们肯定和她跟蒂芙妮一样，赶上了那段堵车，他们肯定也经历了同样让人抓狂的烦躁。山姆的父亲在乡村长大，憎恶红绿灯。

她看着四人相互拉扯，像是自然灾害发生时在难民营里碰到了一样。她父亲穿着"家里穿"的衣服，牛仔裤配一件变了形的套头衫，这衣服通常绝不会出现在公共场合，他拥抱了山姆瘦小的母亲，她用双臂搂住他，紧紧抓着他的背，这太不像她的作风了，几乎有些吓人。克莱曼婷看着山姆的父亲把手搭在自己母亲的手臂上，他们两人一同转身，抬起头来，看着医院的路标找路。

克莱曼婷的母亲最先看到了她，克莱曼婷伸手时，她刚好指出了她的位置，他们几人一同穿过长而宽的走道，向她走去。

克莱曼婷走下去，在半路与他们相会。她母亲最先到，然后是山姆的父母，她父亲在最后；他几个月前滑雪出了意外，膝盖做了手术。他们脸上的表情都让人看了痛苦。他们每个人都很害怕，看起来不太好，像是在挣扎着呼吸，像是刚刚那条走道是克莱曼婷逼他们爬的一座山。他们本是四个健朗的祖父母，享受着退休时光，可现在他们看起来老了许多。他们还是第一次看起来像是老人家。

露比和霍莉在两个家庭都是仅有的孙辈。她们都深受喜爱，被宠坏了，山姆和克莱曼婷以随意的自负接受了这些喜爱，他们难道不是生出了这么美好的小天使吗？没错，他们确实是，于是他们可以随意挑选帮忙看孩子的人，他们有权利放松，有权利在去探望时享受自制的美味，因为他们有所回报啊：这对美妙的孙女儿！

"她没事。"她说。没事，说的是"活着"，她想让他们知道露比还活着。但是她说得太早了，他们还听不大清楚，她能看到四个人都在努力理解她的话，慌张地想要快点到她身边，山姆的母亲抓住了扶手，好像听到了坏消息似的。

“露比没事！”她又喊道，这次大声了一些，然后他们就包围了她，问问题，挡住了要往前走的人的去路。

“他们给她打了镇定剂。”克莱曼婷说，“她还……插着管。”

说到这个可怕的词，她磕绊了，想到了露比惨白的小脸，从她口中延伸出来的可怕的大罐子。看起来像是要把她堵得窒息了，而不是在帮她呼吸。

“他们做了CT检查，没有肿胀和脑损伤，看起来一切都好。”克莱曼婷说。肿胀和脑损伤。她试着剥去这些医学词汇的意义，把它们当作外语，只是她口中发出的声音而已，因为她不能冒这个风险，不能让自己体会到它们的重大。“他们还做了透视，肺部还有一些液体，但是这是正常的，他们不是很担心，他们已经给了她一些抗生素。她的肋骨没事。没有断裂。”

“肋骨为什么会有事？”她父亲问道。

克莱曼婷默默骂了自己。她是想告诉他们所有的好消息，但是没必要让他们知道可能出，但没有出的问题。

“有时候按压的力道，心肺复苏急救——但是她没事，没发生。”她听到奥利弗大声数数的声音，有那么一刻，她无法说话。“早晨他们就会给她减少药量，让她醒来，自己呼吸。”

“我们能看她吗？”克莱曼婷母亲问道。

“我不知道。”克莱曼婷说，“我去问问。”她不该让他们全都来医院的。让他们在家里等着是更理智的做法，对他们年迈的心脏更好。她没有思考。她想着他们肯定会来，仿佛她还是个孩子，需要成年人。

有一次，她跟山姆和艾瑞卡跟奥利弗一起吃饭，谈到了他们是否觉得自己是成人。她和山姆都说没有。感觉自己还没成年。艾瑞卡和奥利弗看起来惊呆了，有些被吓到。

“我当然觉得自己是成人了。”艾瑞卡说，“我自由了。自己管事。”

奥利弗说：“我等不及长大成人了。”

“那么……”克莱曼婷的母亲喘着粗气说。她是心脏出问题了吗？她突然向克莱曼婷冲来。“你当时怎么没看着她？”她离克莱曼婷很近，近到能闻到她呼吸里的香料味儿，肯定是她晚餐的残留。“你视线就不该离开她。一秒钟都不可以。还让她接近水呢，上帝啊。”

“帕姆。”克莱曼婷的父亲说。他走过去拉起妻子的手臂，可她把他甩开了。一个年轻的孕妇从他们旁边挤过去，好奇地盯着看。

“你不该这么蠢的。你不该这么傻的！”帕姆接着说，她的眼神锁定着克莱曼婷，其中炽烈好像克莱曼婷是个陌生人，好像她想搞明白这个伤害了她外孙女的人是谁。“你喝醉了吗？你怎么可以？你怎么可以这么白痴？”她的脸崩塌成了几百万条线条，然后她用双手捂住了脸。

克莱曼婷甚至还没告诉她，是艾瑞卡救了露比。艾瑞卡。一个好女儿。感恩的女儿。那个绝对不可能犯这种错误的女儿。

克莱曼婷父亲用一只手臂搂住了他的妻子。“没事的。”他贴着她的头说。他领着她向走道另一头走去。“咱们去坐下吧。”

“是太震惊了。”山姆的母亲乔伊说。她是个绝不会没“做脸”就离开家的女人，可今晚她是素颜的。克莱曼婷还从没见过她没涂口红的样子，也许根本没有人见过。她现在的样子看起来就像是嘴唇丢了。她肯定是在浴缸里夜读的时候接到的电话。克莱曼婷想象着她的恐慌。匆忙穿上衣服，甚至还没完全擦干身体。

“好了，亲爱的，”乔伊说，“昂起头。”

克莱曼婷几乎无法忍受这份羞耻了。

62

烤肉派对后一天早晨

“克莱曼婷。”

“怎么了？”

她肯定是不小心睡着了。她觉得她一整晚都没有没有闭眼，但是山姆正低头看着她，摇晃她的肩膀，她坐在露比床边的绿色皮椅上。

山姆发红的眼睛下面有紫色的黑眼圈，下巴上还有黑色的小胡茬，嘴唇周围还有一圈白色的口水痕迹。他拒绝坐下。“亲爱的，你站一整晚并不能帮到你女儿。”护士对他说，但是山姆在保持站立这个问题上似乎疯狂地坚定，好像露比的生命就取决于这个，好像他在守护她不受伤害，最终护士放弃了，不过她还是会偶尔瞟山姆一眼，像是她很想给他胳膊上来一针，把他放倒。

护士的名字叫凯莉。她是新西兰人，跟他们说话时语速很慢，用词简洁，每句话都要说两遍，好像他们母语不是英语似的。也许所有生病孩子的父母都被吓傻了。凯莉解释道，在重症监护室里，每个病人都有专属护士：“我今晚唯一的工作就是照顾露比。”她告诉他们这层楼上就有一个房间可以供他们睡觉，她给了他们两个装洗漱用品的包，里面有牙刷、梳子，那种过夜航班的超级经济舱发的洗漱用品。她建议他们试着睡会儿觉，因为露比打了镇定剂，她不会知道他们在不在旁边的，但是他们已经让露比失望了一次，他们不会再丢下她一个人。

山姆整晚都在看露比，看仪器屏幕上露比的心跳频率，她的体温，她的呼吸节奏，她的氧气值，好像他知道那是什么意思似的，确实，他请凯莉解释过，所以他可能真的知道。克莱曼婷没有听那些解释。她一整晚都在来回看露比和凯莉的脸。她觉得如果有什么该担心的，凯莉的表情就能告诉她，不过她想错了，因为晚上露比的氧气值下降时，凯莉的表情丝毫未变，值班医生被叫过来，山姆悄悄挪到房间角落里，一只握紧的拳头抵住脸颊，好像在摆姿势准备把自己打晕。露比的氧气值上升了，到达了可以接受的范围，但是之后的几个小时，克莱曼婷的肾上腺素仍然在她体内作用。这提醒着他们，他们不能放松，也不应该放松，即使只是一刻。

“医生来了。”山姆说。克莱曼婷揉了揉眼睛，咽了口唾沫，她感到口渴干涩。“他们要拔管，把她唤醒了。”

“早上好！”一个浅色头发，浅色皮肤的医生说，“我们看看能不能叫醒这个小睡美人，好吧？”

很快。管子就出来了。面具也被移除了。

二十分钟后，露比在紧皱眉头。她的眼皮动了动。

“露比？”山姆说，仿佛他在为自己的性命求饶。

露比的眼睛终于睁开了。她盯着自己手臂上插的导管，露出完全恶心的表情。还好，她经常咬手指的那只手没事，她把大拇指塞进了嘴里。她抬起头，看到她父母，她的表情看起来更生气了。

“打蛋器。”她用沙哑的声音要求道。

克莱曼婷冲过去送打蛋器时经历的舒心感觉非常美好；好像极度痛苦突然中止了，好像你憋了好久气之后终于喘了一口气。

她看了看山姆，有些希望现在他们之间能发生些什么，重要的、高潮般的事。比如，他们会握住手，十指紧扣，享受双方共同的喜悦，他们会微笑着一起低头看露比，泪流满面。

但那没有发生。他们互相对视，没错，他们确实微笑了，没错，他们眼里盈满泪水，但是还是有些不对劲。她不知道是谁先移开了目光，她不知道是她的冷漠还是他的冷漠，是她在怪他还是他在怪她，但是接着，露比开始哭了，因为管子而嗓子疼，医生开始说话，一切都太迟了。又是一个他们永远无法重新做对的时刻。

63

“晚餐好了！”山姆喊道，他的声音听起来完全正常，一点也不像不到一小时前那个谈分居的陌生人。我觉得我们玩完了。现在的他听起来就像爸爸，像山姆，像他自己。

山姆的招牌菜，牧羊人馅饼的味道传遍房子。克莱曼婷很爱他的牧羊人馅饼，但是孩子们很讨厌，这很烦人，因为这本该是有营养适合小孩吃的食物，她们应该喜欢的，所以每周他们都会骗自己，再次尝试。

“到底什么时候雨才能停？”霍莉问着关掉了iPad，一副千禧年孩子对科技漫不经心的样子，“我都快被搞疯了。”

“我也是。”克莱曼婷说，“露比！快来！吃晚饭了。”

坐在一堆娃娃和毛绒玩具之间的露比抬起头来。她把它们按照托儿所“故事圈”的样子摆放，假装在给它们读《好奇的乔治》，拿书的姿势显然是在学她的老师，每次翻书页都小心地舔舔手指。

“该睡午觉了！”露比开心地说着，随意地反手一推，把玩具都放倒成睡觉姿势。希望她这个动作不是在托儿所学来的吧。

“晚饭吃什么？”霍莉跑到桌边，自己坐下了。她拿起刀叉，过分的激动显得可疑。“意面吗？是意面，对吧？”

“是牧羊人馅饼。”山姆说。克莱曼婷把露比抱进“大女孩”儿童座椅上，系上带子，她现在已经不用宝宝高椅了。

“什么？”霍莉泄了气，像是听到了什么极其冤屈的消息，“牧羊人馅饼？又是这个？我们昨晚吃的就是。”

“你昨晚可没吃。”山姆心平气和地说着，把盘子放在她面前，“你昨晚跟外婆吃的意面，妈妈和爸爸一起去外面吃饭了。”

“冰箱里还有呢！”霍莉激动地说，“我想起来了！我们没吃完！外婆说——”

“冰箱里没有了。”克莱曼婷说，“我昨晚吃掉了。”

“什么？”霍莉喊道。生活就是一系列的嘲讽啊。“可你去饭店了啊！”

“饭店不是很好，所以我们提前回家了。”克莱曼婷说。妈妈和爸爸已经不能容忍跟对方一起去外面吃晚餐了。妈妈和爸爸不是很喜欢对方了。妈妈和爸爸可能会“分开”。

“什么？”

“坐直了，霍莉。”克莱曼婷机械地说。

霍莉“嘎”地喊了一声。

“拜托别发出那种声音。”克莱曼婷说，“拜托了。”

霍莉又喊了一次，但是这次声音小了。

“霍莉。”

“恶心。”露比说。她拿起勺子，松垮垮地用指尖捏着，拿到了盘子上方。她让勺子摆来摆去。“不要了，谢谢你。”

“我给你瞧瞧‘不要了，谢谢你’，”山姆说，“来嘛，孩子们。

就来一点。”

“嗯，好吃。”克莱曼婷吃了一口，说，“做的真棒，爸爸。”

“反正我一点也不吃。”霍莉说。

她双臂抱胸，紧闭嘴唇。“我味蕾太多了。”

“什么叫你味蕾太多了？”山姆边说，边坚定地往嘴里铲了一块儿。

“小孩的味蕾比成年人多，所以我们觉得这个恶心。”霍莉说。

“她在电视上看的。”克莱曼婷说，“记得吗？那个——”

“我不管你有多少味蕾，”山姆说，“你怎么也可以尝一口。”

“呕……”霍莉做出呕吐状。

“咱们礼貌一点好吗？”克莱曼婷说。

山姆没有看她。

这感觉好像，他这么多年来一直在等一个完美的理由来恨她，而他终于等到了。她的嗓子涨了起来。牧羊人馅饼没有平时那么好吃了。辣酱油放多了。

她放下叉子，喝了一口水。

“我肚子痛。”霍莉呻吟着说。

“你不疼。”克莱曼婷说。

克莱曼婷母亲觉得，他们的婚姻是能用适当的理智和努力改正的问题。婚姻都需要花力气来培养！但是他们该怎么跟咨询师说呢？他们不是为了钱、为了性、为了家务吵架。没有一团乱麻，需要解开的问题。一切都跟烤肉派对前一样。只是一切感觉都不同了。

她看看坐在面前的露比：绝对健康，好端端的，小脸蛋粉扑扑的，咯咯笑着。她记起露比从肃静而严峻的ICU环境中转移到普通病房，跟普通病人和忙碌而漫不经心的护士到了一起时，那种奇怪的感觉。不再有可爱的凯莉专门照顾他们。那就好像是从五星级酒店掉落到了青年旅社。然后，在普通病房里待了两夜之后，一个极其年轻、疲惫的医生翻了翻露比的档案，说："你们明天应该就可以带她回家了。"她的胸腔已经干净了。她不需要物理诊疗。抗生素成功驱走了胸部感染。当然了，还得做一些神经方面的复查，院外照料，她得受到监控，但是她没事了。

第一世界的医保意味着他们不需要为自己世界第一的疏忽付账单。他们拿了一堆礼物，带着一个异常爱她的姐姐，把她接回了家，霍莉还时不时想要抱起她，这是她之前不怎么干的事，可她最后总是抱得太紧，露比会尖叫，然后霍莉就被吼了。

没有人表现是正常的，除了露比，她很显然不希望大家再围着她转了。她不想跟爸爸或者妈妈一起睡大床。她想要自己的小床。她不想让父母在她卧室的地板上睡。她会在自己的床上摇摇晃晃站起来，拇指嘬在嘴里，拿打蛋器指着犯错的家长，说："走开！"于是他们就走了。露比似乎能感觉到有人太黏着她了。克莱曼婷有时候想抱着她坐着，默默流眼泪，露比要是注意到了，就会抬起头来怒视着她，说："别那样。"她不想被捧在手心里，非常感谢，除非是多给她一块小饼干。

他们应该可以中彩票了。他们得到了缓刑，最后一刻的免罪。他们得到准许回到正常生活，担心普通的事情，为了牧羊人馅饼而争吵。那他们为什么没有永远快乐、安心地生活呢？

"我一口也不吃这个。"霍莉说。她夸张地交叉双臂，"一。口。也。不。"

"好吧，这样的话，我就一分钟也不许你玩我的iPad。"山姆说，"一。分。也。不。"

“什么？”霍莉喊道，和预想之中一样震惊而愤怒，好像这是什么新威胁方法似的，而不是她这辈子每天都能听到的，“不公平！”

“就一口。”山姆对霍莉说，“你也是，露比。”

“你今天在小蜜蜂跟伊莎贝尔玩了吗？”克莱曼婷对露比说。

“呃……有。”露比说。她抬起头，用几根手指拍拍嘴，在努力回想。“不对，没有。”

托儿所的人说她在那儿挺好。至少在他们看来，没有创伤或者被影响到的表现，只是高兴回去。意外发生后的第一个月，克莱曼婷决定——她当时真的是认真的——她要放弃事业，做全职妈妈。（她甚至已经推算出他们会付不起房贷，得卖掉房子，卖掉大提琴，租一间小公寓，克莱曼婷会每天碾蔬菜，做手工，永远不让自己的视线离开孩子。）她对露比说：“你想不去小蜜蜂，每天跟妈妈一起在家里吗？”露比看了她一眼，好像她想要好吃的，却得到了一根生胡萝卜似的。“不，谢谢你。”她一字一顿。所以这样赎罪的办法就被毙掉了。

“那好吧，我吃一口。”霍莉拿起叉子，吃了一丁点，小到不能再小的一块。她的整张脸爆发出恶心的表情。

“噢，我的老天啊！”山姆一只手的手掌狠狠拍在桌上，他们的盘子全都响了，所有人都吓了一跳。他站起身，抓起孩子们的盘子，走到厨房里，大声把盘子丢进水池。

沉默。霍莉和露比看起来都惊呆了。他们关于牧羊人馅饼的争吵从未有过这个环节。事情不该如此严肃的。他们不是那种会大喊、敲桌子的家庭。

露比的嘴唇开始打战。她眼里溢出了泪水。

“没关系的，露比。”克莱曼婷说。

露比低下头，双手捂脸，好像在躲藏似的。

“哦，我的天，露比，太对不起了，亲爱的。”山姆从厨房里说。他听起来像是快哭了。“我只是急了。我很抱歉。太，太对不起了。”

露比扬起沾满泪水的小脸，大声、刻意地嘬了一下大拇指。

“你的声音真的超级大，爸爸。”霍莉微颤着说，“我的耳朵都疼了。”

“我知道，我很抱歉。有人想要冰激凌吗？”山姆说，“很多冰激凌哦！”

“什么？她们不能把冰激凌当晚饭吃。”克莱曼婷说，她的椅子背对着厨房，还专门扭过头去看他。

“当然可以了。”山姆着急地说，“为什么不呢？”他朝冰箱走去。

“她们至少得先吃一块小面包吧。”克莱曼婷说。

“我想要冰激凌！”露比喊道，她突然好了，而且还很愤怒，挥舞着沾满口水的粉色拇指，以作强调。

“我也要！”霍莉说。

“搞什么鬼，山姆？”克莱曼婷说，“她们不能拿冰激凌当晚餐吃。”

他们最近的教育方法简直乱极了。他们从过分宽容变成了过分严格，然后又绕回来。

“她们就吃冰激凌了。”山姆说。他把冰激凌盒子放在长凳上，取下盖子。他很着急，很激动。他简直像嗑药了。“谁在乎她们是不是拿冰激凌当晚饭吃？及时行乐。珍惜此刻。人生苦短。什么像四下无人一般舞蹈之类的。”

克莱曼婷盯着他。“你为什么要这么——”

“冰激凌勺在哪儿？”山姆说，他低着头在餐具抽屉里找，“那个有只北极熊——”

“丢了！”克莱曼婷喊道，“跟其他所有东西一样！”

64

烤肉派对后一天早晨

达科塔还未睁开眼睛，就感觉到了自己的不快乐。她的整个身体似乎都感觉不同，变得扁平、沉重却又空虚，好像有什么东西被从她身体内吸出去了。昨天，她做了什么很糟糕、很恶心、很不负责任的事。她跟一个漂亮的小女孩一起玩，好像她是个玩具娃娃，然后她玩得无聊了，把小女孩丢在一边，去玩别的了，而小女孩差点溺死。她想到街角那个快生宝宝的女士。达科塔和她妈妈上周还在商店里碰到了她，达科塔妈妈还建议说，达科塔长大些可以帮忙看孩子，那位女士连说：“那真好！”所有人都微笑着，微笑着，不知道达科塔如此不负责任，她绝对做不了看孩子的活儿，她会让宝宝把自己电到，或是被熨斗烫到，或是往自己身上洒上滚烫的汤，或是——砰！

达科塔被吓了一跳。后院某处传来大声的摔打声。她掀开被子，跑到卧室窗前。她在飘窗座位上跪坐着，稍稍拉开百叶窗。

她爸爸站在喷泉里，只是水没有了，剩下丑陋的泥地。他在抡着一个像棒球棒的大金属杆，向喷泉中心的雕像砸去。达科塔想起她有一次在电视上看到的老录像，是战争或是起义还是什么的，几百人在用绳子拉倒一个男人的雕像，雕像徐徐倒下，他们都在欢呼。

只是在这里，只有一个人：她爸爸。她从未见过他这样：愤怒、沉默、暴力，仿佛他想杀死谁，杀死什么东西。她看着一个天使宝宝的头在空中腾飞，然后，她再也看不下去了。她跑回床上，像小孩子躲雷雨一样，躲在了被子下面。

65

“我们去哪里，妈妈？”达科塔在车后座上，第三次问这个问题。

“也许去我今天早晨跟你们说的那个新开的日料饭店？”副驾驶座上的韦德满怀希望地说，“是在这边，对吧？全悉尼最好的天妇罗。你有预约吗？我猜你肯定预约了，是吧？是给我们惊喜吗？”

“我们不是去饭店。”蒂芙妮说着，开过一个环形路口，盯着看路标。

她很清楚这里的路，因为她在附近翻修过几处房产。她翻修得还很好。给嬉皮士做他们想要的东西非常容易：他们的嬉皮士心脏看到（看起来）原创的装饰天花板，就会乖乖喜悦到爆棚。

“我们要来个小小的拜访。”蒂芙妮说，“就是去停留一下。”

“现在人都不那样了。”韦德阴沉沉地说。要是有人来顺便拜访他，他会很高兴的。他叹了口气。“你知道的，我们要是去我在想的那个地方，这不是个好主意。我们是去我想的那个地方吗？”

“是的。”蒂芙妮说。她瞟了他一眼，他耸耸肩。他避开了冲突。他只是想所有人都开心。韦德守灵时（他家里亲戚很多，所以经常有人去世）纠结的表情真是太搞笑了：我不能看起来很开心，即使我在跟这些这么好的人开派对！

“我们要去哪儿，爸？”达科塔往前靠了靠，脸塞进两个前座之间。

“我们去外面吃晚餐。”韦德掏出手机，“我现在就预订。”

“就是这里了。”蒂芙妮得意地说。她缓缓开进一条停了一排车的窄街道。这些城里的酷地段问题就在这儿，确实很时髦，但你永远也找不到车位。

“你找不到停车位的。”韦德对她说。他把手机举到了耳边：“别费劲了。这不是个好主意。嗨，您好！我听说你们店里有全悉尼最好的天妇罗，是真的吗？是的吧？！太好了！好吧，我们可以试试今晚吗？不！别这样嘛，你确定不能把我们塞进哪个角落里吗？我们就是三个很瘦小的人啊！”

“我们在哪儿？”达科塔说。

“我们要去克莱曼婷和山姆家！”蒂芙妮刻意强调语气中的欢乐。她之前的坚定有些动摇了。她能拿到地址，只是因为艾瑞卡告诉她，好让她给露比寄祝福康复礼物，他们的礼物得到的回应是信箱里一张疏远的感谢卡。感谢卡表达的意思很清楚：我们再也不想再见你们了。

“什么？”达科塔说，“为什么？”

“那是个车位吗？我能在这儿停吗？”蒂芙妮问着倒车，把雷克萨斯停在两辆混合动力车之间，“我当然可以了，我是冠军！”

“我预订成功了！”韦德得意地挥挥手机。他四周看看。“你也找到了车位嘛。”

“我去敲门了。”蒂芙妮说，“先看看他们在不在家。”

“好，我们就留在这儿。”韦德说，“你也看看他们……心情怎么样。”

“他们知道我们要来吗？”达科塔说。

“不。”蒂芙妮说，“是惊喜。我就告诉他们咱们碰巧在附近。”

韦德哼了一声。

蒂芙妮从车里出来，打开雨伞，把包背在肩上。她出门前从冰箱里取了一块韦德做的薄酥卷饼放进包里。她停了下来。雨轻轻落下，倦怠无聊，好像它自己也嫌自己烦了。蒂芙妮停顿片刻。这样做对吗？他们最终都会忘记的。

都会继续生活的。

“妈妈？”蒂芙妮转身。达科塔摇下了车窗，把脑袋伸出来。她看起来脸红扑扑的，有点喘不上气。“如果霍莉和露比在家，如果她们，呃，想见我的话，呃，我就，我就进去。”

“我也是。”韦德靠在座位上，“我，呃，我也愿意进去。”

这么做是对的。

她挺直背，朝房子走去。不知怎地，她想到了为俱乐部工作面试的那晚，穿着水台高跟鞋走T台的那种恐惧感。她想起跟克莱曼婷讲过这些。是啊，这确实比得上为悉尼皇家交响乐团席位试音呢，但是克莱曼婷当时是真的需要分散注意力，所以蒂芙妮就给她讲脑子里浮现出的乱七八糟的东西，之后她觉得很丢脸，好像她让克莱曼婷听到了什么来自过去的肮脏故事。

九号是一栋可爱、迷人、窄小的两层砂岩房子。它夹在两栋跟它几乎一模一样的房子之间。蒂芙妮仔细看着，心想这些房子算不算历史遗迹。她想象着一个拆除球砸掉所有的迷人之物，一栋三层公寓取而代之。不对！哦，真是太不对，太邪恶了！但是利润很高啊。

她轻扣狮子头门环，心想会不会听到大提琴声，可她听到的却是一个男子吼叫的声音。噢，老天爷啊。真是巧了。她刚好在人家吵架的时候“顺道来看看”。她犹犹豫豫地转身面向街道。任务终止？去吃全悉尼最好的天妇罗吧。

门打开了。

是霍莉。她穿着蓝白方格的校服，紫色毛绒长袜，脖子上挂着几串彩色珠子。

“你好。”蒂芙妮微笑着说，“还记得我吗？”

“你是达科塔的妈妈。”霍莉说，“我要请达科塔来我的生日派对呢。我爸爸说她不会想来的。”

“我觉得她肯定很想来。”蒂芙妮说。

霍莉一脸坚定的表情。她转身跑了起来。“爸爸！”

“蒂芙妮！”克莱曼婷出现在走廊里。她看起来惊呆了。“嗨。怎——我都没听到敲门声呢……呃，你怎么样啊？”

“我挺好的。”蒂芙妮说。

克莱曼婷看起来比蒂芙妮上次见她的时候瘦了，少了生气，也更显老了。“我们要出去吃晚餐，”蒂芙妮说，“我知道你就住在附近，所以我想着顺道送点韦德的薄酥卷饼，我记得你很喜欢这个。达科塔和韦德都在车里。”

她从她的包里拿出装着薄酥卷饼的饭盒，递给克莱曼婷。克莱曼婷小心地接过了盒子，好像盒子有辐射似的。

“谢谢。”她说，“再次谢谢你送给露比的可爱娃娃。”

“客气了。”蒂芙妮说，“我们收到你的感谢卡了。我觉得韦德一直在试着给你打……”

克莱曼婷呲了呲牙。“对不起，没错，我知道，我一直想给你们打个电话来着，只是……”

“只是你不是很想再跟我们有任何联系，因为你不想想起那一天，因为你实际上跟我们并不熟。”蒂芙妮说。她受够这些假装了。“我明白。我真的明白。”

克莱曼婷明显被伤到了。

“可问题是，达科塔为露比的意外自责。她愧疚到快病了。”

克莱曼婷张大了嘴。她看起来像是要哭了。“真的吗？认真的吗？我太抱歉了。我会跟她谈谈的。我会告诉她她没有任何错。”

“达科塔得见见露比。”蒂芙妮说，“她需要看到她没事。实际上，我觉得韦德也需要看看她。就一眼。我知道我们跟你们一家人不是很熟，但事情发生在我们家，你得意识到，这件事也影响了我们，所以……所以……”

她停了下来，因为露比突然从走廊另一头跑了过来，拿着她的打蛋器。她看到门口这位不期而至的客人，用一条胳膊抱住了她母亲的腿，把大拇指嘬进嘴里，打量着蒂芙妮。

“你好啊，露比。”蒂芙妮蹲下来，跟露比对视，用手背抚了抚她嫩嫩的、粉扑扑的小脸蛋。露比的蓝色大眼睛盯着她，丝毫不感兴趣的样子。在她看来，蒂芙妮就是一个陌生的大人，没有拿礼物。

蒂芙妮抬头冲克莱曼婷微笑。看来她也需要看看露比。“她看起来很好。”她说。

克莱曼婷把门开大了一些。“你去把韦德和达科塔叫来好吗？”她说。

66

又是一个阴雨连连的早晨。又一次对着一群老年人演讲。克莱曼婷开着车前往山丘区退休人员协会开每月例会的社区大厅时，眼睛干涩发烫。她昨晚没怎么睡着，“分居”一词不停在她脑海里转来转去，直到她最后受不了了，坐起来，找了一个笔记本和一支笔，开始写：我担心我的婚姻结束了。不是有很多研究表明，把你的担忧写下来，就能减轻焦虑吗？实际上，看到它那么直白地被写下来，是很令人震惊的。这一点也没有帮她减压。她把那张纸撕掉，撕成小碎片。

韦德、蒂芙妮和达科塔昨晚结束意外来访离开后，克莱曼婷几乎觉得有点欢乐。她绝对感受到了宽慰：那种一直在忧心忡忡害怕发生的事终于发生之后的释然感。对再次跟蒂芙妮和韦德见面的想象绝对比现实更吓人。她关于那晚的记忆里，他们的所有特点都被夸张放大了，可实际上他们只是友好的普通人。蒂芙妮不像克莱曼婷记忆里那样性感。韦德也不是那么迷人。他们没有什么催眠性的性能量。可怜的小达科塔只是个孩子，却背负着不属于她的愧疚重担。

但是很明显，山姆没有同样的想法。他们一离开，他就转过身去，直接进厨房里去开洗碗机。他拒绝谈任何事，除了他们目前的生活安排：他会在霍莉放学后送她去跆拳道班，她往信用卡里转点钱，他们不需要担心明晚的晚餐，因为他们要去克莱曼婷父母家吃饭。然后他们就分别去了各自的床上。人们可以在法律上分居，但仍然生活在同一个屋檐下。他们现在就是这样。

她的闹铃响了，是一种解脱，她终于可以放弃睡觉了。她起床，为试音练习，然后她跟十三岁的罗根有一堂早课，过去两年里她一直在教他，他并不想上课，但他很礼貌，还是露出想来似的微笑。罗根的音乐老师跟他母亲说，他有才华，“要是不培养，真是犯罪”。罗根确实精通音乐技巧，可他的心是跟着电吉他的。那才是他的爱好。那天早晨，罗根乖乖按照克莱曼婷的每一项指示演奏的时候，她想到，她练习试音曲目的时候，安斯利听到她的演奏会不会也是这样的感觉。她用的那个难听的词是什么来着？机械。她应该告诉可怜的小罗根，他的音乐很机械吗？但是这有什么意义呢？她敢打赌，他弹电吉可不机械。

才十一点半，她就已经觉得像是醒来好几个小时了。

因为她确实醒来好几个小时了，她提醒着自己，举起雨伞，走过满当当的停车场。

“你的小提琴呢，亲爱的？”克莱曼婷自我介绍时，山丘区退休人员协会的负责人问道。

“我的小提琴？”克莱曼婷说，“我是个大提琴手，不过，呃——”

“那你的大提琴呢？”女人翻了个小白眼，暗示克莱曼婷对细节的纠结没必要：大提琴不过就是大点的小提琴嘛！“你的大提琴呢，亲爱的？”

“可我不是来拉琴的。”克莱曼婷不安地说，“我是演讲嘉宾。我是来演讲的。”

她突然被恐惧袭击了一瞬。她是来演讲的，对吧？这不是表演吗？当然不是。她是来演讲的。

“哦，是吗？”女人失望地说。她看了看手里的那张纸，“这上面说你是大提琴手。我们还以为你是来表演的。”

她期待地看着克莱曼婷，好像解决办法会自己冒出来似的。克莱曼婷举起双手。“抱歉，”她说，“我在来演讲的。演讲题目叫‘寻常的一天’。”

老天爷啊。

她太累了。这一切到底有没有任何意义？她到底是在帮助别人，还是只是在让自己好受些，自我赔罪修行，偿债，在宇宙的对错天平上平衡筹码？

社区演讲一开始都是因为她想在她母亲眼里赎罪。他们把露比从医院接回家的几天后，克莱曼婷在跟她母亲喝茶时，她说（她现在都还能听到她当初说这话时自我怀疑的尖细声调）她觉得她应该做点什么，呼唤大家注意这种意外有多容易发生，让其他人免于犯她这样的错误。她感觉她应该“讲出她的故事”。

她的意思是，她应该写一段感人的话，发在脸书上，写上“请分享”，让它火起来。（她也许都不会真的去做这件事。）

但是她母亲听了很激动。“真是个好主意！”克莱曼婷可以给社区团体、妈妈团体、各种协会演讲——他们都在找人去演讲呢。她可以跟提供急救课程的机构，比如圣约翰急救车“合作”，在结束时发些传单，也许还能提供些优惠。帕姆会安排的。她有所有需要的联系人。她朋友圈很广，覆盖全悉尼的热心社区群体。他们总是很需要演讲嘉宾。她就像克莱曼婷的“经纪人”。“这也许能拯救生命啊，克莱曼婷。”帕姆说，眼里是她那一如既往的热心深情。哦，上帝啊，克莱曼婷心想。可是已经迟了。她父亲会这说：“帕姆号火车已经离站。什么也无法阻挡它啦。”

她确实觉得这样做是对的。只是她的生活本就很繁忙了，很难再挤出时间去演讲，尤其是她还要开车绕着整个悉尼转，还要安排在表演、教课、接孩子、试音练习之间。

而且，她还得不停地重温她人生中最糟糕、最羞耻的一天。

“这是一个缘起于烧烤派对的故事。”她对今天演讲的听众，山丘区退休人员协会成员说，他们正吃着午饭，浇了肉汁的羊肉和烤土豆、豌豆。“一个寻常社区的寻常后院里，再寻常不过的烧烤派对。”

“你需要把它变成一个故事。”她母亲说。故事是有力量的。

“我们听不到！”坐在房间后面的人喊道，“你们能听到她吗？我一个字也听不到！”

克莱曼婷往麦克风前凑了凑。

她听到离演讲台最近的那张桌子有人说：“我还以为今天有个小提琴手来呢。”

她的脊背上流下滴滴汗珠。

她接着讲。她伴着刀叉刮擦盘子的声音讲她的故事。她列出事实和数字。一个孩子可能在十秒钟内浸水，在两分钟内失去意识，四到六分钟就可能造成永久性脑损伤。溺水的孩子中，十个有九个是有大人看护的。即使是五厘米深的水，也可能让孩子溺死。她讲急救训练的重要性，澳大利亚每年有三万人死于心脏停跳，因为周围没有人拥有基本的急救知识来救他们。她讲“空中救援”所做的伟大工作，讲他们总是很感激捐助。

她讲完之后，协会主席给了她一盒巧克力，让其他成员跟她一起为这位有意思的演讲者鼓掌。信息非常丰富，感谢上帝，她女儿完全康复了，也许下次克莱曼婷可以来为他们演奏大提琴！

之后，她正朝门走去，裙子背后都湿了，一个男人朝她走来，用餐巾擦着嘴。她停了下来。有时候人们会忍不住在演讲过后来说教她，告诉她她就不该把视线挪开小女儿一刻。

但是她一看到那男人的脸，就知道他不是那种人。他是另一种。他有着一种自若的权威感，曾经做过老板的那种人，可他受伤的双眼又暗示他经历过绝望的哀恸。那种笼罩双眼的深情，像是软得快要腐烂的水果。

他有故事需要分享。她的工作就是聆听。这是她真正的救赎。

他可能会哭。女人们都不哭。年长的女人们都坚强得像壮牛，可男人们似乎年纪越大越柔弱；他们的情绪会让他们掌控不来，好像那层保护层随着时间的流逝变薄了。

她做好准备。

“我外孙要还活着，这周末就三十二岁了。”他说。

“啊。”克莱曼婷说。

她等着故事。在需要解释的事讲出来之前，总要有一连串因果：

如果这个没有发生，如果那个发生了。而这件事，全部始于一台坏掉的电话。他女儿家楼下的电话坏了，于是女儿跑到楼上去接电话，而那一刻，隔壁邻居又在敲门，然后跟他女婿说话，这时候他家孩子出去了。他拖了一把椅子到泳池门口去。泳池里漂着一只网球。他想去拿网球。他喜欢玩板球。他打得还很好呢。他是个小火箭。没法坐着不动。你绝不会想到他那么小的个头，能把椅子拖过去，可他就是拖过去了。决心很坚定。

“我很抱歉。”克莱曼婷说。

“呃，我只是想告诉你，你在做好事。”男人说。他没有哭，谢天谢地。“在唤起人们的意识。这是好事。能让人们多考虑考虑。这种事发生时，一家人不会彻底忘记的。我女儿离婚了。我妻子变了一个人。她是当时打电话的那个。她一直没有原谅自己那时候打电话。当然了，这不是她的错，也不是邻居的错，只是运气差，时间碰巧了，但是事情就是这样。意外总会发生的。不论怎样。你今天做的很好，姑娘。说得很好。”

“谢谢你。”克莱曼婷说。

“你确定你不想留下跟我们一起吃甜点吗？他们这里的奶油水果蛋白饼做得非常好吃。”

“谢谢好意。”克莱曼婷说，“不过我得走了。”

“没关系的，走吧，你肯定很忙。”男人说。他拍了拍她的手臂。

她终于解脱了，朝门口走去。“汤姆。”他突然说。

她转回身，停了下来。终于来了。

他的眼里盈满泪水。溢出来了。“那个小家伙的名字。如果你想知道的话。他叫汤姆。”

回家的路上，她哭了一路：为那个小家伙哭，为打电话的那个外祖母哭，为分享自己故事的外祖父哭，为孩子的父母哭，因为他们的婚姻没能幸存下来，因为克莱曼婷的婚姻似乎也无法继续了。

67

那是周四，傍晚刚刚降临，蒂芙妮走进客厅，看到达科塔盘腿坐在飘窗座位上。她在台灯的光圈里读一本书，蓝色的毛绒毯子盖着她的腿，她身后的窗子上，雨滴滴滴滑落。巴尼蜷曲在她大腿上。达科塔边读，边漫不经心地摸着它的一只耳朵。

蒂芙妮差点喊出来“你在读书了！”，还好刹住车，说了，“你……在这儿啊！”

达科塔疑惑地抬头看她。

“我不知道你在哪儿呢。”蒂芙妮说。

“我在这儿啊。”达科塔说着，目光又挪回书上。

“是啊，你在这儿。”蒂芙妮退开了，“是啊，你确实在这儿……你瞧。”

她看到韦德坐在餐桌前，用他的笔记本电脑看如何做完美天妇罗面糊的“大师课”。他彻底被昨晚的晚餐迷住了，当时他就大唱颂歌。

“她又开始读书了。”蒂芙妮小声说着，指指背后。

韦德草草竖了下拇指，眼睛还是盯着屏幕。

“油炸要听，不是看。”他说，“很有意思，是不是？我必须听着。”他指指耳朵，强调重点。

蒂芙妮在他旁边坐下，看视频里的大厨演示如何“轻柔地抻拉”虾。

“我们昨晚去那儿是好事。”她说。

韦德耸耸肩。“他们很奇怪啊。他们什么都没说。光是沉默。”

“那是因为你没给他们说话的机会。”蒂芙妮说。韦德紧张的时候，就会不停说话。昨晚他们奇怪的短暂拜访期间，整整十分钟，他似乎都没喘一口气。

只有三个孩子表现正常。霍莉和露比见到达科塔很激动，把她拽去看她们的卧室、玩具，还有房子里一切东西。“这是我们的冰箱，”霍莉说，“这是我们的电视。这是我妈妈的大提琴。不要碰那个！任何情况下都不许碰！”

同时，四个大人一起站在客厅里，奇怪而尴尬。山姆拒绝与蒂芙妮对视，好像看她一眼都犯法似的。他整个人都紧绷着。

“他们甚至都没拿喝的招待我们！”韦德说。这事他可放不下。就算地震了，他也会给客人提供饮品。

“是啊，好吧，”蒂芙妮说，“他们不想让我们去。”

“嗯……”韦德说，“那小女孩看起来挺好的。很健康。小脸蛋粉扑扑的。我们应该都很开心才对啊。该庆祝。”

“我觉得他们在自责。”蒂芙妮说。

“可她没事啊，她很完美，很漂亮呢！”韦德激动地说，“多亏了艾瑞卡和奥利弗。一切都好。没必要绷着脸。嘘，不说了，我要专心看我的天妇罗呢。”

“明明是你在说话。”蒂芙妮起身时用手指尖弹了一下他的脖子。他则拍了一下她的屁股。她走到水池旁，给自己倒了一杯水，站着看达科塔读书。她立刻感到了释然，好像刚刚达成了非常难搞的交易。去克莱曼婷和山姆家拜访正是她该做的事。有些尴尬，但是对她的家庭来说，绝对是应该做的。

昨晚，他们站在走廊里准备离开时，韦德不停地讲胶点地板，克莱曼婷把达科塔拉到一边，双手拉着她的手，方式几乎有些像行礼，她说："你妈妈告诉我，你因为露比在你们家发生的事很难过。达科塔，我禁止你再难过哪怕一分钟，一秒钟，好吗？照顾她是我的责任。"

蒂芙妮以为达科塔会什么也不说，沉默地点头，可达科塔让她惊讶了，她清晰地回应，虽然眼神一直停留在她被拉起的手上。

"我应该告诉你我要回去看书的。"

"可是，问题是，我已经知道你回去了。"克莱曼婷说，"你进去的那一刻我就知道了，因为你妈妈告诉我了，所以那跟这个没关系……跟这一切都没关系！你不是她们的保姆！你长大了之后也许会做些保姆的工作，而且你肯定会很负责任，你会很棒的，实际上，我可以确定，但是那天下午，我的孩子们不是你的责任。所以，你必须答应我，不要再为这个担心了，因为……"克莱曼婷的声音动摇了片刻："因为我就是无法忍受你也为那天难过。我真的无法忍受。"

蒂芙妮看到达科塔僵住了，被克莱曼婷声音中脆弱裸露的承认情绪所惊呆了。克莱曼婷放开了她的手，那一刻，你几乎可以看到达科塔做出决定：决定接受宽恕，再次做一个孩子。

她现在就重新开始读书了。

达科塔告诉蒂芙妮，她放弃读书是为了"自我惩罚"，因为那是她在这世上最爱做的事。"你是打算永远放弃读书吗？"蒂芙妮问她，达科塔只是耸耸肩。她还承认，她把自己那本《饥饿游戏》撕坏，是因为露比差点淹死时，她就在读那本书。蒂芙妮想了想要不要告诉她，她真的不该毁坏自己的东西——书是花钱买的，钱可不是树上长出来的，云云——但她最后只是说："我再给你买一本。"一开始达科塔还小声说：“哦，不用了。”但是蒂芙妮坚持时，她说：“谢谢，妈妈，太好了，因为那本书真的很棒。”

现在蒂芙妮看着她翻书页，沉浸在自己的世界里。她过去几周里，一次都没有提过她的真实感受，任凭秘密的自责发酵溃烂。上帝啊，她得紧紧盯着这孩子。她跟蒂芙妮的姐姐露易丝一样，照她们母亲的话说，“太过深沉了”，而蒂芙妮呢，应该说太浅显了。

门铃响了。

“我去。”蒂芙妮说，这话说得没有必要，韦德和达科塔显然都不会动的。

她感到这场景有些熟悉。达科塔躺在飘窗座位上。门铃响着。烤肉派对那天早晨。

“嗨，我——”门台上站着的男子话说到一半突然停了下来。他的目光成直线扫过蒂芙妮的身体。她穿着瑜伽裤和一件旧T恤，可那男子看她的眼神却仿佛她穿着她当年跳舞时穿的校服戏服。蒂芙妮把胯挺向一边，等着（说实话，是在享受，她心情不错）。

他的目光回到了她脸上。

十澳元，哥们儿。

“你好。”男子说完，清了清嗓子。他快三十岁，肤色很浅，他脸红了。很可爱。好吧，就不要你钱了。

“嗨。”蒂芙妮用有些沙哑的声音说，她直视他的眼睛，只是想看看能不能让他脸更红，没错，她可以。可怜的家伙脸都红得发紫了。

“我叫史蒂夫。”他伸出一只手来，“史蒂夫·隆特。”他的口音有些上流的感觉。那种小心清晰的发音，让你忍不住想去模仿。“我叔叔，我叔祖父，哈利·隆特，生前住在隔壁。”

“哦，这样啊。”蒂芙妮站直了，跟他握了手。糟糕。“你好。我是蒂芙妮。你叔叔的离世，我们非常遗憾。”

“呃，谢谢，不过我实际上只见过他一次，还是小时候。”史蒂夫说，“说实话，他把我吓死了。”

“我都不知道他有家人。”蒂芙妮说。

“我们都住在阿德莱德。”史蒂夫说。他的面色恢复了正常。“我相信你们都知道，哈利不是很爱社交。”

“好吧。”蒂芙妮说。

“我们是哈利仅有的亲戚，我母亲尽力了，但是也只是寄些奇奇怪怪的圣诞节贺卡，打打电话。我可怜的妈妈只能坐在那儿，听他对她骂脏话。”

“我们，所有邻居，都觉得非常难过，我们好几周才，才意识到……”蒂芙妮停了下来。

“我了解到是你发现了他的尸体。”史蒂夫说，“肯定很让人沮丧吧。”

“是的。”蒂芙妮说，“是很让人沮丧。”她还记得在砂岩花盆里呕吐。那个花盆后来怎么了？这个可怜人是不是要处理它？“我感觉很糟糕，因为我们没有多照看他。”

“我想他也不会喜欢别人照看他。”史蒂夫说，“如果能让你好受点的话，他跟我母亲说过，你们人很好。”

“他说过我们人好？”蒂芙妮被震惊到了。

史蒂夫微笑了。“我想原话应该是‘还不错’。反正，我就是想让你们知道，我们要先把这地方收拾收拾，再开始出售。希望不会有太多噪声和打扰吧。”

“谢谢。”蒂芙妮说。她大概计算了一下哈利房子的价值。也许她可以出个价？“我相信不会有什么的。我们起床很早。”

“对。好吧。很高兴见到你。我还是赶紧回去干活吧。”

蒂芙妮关上门，想起哈利穿过自己草坪时弯下的脆弱脊背。她想起他冲她喊叫时眼里的愤怒，他喊道：“你们是傻吗？”

有意思的是，愤怒和恐惧看起来几乎可以一模一样。

68

“看起来妈妈好像不会取消计划了。”艾瑞卡说。她一整天都在等她母亲打电话说自己头痛，或者“没有心情”，或者雨下太大了，或者，更离奇的，她“赶着做点家务”，所以还是不能跟他们一起去克莱曼婷父母家吃饭了。

但是那个电话始终没来。一分钟后，他们就该去接西尔维娅了，那时候就能知道她今晚选择了哪种人格。

西尔维娅去见克莱曼婷父母的时候，经常用梦幻恍惚的波希米亚人格，假装是个艺术家什么的，他们则是枯燥的郊区夫妻，在她专心于艺术的时候帮她照顾她的女儿。还有一个受欢迎的选项是倦怠的酗酒性感女郎（想象伊丽莎白·泰勒），只是西尔维娅不酗酒，她只是以漫不经心的优雅举着水杯，好像杯子里是马提尼似的，用低沉、沙哑的声音说话。不论她选择哪种人格，重点都是，要强调她很特别，很不一样，所以她没有必要感到愧疚或是感激艾瑞卡小时候在克莱曼婷家得到的照顾。

“好吧。”奥利弗说。他心情非常好。克莱曼婷已经签订了临时协定，在等着做验血，也已经跟诊所的咨询师约了见面。事情进展很顺利。今晚在餐桌上，恐怕每次克莱曼婷帮他传什么东西，他都会观察她的骨骼结构，想象他超级高效的精子（化验证实，功能完美）在培养皿里围绕她的卵子游动。“克莱曼婷的父母能对付得了她。”

奥利弗刚转弯到她母亲的那条街上，艾瑞卡的手机滴地响了。“十一点闹钟！”她说。可她看到的却是她母亲发来的短信，说他们要是快到了，她就到门口去等。

艾瑞卡回道：马上就到。

她母亲回道：太好了！！XX

老天啊。双感叹号加吻。这是什么意思?

“看来邻居已经把正在出售的牌子立起来了。”奥利弗停车的时候说道。“哇哦。”他说，“她这回破了自己的纪录吧。”

“我都告诉你了。”艾瑞卡说。艾瑞卡母亲的前院看起来跟她上次来时一样。也许更糟糕? 她记不起来了。“我觉得我们需要雇专业人士来了。”奥利弗看着院子说，“把她带出去，在她不在的时候做。”

“她可不会再上当了。”艾瑞卡说。有一次，她周末带她母亲出去度假，请了清洁工来，给她母亲收拾出一个完全不认识的漂亮房子。当她们回到家，她母亲就给了艾瑞卡一耳光，六个月都拒绝跟她说话，因为她的“背叛”。艾瑞卡知道她在背叛她。那个周末她都感觉自己像是犹大。

“我们会想到办法的。她来了。她看起来……天啊，她看起来很棒呢。”奥利弗跳出了车，走进雨里给西尔维娅开后座的门，她举着一个木把的白色大雨伞，穿着漂亮精致的奶油色套装，像是简·方达接受什么终身成就奖时会穿的衣服。她的头发蓬松闪亮，她肯定去打理头发了，她进了车，艾瑞卡闻到的是香水味——不是潮湿、发霉、腐烂的味道。

这是个花招。终极花招。今晚，他们不会假装克莱曼婷父母几乎收养了艾瑞卡是有原因的。今晚，他们要假装这事根本没发生，当然，他们都得配合，放她一马。他们都得假装西尔维娅住在一个跟这身崭新的漂亮衣服配套的房子里。

“嗨，亲爱的。”她母亲用细声细气的“我是个可爱的母亲”的声音说。

“你看起来不错。”艾瑞卡说。

“是吗？谢谢。”她母亲回应道，“我之前给帕姆打了电话，问她我能不能带点什么，她坚持让我什么也别拿。她有些神秘地说今晚是为了感谢你跟奥利弗，可她知道你们两个都不愿意说这事，但她还是觉得永远都欠你们的。我就想，天啊，亲爱的老帕姆是疯掉了吗？”

奥利弗清清嗓子，冲艾瑞卡投去无奈的浅笑。

艾瑞卡当然一个字也没跟母亲提烤肉派对的事。一般人会觉得那是个再明白不过的故事，可谁知道她会怎么反应呢？

“我们去隔壁邻居家开烤肉派对，露比掉进了喷泉里。”艾瑞卡说，“奥利弗和我，呃……救了她。我们给她做了心肺复苏术。她没事了。”

后座里沉默了一会儿。“露比是小的那个，对吧？”艾瑞卡母亲用她平常的声音说。

“她多大了来着？两岁？”

“是的。”奥利弗说。

“发生了什么事？没有人看到她掉进去吗？她妈妈呢？克莱曼婷在干吗？”

“没有人看到她掉进去。”艾瑞卡说，“就是很不幸的意外。”

“那……你们把她抱出来的时候她没呼吸吗？”

“没有。”艾瑞卡说。她看到奥利弗手抓方向盘更紧了。

“你们两个一起的吗？”

“奥利弗做的胸外按压，我做的人工呼吸。”

“她用了多久才有反应的？”

“感觉像是一辈子。”艾瑞卡说。

“我想着也是。”西尔维娅小声说，“我想着也是。”然后她向前靠，拍了拍他们的肩膀。

“做得好。”她说，“我真为你们俩骄傲。非常骄傲。”

艾瑞卡和奥利弗都什么也没说，但是艾瑞卡能感到他们的快乐蔓延在车里；他们两人对家长的肯定，都像干渴的植物需要水分一样。

“这么说，完美小姐克莱曼婷也不是那么完美嘛！”西尔维娅在后座里窃笑道。她的声音中夹杂着一种得意洋洋的恶意。“哈！帕姆怎么说的？我女儿救了她外孙女的命啊！”

艾瑞卡叹了口气，奥利弗的肩膀耷拉了下来。她当然要毁掉这一瞬间了，她当然会了。

“帕姆很感激。”她平平地回答。

“这就还清了吗，不是吗，他们家为你做的一切什么什么的。”

“他们做的不是什么什么，妈妈。”艾瑞卡，“他们家对我来说就是安全港。”

“安全港。”西尔维娅哼了一声。

“是的，没错，安全港，有流动的水，有电，冰箱里有真正的食物。哦，对了，没有老鼠。那很好。没有老鼠很不错。”

“别说了。”奥利弗小声说。

“我只是说啊，我亲爱的孩子，我们现在不用那么感激他们了，不是吗？不用那么卑躬屈膝了。好像他们是咱们的领主什么的。你救了那孩子的命啊！”

“是啊，现在克莱曼婷也打算给我们捐卵，帮我们生孩子了，所以我们还是得感激他们。”艾瑞卡说。

这是个错误。她一说出口就知道这是个错误。

车里沉默了一刻。艾瑞卡看看奥利弗。他摇摇头，无奈地打开转向灯右转。

“抱歉……你刚刚说的什么？”西尔维娅一直向前靠，直到安全带绷住了她。

“天哪，艾瑞卡。”奥利弗叹着气说。

“我们过去两年都在尝试试管婴儿。”艾瑞卡说，“我的卵子……烂掉了。”“因为你，”她心想，“因为我被肮脏包围着长大，周围全都是腐烂、衰败、霉菌，所以各种各样的病毒、细菌孢子都进入了我的身体。”她发现自己不孕时，一点也不惊讶。她的卵子当然有问题了。根本不意外！

“没有烂掉。”奥利弗痛苦地说，“别这么说。”

“你从来没告诉我你们在尝试体外受精。”西尔维娅说，“你是忘记提了吗？我是护士啊！我可以给你支持……建议！”

“呵，可不是。”艾瑞卡说。

“什么叫，‘呵，可不是’？”

“我们谁也没告诉。”奥利弗说，“我们保密了。”

“我们就是奇奇怪怪的，”艾瑞卡说，“我们知道。”

“你一直说你不想要孩子啊。”西尔维娅说。

“我改心意了。”艾瑞卡说。这些人都不停提醒她，好像她签了合同似的。

“所以克莱曼婷就提出捐卵了？”西尔维娅说。

“是我们请求她的。”艾瑞卡说，“我们在……露比出事前问她的。”

“但是你能拿出最后一分钱下注，赌她肯定是因为这个才答应。”西尔维娅说。

“听着，这一切还没有定论。”奥利弗说，“我们还在很早期的阶段。克莱曼婷还没有做检测，没有见咨询师。”

“这是个坏主意。”艾瑞卡母亲说，“一个糟糕透顶的主意。肯定有其他选择啊。”

“西尔维娅。”奥利弗开口反驳。

“这样我的外孙就不是我的了！”西尔维娅说。

自恋症。这是艾瑞卡描述她的心理学症状。典型的自恋症。

“我的外孙就是帕姆的外孙了。”西尔维娅接着说，“她抢走了我女儿还不够，哦，现在她还可以这样高人一等地对我说：‘我们只是很乐意帮忙，西尔维娅。’居高临下，幸灾乐祸。这主意太糟糕了！别这么做。肯定是个灾难。”

“你不是这件事的中心，西尔维娅。”奥利弗说。艾瑞卡可以听到他声音中的震动。这让她紧张。他很少这样生气，他跟岳母说话，总是严肃小心的礼貌语气。

“你们为什么要问她啊？”西尔维娅说，“找个匿名捐献者。我不想我的外孙有帕姆的基因！她那大耳朵长得跟大象似的！艾瑞卡！你的孩子要是遗传上帕姆的耳朵怎么办？”

“我的老天，妈妈。”艾瑞卡说，“我还读到过，冲动性囤积癖跟遗传有关系呢。我觉得我还是希望我的孩子有大耳朵，而不是囤积癖。”

“拜托不要用那个词。我恨那个词。太……”

“太准确了？”艾瑞卡嘟囔道。

车里安静了几秒钟，但是西尔维娅再次出击的速度很快。

“克莱曼婷来做客的时候你怎么说？”她说，“‘哦，看啊，亲爱的，你真正的妈妈来了！你去跟她一起拉大提琴吧。’”

“西尔维娅，拜托了。”奥利弗说。

“这不自然，就是这么回事。科学进展太过了。有些事不是你能做就该做的。”

他们已经到了克莱曼婷父母家的那条街上。艾瑞卡小时候走到这儿只需要十分钟，十分钟就能把那些肮脏与羞耻抛在身后。他们在橄榄绿色门的整齐的加利福尼亚式平房前停车，艾瑞卡望着窗外，曾经，她一看到这道门心跳就会减速。

奥利弗关掉雨刮器，拧了发动机钥匙，解开自己的安全带，然后转头面向他的岳母。

“拜托，我们晚餐时能不能不谈这件事？”他说，“我能请你这么做吗，西尔维娅？”

“我当然不会说了。”西尔维娅压低了声音，“不过你们要仔细看看帕姆的耳朵，我要说的就这些。”她摸了摸自己的耳垂，“我的耳朵多精致漂亮啊。”

69

“叮叮叮！”帕姆用勺子敲着她的水杯，站了起来，“打断一下大家好吗？”

克莱曼婷早该知道的。肯定会有演讲。当然了。她母亲一辈子都在演讲。每个生日，每个假日，每次学业、体育、音乐方面的成就都要演讲。

“哦，老天爷，你是要给我们唱歌吗，帕姆？”西尔维娅说着转了下椅子，对着帕姆。她冲克莱曼婷眨了眨眼。

克莱曼婷对她摇摇头。她知道西尔维娅对艾瑞卡来说是个糟糕的母亲，她多年来说过、做过许多不可原谅的事，当然还有她的囤积癖，但是克莱曼婷一直以来都对她有种叛徒一样的喜爱。她喜欢西尔维娅的颠覆性，她天马行空的话，曲折的故事，还有恶狠顽皮的讽刺。她自己的母亲完全相反，似乎总是那么正经、坦诚，像是好心好意的首相夫人。克莱曼婷尤其喜欢西尔维娅的打扮。她可以随随便便把自己打扮成波希米亚知识分子或是俄国公主，或者是流浪者。（遗憾的是，她在艾瑞卡的婚礼上选择了"流浪者"风格，就是为了强调什么早已被人遗忘的、复杂的、毫无意义的观点。）

今晚西尔维娅看起来像是个吃午餐的淑女。你会以为她要跟银行家丈夫一起回闪耀的大豪宅呢。

"我希望你们能允许我说几句话。"帕姆说，"今晚，这里有两个人，我只能形容他们为……"她停顿，颤颤巍巍地深吸一口气，"安静的英雄。"

"听啊，听啊！"克莱曼婷父亲说的声音有些大了。他喝得比平时多了一些。艾瑞卡母亲让他紧张。有一次，她在学校的音乐会上坐在他旁边，他们在讨论政治，她显然把手放得"很靠近他的……你知道的"（帕姆是这样形容的），这让克莱曼婷父亲发出了"超奇怪的声音，像被弄疼了的喊叫"。

"是啊，他们是，安静、谦逊的无名英雄，但还是英雄。"帕姆接着说。

"嗷。"西尔维娅歪歪脑袋，像是在说"哦，别提了"，仿佛帕姆说的是她。

艾瑞卡扭了扭一边肩膀，像脖子僵住了似的。奥利弗扶了扶眼镜，清清嗓子。两人看起来都难受极了。“你为什么要请艾瑞卡母亲？”克莱曼婷那晚早些时候问帕姆。

“我觉得这对艾瑞卡来说是好事，”帕姆反驳道，“我们很久没见过西尔维娅了，她的囤积最近很严重，所以我觉得这可能能帮到她。”

“但是艾瑞卡恨她母亲。”克莱曼婷说。

“她不恨她。”帕姆说，可她看起来不好受，“哦，天哪，我可能是不该请她，你说得对。没有她来，艾瑞卡应该会更开心点。不过人总是想做点好事嘛，不是吗？只不过有时候好心不一定能做好事。”

此刻，她欢快地扫视房间。“他们不想要嘉奖。他们不想要奖牌。他们可能都不想要这个演讲！”她高兴地笑着。

“我想要奖牌。”霍莉说。

“嘘，霍莉。”坐在霍莉另一边的山姆说。他几乎没怎么动他盘子里的食物。

“可是，这种话是不能不说的。”帕姆说。

“但是我想要奖牌啊！”霍莉说。

“没有什么奖牌。”克莱曼婷低声斥责道。

“那外婆为什么说有？”

“她没说！”山姆说。

艾瑞卡母亲乐呵呵地窃笑。

“我们欠艾瑞卡和奥利弗的感激之情太过重大了，”帕姆说，“我根本无法……”

“能不能麻烦你递下水，马丁？”西尔维娅有些大声地对克莱曼婷父亲低语。

帕姆停了下来，看着她丈夫半站起来，尴尬地将水壶放到西尔维娅旁边，根本没有直视她的眼睛。

“抱歉，帕姆，”西尔维娅说，“你继续。顺便，你的耳环真好看。”

帕姆疑惑地用一只手摸摸耳朵。她戴着平时戴的简单金耳钉。“谢谢，西尔维娅。我说到哪儿了？”

“亏欠感激之情。”西尔维娅一边给自己倒水，一边提示道。

奥利弗仰起头，仔细看着天花板，好像是在寻找灵感，或者是救赎。

“对，啊，亏欠感激之情。”帕姆说。

坐在克莱曼婷旁边加坐垫的椅子上的露比突然很刻意地放下勺子，下了地。

“你要去哪儿？”克莱曼婷低声道。

露比举起一只手到嘴边，半捂着嘴说：“去外公腿上坐。”

“我想去外公腿上坐，”霍莉生气地说，“我刚刚正在想过去，到外公腿上坐呢。”

“有句老话，”帕姆说。她总有老话、名言。她伸出双手，掌心向上，朝天花板的方向摊开。她喜欢在说名言时做这个非常像政治家的动作。“朋友是我们为自己选择的家人。”

“没错。”西尔维娅说，“太对了。”

“我不确定这话是谁说的。”帕姆承认道。她喜欢给她说的引言加上出处。“我本想查一查的。”

“别担心，帕姆，我们一会儿再查也可以的。”克莱曼婷的爸爸说。

“奥利弗现在就可以查！”西尔维娅说，“奥利弗！你的手机呢？他很快的。嘀嘀嘀点两下，他就有答案了！”

“妈妈。”艾瑞卡说。

“怎么了？”西尔维娅说。

“朋友是我们为自己选择的家人。”帕姆重复了一遍，“我很高兴克莱曼婷和艾瑞卡选择做朋友。”她瞥了一眼克莱曼婷，然后连忙挪开了目光，“艾瑞卡。奥利弗。你们那天美好的举动救了可爱的露比的命。我们显然永远无法真正报答你们。我们欠你们的感激——”

“我觉得感激的债已经还清了，”西尔维娅说，“不是吗？反正，据我所听说的，债已经有还清的办法了——”

“西尔维娅。”奥利弗说。

西尔维娅冲克莱曼婷投去嬉戏的眼神。她向前靠了靠，低声说，免得奥利弗和艾瑞卡听到：“你跟奥利弗，哈？”

克莱曼婷皱皱眉。她没听懂。“生宝宝啊！”西尔维娅澄清道。

她的眼里闪着恶毒的光。克莱曼婷看到艾瑞卡咬紧了牙关，像是在经历痛苦但是必要的诊疗措施。

“艾瑞卡和奥利弗。我们爱你们。我们感谢你们。我们向你们致敬。”帕姆举起杯子，“敬艾瑞卡和奥利弗。”

所有人都找酒杯或者水杯给他们敬酒，一阵骚动。

“干杯！”霍莉喊道。她试着用自己的柠檬水杯跟克莱曼婷的酒杯碰杯。“干杯，妈妈！”

“好的，干杯。小心点，霍莉。”克莱曼婷说。她可以看出霍莉马上就要疯起来了。有些日子里，你根本看不出她接下来要做什么，而现在，她喝了太多柠檬水，可以说是醉了。

“干杯，爸爸！”霍莉说。山姆没有理会她。他还举着自己的酒杯，但是他一直盯着坐在马丁腿上的露比，她在对打蛋器低声说什么。

“我说，干杯，爸爸。”霍莉生气地说着，在椅子上跪起来，把水杯狠狠撞在山姆的酒杯上，酒杯在他手里碎掉了。

“我的天！”山姆从座位里跳了起来，像是被枪击了似的。他转身面对霍莉，吼道："太调皮了！你是个非常调皮，非常坏的女孩！"

霍莉唯唯诺诺地说："对不起，爸爸。是个意外。"

"是个很蠢的意外！"他吼叫道。

"好了，够了。"克莱曼婷说。

"哎呀。"帕姆说。

山姆站了起来。他手上有血。有那么一刻，唯一的声音就是哒哒不停的雨声。

"你想让我看看伤口吗？"西尔维娅提出。

"不。"山姆粗鲁地说。他吸了一下手的侧面，然后深吸一口气。"我需要新鲜空气。"他就这样离开了房间。这些日子，山姆总是这样：离开房间。

"好吧！出点事来添色彩嘛。"西尔维娅说。

奥利弗站起来，开始用手掌收玻璃碴。

"来跟我坐吧，霍莉。"艾瑞卡说着，把椅子向后推，拍拍她的腿，克莱曼婷很惊讶地看到霍莉下了椅子，跑到了她身边。

"我跟你说了要小心的，霍莉。"克莱曼婷说，她知道她尖锐的斥责只是因为她本以为霍莉会在她身边寻求安慰。她希望霍莉坐在她腿上，而不是艾瑞卡腿上，这很幼稚。她所有的情绪都变得渺小而扭曲。她真的希望取消试音。她情感上太不成熟了，永远做不了好的音乐家。她想象自己的琴弓在琴弦上发出尖细刺耳的声音，好像她突然又成了初学者：刺耳难听的音符来配她刺耳难听的情绪。

"嗯。好吧。来点茶吗？咖啡吗？"帕姆说，"艾瑞卡带了些很好的巧克力坚果，配茶或者咖啡正好。刚好需要呢！"

"她真是聪明得很。"西尔维娅说。

"我是很聪明。"艾瑞卡说。

帕姆经过一套复杂的程序，确认每个人要茶还是要咖啡，克莱曼婷则收起了盘子，拿进厨房。她父亲抱着露比跟着她，露比脸上挂着那种孩子们被高个男人抱着时总会有的表情，舒服，高高在上，像是个圆嘟嘟脸的小苏丹。

“你还好吗？”她父亲说。

“还好。”克莱曼婷说，“抱歉山姆那个样子。他只是为工作上的事发愁，我想。”

“是啊，他换了新工作之后好像是有点压力。”马丁说。露比开始乱动，他把她放了下来。“但是我觉得不止如此。”

“好吧，他最近一直不好受，自从……意外发生后。”克莱曼婷说。

她不是很确定自己是否有资格管那件事叫“意外”，不知道这样是不是暗示，她觉得自己没有责任。

“山姆怪罪自己没有看着露比——我觉得，不，我知道，他也怪我。”克莱曼婷说。不知为何，坦诚地向她父亲承认更容易，他会听她话的字面意思，而不是像她母亲，听得太过认真，太注入感情，看事情都是透过她自己情绪的滤镜。

“我猜我也怪他。”克莱曼婷说，“同时，我们又都在假装一点也没有怪对方。”

“对啊。”她父亲说，“哎，这就叫婚姻。双方总是都在为什么事怪对方。”他打开一个橱柜，从里面拿出两个马克杯。“我有多大概率拿错了杯子？”他转头看克莱曼婷，用指尖挑着马克杯的把手，“但是我想，还有其他问题。他不对劲。他精神不太对劲。”

“拿错了，马丁。”帕姆急慌慌走进厨房，“我们要拿好的。”她夺过他手里的杯子，迅速把它们放了回去：“谁精神不对劲？”

“山姆。”克莱曼婷说。

“这话我都说了好几周了。”帕姆说。

70

“嗨，又见面了。”

蒂芙妮举起雨伞，看说话的人是谁。她穿过四边形空地，去圣安娜斯塔西娅的校商店，给达科塔买明年的校服。

又是安德鲁的妻子。当然是她了。墨菲定律让蒂芙妮每次进了学校，或是参加学校的活动，都能碰到这个女人和/或者她丈夫，直到达科塔高中毕业。这可一点都不会不舒服呢。不！会非常非常棒的！卡拉和达科塔会成为最好的朋友。他们会请对方一家来家里烤肉。“你们是怎么认识的？”那个友善的妻子会天真地问道，然后她的丈夫就会抓着胸口，心脏病突发而死（太巧了！）。可是，奥利弗就会从隔壁冲过来，把他救活。

“蒂芙妮，对吧？我是莉莎。”安德鲁的妻子说。她把自己那把有些破旧的伞也向后搭了搭，露出她的脸。她的眼下有柔和的粉色眼袋。她雨伞上有一根铁条跟伞布分离了，像武器一样对准她的脸。“你可能不记得我了。晨间信息交流那天，我坐在你旁边。”

“我记得。你怎么样啊？”蒂芙妮说。

“不怎么好。这雨一直下个不停，快把我搞疯了。”莉莎说。她仔细看了看蒂芙妮。“你看起来很棒啊。你有什么秘密保养品吗？”

“咖啡因？”蒂芙妮说。

“说真的，看到你都是一种享受。”

蒂芙妮不安地笑了笑，接下来要说“我听说我丈夫曾经花高价码，就为了看你？”吗？

“你也是来给卡拉买校服的吗？”蒂芙妮说。她知道“我们可爱的志愿者们”经营的校服商店这一次只开门营业四十五分钟，“严格按时停止营业”，而且是“最先来的最好（真的是！）”。

她记得莉莎女儿的名字奇怪吗？可疑吗？

“实际上，我已经买好她的校服了，我这是来退的。”莉莎说，“我们要搬家到迪拜了，在那儿住五年，所以卡拉还是不能来圣安娜斯塔西娅上学了。”

“哦，这真是……”蒂芙妮试着想找个合适的词来结束这个句子，不能是“好消息”，不过矛盾的是，她感到一种不合逻辑的情绪，几乎有些失望。她喜欢莉莎。看到你都是一种享受。谁会说这种话啊？真是善良。

“你有什么感受吗？”她说。

“我还在努力适应这个想法。”莉莎说。“孩子们小的时候我们也移居过，一切都好，可我就是觉得我现在没有精力再对付这个了。我们在悉尼很安定，这个变化太突然了。就在周三，晨间信息交流会那天，实际上……我丈夫得知一个无比美妙的机会，他绝对不能放弃，不然……不然就一堆屁话之类的。”她用一只手捂了捂嘴，“我也许不该在天主教学校里说脏话。”她抬起头：“上帝不会喜欢的。”

“你没有选择权吗？”蒂芙妮说。

莉莎抬起一只手表示认输。“有些仗是打不赢的，这就是其中之一。我觉得迪拜应该不下雨。所以这也是个优点。”她突然把手里的袋子递出来。“来。拿着吧。一全套都有了。咱们孩子看起来是一个码的。我懒得去闹腾半天退钱了。罗克珊·希尔弗曼管校服店。她老问我是不是瘦了，这是她在用那种暗中攻击人的方式说我该减肥了。”

蒂芙妮不情愿地接过袋子。“我把钱给你。”

“不！”莉莎说，“拿着吧。我不要钱。我们都付得起那些无法退还的学费预付款了。”

“拜托了，”蒂芙妮说，“拜托让我给你……”她把袋子放在脚下，开始从包里取钱包，同时还拿着雨伞。

“我走了。你保重。”莉莎说。她转身就走开了，雨伞有些吹歪了。

“好吧，谢谢你！”蒂芙妮喊道。

莉莎举了举雨伞，表示听见了，接着往前走。

蒂芙妮看着她走开。铃声响了，一阵小女孩的说话声从最近的建筑里传来，像一群海鸥。有着高档私立学校女孩口音的海鸥。

她想着莉莎的丈夫。

莉莎的丈夫是一个礼貌、说话轻柔的男人。他对蒂芙妮的学业感兴趣。他最喜欢她穿女生校服式表演服：绿、白格子的制服，跟她手里这套还在玻璃纸袋里包着的还很相像；她女儿如果来上这所学校，就会穿这套衣服。莉莎的丈夫喜欢喝百利甜酒加牛奶。一种很女生的饮品，她当初还拿这个来逗他。莉莎的丈夫曾经一次把一大沓小费塞进她的吊袜带里，而不是让她一点一点争取，或者更糟糕的，挑逗她，好像小费是给狗的奖励饼干。去他妈的。

莉莎的丈夫有几次在下班之后还带她出去过。有一次他在白天来看她表演，她下班之后，他们找不到吃午饭的地方，他就订了一个酒店房间，只为了点酒店的房内送餐。那对蒂芙妮是一个幡然醒悟的时刻：你可以用钱来操控你的世界。事情出问题的时候，你挥一挥信用卡，就像挥动魔棒一样。午饭之后，他回去工作，她则能免费在城里住一晚。她邀请了几个大学里的朋友来住。没人相信她没跟他睡，可她真的没有。他们只是就着三明治，看了一部电影。他是个朋友。她就像他的理发师，只不过她的工作不是给他剪头发。他们的关系感觉很健康。

也许是那之后整整一年，她给他做了一场私人表演之后，莉莎的丈夫以他那种礼貌、含蓄的方式问蒂芙妮，问她有没有看过一部电影，《桃色交易》？罗伯特·雷德福和黛米·摩尔演的那部？罗伯特·雷德福的角色花了一大笔钱跟黛米·摩尔的角色睡？

蒂芙妮看过那部电影。她理解这个问题。

“十万澳元。”她跟他说，他甚至还没开口问。

她开的价钱足够低，有这个可能，但又高到可以当作玩笑、挑战、幻想，这意味着她不是妓女。

他没有犹豫。他说：“你收支票吗？”那是一张公司的支票，公司名叫“什么什么股份”，那笔钱足够她付那所公寓的首付，她遇到韦德的那场拍卖会上买的那所。那笔钱为她的经济堡垒奠了基。

她一直告诉韦德她从没跟任何一个客户睡过——她是舞者，不是妓女——感觉是真的。她跟安德鲁之间就是跟一个富有、年长的朋友之间的事。一个玩笑。一个挑战。一个有趣的想法。她要是在酒吧里遇到他，他把她逗笑的话，可能给她两杯酒她就跟他走了。即使在她跟他睡过之后，她还是觉得他们的关系有些健康的意思。他们用了安全套，是传统的“传教士”体位。她跟韦德之间的关系都比那更肮脏。

她记得那时候，他们还在床上，安德鲁开始讲他在城里有一间一卧公寓，什么信托基金，什么税务优惠。她听了一会儿才听出他在给她提供一个“机会”，一个双赢的长期安排。她礼貌地拒绝了。他说如果她想重新考虑的话，一定要告诉他。

大概六个月之后，他来俱乐部订了她的私人表演。他告诉她，他和家人要去国外住一年。不久后，蒂芙妮就大学毕业了，放弃了跳舞，找了第一份全职工作。

在她跟安德鲁相处的整个过程中，从没有想过他的妻子。“那他们家里的妻子呢？”克莱曼婷那天在车里问她，“被困在家里看孩子的妻子们。”

蒂芙妮只是耸耸肩。那些没有面孔的中年妻子从来都不是她的责任。她对她们没有恶意。她也不欠她们任何善意。她们可能没有好身材，但她们有很棒的信用卡啊。

她跟安德鲁的事是她唯一瞒着韦德的秘密。她不是羞耻，说实话，她甚至不确定这是否有必要，可多年来，她每次刚想开口讲这个故事，她的本能都会大喊：快闭上嘴。即使是自由开放的韦德也有界线，她不想踏过界时才知道线在哪儿。

所以，不，她从没有因为安德鲁的事而感到羞耻，只是此刻，她站在雨中，手中的环保袋子里装着免费的昂贵校服，看着他那疲惫、失望、腰有些粗的妻子冒雨走回她的黑色四轮驱动保时捷里，也许他碰巧突然要搬去迪拜是个美好的巧合，可也许，也许并不是。

71

都是因为雨。

要是雨停了，艾瑞卡就不会在周日早晨站在自家客厅里，听着耳朵里脉搏的声音，感觉自己是被逮捕了，只不过警察是她的丈夫。

奥利弗看起来不像是个警察。他看起来伤心而困惑。她心想，他小时候在家里找到父母藏的伏特加和金酒，是不是也是这样的表情，在他彻底放弃相信他们的戒酒承诺之前。（他们现在还做那种夸张的承诺。“我们七月滴酒不沾！”“我们十一月要戒酒！”）

是她外出更新驾照的时候发生的。她回家时心情很好。她喜欢周末开始时做些日常家务，她母亲经常不做的那种：未付的账单，断电警告被忽略，没签的学校外出许可证立即消失在大旋涡中。

但是接着，奥利弗在门口迎接她。“我们漏水了。”他说，“屋顶漏水了。储藏室里。”

他们有一间小储藏室，他们的行李箱、野营工具、滑雪工具都在里面。

“好吧，那也不是世界末日，对吧？”她问道，但是她的心跳突然加速，成了之前的两倍。她有些预感。

真是典型的奥利弗，他直接开始工作，把所有东西挪进了走廊，他也看到了盖在一条毯子下面的上锁的旧行李箱。行李箱满当当的，他想不起来这里面是什么。他只花了一秒钟时间，就找到了钥匙抽屉里唯一一把没有标签的钥匙。

看看。她如果真的遗传了她母亲的性格，他就永远不会找到那把钥匙。“于是我就把它打开了。”他说，然后他温柔地拉起她的手，把她领到餐厅里，他把那个行李箱里的所有东西都拿了出来，整齐地摆成一排排，好像是侦探在调查犯罪现场时把所有证物摆出来。证物1。证物2。

“只是个傻乎乎的习惯而已。”她反驳道，可她惊恐地发现，一个像极了她母亲的表情出现在她的脸上：贼头贼脑、鬼鬼祟祟的表情。“这不是囤积癖，如果你这么想的话。”

“一开始我也以为就是些乱七八糟的东西。”奥利弗说，“可后来我认出了露比的跑鞋。”他举起那只鞋子，在自己手掌里拍一拍，鞋底的灯闪了起来。“我记得克莱曼婷和山姆说他们弄丢了她的一只闪光鞋。是露比的鞋，对吧？”

艾瑞卡点点头，无法开口。

“还有这只手镯。”他扬起下巴。“这是克莱曼婷的，对吧？是你在希腊给她买的那只。”

“是啊。”艾瑞卡说。她感到她的脖子火辣辣地红起来，痒痒的，好像过敏了似的。“她不喜欢。我能看出她不喜欢。”

“这里的所有东西都是克莱曼婷的，对吧？”他拿起一把剪刀。

是克莱曼婷祖母的珍珠把儿剪刀。艾瑞卡甚至记不得她是哪天拿的。

她用一根手指按了按霍莉的草莓图案长袖T恤。旁边是一个印着高音谱号的手提包：这是克莱曼婷的初恋男友，那个法国号手送给她的二十岁生日礼物。

“为什么？”奥利弗说，“你能告诉我为什么吗？”

“只是个习惯。”艾瑞卡说。她不知如何解释为什么。“有点……强迫症。这里没有什么有价值的东西。”

强迫症：一个坚实、可敬，听起来像是心理学的词汇，可以很好地包裹起真相：她彻头彻尾地疯了，疯得像个臭虫。

哦，她这一辈子伴着臭虫睡觉的时候也不少！

她挠了挠脖子。

“别逼我把它们扔掉。”她突然说。

“扔掉？”奥利弗说，“你在开玩笑吗？你必须把它们还回去！你得告诉她你一直……怎样？小偷小摸她的东西？是这样吗？你是偷窃癖吗？你……哦，上帝啊，艾瑞卡，你偷商店里的东西吗？”

“我当然不偷商店里的东西了！”她绝不会做任何违法的事。

“克莱曼婷肯定觉得她自己要疯了。”

“是啊，她真的需要注意整理，把家里弄整洁些。”艾瑞卡开始说，可不知为何，这让奥利弗彻底爆发了，她都没有意识到他已经到了爆发的边缘。

“你到底在说些什么？她需要的是一个不偷她东西的朋友！”奥利弗喊道。他真的是喊出来的。他以前从来没有吼过她。他总是站在她这边。

她理解，当然了，她做的事也许不正常。是个很奇怪、很讨人厌的习惯，就像咬指甲、掏鼻屎，她知道她需要克制，保持在可控制范围内，但是她总是以为奥利弗会理解的，或者至少接受，就像他接受了她的其他所有特点。他看过她母亲的房子，还依然爱她。他从没有像其他丈夫对妻子挑挑拣拣那样批评过她。“那女人就是没法记得关上橱柜门。”山姆会这样说克莱曼婷。奥利弗很忠诚，绝不会在公共场合这么说艾瑞卡，但是此刻，他看起来可不是有些恼火，而是真的愤怒了。

房间变得模糊，艾瑞卡眼里溢满泪水。他要离开她了。她试着把自己的疯狂全部藏在一个小行李箱里，但是内心深处，她一向怀疑他终有一天会离开她的，现在，看到这些无用的、乱糟糟的东西摆在那里，证实了这一点：她跟她母亲一样。

她感到一股怒火喷薄而出，不知为何，是冲克莱曼婷发火。

“是啊，好吧，她也不怎么好。克莱曼婷没有那么好。”她颤抖着、傻乎乎地、幼稚地说，可她似乎怎么也止不住这些话，“你应该听听烤肉派对那天她对山姆说的话。就我上楼去的时候！她在说她想到给我们捐卵，就觉得‘厌恶’。没错，这就是她用的词。厌恶。”

奥利弗没有看她。他从桌上拿起一个冰激凌勺，在手里玩弄。勺子把上有个北极熊的图案。艾瑞卡在一个炎热的夏日把勺子放进了她的包里，那天他们在克莱曼婷家后院里吃冰激凌，是在她跟星空下交响乐队表演后。艾瑞卡刚刚接到电话，得知又一次的体外受精尝试失败了。这些东西中的第一件，克莱曼婷从斐济度假回来买的贝壳项链，是她在十三岁时拿的。它在哪儿来着？在那儿呢。艾瑞卡得有意识地收回右臂，因为她太想伸手去感受它那厚实、边缘粗糙的质感。

“你怎么没告诉我？”他说。

“这个吗？因为我知道这很奇怪，不对，而且——”

“不。你为什么没告诉我你听到克莱曼婷说的话？”

“我不知道。”她停顿了一下，“我猜我只是觉得丢人……我不想你知道我最好的朋友那样看我。”奥利弗放下了冰激凌勺。

他嘴角的神情稍稍有些柔化，但是这已经让艾瑞卡舒了一大口气，腿都软了。她拉出一把椅子来，坐下看着他，观察他下巴上的小胡茬。她记起他们多年前第一次一起坐下，画壁球比赛的赛程计划时。他那时是个胡子刮得干干净净的书呆子，戴着眼镜，穿着条纹衫，对着电子表格皱眉头，对这事情太过认真了，跟她一模一样，想把事做对，做好。她看着他下巴上的胡茬，一个想法浮现在她脑海中，他看起来像克拉克·肯特，可也许他实际上是超人。

奥利弗在她面前的桌上坐下，摘掉眼镜，揉揉眼睛。

“我才是你最好的朋友，艾瑞卡。”他哀伤地说，“这你难道不知道吗？”

72

“昨晚在爸妈家吃晚餐时的事，我很抱歉。”克莱曼婷边说边递给艾瑞卡咖啡。她们在克莱曼婷的客厅里，客厅里有“原汁原味”的壁炉（但是不能用）、染色玻璃舷窗，还有宽地砖。她和山姆第一次看到这个房间时，两人背着房产经纪人交换了闪光的满意眼神。这房间是有个性的，太有他们的风格了。（换句话说，就是“现代、枯燥严肃、毫无灵魂”的反义词，而另一种风格正是艾瑞卡和奥利弗会选择的；克莱曼婷开始想，她的所有个性是不是都是谎言，只不过是刻意反叛艾瑞卡的个性。你是这样的，所以，我就是那样的。）

现在，这个客厅看起来邋遢而晦暗，非常潮湿。她吸了吸鼻子。“你能闻到潮湿的味道吗？我们这儿肯定有地方发霉了。太恶心了。雨再不停的话，我真的不知道该怎么办了。”

艾瑞卡拿了一杯咖啡，双手捧着杯子来取暖。

“你冷吗？”克莱曼婷半起身，“我可以——”

“我没事。”艾瑞卡简短地回答。

克莱曼婷坐回到座位上。“记不记得我们买下这里的时候，建筑报告说这里有潮气上升的问题，你说我们真的应该重新考虑，我只是说：谁在乎什么潮气上升？好吧，你说得对。确实很糟糕。我们得把这问题解决了。我已经拿到一个报价了……”

她停了下来。她自己都觉得自己无聊了，甚至觉得不值得说完这句话。总之，这一切都只不过是赤裸裸的免罪尝试。你救了我孩子的命，可我却一直在抱怨你，你做的全是好事，我做的全是坏事，但是我自我鞭挞可以加点分吧，认罪减刑可以吗？

“在你父母家的晚餐很棒。”艾瑞卡说，“我很享受。”

“哦，太好了。”克莱曼婷说。她现在愈发愧疚了。她不想让艾瑞卡觉得她配不上这顿“英雄晚餐”。“我只是说，杯子碎掉的事，还有山姆跑出去了……”

她又说远了，她喝了口咖啡，等艾瑞卡说她来这里的目的。她之前打电话问她可不可以来。这时机真是太不巧了：山姆刚带孩子们去看电影，本想让克莱曼婷有机会练习——现在离试音只有十天时间了，到了终极倒计时的时候——但是，当然了，克莱曼婷还是说了是。她默认这事是关于捐卵程序的下一步的。

艾瑞卡冲角落里克莱曼婷的大提琴点点头。“你的大提琴会受到阴雨天的影响吗？”

她脸上的表情是她每次看克莱曼婷的大提琴都会露出的表情，略带敌意，仿佛它是个让她感觉自己不如他人的漂亮朋友。

“我最近更多遇到狼音了。”克莱曼婷说。

“狼音？”艾瑞卡困惑地问。

克莱曼婷很惊讶。她肯定跟艾瑞卡解释过她大提琴的狼音吧，艾瑞卡一般能记住这类事，尤其因为这是消极的事。她最喜欢坏消息了。

“很多大提琴都有，差不多就是一个问题音，我猜这是最简单的解释方式了。会发出一种很可怕的声音，就像气钻或者玩具枪。”克莱曼婷说，“我试过狼音消音器，可是一段时间之后，还是感觉失去了共鸣和音调，所以我就取掉了。我可以对付的，只需要轻轻地用膝盖夹住大提琴，有时候我可以改变琴弓的角度，在下拉的时候遇到狼音，这样就……”

“哦，对了，是，我想起来了，我觉得你以前提到过。”艾瑞卡说。她突然转换了话题。“顺便，我突然想起来，我前几天在我家发现了露比的一只鞋。”艾瑞卡从自己的包里掏出露比那只失踪的闪光鞋，放在咖啡桌上，鞋底的灯亮了起来。灯在昏暗的房间里显得格外吓人。

“真不敢相信！”克莱曼婷抓起鞋子，仔细看，“我们哪儿都找过了，就找这只该死的鞋。是在你家？我不记得她穿去过——”

“嗯。反正，我今天来是想讨论一件事，”艾瑞卡说，“捐卵的事。”

“哦。”克莱曼婷乖乖说。她把鞋放回她的大腿上，“好吧，你知道的，我已经约了——”

“我们改主意了。”艾瑞卡说。

“哦！”克莱曼婷的思绪转个不停。她可完全没想到会这样。“怎么回事？我真的很乐意——”

“个人原因。”艾瑞卡说。

“个人原因？”这是你跟雇员说话时会用的词。

“是啊，所以，我很抱歉我们占用了你的时间，验血啊什么的。”艾瑞卡说，“尤其是你现在还有试音要准备。”

“艾瑞卡。”克莱曼婷说，“发生什么了？”

艾瑞卡的表情毫无破绽。

“没什么。”她说，“我们只是不想继续了。”

“是因为……”克莱曼婷觉得有些恶心，“烤肉派对那天。我跟山姆说话时，一开始我还不确定我对你们的，呃，你们的请求有什么想法，我只是有点担心你无意中听到了，你可能误解了……”

“我什么也没听到。”艾瑞卡说。

“好吧，我听到了，但是那不重要，不是因为那个。”她看着克莱曼婷，眼睛不知为何，似乎孤零零的，在她严肃的五官组合中显得格外脆弱，但是克莱曼婷却无法解读她的感受。

“我很抱歉。”克莱曼婷说，“我真的很抱歉。”

艾瑞卡耸耸一边的肩膀：最微小的耸肩。

“我现在想了。”克莱曼婷说，“不只是因为露比。我现在想通了。我觉得很好。”

这是谎言吗？她问自己。

也许这是实话。她想到这种可能性就开心不已，也许，内心深处，她确实像她母亲，是个善良、慷慨的人。

“我真的想做。”克莱曼婷说。

“这不是我的决定。”艾瑞卡说，“是奥利弗想寻求其他方法。”

“哦。”克莱曼婷说，“为什么？”

“个人原因。”艾瑞卡又重复道。

艾瑞卡是告诉了奥利弗她听到的话吗？想到善良、高尚的奥利弗，一向对克莱曼婷礼貌无比的奥利弗，每次见到她的孩子们表情都变得明亮的奥利弗，听到克莱曼婷那些话，她就想哭。她想到奥利弗救活露比时发出的声音：像动物松了一口气般的呜呜声。

她把杯子放在咖啡桌上，从沙发上滑下来，双膝下跪，跪在艾瑞卡面前。那只鞋子掉到了地上。“艾瑞卡，求你了，让我做吧。求你了。”

“别这样。”艾瑞卡说。她看起来吓坏了。“起来。你这样像我妈似的。这就是她会做的事。顺便说一句，鞋掉到沙发下面了，你一会儿又找不到了。”

她听起来有些不悦，可却又像是恢复了。她脸颊上重新有了颜色。

克莱曼婷找到了鞋子，重新坐了起来。她拿起自己的咖啡，小口啜着，目光越过杯沿与艾瑞卡的眼神相遇。

“傻瓜。”艾瑞卡说。

“傻瓜（德语）。”克莱曼婷冲着杯子嘟囔道。

“昏蛋。”艾瑞卡说，“不。不对。是混蛋（德语）。”

“不错。”克莱曼婷说，“你个大白痴傻瓜（德语）。”

艾瑞卡微笑了。“我都忘了这个了。”她说，“对了，还有，去你的（德语）。”

“你也一边去。”克莱曼婷说。

“那个意思不是‘去你的’吗？”艾瑞卡说。

“这个你比我更了解。”克莱曼婷说，“你比我分数高。”

“说得太对了。”艾瑞卡同意道。

克莱曼婷眨着眼，收回眼泪，不知是笑出来的，还是痛出来的，她说不准。这很奇怪，因为她一直觉得自己在艾瑞卡面前掩藏自己，把她更“自己”的那一面留给她“真正”的朋友，那些友谊是正常的，不复杂的，成年人的（发电邮，打电话，出去小酌一杯，拌嘴和笑话所有人都听得懂），可此刻，她感觉那些朋友都不像艾瑞卡这样，以这种脆弱、丑陋、幼稚、原始的方式熟悉她。

“反正，事实是，我感觉很矛盾。”艾瑞卡说。她仰头，一口气喝光了咖啡。这是她的一个小习惯。她喝咖啡跟喝酒一样。

“什么意思？”

“我从没有特别想要孩子，这你知道的，别人还都一直在提醒我。所以这件事是奥利弗决定的。我很矛盾。”她这样说话，好像最近才学会了“矛盾”这个词，有机会就要用。她像个政治家一样，不停地重复重要信息。她用一只手指警告克莱曼婷：“顺便说一句，我的矛盾，是要保守的秘密。”

“是啊，当然了。但你如果不是真的想要孩子，你就应该告诉他！你不该只为了他就要孩子。这是你的决定！”

“对，我选择我的婚姻。”艾瑞卡说，“这就是我的选择，我的婚姻。”她站起身来。“奥利弗的梦想就是有一个孩子，我不会逼他放弃的。”她拿起自己的包。“哦，对了！”她的语气变了，变尖了，“我前几天在翻一个纪念物盒子，找到了这条项链。我觉得这是你的。”

她拿出一条难看极了的贝壳项链，把它举起来。

“这不是我的。”克莱曼婷说，“我一直很讨厌这种项链。”

“我很确定——好吧，也许是我记错了。”

艾瑞卡准备把项链放回袋子里。“但是也许孩子们会喜欢？”

她冲克莱曼婷投来一个奇怪的犀利眼神，仿佛这真的很重要。她真是个奇怪的女人。“当然了。谢谢。”克莱曼婷接过项链。她不会让孩子们玩这个的。它看起来不怎么干净，戴上就像是戴着有刺的铁丝。

艾瑞卡看起来像是松了一口气，好像擦掉了手上的什么脏东西。“祝你练习顺利。还有十天就试音了，对吧？”

“对。”克莱曼婷说。

“练得怎么样了？”

“不怎么好。我觉得很难集中精力。发生了那些事——山姆和我——就是……呃，你知道的。”

“那就该埋头努力工作了。”艾瑞卡轻快地说，“这是你的梦想啊，傻瓜（德语）。”

然后她就走了，穿着她那规矩又合理的鞋子，走进雨中。没有吻别，没有拥抱，因为她们从不那样做。德语的辱骂就是她们的拥抱。

你解脱了，克莱曼婷心想着，把咖啡杯收拾起来。不需要每天打针。她想到她昨天看的“你在考虑做捐卵人！”视频，看着那个慷慨的女人以轻快的动作往自己肚子上注射药物，让她能排出多颗卵子，克莱曼婷感觉自己的腹部也紧了一下，害怕极了。

她拿着大提琴坐下来，拿起琴弓，集中精神，开始练习半音音阶。

过去几天里，她开始容许脑海中这样一个画面成形：一个小男孩，有着露比的杏眼，奥利弗的黑发。

这幅画面像水中的倒影一样，震颤之后，消失了。

老天啊，克莱曼婷，你怎么敢这样？她握着琴弓的手握得更紧了。这画面甚至毫无道理，因为露比的眼睛像山姆家人。

它又出现了。她那友好的狼音。确实是很难听的声音。她的牙齿都能感觉到。

山姆总说，因为她是音乐家，所以对声音过度敏感。可她觉得不是这样的，只是他对声音不敏感得让人震惊。她的牙齿能感觉到的只有三种声音：她的狼音，霍莉在露比惹到她的时候发出的一种特别的高音调尖叫，还有麦克马斯特斯海滩上哀嚎般的鲨鱼警报。

她突然回到了她上一次听到鲨鱼警报的时候，那年她十三岁。警报响的时候，克莱曼婷和艾瑞卡一起在冲浪区。艾瑞卡游泳厉害，比她好。警报让克莱曼婷慌张了（那个声音），她在水里蹚着往岸边走去，脚滑了，艾瑞卡拉住了她的胳膊。“我没事。”克莱曼婷凶巴巴地说着，把她的手甩掉了，她那两周都被这种丑陋的怒气所裹挟，可接着，就在一秒钟后，她踩到了什么滑滑的东西，感到一条腿上有种奇怪的被滑过的感觉，她本能地伸手去抓艾瑞卡。“你没事的。”艾瑞卡说，冷静、友好、温柔地扶稳她。克莱曼婷还能看到艾瑞卡湿乎乎的手臂贴着她的，盐水贴在她的白皮肤上像钻石一样，她瘦弱的手腕上有三个红色的咬痕，像手镯一样环着她的手腕。在艾瑞卡的房子里，跳蚤去了又来，就像季节交替。

克莱曼婷放下琴弓，试图想象没有艾瑞卡的生活：没有恼怒，和紧随其后的愧疚。只有两个音调的旋律：恼怒，愧疚，恼怒，愧疚。她拿起琴弓，刻意拉出狼音，一遍又一遍，让这声音激怒她，顺着她的耳道涌入，在她的耳膜上震颤，爬进她的脑内，在她的额头中央跳动。

她停了下来。

“你不应该容忍狼音。”安斯利跟她说过，“把琴拿去修理修理。”

她试着用狼音消音器时，一开始感觉如释重负。可过了一段时间，她意识到跟着狼音一起消失的，还有其他东西。她拉出的音不如从前丰富了。狼音附近的音符似乎也减弱了，不如从前集中了。她想到，这跟人们一开始吃抗抑郁药物时一样，痛苦消失了，可其他一切也随之变得模糊：更平、更钝。

最终，她决定狼音只是她需要付出的代价，来换她的大提琴那红金色的曲线中所蕴藏的几个世纪的美妙声音。

也许艾瑞卡就是她的狼音。也许克莱曼婷的生活没有她，就会失去一些细微却又不可或缺的东西：一种饱和，一种深度。

也许并不是。也许没有艾瑞卡，她的生活会很好。

克莱曼婷意识到她很生气。她把大提琴放在一边，去厨房的路上拿起那条疙疙瘩瘩的难看项链，把它扔进了垃圾桶里。她去了冰箱前，给自己拿了一盒酸奶，到抽屉里去取勺子，第一眼就看到了山姆前几天晚上想找的那把北极熊冰激凌勺。男人啊。那把勺可能就一直在他眼前呢。

她打开酸奶，吃了一口。真的非常好吃。柔柔滑滑的，就像广告里说的。她对广告持有怀疑态度，可说实话，这酸奶的确好吃。这让她想起她节食之后尝到的第一口食物。

她最近没有节食。

她身体里滋生一种感觉。一种焦躁感。她在使劲用勺子挖酸奶，吃得太快了。她想到斯特拉文斯基的《春之祭》。巴松管的高音调。她想要演奏那首曲子，因为它完美地诠释了她此刻的感受。胸膛里螺旋上升的感觉。那酸奶是掺了毒品吗？还是说，只是因为无与伦比的释然感，她强调了自己完全愿意捐卵，但是又不需要真的捐：不需要行动的无私表现，这真是太好了！

只是因为她已经受够了为已经发生的事而愧疚吗？她永远忘不了那天下午，但她可以原谅自己。她可以原谅山姆。他如果因为这个想结束他们的婚姻，那她就会当他死了一样，祭奠他，可是天哪，她可以扛过去的，她能活下去。她总是怀疑自己有着这样的本性，她的灵魂深处躺着一块坚不可摧的小石头，冰冷、坚硬的自保本能。她可以为自己的孩子去死，但是不会再为其他人。她不能允许一个错误、一次判断失误定义她的人生，而露比还好，生活还在，还可以继续过。

她想起艾瑞卡的话："这是你的梦想啊，傻瓜（德语）。"

这份工作是她的。这份工作本就该是她的。她扔掉空酸奶盒，舔舔手指，走回大提琴边，这一次不是在练技巧，而是演奏。不知何时，她在途中忘记了音乐的真谛，纯洁、毫不复杂的音乐的乐趣。

73

"他要偷走它！"霍莉大声而清晰地喊道。

"嘘！"山姆说。他们总也没法让霍莉在看电影时闭嘴。

"但是他就是要偷了，快看！"

"你说的对，但是……"山姆把一根手指举到唇边，不过谁会在乎呢，电影院里挤满了不停扭动、说话，被连日的雨憋坏了的孩子们，还有疲惫不堪的家长们。

霍莉往嘴里塞了一大把爆米花，靠在椅背上，她双眼注视着银幕上皮克斯动画一闪一闪的色彩。露比坐在山姆的另一边，嘬着大拇指，抚摸打蛋器上的辐条。她开始打盹了。她很快就会睡着，电影结束前五分钟才会醒来，要求重放电影。

山姆通常非常喜欢动画电影，可他根本不知道这一部讲的是什么。他在想工作，想他这样混日子还能混多久。他是新来的，还在"熟悉环境"，但是他现在早该已经熟悉了。人们肯定都开始注意了。昨天，他部门的领导看着山姆淋透的衣服，以不解的眼神说："该投资买把雨伞了。”一切都要崩塌了。会有人说：“那个新来的奇怪家伙根本什么都没在做。”

紧要关头早已到来，山姆。你得振作起来，开始认真了，在前门口放一把该死的雨伞。为什么这些天，这种小事都没法做成？露比的头轻轻搭在他的手臂上。他把座椅扶手拉起来，她靠在了他身上。

克莱曼婷在认真了。自从韦德、蒂芙妮和达科塔来访之后，他就看出她身上发生了什么改变。“我见过他们之后感觉好多了，”她说，“你不觉得吗？”他想大喊：“不！我感觉更糟糕了！我感觉糟糕了很多！”

他真的冲她吼那些了吗？他不记得了。他变得越来越爱喊叫了，跟他父亲从前一样，后来是年龄的增长让他变得温和。

他转换了姿势。

“你在乱动。”霍莉低声吼他。

“抱歉。”山姆说。爆米花吃起来像加了盐和黄油的纸板，可他却吃得停不下来。

是啊，克莱曼婷身上绝对发生了改变。她多了一份新出现的不耐心，一种脆脆的感觉，只是，说脆，就暗示了脆弱，可她似乎并不脆弱，她更像是受够了。她想走出露比的意外，她的看法是对的。没必要一直停留在这件事上。没必要一遍又一遍重放。山姆一向觉得自己是他们两人中在情感上更坚强的那个。克莱曼婷才是把小事情看得太重、太夸张，有时候近乎歇斯底里的那个，比如说，她的试音。当然了，试音并不是小事，确实是大事，容易让人紧张，这他懂的，可她从前总会被这种事所吞没。有一次，山姆听到霍莉对露比说：“妈妈病了，试音病。”他笑了，因为这描述太准确了。试音对克莱曼婷来说，就像是病毒感染。

但是最近这次试音似乎不是这样的，即使这是她职业生涯中最重要的一次。她一个字也没有提这件事。她只是在练习。山姆甚至不确定试音是哪一天，即使他清楚地知道日子肯定近了。

从前，他可以准确地说出距离试音还有几天，因为这就是他的性生活重新开始的时间。但那是很久以前了，那时候，性爱还是公式中自然、正常的一项，在一切都变得复杂之前。性爱能变得这么复杂，还真是奇怪的事，因为很多年来，他都说那是他们关系中最不复杂的方面。他当时敢打赌，会一直这样下去。从一开始，他们的第一次起，它就是那么自然。他们的身体和性欲步调都完美配合。他已经经历过一些恋情，知道性爱一般是一开始尴尬，然后才能变好，但是跟克莱曼婷一起的时候，一开始就很好。他们的恋情有其他问题：他不懂音乐，她从没有跟不是乐手的人谈过恋爱；他想要很多孩子，她愿意只要一个孩子。但是他们在性爱方面没有问题。他实际上还记得，他当时以那种年轻、天真、傻乎乎的方式想，他们在性爱方面完美的配合证明他们天生就是一对，因为那是人最坦诚、最真实、最脆弱的时候。其他都不过是细节而已。

山姆和克莱曼婷从不需要谈论性，这在他经历了前女友丹妮拉之后，真是让他松了一口气，他差点娶了丹妮拉，她喜欢讨论、剖析他们的性生活，每次结束之后都要马上总结：我们怎样才能共同努力，下次取得更好的成果？（她是个商业顾问。她的用词不是这样的，但是他能听出她的意图。）丹妮拉从来不惧在早餐餐桌上这样开始谈话：“我昨晚给你口×的时候……”这让正在吃麦片的山姆呛到了，像祭坛男童一样红了脸。（“好可爱！”丹妮拉会这样说他。）

他喜欢他和克莱曼婷在性生活方面留下一丝神秘。他们对待它的方式像一种害羞的敬畏。性爱就像他们之间一个美丽的秘密。

但是，也许丹妮拉的想法才是对的。也许那可恶的敬畏就是他们崩解的原因，因为他们的性生活慢慢变了，变得敷衍仓促，他们没有用来形容的语言。他都看不出克莱曼婷现在还喜不喜欢性爱（他也不想听到答案，怕是不）。“表演”这个想法开始在他脑海中成形。执行上，一切都正常，可是他第一次开始好奇，他跟她的那些前男友相比怎样；他们的音乐才能是否能表现在性能力上。

他知道这可能根本不是什么事。所有有年幼孩子的父母都会经历这些。这太常见了，基本是陈词滥调了。会有复兴时期的，他对自己说。两个孩子都开始能安稳睡一整夜时就好了。他们不那么累，压力不那么大的时候就好了。他一直在期盼着复兴到来的时候。

然后，烤肉派对的那一晚，蒂芙妮给了他们一把钥匙，可以打开他们自己不小心关上的那扇门。她是一个漂亮的马戏团领班，大喊道：“这边走，就能再次享受美妙的性爱！”突然间，一切都再次变得那么容易。他在克莱曼婷的脸上看到了。她也在他脸上看到了。

然后整个宇宙都觉得应该以最残忍的方式惩罚他们的自私。

他又看到了那幅画面：奥利弗和艾瑞卡抱起他的小女儿。他每天都能看到这幅画面十几次。一百次。他永远、永远也不可能走出去。他看不到走出去的路。这没有什么解决办法。他必须改变什么。调整什么。破坏什么。他想起克莱曼婷听到他说分居的时候像被打了一下的样子。有那么一刻，她看起来像个被吓坏的孩子。他感觉很糟糕，或者说，他知道他应该感觉糟糕，可实际上他只是很麻木，有种奇怪的超脱感，好像是其他人在对自己妻子说残忍的话。

“爸爸，”霍莉说，“你全都吃光了！”

山姆看着空了的爆米花桶。

“抱歉。”他低声说。他甚至不记得自己吃了爆米花。

“不公平！”霍莉愤怒的脸被银幕上的光照亮了。

“嘘。”他无助地说。他的嗓子痒痒的。他的牙缝里塞着爆米花的小碎块儿。

“但是我几乎都没吃到！”她的声音提到了无法接受的音量。他们身后有人不悦地嘟囔了一句。

“你要是不能安静下来，我们就走。”山姆颤抖地低声说。

“贪婪的爸爸！”她喊着，把爆米花桶抢过来，扔到了她身边的走道上。这是刻意的、有计划的无礼。这不能忽略。

该死的。他拿起脚边湿漉漉的雨伞，抱起睡得沉沉的露比，把她放在一边肩上，站起来，拉起霍莉的手腕。他后腰某处刺痛了一下。

霍莉大声尖叫着，他把她拽出了座位，走进走廊里。

后果。他和克莱曼婷曾经把这种育儿专业用语当笑话来讲，但是霍莉和露比必须学会山姆用了很多年才发现的道理：人生说到底就是一连串的后果。

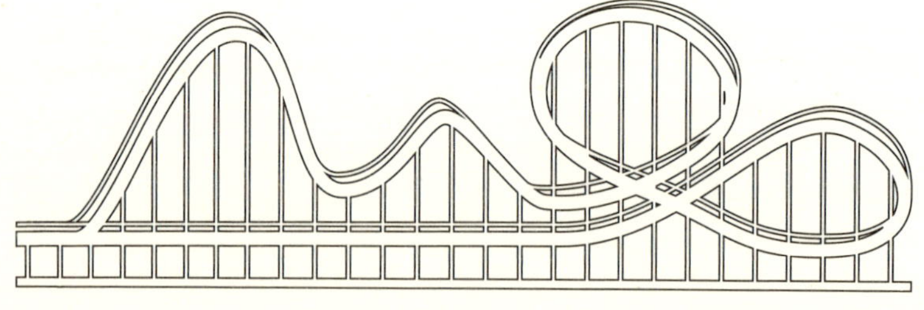

第四部：告白与告别

“你知道我现在最大的心愿是什么吗？”山姆说。

“什么？”

“是你得到这份工作。”

“哦。”克莱曼婷说。

“我不想你上台的时候还想着孩子的事。我希望你想你演奏的时候该想的东西，什么声调啊，音高啊，节奏啊，反正是你那些娘娘腔的前男友们会告诉你去想的东西。”

“好吧，我尽力。”克莱曼婷说。她轻柔地说：“你是个好人，塞缪尔。”

74

奥利弗决定在雨中去跑步。

他在冒险，可能会在湿滑的小路上摔伤，支气管炎还可能复发，但是此刻，他真的需要清理思绪，他的妻子是个小偷，因为这个，他永远也做不了父亲了。

他这样想逻辑不对，可他就是很难过。生气。震惊。

他把鞋带打了两个结，站起身，做了几个伸展动作，打开门，差点又立刻把门关上，因为雨太大了，可他无法忍受在思绪向像困的老鼠一样乱撞时，在房子里走来走去。

跑步能让他清醒。他的神经系统能释放一种蛋白质，激活他大脑中与做决定相关的区域。

他深吸一口气，出了门。韦德和蒂芙妮显然在接待客人。他们的车道里和死胡同里都停满了车。他们真是喜欢社交。

奥利弗跑出死胡同，想着自己明显小得多的社交圈。他要是能跟人谈谈这些，会很有帮助的，可他没有人可谈。

他没有那种可以叫来"安静地喝杯啤酒"的朋友。他不是会说"安静地喝啤酒"的人。实际上，他不喝啤酒。他有一些在早晨骑行三十千米之后，在附近健康食品餐厅喝蛋白质奶昔的朋友，边喝边讨论针对即将到来的半程马拉松的训练计划。他喜欢他的朋友，但是他没有兴趣听他们的个人问题，所以他也不分享自己的。他不能喝着蛋白质奶昔，说:“我妻子从小时候开始就在从她最好的朋友那里偷纪念品。你觉得如何？我应该担心吗？”

反正，他也绝不可能那样背叛艾瑞卡，把她的秘密告诉其他男人。

跟女性来一次私密对话可能会好一些。他要是有姐妹，或者母亲就好了。实际上，他算是有母亲。但不是合适的那种母亲。她会觉得艾瑞卡偷东西好笑得很，或者觉得悲剧得要命，要看她当时的情绪摇摆到了哪个状态。

一辆车从他身边开过，打了两下喇叭，不知是表示支持还是嘲笑：很难解读。

艾瑞卡要是开始囤积，他还能对付得了。他甚至自己做好了心理准备，在遥远的将来，有这个可能性，即使她持续不断、近乎偏执地丢东西。他也做好了其他心理准备，包括抑郁症（做试管婴儿时，这个是很常见的）、乳腺癌、脑瘤、意外死亡，甚至还有办公室恋情（他信任她，但是她的合伙人显然是个“花花公子”），但是他从没有想到过这个。从没有想到过小偷小摸。他们都是很正直的人。他们的经济活动都有着严谨的秩序。他和艾瑞卡很欢迎税务审查。尽管来吧，他们会对税务局说。尽管来吧。

他的眼镜需要个类似雨刮器那样的东西。他不停地边跑边把眼镜摘掉，试图在T恤上擦干。根本没用。

她拿走了克莱曼婷的东西，就像狄更斯小说里的小偷。这简直无法想象。她说她会停下，她会慢慢把之前拿的东西还回去，但是在奥利弗的世界里，人们永远不会停下。他的父母说了他们会停止酗酒。艾瑞卡的母亲说了她会停止囤积。他们当时都真的相信自己的话。他明白。但是他们停不下来。那就像是要求他们屏住呼吸。他们只能坚持一小会儿，就得喘息着寻求空气。

有一辆车开过，一个少年几乎半个身子都探出车窗，只为了喊一声："蠢蛋！"

这可是很危险的啊，小伙子。你可能会被其他车挂走的。而且也很不礼貌。

他在利文斯顿街上拐了弯。左膝又有些刺痛。

此刻，艾瑞卡正在克莱曼婷家里，告诉她，他们还是不需要她做捐卵人了。他们讨论过了，决定当面告诉她更礼貌些。她花时间做了验血，填了文件。他们不喜欢浪费别人的时间。

是奥利弗做的决定。当然，还有艾瑞卡无意中听到克莱曼婷说的难听话。想到就觉得厌恶。贱人，他觉得他踩到了一摊水，水溅出来了。克莱曼婷不是贱人。他挺喜欢克莱曼婷的，但是她说的话确实难听，而且没必要。

他想到艾瑞卡的小脸（她的脸小小的，五官很紧凑），她站在走廊里听到那些难听的话时，该是怎么个模样啊。他握紧了拳头。他突然很想打山姆，因为显然，他不能打克莱曼婷。

这一刻过去了，所有原始的冲动都会过去。

他这辈子从没打过人。

反正，就算克莱曼婷没有说过那些话，她和艾瑞卡的关系也显然很……奇怪？复杂？失调？……不适合继续进行下去。

"绝对不行。"他对艾瑞卡说，"她不能做我们的捐献人。不可能。结束了。完了。"

他看不出她究竟是松了一口气，还是伤心欲绝。

他当时很坚持，可现在，他跑着步，衣服变得湿漉漉的，沉甸甸的（你还以为衣服在完全湿透的时候，就不能再湿了，可显然，没有这么回事），他有些后悔了。也许他太武断了。

这感觉像是又一次失去。每一次他都觉得他很好，避开希望。每一次他都告诉自己，自己没有期待，但是每一次失败都那么痛，他才明白，还是有希望的，希望在他的潜意识里诱惑地潜伏着。事情也不会变得容易。只会变得更糟糕。累积效应。一次又一次的失去。就像他左膝的韧带拉伤。

那么，现在怎么办？找匿名捐献者吗？很难找到，除非去海外找。人们现在有这么做的。他们可以这么做的。他可以做任何事，只为了有一个自己的亲生孩子。他不确定艾瑞卡可以。他有种可怕的怀疑，如果他说“咱们忘掉孩子的事吧”，在她脸上看到的第一个表情，会是解脱。

他的心跳非常快。他能听到自己喘粗气的声音。他通常听不到自己喘气的。支气管炎影响到了他的身体状态。他集中精神调整呼吸节奏，与脚步协调。

他看到一辆蓝色的车从街道另一边开过来，意识到那是艾瑞卡，她是见完克莱曼婷，回家了。

他停了下来，双手叉腰，喘口气，看着她开过来。他还看不到她的脸，但是他清楚地知道她现在开车的姿势，像个小老太太一样趴在方向盘上，双眉之间是两条深深的皱纹；她不喜欢在雨中开车。

她皱眉头的表情是他在她身上注意到的第一件事，他们一起工作的时候，远远早于他们一起做板球比赛计划。他不知道他为什么觉得它那么迷人；也许是因为它暗示着，她对生活很认真，跟他一样，说明她在乎，她精神集中，她不只是在表面漂浮，随意享受。他从没跟她说过这些。女人都希望被注意到的是她的眼睛，而不是皱眉头的样子。

她肯定是说完消息之后，又在克莱曼婷家停留了。

车停在了路边。她摇下车窗，伏到副驾驶位置上，紧张地看着他。

“你不该在这种天气里跑步！”她大喊道，“你可能会滑倒的！你都没有吃完抗生素呢。”

他走到车旁边，打开车门，坐在她旁边。车里很暖和。她打开了暖气。

水从他身上滑下来，在他周围的皮座位上聚成一摊。他能感觉到水在他动的时候发出噪音。他想起他们把露比从喷泉里抱出来的那晚，他们一起行动，他们不需要说话，他们只需要去做就行。他们是个很好的团队。

艾瑞卡坐着，依然趴在方向盘上，沉默地看着他，狠狠皱着眉。

他把手搭在她的脸颊上。

“抱歉。”他说着把手挪开，“我身上这么湿。”

但是她抓着他的手，把它拉了回来，温暖的脸贴在他冰冷的手掌上。

75

韦德的房子里挤满了人、音乐、美食的香气，他就喜欢这样，他就爱这样。拥有这样一栋大房子，却不装满人，有什么意义呢?

这次请客没有理由。请人来家里为什么需要理由? 你不需要！就是一时兴起。他打了几个电话，现在家里已经满了。当然了，还在下雨，但是这并不是说所有的乐趣都要停下来，他们在屋里还是很暖和干爽的，雨没法阻止他们生活啊！他们应该多试试这样！他们应该每周末都来一次！

他的四个女儿今天都在这儿，现在她们都没有赌气不跟他说话，这可是很罕见、很美好的一件大事。当然了，他的大女儿们都有求于他，不过这又有什么？为人父母嘛。

阿德丽安娜希望他同意在她的婚礼上跟她跳一段编排好的父女舞蹈。舞蹈会被拍下来，她要发到YouTube上。她的梦想就是火起来。他会做的，当然了，虽然他在假装他很讨厌这个主意。（他其实已经在心里想了几个舞蹈动作。）

伊娃和艾琳娜都想要钱，他想着是，当然了，她们也会拿到的。今晚，她们一走，他就给她们的账户转钱。唯一的问题就是多少钱。他觉得她们的谈判技巧日渐增长。伊娃几秒钟内就会变得歇斯底里。他从她两岁起就一直试图向她解释，歇斯底里并不是有效的谈判技巧。

他的小女儿，达科塔，什么都不想要。她又重新快乐起来了，即使他之前都没有意识到这个可怜的小天使有多伤心。蒂芙妮那个去大提琴手家里的主意非常棒，即使他们都没有给他们拿喝的。看到小露比经历了那个可怕的夜晚之后，如今这么开心、健康，真是太好了。这真是让他舒了一大口气。他走出那个窄小拥挤的房子时，感觉背挺得更直了，身子更轻了（也更口渴了）。

克莱曼婷和山姆很沉默也很陌生，但是他们邀请达科塔去霍莉的生日派对了！希望他们在派对上会记得给客人吃东西吧。他会带些食物的，以防万一。他心怀希望，也许他们还可以是朋友。蒂芙妮没有他这么乐观。她说只有达科塔被邀请了，他们可没被邀请。她说可能就是个“送孩子去”的派对。他不知道她在说什么。他会带丸子去，可能吧。再加一箱香槟。

“你开心吗？”蒂芙妮说着，在厨房里跟他碰头，他们一起端起一盘盘食物，传给大家。

“不！我们为什么要做这个？我只想在家里安安静静过一晚，你看现在！房子里全是要吃东西的人！这是怎么发生的？”

“完全不知道。真是个谜团啊。”蒂芙妮用胯顶了一下，关上冰箱门，抬头冲他微笑，双手都端着托盘。“显然，明天太阳还会升起。我们应该邀请所有人今晚留宿，明天中午吃烧烤午餐。整个周末派对都不停！”

“真是好主意。”韦德说。他知道她在开玩笑，但是他在考虑是否真的有这个可能性。

他吻了她，法式舌吻，只为了让她说：“韦德！”只不过，她也用同样的热情全力回应了他。她喜欢给他惊喜。“老天爷，自己进房间去搞吧。”他的一个表兄走进厨房，又径直走了出去。

蒂芙妮挑起一边眉毛，摇摆着离开了，专门为他摆着胯。

韦德开心还有另一个原因。跟蒂芙妮有关。是什么来着？他的头脑开始糊涂了吗？不！他的头脑可清醒了。当然了。那个混蛋的小事。一切都在掌控之中。昨天，她从达科塔的新学校回家来，说她碰到了那个老客户的妻子，他们家孩子还是不能去圣安娜斯塔西娅上学了。

这是好事，因为他知道她跟那个混蛋睡过。

他知道，是因为她的左边鼻孔。

韦德每月跟一群朋友玩一次扑克。他的朋友雷蒙德很多年前告诉过他，扑克玩家如何看出彼此的破绽：因为吹牛说谎的时候暴露的小动作。雷蒙德说：“你啊，我的朋友，有十几个破绽。你眨眼，眨一只眼，你会抽抽，你基本上是羊癫疯发作了，你可是世上最不会撒谎的人。”

不过韦德打扑克打得还不错，因为他虽然是世上最不会撒谎的人，但他有世上最好的运气。他摸的牌都很好。他一向运气好。他在生意上运气很好，有很多、很多好朋友，他娶了两任漂亮的妻子，即使第一任后来发现是个疯癫的贱人，挑拨他跟女儿们的关系，但是这没什么，因为他娶第二任妻子时甚至更幸运了。她性感得像行走的春药，而且他爱死她了。

蒂芙妮扑克玩得很好。没有他这么好的运气，但是她的“扑克脸”漂亮得很。很多年来，这张脸都能骗到他，直到有一天，他破解了她的伪装。

蒂芙妮有个破绽。她的左边鼻孔。她只要一撒谎，或是吹牛，她的左边鼻孔就会颤动。只动一下。很微小的动作。就像蝴蝶的翅膀。

韦德能发现，是靠在确信她在撒谎的时候仔细观察她总结出来的。比如说，她回答达科塔的圣诞老人问题时，或是她告诉她的姐姐们她乘坐的是经济舱时，而实际上她订的是商务舱，好像那是什么罪恶的事似的。

这很容易总结。鼻孔从不会撒谎。他从没告诉过蒂芙妮，当然了，因为这招很有用，他有能一眼看穿她扑克脸的秘密超能力。（悲哀的是，她一点也不喜欢他圣诞节送给她的红色性感内衣。）

所以当他问妻子“你跟他睡过吗？”时，他只需要看看她的鼻孔，就知道答案了。

她说没有，可实际上答案是有。是的，她跟他睡过。

这没什么！没有问题！

也许，是个小问题吧。要是韦德在学校音乐会上看到那个混蛋用不轨的眼神看他妻子，他可能会想去打他。那就是攻击斗殴了。

或者说，他和这个混蛋一起在学校做烤香肠义卖（总有香肠义卖，哪怕你已经交了一百万的学费），那个混蛋说句评论蒂芙妮的话。可能是无害的话，但韦德会错了意，因为他知道秘密，然后他回家，这想法一直挥之不去，有些想法就是这样，然后，他头脑一热，给他的朋友艾文打了个电话，让人去打碎这混蛋的膝盖。

艾文总是说韦德要是需要打碎谁的膝盖的话，找他就可以。蒂芙妮说艾文在开玩笑。艾文可不是在开玩笑。

但是！现在一切都好，因为混蛋在安全地前往迪拜的路上，双膝完好。所以韦德不会进监狱。他永远不会刻意违法犯罪，但是他可以做到。潜力是有的：也许不会杀人，但是伤人是完全有可能的，他不会想进监狱。那儿的食物。那儿的衣服。韦德想想就不禁打了个寒战。

此刻，韦德没有违法的危险。他运气这么好真是好事。所以他才这么快乐。达科塔在学校的名声有保障了。她要是想，都可以做学校的学生会主席。他肯定那家人会爱上迪拜的。很有意思的地方！他前几天才读到一篇文章，说起迪拜的美食节。他们有种叫作“大烤架”的东西。听起来很棒。

“你看起来怎么这么高兴？”达科塔说，“还有点冒着傻气？”

韦德看看他女儿，她在往厨房送一个空托盘。她抬头看着他，露出小酒窝，这一刻，她看起来漂亮极了。圣母马利亚啊，拜托不要让她长大了跟她妈妈一样性感。

“因为我就是很快乐啊，你知道的。”韦德说。他举起达科塔，把她夹在腋下转圈圈。他现在已经抱不起大女儿们了。（伊娃看起来像有一辆小卡车那么重。）“你快乐吗？”

“差不多。”达科塔说。她把嘴凑到他耳边：“再过几分钟我才能到我房间里读一小会儿书？”

“三十。”韦德说。

“十。”达科塔说。

“二十。”韦德说，“最终报价。”

“成交。”达科塔伸出手来。

他们握手成交。他把她放回地上。房前音乐的音量开到了夜店的高度。有人喊了一句“哇哦！”这种震惊的语气，说明肯定是蒂芙妮在跳舞了，另一个人喊道：“韦德在哪儿？”

“我来了！”韦德大喊道。

真幸运，隔壁邻居哈利已经平静长眠。

76

克莱曼婷醒来时，迎接她的是美妙的寂然。

她能听到的只有寂静，然后，熟悉的笑翠鸟歌唱声响了起来。歌声刺到了她的心，好像离开澳大利亚太久，终于回到家一样。她睁开眼，光线是那么的清澈明亮，充满美好。

“停了。”她大声对山姆说，“雨终于停了。”她不敢相信天气预报员周日放晴的承诺。她本来打算去叫醒山姆，摇他的手臂，但她看到他的那一半床是空的，才想起来他不在。他确实睡着觉，但是跟最近其他的日子里一样，是在书房里睡，她感觉很羞辱，因为她大声说了那句话。他的空缺给这个充满希望的快乐早晨增添了崭新的痛感，疼痛像新伤一样。

她叹了口气，翻身趴下，拉起窗帘的一角，看着重现的薄荷蓝天空。

他们可以带孩子们出去晒太阳……哦，等等，不行，因为今天她和山姆预订了去附近的高中上急救课。他们已经改了几次时间，她下定决心今天要去。她不能总是满悉尼地跑着去演讲，严肃地告诉别人急救课有多么重要，好像她已经有足够的知识对付世界了，到处去发小传单，可实际上，她自己都没上过课。

山姆的父母今天会帮忙看孩子。“可能一起学点新的事还会很有趣，很激动呢！”山姆的母亲满怀希望地说。乔伊的语气有些可疑地像帕姆。两个母亲在交流呢。克莱曼婷怀疑过她母亲给山姆母亲打电话了，担心他们婚姻的状态。

有趣的是，当一段婚姻看起来变得飘摇了，它就成了公有物品。

她看看表，看到她比平常起得晚了一些。六点多了，不过没什么关系。她可以练习整整两小时，孩子们才会醒来。这就是最后冲刺了。你必须掐准点，像运动员一样，这样才能在试音那一天达到巅峰状态。她在睡衣外面套上没了形的蓝色旧开衫（不知为何，这件开衫似乎成了她的练习装备），悄悄下楼。没了雨声，她感觉周围多了许多施展空间，仿佛她从一个小小的热身室换到了一个音乐厅。她都没意识到连绵的雨声背景音有多么沉闷。

她给琴弓擦松香时，有着点点灰尘点缀的清晨阳光在房间各处洒下珠宝一般的小光点，在他们老爷钟的玻璃面上，在一个画框上，在一只花瓶上，她为她的进步感到一种深深的平静感。一个奇怪的想法冒出来，她不抵触试音了，不像从前那样了。她没有把宝贵的精力浪费在抱怨制度的不公上：太多优秀的乐手经常试音，试音跟一个人的演奏水平完全是两种不一样的技巧。露比的意外以一种奇怪的方式让她脱离了那种情绪，现在回首看，只能说是耍小性子的骄傲，是恐惧伪装成的愤怒。

“早上好。”山姆站在门廊里。

“早上好。”她放下了琴弓，“你起得很早啊。”

“雨停了。”他闷闷不乐地说。他还打了个大哈欠。阳光里，他看起来脸色惨白，面容枯槁。她想拥抱他，可同时又有些想给他一耳光。“我可能会带孩子们去公园里，好让你练习。”

“我们今天去上急救课。”克莱曼婷说，“记得吗？”

“我可能不去了。”他说，每个字都伴随着叹息，好像说话也很费劲似的，“我跟孩子们在家吧。我改天再去。我不……我感觉不太好。”

“你没事。你得去。”克莱曼婷说，好像把他当作孩子，“孩子们要去你父母那儿，兴奋极了。他们已经有计划了。”

他发出什么声音，像是精疲力竭的感叹，像一个老年人上楼上得气喘吁吁，好不容易以为可以止步了，却看到又有一段楼梯要爬。“好吧。无所谓。”他转身，拖着脚走开了。他的形态像是一个耄耋老人，说话却像个青春期毛小子。

“十点钟开始！”她轻快地在他身后喊道。她今天感觉很轻快，她就是轻快的精华所在，她要是不赶快拦住自己，可能就会轻快地告诉他，他不是唯一一个能随随便便说那种夸张、伤人的话的人，比如——分居。

77

“你看那个，好看吗？”奥利弗说。

“什么？”艾瑞卡说。他们站在她母亲恶心的、踩起来咯吱咯吱的前院里；这里要是有什么东西称得上好看，那就出了奇了。她顺着他的目光，看到她母亲的枫香树，阳光下，每片叶子上都有闪着光的小雨珠，微微颤动。

“看看那闪光啊。像小钻石一样！”奥利弗说。

“你还真是诗意啊。”艾瑞卡说。肯定是因为他们昨晚做爱了，那还是这周第一次。

她将目光挪回她母亲的东西上。太阳一出来，一切看起来比下雨那天来的时候更压抑了。她踢了一个没打开的纸箱子，上面印着亚马逊的标签，箱子已经被淋湿，软了，箱顶上聚积的一摊脏水落在了她的脚上。一片叶子沾在她的鞋上，她是想把它踢掉。

“你在干吗，亲爱的？跳排舞吗？”

艾瑞卡的母亲出现在前院里，头上戴着一条红白波点的围巾，穿着蓝色牛仔连体裤，像个二十世纪五十年代的家庭主妇，准备好开始春季大扫除。她把大拇指分别插进她那（看起来像是崭新的）连体裤口袋里，把一只脚钩在另一只脚后面，然后又踢到一边，哼着什么弦乐调子。

“你跳得不错呢，西尔维娅。”奥利弗说。

“谢谢。”西尔维娅说。“我有张排舞DVD呢，不知在哪儿，得找找——你要是想借的话。”

“我肯定你很容易就能找到它。”艾瑞卡说。

西尔维娅微微耸肩，样子挺好看。“没问题。”她环顾前院，叹了口气，“我的老天。乱七八糟。那场雨太大了，对吧？我们这任务重得很呢。”

今天的假装主题是，西尔维娅的前院这么糟糕，是因为雨。

“好吧，不只是我们啊。”西尔维娅大胆地挑起下巴，“全州的人今天都要出点力，打扫。”

“妈妈。”艾瑞卡说，“那些人是房子被水淹了。你这儿可不是被雨淹了。是被垃圾淹了。”

“我今天早晨看电视来着，”西尔维娅假装没听到，接着说，“太励志了！邻居们互相帮助。我都感动得流泪了。”

“哦，上帝啊。”艾瑞卡说。

奥利弗一只手搭在艾瑞卡肩上。“我们不能改变事实……”他低声说。

他在给她重复静心祈祷词。奥利弗去酗酒者家庭匿名互助会，专为酗酒者家属办的。艾瑞卡可不想学什么静心。

“那是什么，奥利弗？”西尔维娅说，“对了，你那可爱的父母怎么样啊？他们被雨影响到了吗？”她聪明得很，这女人。“我有段日子没见他们了。我们得聚一聚，喝两杯啊。”

“妈妈。”艾瑞卡说。

“确实应该。”奥利弗说，“不过，您很清楚，我父母可能喝的是十杯，二十杯。”

“啊，他们可好玩了。”西尔维娅欢喜地说。

“是啊。”奥利弗说，“他们确实好玩。哦，看看，我们的大垃圾箱来了。”

“太好了。我能做些什么？”卡车开进车道，缓缓放下巨大的车斗时，西尔维娅说。

“别碍我们的事。”艾瑞卡说。

“好啊，不过也许你需要我确认，免得你们不小心把重要的东西扔了。”西尔维娅说，“你知道我前几天找到什么了吗，在一盒子旧纸里面？一张超搞笑的小照片，你、我，还有克莱曼婷！”

“这不大可能。”艾瑞卡说。

“什么叫不大可能？你等着看吧！我保证你会笑的。想象一下，我们要是把这么珍贵的回忆给扔掉了！你和克莱曼婷大概是十二岁吧，我记得。克莱曼婷看起来好小，好漂亮呢。她前几天看起来很累，说实话，她年龄大了就不好看了。你应该看看，奥利弗。看看你将来的女儿可能长什么样！”

奥利弗拉下了脸。“现在不可能了。”

“什么？她放你们鸽子吗？你们都救了她孩子的命啊！”

“是我们决定终止的。”艾瑞卡说，“不是她。是我们。我们改主意了。”

“哦。”西尔维娅说，“可是为什么啊？真是糟糕的消息。我伤心死了！”艾瑞卡惊奇地看着她母亲轻易假装忘记了她周四晚上说的所有话，又把自己扮成了受害者。“你们害得我满怀希望！我还以为我要当外婆了。我看着帕姆家那两个漂亮的小女孩，心想自己也有个外孙该多好啊。我都想着我要教她针线活了，就像我外婆教我。”

“教她针线活？！”艾瑞卡咆哮道，“你都没教过我针线活！”

“可能是你从来没要求过。”西尔维娅说。

“我这辈子都没见你拿过一次针线。”

“我去给司机付垃圾箱的钱吧。”奥利弗说。

“我去里面，看看能不能找到那张搞笑的小照片。”西尔维娅迅速说，生怕有人要她付钱。

艾瑞卡借着这个机会，戴上了塑胶手套，蹲下捡起一个坏掉的衣篓，里面装着乱七八糟的垃圾：一个没头的娃娃，一条湿乎乎的沙滩毛巾，一个披萨盒子。她把它拿到大垃圾箱旁边，狠劲扔了进去，像扔手榴弹似的。它砰地一声砸在金属上。扔东西能给她带来一种狂野的恐惧感，仿佛在冲进战场，吼着口号。“天啊，你们这可有的忙了。”来送垃圾箱的人把奥利弗递来的黄票子叠起来，塞进了后口袋里。他双臂交叠在瘦弱的胸前，仔细看着前院，表情是完完全全的恶心。

“想来搭把手吗？”奥利弗说。

“哈哈！不了，这个得你们自己来了，伙计。你们来总比我来强嘛！”他还是站在那儿，摇着头，好像是来监工的似的。

“好吧，那你就赶紧走人吧。”艾瑞卡不耐烦地说，她转身捡起一棵老圣诞树的时候听到奥利弗在强忍着笑。居然还一棵圣诞树。她小时候可不记得有过过圣诞节，可这棵圣诞树就在这儿，又老又旧，挂着一根惨兮兮的塑料金条。

司机发动卡车，在轰隆声中离去，艾瑞卡把圣诞树扔进了大垃圾箱里，奥利弗一手捡起一个坏掉的落地扇，另一只手拎着一个垃圾袋。

她母亲从前门出来，得意洋洋地用大拇指和食指捏着一张小照片举起来。她能找到什么东西，还真是奇迹。

“看看这张照片！”她对艾瑞卡说，“我保证你看了会笑的。”

“我保证不会。”艾瑞卡酸溜溜地说。

她母亲往前一靠，从艾瑞卡身上取下一段小小的塑料金条。“你肯定会的。快看。”

艾瑞卡接过照片。她大笑了起来。她母亲跳着舞转圈圈，兴奋地搂住自己。“我告诉你了，告诉你了！”

那是一张不大清晰的黑白照片，照片上她、她母亲，还有克莱曼婷坐在过山车上。那是那种自动定时，拍乘客反应的照相机拍的，设定在过山车最吓人的时刻。

她们三人都张圆了嘴，这一刻被永远定格在尖叫中。艾瑞卡向前靠着，双手紧紧抓着安全杆，仿佛在推着它，快点向前走，即使她还仰着头。克莱曼婷紧闭双眼，马尾辫与她的头垂直，像教皇的帽子。

西尔维娅大睁着眼睛，双手举在空中，像个喝醉的女孩在跳舞。那种恐惧的、搞笑的欢乐。这就是这张照片里的内容。无所谓它是否准确，你都不能看了它还不笑。她和克莱曼婷都穿着校服。

“看嘛！你不高兴我留下了它吗？”西尔维娅说，“给克莱曼婷看看。看她还记不记得那一天！我得承认，我记不起具体的那一天了，但是你能看到我们有多开心！别假装你的童年多惨，你童年可美好了！老坐过山车来着，不是吗？我的天啊，我太爱过山车了。你也爱。”

她被什么东西吸引了注意力。“奥利弗，你拿的是什么？让我看看！”奥利弗双手抱着一个快散架的纸箱，匆忙跑到大垃圾箱旁边，西尔维娅则跟在他身后，边跑边喊：“奥利弗！噢，奥利弗！”

这就是西尔维娅的生活：奇怪、荒诞、令人气愤，有时候，偶尔，很美好。那天她们本该去上学的。那是十一月底，空气中满是夏意。那是艾瑞卡的十二岁生日——不，是艾瑞卡十二岁生日后一周；她真正过生日那天，她母亲忘记了，西尔维娅记不住日期，但是这一次，她决定以有创意的疯狂举动来弥补。她到了学校，把两个女孩都接出来，去月亮公园，而且都没有克莱曼婷父母的准许，他们也毫不知情；如今可绝不会发生这种事，艾瑞卡当时一直替学校担心。可能出现的法律后果太吓人了。

克莱曼婷不许上过山车，因为她母亲害怕过山车。因为她看到一个故事，乡村嘉年华上，一个露天飞车出了事故，死了八个人，从此深受影响，可当年克莱曼婷和艾瑞卡都还没出生。“他们就不保养那些机器。”帕姆总说，“它们就是死亡陷阱。它们就是定时炸弹。”

但是艾瑞卡和西尔维娅都喜欢过山车，越吓人越好。不需要做决定，不需要控制，不需要讨论：只有空气冲进你的肺叶，还有你刺耳的尖叫声，最终被风所劫持。那是她们之间为数不多的，奇怪的小共同点：喜欢玩吓人的过山车。不过她们也不是经常一起去。艾瑞卡只记得几回这样的情况，这就是其中之一。

艾瑞卡知道克莱曼婷也很爱那一天。她那天的心情是高兴得极度兴奋。那天，艾瑞卡没有对她们的友谊抱有怀疑。那天，她的母亲是她的母亲，她的朋友是她的朋友。

她把照片塞回牛仔裤后口袋里，看着西尔维娅使劲往大垃圾箱里探身子，去拯救什么东西，差点掉进去。她站直之后，调整了头上裹的印花围巾，面对着奥利弗，双手叉腰。

“奥利弗！那台电扇没毛病！”她喊道，“拜托你帮我把那个取回来！”

“无能为力，西尔维娅。”奥利弗说。

艾瑞卡扭头藏起自己的微笑。她仔细看着阳光洒在被雨滴点缀的树上。确实很好看。像棵圣诞树。

她仰起头，享受落在脸上的阳光，看到街对面住的女士，那个喜欢耶稣的，她绝对不爱西尔维娅。她站在自家楼上的窗前，一只手搭在窗玻璃上，仿佛在擦玻璃。那位女士在直勾勾地看着艾瑞卡。

就这样，突然间发生了：艾瑞卡记起了一切。

78

烤肉派对当天

艾瑞卡站在后院入口处，手里抓着韦德在厨房里递给她的蓝色瓷盘。盘子美丽坚实，有着精细复杂的纹饰。柳树纹饰，艾瑞卡心想。她想起她外婆曾经有一模一样的盘子。她外婆有很多漂亮的东西，艾瑞卡完全不知道它们后来都去哪儿了。它们大概是遗失在哪里了，或是坏了，埋在她母亲家里一层一层的垃圾之下。

这就是讽刺之处：她母亲太爱各种东西，结果最后什么也留不下。

艾瑞卡抓紧了手中的盘子，被一股强烈的冲动裹挟，想留下它们。她想象着把盘子抱在胸前，跑到隔壁自己家里去，把它们藏在她的橱柜里。她不会这样做的。她当然不会那样做。可有那么一刻，她很害怕自己会那么做。

她愣着站了一会儿。她小时候，喜欢去后院里，转圈圈，直到整个世界都旋转起来。她此刻正是这种感觉。她为什么要故意那样做?这种感觉并不好受。她肯定是喝醉了。奥利弗的父母为什么要选择这样的感觉？计划这样？渴望这样？这太糟糕了。

她盯着小女孩们看。露比从露台上跑了出来，一手拿着打蛋器，一手拿着霍莉的蓝色亮片包。霍莉肯定不会高兴的。她不许别人碰她收藏的石头。霍莉在哪儿呢?

正巧，霍莉突然出现在露比身后，喊着什么，艾瑞卡听不清楚，因为韦德的音响系统在放着大声的古典音乐。露比扭过头看，加快了脚步。太可爱了。她看起来是决心要拿着偷偷拿来的东西逃走。

小心哟，艾瑞卡心想。你们父母到底有在看你们吗?

她扭头看大人们。奥利弗不见人影。克莱曼婷在跟韦德说话。蒂芙妮在跟山姆说话。他们四人真是为彼此激动得很。她和奥利弗跟不在这里没什么两样。他们在煞风景。山姆和克莱曼婷都没有往孩子们这边看。太疏忽大意了，太粗心了。

她看着韦德拿起一把刀，假装指挥音乐。她看到克莱曼婷欢乐地大笑。她之前，在楼上，说了什么来着？她用的是哪个词？厌恶。

想到为艾瑞卡捐卵，就觉得厌恶。她和奥利弗花了那么久的时间来讨论。她想到奥利弗对他们的医生说的话：“我们去问问艾瑞卡最好的朋友。她们俩跟姐妹一样。”

跟姐妹一样。真是个笑话。天大的谎言。

艾瑞卡看着克莱曼婷把头发甩过肩头，韦德喂给她一勺吃的，她俯身向前去吃。克莱曼婷就像童话里的公主，在受洗礼上接受神仙教母给她的各种礼物。你将会拥有爱你的父母！叮！你将会拥有音乐天赋！叮！你将会在干净与舒适中生活！叮！只要你想，你就将会自然怀孕，生下两个漂亮的女儿！叮，叮！

有一个老仙子没有被邀请。被拒绝的丑陋老妪。艾瑞卡小时候没有收到过太多派对邀请。那个没受邀的仙子怎么做的呢？她下了什么诅咒。你将会被纺锤扎破手指，因此而死，所以要小心纺针。可是，又有一个好仙子出现了，改变了诅咒。你会沉睡一百年。不算太坏。等等。那是睡美人。童话是睡美人！

她真的太醉了。她应该别傻愣着了，可她还是没动。

睡美人。克莱曼婷确实喜欢睡觉。该死的睡美人，没错。你现在就睡着着呢。你都不去看自己的孩子。

艾瑞卡听到什么声音。来自某处。这声音在试图冲破韦德的音响系统中流出的古典音乐的声音。

是克莱曼婷在演奏吗？她当然没有演奏了，艾瑞卡，你在邻居家后院里，你醉了，这就是醉酒，你的大脑会变成水，你的思绪会到处飘。

她又听到了。

是敲东西的声音。就是那个声音。迅速地敲、敲、敲。她看到了她母亲的脸。一根手指举在唇边。别去开门。是的，妈妈，我知道我需要怎么做。别出声。我们永远、永远不应门。我们不想别人看到我们肮脏的秘密。这跟他们没有关系。我们安安静静，一动不动，直到他们走开。有些人敲门很大声，带着怒气，带着指责，仿佛他们知道自己被骗了，为此而生气，但是最终他们都会放弃，走开。

果不其然，敲门声越来越大，越来越狂暴。她母亲的双眼燃烧着怒气。他们没有权利。没有这个权利。

艾瑞卡摇了摇自己。没有人敲她家的门。她在烤肉派对上。小女孩们在哪儿呢？她看到院子角落里有一抹蓝色。霍莉拿着她的包，盘腿坐在草坪上，小心翼翼地把里面的石头拿出来，一颗一颗摆成一排。她喜欢过段时间就把她收藏的石头拿出来，分门别类。

桌上传来一阵笑声。

敲东西的声音还在。是哪儿传来的？

艾瑞卡看了看那个夸张的喷泉。

她看到喷泉里有垃圾在飘。谁的旧外套在缓缓旋转。

她母亲有一堆又一堆的外套。又大又厚的冬天外套。好像她们住在西伯利亚，而不是悉尼。好吧，她不会从喷泉里捞那外套的。那不是她的责任。她已经受够了打扫清理。

敲，敲，敲。你怎么胆敢这样傲慢地敲我们的门？声音是从她上方的某处传来的。她抬起头，看到了哈利，坏脾气的老哈利，站在楼上窗前，好像贴在窗户上，不是敲玻璃，而是在狠狠砸窗玻璃，他看起来像是想逃离。他看到她在看。他指了指。他的手指狠劲朝喷泉的方向戳。他的嘴张开，无声地喊叫。她能从他的站姿看出，他在生她的气。他在冲她喊什么。他想让她去清理那垃圾。邻居们总是那么生气。他们总想让她清理垃圾。她才不。那不是她的责任。

她盯着喷泉，粉色的旧外套缓缓转圈。

她看到打蛋器躺在喷泉边上。

那不是旧外套。那不是垃圾。

肾上腺素直冲她的心脏。她从克莱曼婷那儿偷了那么多东西，可她从没想过要做这种事。她的错，她的错，她的错。

盘子从她手里掉了下去。她尖叫着喊克莱曼婷。

79

急救课程设在本地高中，他们的孩子们将来应该会来这里上学，不过想到她们到了能上高中的年纪，简直像是科幻小说。这里的老师是一个身材高大、性格欢快、有些居高临下的女人，名叫詹，她让克莱曼婷想起来她之前每年都会在音乐夏令营见到的一个让人受不了的长笛手。

詹做的第一件事，就是在房间里走了一圈，问所有人他们的名字叫什么，以及为什么来这里，说："我们来一个有趣的破冰小练习！"回答这样一个问题："如果你是一种蔬菜，你会是什么？"

首先说的是一个浑身肌肉的年轻私人教练，名叫戴尔，他来这儿是因为他需要上急救课，才能拿到他的"私教资格证"，他如果有选择的话，会做嫩甘蓝，因为那是种有助健身的蔬菜——说到这儿，他秀了秀相当惊人的肱二头肌——他长着一张娃娃脸。"很棒的答案！"詹说着，似乎被戴尔的肱二头肌暂时电晕了，这让克莱曼婷对她有了些好感。

下一个是个矮墩墩的中年女人，她来这儿，是因为她上班时，办公室出了一次致命意外。一个零售商被电到了，这个女人从没有过那样无用、无助的感觉，她永远也不想再有那样的感觉了，即使她并不觉得急救能为那个可怜人改变什么。“我要是做蔬菜，就做土豆。”女人说，“很显然。”她示意自己的身体，所有人都大声笑了，然后突然停了下来，怕他们不应该笑。

山姆是下一个，他自信而清晰地讲话，随意地靠在椅背上，双腿伸展。他说他和他的妻子——他示意克莱曼婷——来上这个课，是因为他们家里有年幼的孩子。克莱曼婷看看他。要她讲的话，她就会说实话。她会说，因为他们的女儿差点溺死。她总是做好准备，分享故事，即使是他们还跟露比在医院的时候，山姆也要避免告诉别人他们为什么在那儿，好像这是什么羞耻不已的秘密。“我会做洋葱。”山姆说，“因为我很复杂。我有层次。”这也让大家笑了笑，克莱曼婷意识到山姆很习惯做这种事——训练、团队建设——这是他喜欢开玩笑、讲义气的企业性格。他可能总是选洋葱。

轮到她时，她没有说她为什么来，因为山姆已经说了。她说她会做番茄，因为番茄跟洋葱很配，山姆微笑了，但是他的微笑小心翼翼，仿佛她是个来挑逗他的陌生人，她想起那天早晨醒来时跟他说话，却意识到他不在时的羞辱感。

“喔。”所有人感叹道，除了克莱曼婷身后的那个人，那人说：“番茄是水果。”

“今天它就是蔬菜。”詹爽快地说，克莱曼婷决定，她跟那个长笛手一点也不像。

所有人都说完之后，詹说她如果是蔬菜，就是牛油果，因为她需要一些时间，才能软下来（“牛油果也是水果。”克莱曼婷身后的水果专家叹着气说），她今天来这里，是因为“急救是她的热情所在”，这让克莱曼婷感动得快要流泪了。这世上有詹这种有帮助陌生人的“热情”的人，多么美好啊。

然后他们就开始谈正事了，克莱曼婷和山姆两人都勤奋地记笔记，听詹讲“基本生命支持”过程，中间夹了一些詹个人的急救经历，比如某次她在上急救课，结果真的遇到了紧急情况，其中一个学员在上课过程中晕倒了。“你利用这个来授课了吗？”一个人问道。

“不，我得清空房间。”詹说，“人们开始跟苍蝇一样一个个倒下。就像多米诺骨牌：砰，砰，砰。”她回味地说，来展示普通人的脆弱。“所以你得给每个人都安排一项任务——去打电话叫救护车，帮我弄冰——把他们都支开，因为不然的话，他们就会被吓到。这是会给人造成创伤的事。我们后面还会谈到。”

克莱曼婷看看山姆，看他是否也想起了他们亲身经历的“创伤性事件”，可他面无表情。他在自己的笔记本上写了什么东西。

詹让浑身肌肉的私教戴尔躺在地上，选了两个漂亮的年轻女孩（胡萝卜和菜花），让她们试着给戴尔摆复苏体位，她们做了，因为他们是三个好看的年轻人，这个过程看起来还挺让人享受的，她们给戴尔翻身时，可以看到他的内裤在短裤之下翻出来了，詹说：“看来你今天穿了CK，不错嘛。”

一切都很有趣。既有意思，又能学到东西，山姆问了些聪明的问题，偶尔适时地讲讲笑话。所以，当那件事发生的时候，才那么让人措不及手。

克莱曼婷呼吸沉重地看着詹用一个亮蓝色假人演示心肺复苏术，那个假人只有头和躯干。詹双手按压的动作，用力而迅速，让一切都回到她脑海中：她膝盖下面的硬路面，露比惨白的脸颊、发青的嘴唇，还有在她扩散视线中一闪一闪的小彩灯。但是她深呼吸，撑了过去，她扭头看看山姆，他似乎没事。

詹让所有人都两人两人组队，给每一对发了一个蓝色假人和两个一次性复苏面罩。

（詹总是在钥匙环上拴一个一次性复苏面罩：她就是这样准备充分，随时愿意提供服务。）他们得在地上找个空位，让假人平躺下。

詹在房间里走来走去，检查大家的进度。

“你想先来吗？”克莱曼婷对山姆说。他们分别跪在假人的两边。

“好啊。”山姆说，他有条不紊地回顾詹刚刚教给他们的首字母口诀：“DRS ABCD”，分别代表危险（Danger），回应（Response），寻求帮助（Send for help），气道（Airway），呼吸（Breathing），心肺复苏（CPR），除颤器（Defibrillator）。

他清理了气道，他看了、听了、感觉了呼吸，他开始做心肺复苏，双手紧扣，有节奏地在假人的胸口按压，他一边动作，一边与克莱曼婷对视，她看到他脸上滑下一颗汗珠。

“山姆？你还好吗？”克莱曼婷说。他摇摇头，小小的“不”，但是他没有停下手上的按压动作。他的脸死白死白的。他的双眼里充满了红血丝。

她不知道该做什么。“你……你胸口痛吗？”至少他们没来错地方。詹似乎不比任何医生或是急救员差，而且还更有热情。

他又摇了摇头。

他低下头，捏住假人的鼻子。假人的胸脯挺了起来，这意味着他做对了。他抬起头，继续按压，克莱曼婷像是被人踢了一脚一样，惊讶地发现他脸上有泪水在滑下来，滴落在假人身上。她从没见过她丈夫哭，真正地哭，他们结婚那天没有，孩子们出生的时候也没有，露比停止呼吸的时候没有，她第二天醒来时也没有。她从没问过，因为她也从没见过她父亲哭，她的哥哥们也不爱哭，他们年轻时都是愤青，倔强耐磨得很。她母亲有时候会泪眼蒙眬，可克莱曼婷是一家人里唯一爱哭的，她总是在为什么事哭得梨花带雨。也许是她身边这些坚强隐忍的男人们让她内化了那古老的刻板印象：男孩不哭，克莱曼婷看到山姆这样哭，被完全震惊到了，他的身体竟可以做到这样，可以制造这么多的泪水。她看着泪水滴在假人身上，感觉自己心里什么东西碎掉了，胸中升起同情，一个可怕的想法出现在她脑海中，也许是她潜意识里一直相信山姆不会哭，所以他没有感觉，或者他的感觉没有那么强烈，不像她的那样深刻、深切。她一直注意的是他的行为如何影响到她的感觉，好像他的角色就是对她造成影响，为她做事，重要的只有她对他的情感回应；好像“男人”是一种产品，或者一项服务，她终于选对了品牌，得到了正确的反应。有没有可能，她从来都没有给过他他应得的爱，真正看到他，真正爱过他？作为一个人。一个普通的，有缺点，有感受的人。

“噢，山姆。”

他从跪坐的姿势站起来，起身太快，差点向后倒过去。他扭开脸，用一只手的掌跟狠狠揉脸颊，好像被什么东西蜇了似的。他转身，离开了房间。

80

“抱歉。”克莱曼婷对老师说，“我去看看我丈夫。我觉得他是不舒服。”

“当然了。”詹说。然后她心怀希望地加了一句：“需要我的话就说话。”

克莱曼婷出了教室，左转。他已经快走到走廊尽头了。“山姆！”她喊道，半跑着路过来提升自己的成年人们。

他似乎加快了脚步。“山姆！”她又喊了一次，“等等！”

她跟着他，到了一处安静无人的走廊，玻璃天花板连接着两栋建筑。墙壁上挤满了灰色的储物柜。山姆突然停下脚步。他在两段储物柜之间找到了一个空隙，是那种女孩们会喜欢的藏匿地点，他靠着墙坐了下来。他把额头靠在膝盖上。他的肩膀在无声地颤动。他的上衣上有一块儿圆形的汗渍。她走过去碰他的肩膀，可她的手犹疑地在空中停留了几秒，最终还是改了主意。

她在他对面坐下，中间隔着整个走廊，背靠着一个储物柜凉凉的金属表面。一块一块的阳光布满整个走廊，像一列阳光的火车。她有种奇怪的平静感，就这样坐着等山姆哭完，呼吸着让她想起从前的高中气息。

终于，山姆抬起头来，他的脸湿湿的，肿肿的。“对不起。”他说，“这太丢脸了。”

“你还好吗？”她说。

“是因为胸外按压那个动作。”山姆说。他用手背擦擦鼻子，抽了一下鼻子。

“我知道。”克莱曼婷说。

“感觉就像我又回到了那里。”他用手掌转着圈按摩颧骨。

“我知道。”她又说了一次。

他仰头看着天花板，舌头做了个动作，像是在舔粘在牙上的东西。阳光闪耀在他身后的墙上，这让他的眼睛在他被打上阴影的脸的衬托下，显得格外的蓝。他看起来既年轻，又很老，仿佛过去和未来的他在他脸上重叠了。

“我一直以为我很擅长处理危机。”山姆说。

“你是擅长处理危机。”

“我还以为要是真的碰上了，要是碰上火灾什么的，或者是枪击犯、僵尸末日，我能照顾好我的家庭。我会当起男人的。”他说到“男人”这个词，声音低沉，有些蔑视的意思。

“山姆——”

“不光是因为我没好好看着露比。不光是因为我当时在费劲开一个坚果罐，为了讨好一个该死的脱衣舞娘，而我的小女儿就在我旁边溺水了……”他颤颤巍巍地深吸一口气，“还因为我没有行动。我看着另一个男人把我的女儿从那个难看的喷泉里拖出来，我就傻站在那儿，像一条吓傻了的胭脂鱼。”

“你有行动啊。”克莱曼婷说，“只是他们先到了，而且他们知道该怎么做。时间太短，只有那么一瞬。只是感觉很长而已。然后你就动了啊，我跟你保证，你有行动的。”

山姆耸耸肩。他脸上出现了一种完全的自我厌恶表情。“反正，我不能改变我做过的，或者说没做过的事。我就得停下，不能去想。我得把它赶出脑子。我一直在重放，一遍一遍又一遍。太傻了，毫无意义。我没法工作，没法睡觉，我把气撒在你身上……我就是需要振作起来。”

“也许，”克莱曼婷试探着说，“你可以，或者说我们可以，找人谈谈。比如专业的什么人？”

“你是说精神医生。”山姆说着，挤出一个微笑，“因为我要疯掉了。”

“是精神医生。”克莱曼婷说，“因为听起来像是你要疯掉了。不过就一点点。我在想，老师刚刚提到创伤后压力时……”

山姆一脸吓坏了的表情。“创伤后应激障碍。”他说，“跟战场老兵似的。可我又不是从伊拉克或是阿富汗回来，看到过有人被炸成碎片，不是，我只是去参加了一场烤肉派对。”

“你差点看着你女儿溺死。”克莱曼婷说。

山姆闭上了眼睛。

“你女儿差点溺死。”克莱曼婷又说了一遍，“而你觉得自己有责任。”

山姆仰头看着天花板，呼了口气。“我没有创伤后应激障碍，克莱曼婷。上帝啊。这太丢人了。太可悲了。”

克莱曼婷从外套口袋里掏出手机。

“别在谷歌上搜。”山姆说，“相信我。你还总告诉我别谷歌呢。它永远不会告诉你好事。”

“我绝对要谷歌。”克莱曼婷说，她觉得她的呼吸在加速，因为她突然开始从一个不同的角度看他在烤肉派对后的所有行为，换了一个全新的镜头，她想起她父亲那天晚上说的，“他精神不太对劲”，而她没有听进去，没有听到心里去，而别人告诉你“你丈夫病了”的时候，你应该认真听的。

“创伤后应激障碍，”克莱曼婷大声读道，“一遍又一遍地重温事件。你刚刚不是才说过这话！”

“听见你对这事这么开心，我很高兴呢。”山姆露出一抹弱弱的微笑。

“山姆，你简直是教科书式的病例啊！失眠。有。易怒。有。解决办法？寻求治疗。”她的语气是开玩笑似的，反讽的语气，有点傻乎乎的，好像这一切都是个好笑的笑话而已，好像这一切都不重要似的，好像她胃没有在翻滚，好像她没有感觉这是她唯一的一次机会，因为最近，他的情绪可能在一瞬间完全变调，再过一个小时，他可能就根本不愿意谈这个了，他又走开了。

“听着。我不需要寻求治疗。”山姆开口反驳。

“不，你需要。”克莱曼婷盯着手机说，“长期影响：离婚。滥用药物。你有滥用药物吗？”

“我没有滥用药物。”山姆说，“别读那玩意儿了。把手机收起来。咱们回去上课。”

“我真的觉得你需要找人谈谈，专业人士。”克莱曼婷说。她成了她母亲的样子。她马上就要开始推荐“一个很好的心理医生”了。

“求求你去找人谈谈好吗？”

山姆再次仰头，盯着天花板。然后他终于看了她。

“我可能会去吧。”他说。

“很好。”克莱曼婷说。

她把头靠在储物柜上，闭上眼睛。她感到一种宿命感，仿佛她的婚姻是一艘巨大的船，现在转向已经太晚了——它会不会撞到冰山，是她现在不管说什么、做什么，都没有任何改变的。她母亲要是看到他们的交谈，会告诉克莱曼婷她错了，她需要继续说下去，把心里想的一切都说出来，要交流，不给误解留任何空间。

要是她父亲在这儿，他会举一根手指到唇边，说，嘘。

克莱曼婷决定说两个字。“抱歉。”她说。

她是真心的：我很抱歉发生了这种事。我很抱歉我没有看到你所经历的痛苦。我很抱歉我给你的爱可能不是你应得的那种。我很抱歉我们遇到了我们的第一次危机，它展示了我们婚姻中所有的错，而不是所有的美好。我很抱歉我们彼此疏离，而不是紧紧相拥。

“嗯，我也很抱歉。”山姆说。

81

“所以，事实上，哈利救了露比的命。”奥利弗说。

艾瑞卡和奥利弗在她母亲家附近的那条街上走。她一记起到底发生了什么，就想跟奥利弗分享，她肯定不想让西尔维娅听到，所以她坚持让奥利弗跟她到处走走。

“是啊。”艾瑞卡说，“都没有人感谢他。我觉得我后来好像都没再抬头看窗户。”他们跟一对推着婴儿车的年轻夫妇擦肩而过，艾瑞卡冲他们礼貌地微笑，让他们知道，没必要讨论天气，说雨终于停了真是太好了。

“他应该看到我们把她救出来了。”奥利弗说。

“希望如此吧。”艾瑞卡说，“但是没有人告诉他露比没事。没有人去跟他说谢谢。他肯定觉得我们很没礼貌。他总觉得所有人都很没礼貌，他死的时候肯定心想，这总结确实没错。”

“我想，他本来可以过来问我们啊。”奥利弗说，“如果他担心的话。”

他们两人都跳着避开了一摊闪光的棕色积水，它占据了走道的大部分位置。

“我好半天才认出那是露比。”艾瑞卡说。她突然觉得口中塞满了鹅卵石。“我还以为是一件旧外套在喷泉里漂，我就一直盯着看。我不知怎么，有个奇怪的想法，觉得哈利是想让我去捡喷泉里的垃圾。露比被淹到了，我就一直盯着她看。”

奥利弗沉默了一会儿，然后说：“我一直觉得很愧疚，事情发生的时候我在浴室里躲着，就盯着镜子里的自己看。”他说：“我觉得，关于那天下午，我们每个人都有愧疚的事。”

“除了哈利。”艾瑞卡说。

“除了哈利。”奥利弗同意道。

一个穿着不好看的“运动装备”的中年女子从他们身边跑过。“又能看见太阳了，多好啊！”她兴高采烈地说，她慢了下来，想接着谈太阳。

“太好了！”奥利弗同意道，他和艾瑞卡默契地一起加快了脚步，“祝你一天愉快！”

“你觉得我应该告诉谁吗？”艾瑞卡说，“我想起来的事。”她在脑海里弄清楚了事实，就感到一种强烈的欲望，想把事情讲明白，向当局提交修改过的报告什么的。

“我想不出你应该告诉谁。”奥利弗说，“也想不出这能有什么好处。”

“我可以告诉克莱曼婷。”艾瑞卡说，不过她完全没有真要这么做的意图。

“不。”奥利弗说，“你不能告诉克莱曼婷。你知道你不能的。”他们已经走完了一条街，现在又快走回她母亲的房子了。

“噢，我的老天爷。”艾瑞卡叹着气说。

“怎么了？”奥利弗说。

“她真的跑到垃圾箱里去了。”

82

雨停了。终于啊！终于啊！达科塔几乎不敢相信了。她的生活、整个世界都变得完全不同。

“肯定会很好玩的。”达科塔的妈妈说着，她们打开前门，走到了前门台上。

“我不知道我们为什么不能开车去。”达科塔爸爸第一百万次说。“我们为什么要走这么多条街过去？跟流浪汉似的。”

“因为我们很幸运，出了家门走十分钟就到了，而且路上风景还很美！”她妈妈说，她牵着巴尼的狗绳，巴尼欢快地蹦跳着，对着空气咬，好像在捉看不到的苍蝇。

她妈妈最近在“练习感激”。（她爸爸说，她很快就会过了这个阶段了，希望如此吧。）她有个特别的罐子，叫作“幸福罐”。规则是这样的，要把自己快乐的记忆写在小纸条上，放在罐子里，新年前夜，你就把罐子里的纸条都读一遍，感受你所拥有的美好什么的。这已经是十月份了，所以他们得加紧速度，多攒一些幸福的家庭记忆。

“但是我们也很幸运地拥有一辆雷克萨斯。”她爸爸指出，“我们不应该不感激雷克萨斯。”

她妈妈发现他们的小区里就有一处漂亮的浓荫小路，穿过一个国家公园。很短的一段脚程！不知为何，这似乎是件大事。跟飘窗座位一样。显然，隔壁的艾瑞卡和奥利弗“总是”这样散步，他们听说达科塔妈妈不知道这条走道的存在，很是惊讶，她妈妈觉得很尴尬，或者说，她是这么说的，不过她估计并没有真的觉得尴尬，因为艾瑞卡和奥利弗就是善良的书呆子，没有人会在善良的书呆子面前觉得尴尬。所以跟他们相处才那么轻松。

“也许我可以跟你们在那儿会合。”她爸爸说，“我完事之后还有事要办。很重要的事，你知道的。”

“没门儿。”她妈妈说，“动起来，动起来。我的天哪！”

她妈妈在鼓励她爸爸注意健康。（他有个体毛浓密的大啤酒肚，但是他可以把自己肚子弄得硬硬的，像块石头，还会让达科塔捶他。“用劲儿！”他像个疯子一样大吼道，“你是人还是老鼠？”）

“你觉得呢，达科塔？你不想开车去吗？开车是不是好多啦？舒服多啦？”她爸爸说，“我们完事还可以停下来买冰激凌。”

“我不介意。”达科塔说，“只要我们三点钟之前回来就行。”她今天下午要去参加一个《饥饿游戏》主题派对，所以这些似乎都无关紧要。这是她的朋友艾诗琳的派对，艾诗琳的妈妈很在乎主题。应该不会真的有人死掉，她不会那么过分的，但是可能会有很酷的射箭游戏之类的。

他们沿着自家车道走到街上，听到哈利的房子里有人在喊：“嗨！”

“巴尼！”达科塔妈妈说，巴尼差点把她的胳膊拽脱臼，它拉着绳子，激动地蹦来蹦去，边跳边叫。达科塔要是能翻译狗语，她觉得它说的话应该是这样的：“又来一个人类！真是太好了！”

她爸爸走着走着停下了脚步。“嗨！”他喊道。他真的是用喊的。他那样子，像是在冲大山另一边的人喊，而不是隔着一个前院。“你怎么样？今天天气真好，是不是？！”

她爸爸见到另一个人的激动程度与巴尼不相上下。真的。

男子穿着浅粉色的系扣Polo衫，配一条格外明亮的白色短裤，他朝他们走来，抱着什么东西。哈利的房子今天在大清理。看着那些家具被抬出来，感觉很奇怪：一节旧沙发，一台小电视，一个发黄的脏旧床垫。达科塔扭过头去。这感觉就像看到哈利的内衣。

“你们好。”男子说，他有些上气不接下气，好像是跑过来似的。他对达科塔妈妈说：“我们之前见过面。史蒂夫。史蒂夫·隆特。”

“我是韦德！很高兴认识你！”她爸爸说，“我们正要去散步呢，你知道的。我们刚从家门出来。”他用一只手做了个空手道的劈掌动作：“我们就是这样。我们是很喜欢户外活动的人。”

达科塔不舒服地扭了扭。

“嗨，史蒂夫。”她妈妈说，“打扫得怎么样了？顺便介绍一下，这是我们的女儿，达科塔，还有我们的疯子狗，巴尼。”

达科塔抬起手来，微微挥手，以中和她爸爸的过分热情和大声。她尽量不与对方对视，这样他就不会觉得有义务聊闲话，假装对她感兴趣（“上几年级了啊？”）。

“嗨，达科塔。”史蒂夫说，“我其实是想见你来着。我在想，你想不想要这个旧地球仪。放在你房间里，可能看起来不错？”

他举起一个老式地球仪，架在一个木架子上。它的颜色是那种像饼干一样的金色，上面的字是那种卷卷的，像是老式海盗寻宝地图上的字。达科塔惊讶地发现，她居然真的很想要。她已经可以想象到它放在她桌上的样子了，闪耀着金光，散发着神秘气息。

“真的很漂亮。”她妈妈说，“但是看起来像件古董。可能很值钱呢。你要不去估个价吧。”

“不，不。我想送给你们。我想让它有个好家。”史蒂夫说。他冲达科塔微笑着，露出整齐的洁白牙齿，把地球仪递给了她。

“谢谢。”她说。它比她想象的要重。

“不过别想着靠它做地理作业。”他说。他用手指尖转了转地球。“这上面还画着波斯和君士坦丁堡，而不是伊朗和伊斯坦布尔。”

“那真是很老了。”韦德说，“这么珍贵的东西送给达科塔。太感谢了。”

波斯。君士坦丁堡。达科塔紧紧抱着地球仪。

“我觉得这之前是哈利儿子的。”史蒂夫说。他压低了声音，稍稍转向达科塔妈妈，好像是不想让达科塔听到，不过这只能让达科塔听得更认真。“他儿子的房间看起来好像从他去世那天就没再动过。我母亲觉得那至少是五十年前了。这真是我这辈子最诡异的经历。就像穿越时光。那儿还有一本书。”他的声音因为充满情绪而变得颤颤巍巍。“《比格斯学飞行》，倒扣在床上。他的所有衣服都还在衣柜里。”

达科塔妈妈用一只手捂住嘴。“哦，上帝啊。可怜的人啊。”

太好了。她妈妈现在要更加为可怕的吐口水老哈利而感到愧疚了。

“我们照了照片。”史蒂夫严肃地说。

达科塔觉得这有点不合礼仪吧。他要把一个死掉的男孩房间的照片发到社交网站上吗？

达科塔爸爸有些不耐烦了。他摆弄着口袋里的家门钥匙。“我们赶快把这个漂亮的地球仪安全转移到家里吧，好吧，达科塔？”

“谢谢你。”达科塔又一次感谢史蒂夫，“真的非常、非常感谢。”

“非常、非常不用客气。”史蒂夫说，“我肯定，哈利知道它到了你手上，会很开心的。”

“老哈利生前很喜欢达科塔的。”她爸爸说。这绝对是个弥天大谎，达科塔自己都不相信。“他只是没有总表现出来，你知道的。”他看着史蒂夫，“哥们，你需要歇一下吗？进来喝杯咖啡？吃点东西？我们有——”

“我们要去散步，韦德。”她妈妈打断了他。

“哦，对哦。”他爸爸闷闷不乐地说，“我一时忘记了。”

83

烤肉派对当天

哈利爬上楼梯，扶着扶手，像抓着绳子攀岩。一个男人，爬自己家的楼梯，腿都要这么痛，真是不可接受。他曾经壮得像头牛，他总是很注意自己的健康。他对健康感兴趣。他注意最新的情况。卫生局一发布关于肺癌和香烟关系的报告，哈利就戒了烟。当天就戒掉了。

他了解食物金字塔。他尽力按照这个来安排饮食。他按时锻炼。他按照全科医生的推荐服用多种维生素，那医生看起来像是还在上高中，也许他真的是还在上高中，因为那多种维生素纯属是浪费钱。那根本没有效果。每天，他感觉都更加糟糕。维生素的生产商们肯定一路笑着去银行。哈利在考虑要不要写封投诉信。他平均每周写两到三封投诉信。你必须鞭策着各种企业。曾经，人们在乎过质量。现在产品的低劣质量真是丢人。

他在半中间停下来歇息。

所以怪老头们才得从自己家里搬去糟糕的敬老院去住——因为他们爬不上自己家里该死的楼梯。真是个笑话。他才不会搬走。他们得用棺材把他抬出去。

他还能听到隔壁的音乐。非常自私、毫无礼貌的人。有必要的话，他会报警的。他以前总给警察打电话，比如说邻居家儿子开疯狂派对的时候，那男孩的父母去了该死的法国南部，在河上游轮度假。那儿子有着油乎乎的长发，像只猴子。恶心的生物。

但是那家人已经不在这儿了，不是吗？这他知道。他当然知道了。他们十年前就搬走了。他很明白。他每天都要做一次数独游戏。他的头脑好得很。只是有时候会搞不清楚时间。

是那个大块头的阿拉伯（或者类似的什么奇怪国籍）家伙。可能是个恐怖分子吧。这年头，说不准。哈利有他的手机号码。他把所有细节都认真记录下来，以防他未来需要跟警察交代。他在盯着他呢。他妻子说他们会把音量调低，可哈利严重怀疑他们反而调大了声音。一个戴手镯的男人，你还能指望什么呢？他妻子倒是挺好看，但是毫不优雅。她穿得像个荡妇。那女孩该跟哈利的妻子学学品味，学学优雅。伊丽莎白肯定能把她教好的。

他们的孩子让哈利想到杰米。是因为她的头型。还有其他什么：一种安静的感觉，像是看鸟人，仿佛在观察世界，小心地解读。杰米也是个思考者。这让哈利看到那孩子就气愤。她怎么敢长得像杰米？她怎么有胆在这里，而他却不在？这让他愤怒极了。有时候他看到她，就直接气得红了眼。满眼看到的都是火光。

他接着往上爬。双手间隔着抓扶手。哈利以前还跑步呢。他现在已经认不出自己萎缩的老腿了，看起来像是别人的腿。为什么没人发明治这种事的药？不可能那么难啊。肯定是因为所有的研究人员都很年轻，他们不知道往后会发生什么。他们真无知！他们以为自己的身体会永远是自己的，等他们发现真相，就已经太迟了，他们已经退休了，头脑不清楚了，不过哈利的头脑倒是很清楚，他玩数独。

“别跑，别跑！”伊丽莎白以前会因为杰米在浓荫道上跑还吼他。她担心他会滑倒，但他从没滑倒过。他矫健得很。他们以前会从后门出去，带着午餐去野餐，不到一小时就到瀑布边了。

现在，哈利被困在了这房子里，同时也被困在了这具躯体里。他甚至不知道那条走道是否还在那儿，杰米曾经跑着穿过的那条。他可以去看看，但是那条路上方要是有个购物中心什么的，他会很生气的；要是其他孩子跑着，他们妈妈在后面喊叫“别跑！别跑！”，他会更生气的。

他到了楼梯顶。爬个楼梯真是费劲。等等，他为什么要上来？他需要什么来着？

他的脑子不转了。有时候他想描述什么事，却找不到合适的词汇，但是他记得，有时候伊丽莎白想不起来词，就会说“那个什么东西/什么谁是啥来着”。她那么年轻，那么美、那么优雅，她完全不知道自己有多年轻，他也不知道他为什么要上楼来。

他还能听到隔壁传来的音乐。现在声音更大了。他们以为自己是谁啊？假装是什么有艺术有品位的人。伊丽莎白生前很爱古典音乐。她上学的时候拉小提琴。她的小拇指都比那个荡妇全身的品位高。她可以给那家伙点颜色看看。他们怎么有胆放那么大声？毫不为别人着想。

他想象着打电话给警察，告诉他们他的邻居放该死的莫扎特，快振聋他了。莫扎特是那个聋子吧？怪不得他写的歌那么垃圾。伊丽莎白以前会笑他的坏脾气。伊丽莎白很有幽默感。杰米也是。他们两个都笑他。他们一走，就再也没人笑他了。所有的幽默都随着他们一起逃走了。

他记不得自己上楼来干吗，都是邻居的错。他分神了。他进了杰米的房间，去冷静，打开了灯。

他从杰米的窗子朝外看。邻居们开着室外灯。那儿跟个迪士尼乐园似的。

两个小女孩在跑来跑去。其中一个背上戴着翅膀，像个小仙子。另一个则穿着看起来有些老式的粉色小外套。伊丽莎白肯定会喜欢那件粉外套的。

他看到那只该死的狗来回跑着。汪汪汪汪。它今天还在哈利的花园里挖坑，欢快得很。哈利踢了它屁股一脚，给它点教训。踢得不狠，不过伊丽莎白和杰米要是看到了，肯定都不会笑的。他们可能会不跟他讲话。他和伊丽莎白本来打算在杰米九岁生日上给他一只小狗。他们应该在八岁生日时就给的。

他看着窗外。那些小灯肯定要花不少电费。

他看到隔壁的那两个人。奥利弗。矫情的名字，不过他人还不错。你能跟他进行一场理智的对话。（不过他骑自行车，穿那种发亮的黑色紧身短裤。他穿那行头的时候，看起来像只粉红鹦鹉。）他不记得他妻子的名字。是个总在担心的瘦瘦的女人。

他们没有孩子。也许是不想要孩子。也许是生不出。那个老婆的胯看起来不像是好生养的，这是肯定的。不过现在，人们可以用试管搞孩子了。

伊丽莎白肯定会喜欢杰米有个妹妹的。她总喜欢看小女孩们。她喜欢小女孩的裙子。“看看那个小女孩的漂亮裙子啊！”她会对他说，好像哈利对小女孩漂亮裙子有丝毫兴趣似的。

她那天就在看一个小女孩，那个小女孩抓着一根棍子，上面顶着一个巨大的粉色毛绒球。伊丽莎白说：“快看啊，那个球跟她差不多大！”但是哈利只是哼了一声，表示回应，因为他心情不好，他想离开，那是一个周日下午，他们得开好久的车回家，他在想工作的事，还有即将开始的下一周。工会在刁难他们。哈利不喜欢周日晚上赶时间。他喜欢每周开始前都井井有条。

他都不想开那么远的车，跑到这鸟不拉屎的鬼地方来参加这又烂又小的乡村嘉年华。他不应该对伊丽莎白说“鸟不拉屎的鬼地方”，她很讨厌他这么说话，这真的会冒犯到她，他只是在想那个工会代表，那可是个难搞的家伙，还有即将到来的战役。（工会代表还去了葬礼。他拥抱了哈利，哈利不想被拥抱，但是他也不想去参加自己妻子的葬礼。）

他那天应该对伊丽莎白和杰米好一些的。他要是知道那是他们在一起的最后一天，肯定会对他们好点的。他不会说“鸟不拉屎的鬼地方”。他不会跟杰米说所有游戏都是骗人的，他永远也不会赢。他不会在伊丽莎白提起那个小女孩的时候哼。

但是话说回来，他应该更坏脾气一些。他应该坚决一些。他们想第三次去玩那个空中飞车游戏的时候，他应该拒绝的。

他确实拒绝了，可伊丽莎白一点也没在意。她拉起杰米的手，说："再来一次就好。"他们就那样跑开了。

他要是还能再见他们，他就会吼他们。他会吼道："我说了不要去！我是一家之主！"然后他会将他们俩都拥入怀中，永远不再放开。

前提是他还能再见他们。伊丽莎白相信往生，哈利希望她是对的。她在大多数事情上都是对的，只是那天，她错了。

那个游戏叫"蜘蛛"。有八条长腿，每条腿上有一个车厢，能坐八个人。腿上下跑，上下跑，最后整个设施开始转动。

每一次他们飞过来，他都能瞥到他们那欢笑的粉红的脸，他们仰着头，靠在椅背上，这让他觉得恶心。

"蜘蛛"是十年前建的，制造商是澳大利亚的，但是名字却是德国名"飞机乐园设施"。飞机乐园设施公司只为"蜘蛛"提供基本保养和检查。而乐园的运营公司叫苏利文与儿子一家。苏利文与儿子一家经济状况糟透了。他们进行了裁员。一个名叫普利莫·帕斯帕兹的敬业的维修经理被辞退了。普利莫在一个红色笔记本里自己设定了所有设施的维修计划表。那个红色笔记本在他被辞退时消失了。普利莫出庭作证的时候用拳头砸自己的膝盖。他眼里闪烁着晶莹的泪珠。

"蜘蛛"上的一个机械轴承出了问题，一个车厢飞了出去。

八个欢笑着、尖叫着的乘客都死了。五个成人，三个孩子。

庭审持续了数年。这吞噬了哈利。他还保存着那些文件：大文件夹里装着一个关于疏忽、不称职、白痴的故事。没有人站出来承担责任。只有普利莫·帕斯帕兹对哈利说"抱歉"。他说："在我任上，绝对不会发生这种事。”

人们需要负起责任来。

哈利扭头不看窗子了，转着杰米的地球仪，杰米再没有机会去看的那些地方在他指尖飞过。

他再次透过窗子看邻居家。他突然意识到，伊丽莎白要是还活着，他可能也在那儿烤肉呢，因为伊丽莎白是很爱社交的，那个阿拉伯人总来请哈利去做客，好像他真的想让哈利去似的。这真是奇怪。有那么一刻，哈利能清楚地看到，看到这世界本该是的模样：伊丽莎白坐在桌旁享受音乐，哈利假装对这一切都很厌烦，所有人都在笑，因为伊丽莎白会让他的坏脾气变成有趣的事。

哈利看着两个小女孩在院子里跑。看起来像是在玩追逐游戏。

那个小一点的站到了喷泉边上。她手里拿着一个蓝色小包。她在喷泉边上跑。那个喷泉有个游泳池大。“小心点，小女孩，”哈利说，“你可能会掉进去。”有人在看着她吗？

他扫视后院。大人们都在桌旁聚着，甚至没有看孩子们。他们笑得很欢。音乐声太大，他听不到他们的笑声。他没看到奥利弗，但是他看到了他的妻子，艾瑞卡，哦，她叫这个名字，她站在后门前的那条小路上。她能看到小女孩的。

他又看回喷泉，心咯噔一下。

那小女孩不见了。她从墙上爬下去了吗？然后他看到了。粉色外套。老天爷啊，她脸朝下。她掉进去了。感觉像是他的预测让她掉进去的。

他在找成年人。那个艾瑞卡跑哪儿去了？她肯定看到了啊。她就站在那儿，直直地就能看到。

但是她就站在那儿不动。那个傻女人在干吗？

“她掉进去了！”他双手拍着窗玻璃。

奥利弗的妻子还是没动。她只是站着。像个雕塑。她扭过脸去，好像不想看的样子，好像在刻意不往那儿看。上帝啊，她这是怎么了？这些愚蠢的人都什么毛病？上帝啊，上帝啊，上帝啊。

哈利气得脸发烫。小女孩就在些白痴、不负责的人面前溺水了。枪决他们都算便宜了他们。

他试着拉开窗子去喊，但是窗子卡住了。这窗户已经很多年没有打开过了。他用双拳敲打玻璃，手都敲疼了。他大喊着，很多年没有这么大声地喊过了。“她溺水了！”

终于，那女人抬头看了他。奥利弗的妻子。他们目光相遇。感谢上帝，感谢上帝。“她溺水了！”哈利尖叫道。他用手指指着喷泉的方向戳。“小女孩掉水里了！”

他看着她扭头看喷泉。缓缓地。好像一点也不需要着急。

可她还是没有动。白痴的傻女人没有动。她就站在那儿，看着喷泉。这简直是噩梦里发生的事。哈利听到自己急得啜泣起来。快来不及了。

他转身从窗前跑开，跑出房间。这是唯一的办法。他必须快。他必须敏捷。他得跑到隔壁去，自己把小女孩拉出来。那个穿粉红外套的小女孩要淹死了。伊丽莎白肯定会爱那个小女孩的。他能听到伊丽莎白喊：“跑啊，哈利，跑！”

他从杰米的房间跑到了楼梯口。这感觉就像他又重新拥有了年轻的身体。没有疼痛。他为任务的紧急而感到狂喜。他在优雅、流畅地跑，像二十岁的时候，拥有完美、灵活的膝盖。他可以做到的。他很快的。他很矫健的。他能救她。

踩到第二个台阶，他摔倒了。他连忙抓扶手，拯救自己，可已经太迟了。他在飞，跟他的妻子和儿子一样。

84

又是天气晴朗的一天，傍晚刚刚降临，山姆下了渡轮，在靛蓝色天空下往家走。这整整一周几乎都是晴天。一切都干了，人们也不再讨论看到太阳多美好了。“大湿季”已经驾着温柔的春风从人们的记忆里飘走了。

山姆在工作上又结束了相当有效率的一天，这算是好事吧。他为此这样书呆子一般开心，都有些尴尬了，他今天成功完成了他的企划案，防止他们的产品在目前拥挤不堪的无糖、浆果味儿咖啡因能量饮料市场上再失去更多市场份额。他并没有写出一曲交响乐，可这还是一份成熟的企划案，会给公司带来收益，能弥补他过去几周坐在桌前，拿着工资却什么也不做所浪费的时间。他用了脑子。他完成了一项任务。这感觉很好。

也许这都是因为他第一次心理咨询的魔法效果。在周日急救课上经历了那次丢脸的事件之后，克莱曼婷跟一个咨询师约了周一下班后的诊疗。山姆没有问她是怎么这么快就约到的。她可能找来了她母亲帮忙。帕姆特别热爱心理咨询。

她可能迅速拨号目录里就有个心理咨询师。山姆想到克莱曼婷告诉她母亲他怎样流泪时，他的岳母脸上肯定会出现的那种柔和的同情表情，就觉得尴尬，他那所谓的“创伤后压力综合征”。

心理咨询师是个欢快能聊的矮个子小伙子，像个骑师，他的意见很多，这让山姆很惊讶。（他们不是应该说些令人费解的话，比如“你觉得如何？”吗？）他说山姆可能有轻微的创伤后应激障碍。他说的语调云淡风轻，好像在说“你可能有轻微的鼻窦炎”。他觉得山姆只需要进行三到四次诊疗，就能达到“立竿见影”的效果。

山姆离开办公室的时候，几乎在大笑，这个人是在网上搞的行医资格吗？但是他站在回大厅的电梯里时，却惊讶地发现他有那么一些欣慰，好像经历了漫长的航班之后，站在行李取件处感觉耳朵砰地一下，之前都不知道耳朵堵住了。他并没有感觉很棒。只是比之前好了不少。也许这只是安慰剂效果，或者，也许这一切终会发生，或者，也许他的小咨询师有特殊能力。

他在斑马线停下，看着一个推着婴儿车的女人，还带着一个上幼儿园的孩子。

小的那个应该是一岁左右。他坐着，肉呼呼的腿直直摆在面前，肉肉的小手里攒着一片大绿叶子，像个旗子。

那天，露比是被漂浮在水中的叶子吸引了吗？他想象着，他已经这样想象了很多次，也许他以后一辈子都要这么想象。他看到她爬上喷泉边缘，很自豪，在边上走着，也许甚至是跑的。她是不小心滑进去的吗？还是说她看到了她想要的东西呢？一片漂在水中的叶子，或是一根看起来有趣的小木棍。什么闪光的东西。他想象着她跪在喷泉边上，穿着粉色小外套，伸长胳膊，然后突然，无声地掉了进去，头先入水，慌了神，乱摆着手脚，肺叶里充满了水，她在试图大喊“爸爸！”，沉重的外套把她拖下水，然后，没了动静，她的头发漂在了她的头周围。

有那么一刻，山姆的世界倾斜了，他的呼吸停顿了。他集中精神，想，不要闯红灯，等绿灯再过。车辆飞驰而过。那个在他旁边等的妈妈在打电话。“我的鞋要掉了。”那个上幼儿园的小孩抱怨道。

“不，没有。”妈妈漫不经心地说，接着打电话。“我知道，就是这样，我是说，她要是没有一开始就那么直接，就没什么，但是……拉克伦，不要！别在这儿脱鞋。”

小男孩脱着鞋子，突然一屁股坐在了人行道上。

“他在大街上把自己的鞋脱掉了。拉克伦，别这样。我说了，别这样。”女人弯腰把孩子拽起来。她的手离开了婴儿车的左把手。这儿有个坡，直接通往车流不息的马路。

婴儿车开始滑了。

“坏了。”山姆伸出一只手，抓住了把手。

女人抬头看。

“上帝啊。”手机从她的手和肩膀之间滑了出来，掉在地上，她迅速站起来，抓住了婴儿车的把手，她的手跟山姆的手交叠。

她看看来往车流，又看看婴儿车。

她说：“它可能……他可能会……”

“我知道。”山姆说，“不过一切都好。没有发生。”他从她手下抽出了手。她现在死死握着把手。“妈咪，手机都摔坏了！”幼儿园小孩举起他从地上救回来的手机，一脸惊恐的表情。山姆听到一个很小的声音在电话里喊：“喂？喂？”

信号灯变成了“行”。女人没有动。她还在消化刚刚的事，还在看可能发生的事。

“祝你傍晚愉快。”山姆说着，过马路回家，他面前的天空广阔而充满希望。

85

“你没必要赶着回办公室吧？”奥利弗说着把耳朵塞进泳帽

里——啪，啪——然后把泳镜戴上，艾瑞卡觉得他看起来像个搞怪的外星人。

他们午餐时间在北悉尼泳池见面，他们两人的办公室都能走过来，这是他们在短暂的“冬日暂停”之后第一次游泳，奥利弗喜欢这样说。冬天的几个月，他们把游泳换成在健身房里进行三十分钟高强度有氧运动课。

“只要一点半回去就行。”艾瑞卡也戴上了泳镜，整个世界变成了绿松石色。

“很好。”奥利弗说。他似乎很严肃。

艾瑞卡游第一圈的时候，心想他在想什么。自从他发现了她的“习惯”，她总觉得她在婚姻中被降职了，成了初级合伙人。他让她保证，跟她的心理医生谈她的“偷窃癖”。

“这不是偷窃癖！”艾瑞卡喊道，“只是……”

“偷你朋友的东西！”奥利弗爽快地替她说完了。

奥利弗最近有什么不一样：有些莽撞，不过也算不上，奥利弗永远不会莽撞的。几乎像是一种攻击性？但又不完全是。应该说是好斗。说实话，这其实有些迷人呢。他们多了不少怒气推动的性活动。这很好。

她还没有跟她的心理医生讨论她的“偷窃癖”，因为她还没有去见医生。“不是帕特”最近几次临时取消约定。她可能也有自己的生活问题吧。艾瑞卡心里暗暗希望她被迫休假。

她每次换气时扭头，都能看到海港大桥的灰色弧形塔架直冲他们头顶的蓝天。这真是个游泳的好地方。人生能有这些，不就够了吗？好工作，好锻炼，好的性生活。她倒边，找奥利弗。他比她快很多，在水中迅速前进，幸运的是，泳池不是很拥挤，因为他的速度即使放在快速泳道，也太快了。

肯定是因为孩子的事。他想谈这个事。孩子是他的项目，而他的项目管理技巧相当出色。现在克莱曼婷这条路已经不可能了，他肯定想“探索其他选择，其他路”。他肯定想讨论所有优势和劣势。艾瑞卡想到这儿，整个人在水中都慢了下来。双腿感觉软软沉沉的，像是她拖在身后的负重物。

她想道：我不干了。我不管这个孩子项目了。不过当然，她不能不干了，只要奥利弗还没放弃。

这就是墙。每次跑马拉松，都会撞到墙。这堵墙既是有形的，也是精神上的，但是它是可以被克服的（补充碳水化合物，补充水分，注意你的技巧）。她继续游。她感觉这堵墙无法跨越，但是墙就是这样的。

他们游完之后，坐在一家餐厅外面晒着太阳，盯着海湾，吃金枪鱼和甘蓝沙拉午餐。他们又换回了套装。重新戴上太阳镜。发梢还有些湿。

“我给你发一篇文章的链接。”奥利弗说，“我昨天读的，我一直想这个。想了很多。”

“好的。”艾瑞卡说。又是什么新的生育技术。太好了。就是墙而已，她告诉自己。呼吸。

“是说寄养家庭的。”奥利弗说，“针对大龄孩子的寄养家庭。”

“寄养家庭？”艾瑞卡正往嘴边送的叉子停在了半空中。

“是讲这有多困难的。”奥利弗说，“说人们以为寄养家庭是个很浪漫的事，可事实远非如此。说大部分寄养家庭监护人根本不知道会遇到什么样的事。是一篇坦诚得残忍的文章。”

“哦。”艾瑞卡说。他戴了墨镜，她没法看他的眼睛。她感觉到小小希望火苗熄灭的感觉。“那你是为什么要把文章发给我呢？”

“我觉得我们应该试试。”奥利弗说。

“你觉得我们应该试试。”艾瑞卡重复道。

“我在想克莱曼婷和山姆。”奥利弗说，“露比的意外对他们造成了很深的影响。你想知道为什么这对他们来说是件天大的事吗？”他没有等她回答，“因为这两个人从来没经历过任何坏事！”

“啊，”艾瑞卡思考着说，“我不知道这是不是完全——”

“但是你和我，我们总是往最坏的想！”奥利弗说，“我们的期望很低。我们很坚强。我们能对付很多事！”

“我们能吗？”艾瑞卡说。她不知道她应不应该提醒他，她还在看心理医生。

“所有人都想要宝宝。”奥利弗忽略了她，接着说，“可爱的小宝宝。但是真正稀缺的是照顾大龄孩子的寄养父母。那些愤怒的孩子。那些破碎的孩子。”他停了下来，突然间似乎失去了信心。他拿起自己的代餐奶昔。“我只是觉得……好吧，我觉得也许我们应该考虑一下，因为也许我们会理解，或者是跟那些孩子所经历的事有同感。”他吸着吸管。她看到他太阳镜里映射的海港景象。

艾瑞卡吃着她的沙拉，想到了克莱曼婷的父母。她看到帕姆支起折叠床，让她留宿，又一次，一甩手腕，让平整干净的白床单在空中飘：漂白剂美丽而洁净的清香是艾瑞卡在这世上最爱的气味儿。她看到克莱曼婷的父亲，坐在他自己车的副驾驶位置上，而艾瑞卡则第一次坐在驾驶座上。他教她如何把手在方向盘上放在“三点四十五分位置”。“其他人都说一点五十分位置。”他说，“但是其他人都错了。”她至今还是用三点四十五分位置开车。

他们说的那个词是什么来着？让爱传出去。

“那假设我们做了，”艾瑞卡说，“我们就会收留一个有问题的孩子。”

奥利弗抬起头。“假设我们做。”

“按照这篇文章说的，这经历会很糟糕。”

“文章是这么说的。”奥利弗同意道，“会造成创伤。有压力。很糟糕。我们可能会爱上一个孩子，最终孩子却会回到亲生父母身边。我们可能会收留一个有严重行为问题的孩子。我们的感情会受到前所未有的挑战。”

艾瑞卡用餐巾擦擦嘴，把手臂举得高高的。太阳照得她的头顶暖暖的，给她一种暖得要融化的感觉。

“但也可能很棒。”她说。

86

“你想聊聊天分神吗？”山姆开车送她进市里时说，“还是想沉默着，冷静冷静？”

“我不知道。”克莱曼婷说，“我没法决定。”

这是周六早晨十点刚过。她的试音得等到下午两点。十点十分出门的时间是算上了一切可能发生的意外。

“我可以自己开车去的。”克莱曼婷昨晚告诉山姆。

“你说什么呢？”山姆说，“你试音一向是我开车送你的。”

她有些惊讶地想到，所以他们还是一起的？也许他们确实是，但是他们每晚还是在不同的房间里睡觉。

过去一周，自从急救课之后，发生了什么变化。不是什么夸张的变化，实际上，恰恰相反。他们好像完全习惯了一种平平淡淡，像是刚刚换季，既新鲜，又熟悉。所有怒气和指责全都消失了，褪去了。这让克莱曼婷想起病好时的感觉，所有症状都消失了，但还是感觉轻飘飘的，有些奇怪。

克莱曼婷的父母今天照看孩子。她们俩都很好。霍莉昨天放学回家拿了一个“班级优秀表现证书”，克莱曼婷怀疑，这其实是“不再在班里表现疯癫证书”。“以前的霍莉又回来了。”她的老师在操场里告诉克莱曼婷，这样说，她之前在学校的表现肯定比克莱曼婷和山姆所知道的还要糟糕。

露比说今天打蛋器可以在家休息休息。她似乎开始对打蛋器失去兴趣了。克莱曼婷已经可以看出可怜的打蛋器将怎样从他们的生活中突然消失了，有时候朋友就是这样的。

“好吧，我们没必要慌，我们留了足够的时间，就是为了对付这种可能性。”山姆说，桥上的车流停了下来，霓虹灯闪烁着急切的红色信息：前方发生事故。将会造成延迟。

克莱曼婷用鼻子深深呼吸，然后用嘴吐气。

“我没事。”她说，“我没有很激动开心，但是我没事。”

山姆伸出双手手掌，像是在冥想。“我们是禅宗大师。”

克莱曼婷观察着悉尼歌剧院整齐的白帆，映衬在蓝天之下。还好歌剧院是她熟悉的表演地点之一，她还有单独的热身房，不需要跟其他大提琴手分享，更不用跟爱说话的乐手聊天。歌剧院有很多化妆室，有些还有海湾景观呢。这过程不会不舒服，不开心。她的试音将发生在音乐厅稀疏的气氛中。

她重新回头看路。车流一点一点挪向前，路过两辆引擎盖撞坏的车。警察和救护车都来了，救护车的后门是开着的，一个穿西装的男人坐在路边马路牙子上，双手抱头。

“艾瑞卡前几天说的一句话我一直在想。”克莱曼婷说。她本来没打算说，可突然间她就说了出来，好像她的潜意识一直在计划说似的。

“什么话？”山姆小心地问道。

“她说‘我选择我的婚姻’。”

“她选择她的婚姻。那是什么意思？”山姆说，“说不通啊。她是跟什么比，选择她的婚姻？”

“我觉得挺说得通的。”克莱曼婷说，“是说选择把婚姻作为优先考虑的事，有点像，在宗旨说明上把婚姻放在最上方的位置。”

“克莱曼婷·哈特，你真的在用毫无灵魂的企业用语吗？”山姆说。

“安静。我只是想借这个机会说……”

山姆哼了一声。“现在你像你妈演讲的时候了。”

“我想借这个机会说，我也选择我的婚姻。”

“呃……谢谢？”

克莱曼婷快速说：“所以，比如说，再要一个孩子是你最大的心愿，那这件事我们就至少要讨论一下。我不能直接忽略，或者希望你会忘掉，我之前就是这样做的，说实话。我知道我几周前问的时候，你说你不想再要孩子了，但是那时候你还……或者说我们俩都还，有些……”

“疯。”山姆替她说完了。“你想再要一个孩子吗？”他说。

“我不是很想，”克莱曼婷说，“但是你如果真的很想，那我们就需要讨论。”

“什么？然后我们决定我想要孩子的愿望更强，还是你不想要孩子的愿望更强？”山姆说。

“就是这样。”克莱曼婷说，“我觉得我们就应该那么做。”

“我之前是还想要个孩子来着。”山姆说，“不过现在嘛，好吧，这不是我现在在考虑的事情。”

“我知道，”克莱曼婷说，“我知道。但我们可以，我们可能能，有一天，不是忘记，当然了，而是原谅。我们可能会原谅自己。反正，我不知道我为什么在今天提这事。我们现在都没有……”

都没有性生活了。都不在一张床上睡了。

都不说“我爱你”了。

“我想我只是觉得我需要把这些说明白。”她说。

“那就说明白了。”山姆说。

“很好。”

“你知道我现在最大的心愿是什么吗？”山姆说。

“什么？”

“是你得到这份工作。”

“哦。”克莱曼婷说。

“我不想你上台的时候还想着孩子的事。我希望你想你演奏的时候想的东西，什么声调啊，音高啊，节奏啊，反正是你那些娘娘腔的前男友们会告诉你去想的东西。”

“好吧，我尽力。”克莱曼婷说。她轻柔地说：“你是个好人，塞缪尔。”

“我知道我是。吃你的香蕉吧。”山姆说。

“不。”克莱曼婷说。

“你听起来像你女儿了。”

“哪一个？”

“两个都像。”

车流开始正常前行了。

过了一会儿，山姆清清嗓子，说："我想借这个机会说，我也选择我的婚姻。"

"哦，好吧，那是什么意思呢？"

"我完全不知道。我只是想表明一下立场。"

"也许这意味着你不想再在书房里睡了。"克莱曼婷提议道，她的目光落在前方的路上。

"也许是吧。"山姆说。

克莱曼婷研究着他的侧脸。"你想回来吗？"

"我想回去。"山姆说。他回头，换车道。"从我之前待的那个地狱里回去。"

"好吧，"克莱曼婷说，"欢迎你填申请表。"

"我可以试音啊。"他说，"我有些非常厉害的招式呢。"他停顿了一下："我可以给你蒙上眼睛。蒙眼试音才没有偏袒的可能性。"

她感觉心里升起一种狂野的、赤裸的幸福感。这只是傻乎乎的甜腻调情话而已，但是这是他们的傻乎乎的甜腻调情话。她已经知道今晚会是怎呀了：甜甜的熟悉感，加上尖锐的新鲜感，因为他们差点失去。她不知道他们的婚姻离撞冰山有多么近——近到可以感受到冰山那冷冰冰的阴影——但是他们避开了。

"是啊，我选择我的婚姻。"山姆右转，"我还暂时选择非法驶入公交车道，因为我是个疯狂的混蛋。"

克莱曼婷伸手从包里取出香蕉，开始剥。

"你会被开罚单的。"她边吃一口香蕉，边说，等着天然神经阻滞剂发挥效用，这肯定是香蕉盛产的季节，因为这是她吃过的最好吃的香蕉。

87

到三点半时，他们终于叫她进去了。

她拿着大提琴和琴弓，踩着一条地毯，走到一把孤零零的椅子前。她在明亮炙热的白光中眨了眨眼。黑色幕布后，一个女人咳嗽了一声，听起来有点像安斯利。

克莱曼婷坐了下来。她拥着她的大提琴。她冲钢琴手点头。他以微笑回应。她自己雇了钢琴手来陪同试音。格兰特·莫顿是一个老爷爷一样慈祥的男人，跟患有唐氏综合征的成年女儿一起住。他的妻子在五十岁生日之后的一天去世了，那是去年才发生的事，可他还是拥有克莱曼婷认识的所有人中最甜的微笑，她很高兴他有空，因为她真的希望她的试音能以那样甜的笑容开头。

她调音的时候，清楚自己的心在迅速跳动，但是还没有到失控的程度。她深呼吸，把手放在上衣领子上的金属别针上。

“这是给你试音带来好运的。”霍莉说，他们今天出门时，霍莉在她的上衣上小心地别了一只紫色的蝴蝶，然后，她像个大人一样，很正式地吻了克莱曼婷的脸颊。

“我也想要好运！”露比喊着，仿佛好运是克莱曼婷在分的好吃的，她学着姐姐的样子做了同样的事，只是她的别针是一个黄色的笑脸，她的吻湿乎乎的，粘着花生酱。克莱曼婷还能在脸颊上感觉到那黏黏的吻。

她深深吸了一口气，看着乐谱架上的乐谱。

一切都已在她心中。每天早起的数小时训练，听录音，几十个她做出的技术决定。

她看到她的孩子们在小彩灯下跑来跑去，韦德仰起头来大笑，倒下的椅子，奥利弗紧扣的双手压在露比胸前，直升机的黑色阴影，她母亲气愤的脸在她眼前。她看到十六岁的自己站起身来，走下台。她看到一个男孩穿着不合身的燕尾服，看着她收拾大提琴，说：“我猜你肯定希望你选了长笛吧。”她看到她第一次在操场里坐在艾瑞卡对面时，艾瑞卡脸上难以置信的神情。

她想起玛瑞安说：“不要只拉，要演奏。”

她想起胡说：“你必须找到平衡点。就像在走钢索，技术和音乐的钢索。”

她想起安斯利说：“是啊，但是到了某个点，你总得放手的。”

她举起琴弓。她放手了。

88

烤肉派对当天

帕姆和马丁在艾瑞卡和奥利弗整齐的平房前停车。

“霍莉现在可能已经睡着了。”帕姆对丈夫说。已经快九点了。

“可能吧。”马丁说，“可能吧。”

“肯定就是在那儿发生的。”帕姆说。她不悦地指了指隔壁的大房子。那些塔楼、纹饰、尖顶。她一向觉得那是一栋花俏、炫耀的房子。

“什么是在那儿发生的？”马丁茫然地说。

有时候，她发誓他有早期痴呆症。

“意外发生的地方啊，”帕姆说，“他们在邻居家。显然，他们跟那些邻居都不熟。”

“哦，”马丁说。他扭过头去，不看房子，然后解开了安全带。

“对啊。”

他们下了车，沿着走道修剪整齐的灌木走。

“你感觉如何？”她对马丁说，“什么？我吗？我没事啊。”

“我只是确认一下，你没有胸口痛什么的，因为这种时候，咱们这个年纪的人最容易猝死。”

“我没有胸口痛。”马丁说，“你有胸口痛吗？你也是咱们这个年纪的人。”

“我每周打三次网球。”帕姆一本正经地说。

“我更担心的是咱们女婿心脏病发猝死。”马丁说着，把双手塞进口袋里，“他看起来糟透了。”

他说得对，山姆在医院看起来绝对是糟透了。一件事的发生能对一个人有如此深刻的可见影响，真是难以想象。他们昨天才见过山姆，他来帮马丁把他们的旧洗衣机搬出去，他那天状态很好，聊着克莱曼婷的试音，说他有什么帮她克服紧张的计划，他还对自己的新工作充满激情，但是今晚，他看起来像是从哪儿被营救出来的，像是那种新闻里被裹进银色毯子里的人，眼睛红红的，脸色苍白。他肯定是被震惊到了，当然了。

“你刚刚对克莱曼婷很严厉啊。”马丁委婉地说，帕姆按了门铃，他们远远听到门铃在里面响的声音。

“她当时应该看着露比的。”帕姆说。

“上帝啊，这可能发生在任何人身上的。”马丁说。

“我不可能。”帕姆心想。

“他们两个都应该看着的。”马丁说，“他们犯了错，差点就付出了可怕的代价。所有人都会犯错的。”

“这我知道。”但是帕姆把这看成克莱曼婷的错误。所以她才对心爱的女儿憋着一股糟糕的不像母亲的愤怒。她知道这最终会褪去的，她肯定希望是这样，她以后可能会后悔在医院时说话的那种口气，但是现在她还是非常、非常生气。看着孩子是一个母亲的责任。忘掉女权主义。忘掉所有这些。帕姆愿意站在屋顶喊叫着支持薪酬性别平权，但是女人都应该知道，在社交场合，是不能指望男人看孩子的。科学证明，他们不能同时做两件事！

克莱曼婷总是习惯依靠山姆，但是不能因为她是乐手，是个有创意的人，一个“艺术家”，就有权利豁免作为母亲的职责。她作为母亲的职责永远要放在第一位。

有时候，克莱曼婷脸上会出现那种分心的、缥缈的表情，跟帕姆父亲在餐桌上听帕姆跟他讲事情时的表情一模一样，她甚至还没说完一句话，他就已经分了神。在帕姆看来，他简直就像厄内斯特·海明威。他花了那么多时间写那部没有人会读的小说，忽略他的孩子们，把自己锁在书房里，他本应该在过生活的。“可能真的是一部杰作啊。”克莱曼婷总说，好像那是个悲剧，好像这才是重点，可这不是重点：重点是，帕姆从没享受过父爱，而帕姆真的很想要一个真正的父亲。只是偶尔也好。

对露比来说，就算她母亲是全世界最好的大提琴家，又能怎样？克莱曼婷应该看着她的。她应该听着的。她应该注意她的孩子。

当然了，克莱曼婷的音乐与今天发生的事没有任何关系。这她知道。

露比要是今晚挺不过去，要是她的健康受到了什么永久性的损伤，帕姆就真不知道该拿自己的怒气怎么办了。她得找到力量，把这些放下，陪着克莱曼婷。帕姆用手捂着胸口。

露比情况稳定，她提醒自己。那张圆嘟嘟的粉红色小脸。那双淘气的猫眼儿。

“帕姆？”马丁说。

“什么？”她大声问道。他在盯着她看。

“你看起来像是心脏病发作了。”

“好吧，我没有，谢谢你了，我完全——”门打开了，奥利弗站在里面，穿着跑步短裤和T恤。

“你好，奥利弗。”帕姆还从没见过他穿休闲衣服的样子。通常，他都穿着一件熨烫整齐的衬衫，塞进长裤腰里。帕姆这些年来见过他很多次，但她一直没怎么了解他。他总是赞美帕姆的拿手菜，她的胡萝卜核桃蛋糕。（他似乎认为那个蛋糕是无糖的，可实际上它并不是，但是她无心纠正他；他太瘦了，吃点糖也不会害了他。）

“霍莉在这边呢，在看电影。”奥利弗说，“她要是想的话，留在我们这儿过夜也完全可以，当然了。”他的语气有些悲哀。

“哦，她肯定很想留下的，奥利弗。”帕姆说，“但是我们都在抢她呢，你知道的，能让我们分分心，不那么担心露比。”

“我听说你是今天的英雄。”马丁说，他向奥利弗伸出手。

奥利弗伸手去握马丁的手。“我不确定——”但是帕姆惊讶地看到，她丈夫最后一刻改了主意，不握手了，而是双臂搂住奥利弗，尴尬地拥抱，拍着他的背，可能拍得还太狠了。

帕姆温柔地抚着奥利弗的胳膊，来弥补马丁的拍打。“你是个英雄。”她说，她的声音里充满了情绪，“你和艾瑞卡都是英雄。小露比一回家，感觉好一些，我们就请你们来吃一顿特别的晚餐。一顿配得上英雄的晚餐！我要做你喜欢的那种胡萝卜蛋糕。”

“哦，美味啊，哇哦，你真是太好了。”奥利弗说着，向后退，低下头，像个十四岁的孩子。

“艾瑞卡在哪儿呢？”帕姆说。

“她睡着了。”奥利弗说，“她感觉……不太对劲。”

“可能是因为震惊吧。”帕姆说，“所有人都感觉——哦，看看这是谁！嗨，亲爱的。看看那对儿小翅膀啊！”

霍莉直接走到她身边，把脸埋在帕姆肚子上。

“外婆你好。”她说，“我‘精疲力竭’了。”她举起手指，在空中画引号。她有趣的小习惯。

“是啊。”奥利弗说，“我去给你拿你的石头，霍莉。”

“不。我不想要。”霍莉的语气几乎有些不友好。“我跟你说了我不想要。你留着吧。”

“好吧，那我就帮你照顾它。”奥利弗说，“你要是改变心意了，还能拿回去。”

“来外公这儿，霍莉。”马丁伸出胳膊来抱霍莉，她跳了起来，双腿夹着他的腰，头搭在他肩上。没必要告诉马丁他做了膝盖手术，不该抱她。他这时候需要抱抱她。

霍莉在车里睡着了，马丁抱她进房子的时候都没有醒来，帕姆给她换上家里给她留的睡衣时她也没醒来。马丁觉得没必要给她换衣服，但是帕姆知道，换上睡衣肯定更舒服。

但是帕姆低头吻她，说晚安的时候，霍莉睁开了眼睛。

“露比死了吗？”她说。她趴着，头搭在枕头上，扭向一边，乱糟糟的头发挡住了她的眼睛。

“没有，亲爱的。”帕姆说。她把霍莉脸上的头发拨开，额头上的也向后抚平。“她在医院。医生们在照顾她呢。她会好起来的。你接着睡吧。”

霍莉闭上眼睛，帕姆抚了抚她的背。

“外婆。”霍莉低声说。

“怎么了，亲爱的?”帕姆自己也觉得有点累了。

霍莉低声说了什么，但是帕姆没听清。

“什么?”帕姆向前凑凑。

“妈妈和爸爸是不是非常、非常生我的气?”霍莉低声说。

“当然没有了!”帕姆说，“他们为什么要生你的气?”

“因为我推了她。”帕姆愣住了。

“我推了露比。”霍莉又说了一遍，这次更大声了。

帕姆抚着霍莉背的手停了下来，有那么一刻，她没有认出自己的手，它看起来好老，布满皱纹，不可能是她的。

“她拿走了我的石头包。”霍莉说，“她拿着我的包站在喷泉边上，不还给我，我想拿回包，我拿到的时候就推了她一下，因为我特别、特别生气。”

“哦，霍莉。”

“我没想让她淹死。我还以为她会跑来追我呢。她会去天堂吗?我不想让她去天堂。”

“你有告诉别人这个吗?”帕姆问道。“奥利弗。”霍莉对着枕头说，好像她在担心这也是什么罪过，“我告诉奥利弗了。”

“奥利弗说什么了?”帕姆说。

“他说我到医院看露比的时候，应该到她耳边很小声地说‘对不起’，然后再也、再也不能推她了。”

“啊。”帕姆说。

“他说这是我们之间的秘密，他绝不会告诉世上任何一个人。”霍莉说。

他真是个可爱的人，奥利弗。一个好人。

总是想做对的事。

但是霍莉要是没有机会在露比耳边说“对不起”怎么办？露比情况稳定。露比今晚不会死。

但是她要是死了，帕姆也拒绝让她天真美丽的外孙女替克莱曼婷的疏忽偿债。

“我跟你说，我觉得她不是因为你推她而掉进去的。”她坚定地说，“可能是之后发生的。你跑开之后。她可能是滑进去的。我觉得她是滑进去的。我知道她是滑进去的。她是自己掉进去的，亲爱的。你没有推她。我知道你没有。只是你们在喷泉边因为包发生了小口角，可怜的露比掉了进去。只是一次意外而已。你睡觉吧。”

霍莉的呼吸慢了下来。

“你彻底不要想这个了。”她说，“就是意外。糟糕的意外。不是你的错。不是任何人的错。”

她接着抚摸霍莉的背，揉的圈越来越大，好像一块儿小鹅卵石扔进静水之中，掀起无尽的涟漪，她边揉，边说，不停地说啊说，让这可怕的记忆消失，就像涟漪一样，有趣的是，她能感觉到她对克莱曼婷的怒气慢慢消失，好像一开始就没对她生气过一样。

89

烤肉派对后四个月

克莱曼婷从信箱旁走回来，她刚翻了他们家的邮件，拿到一个很普通的白色信封，是写给她的。是艾瑞卡的笔迹。

她在路中间停了下来，观察着熟悉的拥挤字体。艾瑞卡写字仿佛是在节省空间。她是昨天去机场之前把这个塞进信箱的吗？

艾瑞和奥利弗昨天早晨乘飞机开始了他们六个月的旅行。他们两人都请了无薪假期，买了环游世界的机票。他们的计划是“弹性”的，或者说，对他们来说是弹性的，有几晚还没有订住宿。很疯狂。

他们希望回来之后，就能成为长期的寄养监护人。他们已经开始了申请过程，艾瑞卡却突然宣布（是用电子邮件，不是打电话）他们要先去旅游。克莱曼婷母亲说，他们没有为西尔维娅做任何具体安排。要是情况变得太糟糕，邻居报警，那就报吧。“这是她的原话。”帕姆对克莱曼婷说，“那就报吧。我差点从椅子上摔下来。”

当然了，克莱曼婷的父母会看着些西尔维娅的。

“她本来可以让我帮忙照顾西尔维娅的。”克莱曼婷说。她母亲停顿了一下，好像在考虑她的话，然后说：“她知道你有多忙。”

她跟艾瑞卡的友情变了，不知怎的，慢慢改变了。她们有时好几周都不联系，克莱曼婷打电话的时候，艾瑞卡也每次都会好几天才回电话。好像她在刻意疏离；实际上，几乎有些像——这听起来很难以置信，很讽刺，几乎不可能——艾瑞卡好像是在给克莱曼婷台阶下，小心不伤她的感情。她的行为就像是一个善良的男孩，在告诉一个女孩儿他喜欢她，但只是作为一个朋友。克莱曼婷的友谊被降级了，她接受这件事的感情很奇怪，很复杂：觉得有趣、解脱，也许还有些羞辱，再加上一种清晰的忧伤感。

她打开信封。里面是一张很短的小纸条：

亲爱的克莱曼婷，我这儿有一张妈妈找到的旧照片。妈妈说这是“证明”。我觉得她是说这证明她做家长做得很好。我觉得你看了能笑一笑。六个月后见！

爱你，艾瑞卡

什么照片？她忘记把照片放进去了。但是克莱曼婷晃了晃信封，一张小小的方纸片飘了出来，向地面飘去，她接住了它。

那是一张黑白照片，照片里，她、艾瑞卡还有西尔维娅在月亮公园坐过山车，捕捉到了她们从最高处向下俯冲的那一刻。克莱曼婷还记得艾瑞卡母亲把她们从学校接出来时，她的惊讶。（她是怎么做到的？肯定是编了什么故事。西尔维娅什么事都能蒙混过关。）克莱曼婷沉醉在快乐中。这真是骇人听闻！这才叫生活！

她还记得艾瑞卡跟她一样激动，她们玩得多开心啊，直到一天快结束的时候，艾瑞卡的情绪突然莫名其妙地发生了变化。回家路上，她不停地找一本图书馆借的书。“我很清楚它在哪儿。”西尔维娅一直说，而艾瑞卡说：“你不知道，你不知道。”克莱曼婷天真地想，这有什么大不了的。图书馆的书肯定会出现的，肯定会的。毕竟，西尔维娅从不扔任何东西。别把这美好的一天破坏掉了，艾瑞卡，她厌烦地想。

克莱曼婷可以享受那天的混乱狂欢，是因为她可以回到有秩序的、清洁的家中，晚上就有为第二天上学打包好的红肠意面和书包。

她仔细看着那张照片，细细观察艾瑞卡的脸：那种纯粹，近乎激情的放纵狂欢，她仰起头，大笑着，尖叫着，紧闭双眼。这是艾瑞卡秘密的狂野一面。它很少出现。她把它掩藏起来。也许奥利弗有机会看到。是那种干瘪的颠覆性幽默感，偶尔会闪现出来，几乎像是不小心。克莱曼婷走回书房去，接着研究照片，她心里琢磨着艾瑞卡如果拥有正常家庭的特权，本可能成为，本应该成为的那个人。有保护的时候，你才可以跳得更高。

“那是什么？”克莱曼婷进门时，霍莉问她。

克莱曼婷把照片举高，免得被她爱抓挠的小手指抓到。

“什么也不是。”她说。

她又看了一遍那封信，看到艾瑞卡在角落里写了什么东西：PS.刚听说了消息。做得好，傻瓜（德语）。我就知道你能做到的。

“是什么‘珍贵’的东西吗？”霍莉用手指画了引号，“珍贵”是她现在最爱用的词。

“是的。”克莱曼婷说。她又看了看小小的照片。她必须把它保存在安全的地方。这照片容易丢的。“确实是珍贵的东西。”

［全书完］

关于作者

莉安·莫利亚提是六部畅销小说的作者，《三个愿望》（*Three Wishes*）、《上个纪念日》（*The Last Anniversary*）、《失忆的爱丽丝》（*What Alice Forgot*）、《不眠之爱》（*The Hypnotist's Love Story*）、《别对我撒谎》（*The Husband's Secret*）、《小谎言》（*Big Little Lies*）。她的书在全世界有超过六百万读者。

另外，她以L.M.莫利亚提的笔名写作，还著有童书系列《太空队》（*Space Brigade*）。《别对我撒谎》是《纽约时报》榜首畅销书。它被译为超过三十五种语言，电影改编权由CBS影业签下。《小谎言》出版首周便登上《纽约时报》畅销书榜榜首——这是澳大利亚作家第一次达成此成就。它还是澳大利亚小说榜榜首作品，由HBO改编为电视剧，妮可·基德曼和瑞茜·威瑟斯彭主演。莉安与丈夫、儿子、女儿生活在悉尼。

想更多了解莉安的书，请登录她的网站www.lianemoriarty.com。

以书相连

因为是你

产品经理 | 慧　木　装帧设计 | 王　易
执行印制 | 刘　淼　总 监 制 | 于　桐

Copyright © 2016 by Liane Moriarty
版权合同登记号：图字：11-2018-145

图书在版编目（CIP）数据

因为是你 /（澳）莉安·莫利亚提著；王思宁译 .－
杭州：浙江文艺出版社，2018.8
书名原文：Truly Madly Guilty
ISBN 978-7-5339-5315-7

Ⅰ.①因… Ⅱ.①莉… ②王… Ⅲ.①长篇小说－澳大利亚－现代 Ⅳ.① I611.45

中国版本图书馆 CIP 数据核字 (2018) 第 092035 号

因为是你
YINWEI SHI NI
[澳] 莉安·莫利亚提 著　　王思宁 译

责任编辑　童炜炜
装帧设计　王　易

出版发行　浙江文艺出版社
地　　址　杭州市体育场路347号　　邮编 310006
网　　址　www.zjwycbs.cn
经　　销　浙江省新华书店集团有限公司
　　　　　果麦文化传媒股份有限公司
印　　刷　河北鹏润印刷有限公司
开　　本　880毫米×1230毫米　1/32
字　　数　324千字
插　　页　2
印　　张　13.5
印　　数　1-10,000
版　　次　2018年8月第1版　2018年8月第1次印刷
书　　号　ISBN　978-7-5339-5315-7
定　　价　49.80元

版权所有　侵权必究
如发现印装质量问题，影响阅读，请联系021-64386496调换。